마르셀 프루스트를   찾아서

일러두기 ━━━━━━━

1. 단행본으로 출간된 책이나 시집 제목, 그리고 잡지나 신문 등의 매체명
   은 겹꺾쇠표《 》로 나타냈다.

2. 논문, 시, 단편소설의 제목과 그림, 음악, 영화 제목은 홑꺾쇠표〈 〉로
   나타냈다.

3. 본문 중 삽입된 간접 인용(절, 구, 단어) 등은 작은따옴표' '를 통해 표
   기했으며 강조가 필요할 때도 작은따옴표를 활용했다.

4. 저자가 원서에 달아둔 주는 이 책에서 번호 형식의 각주로 표기했다.

5. 이 책에서 옮긴이 주와 편집부에서 덧붙인 정보는 ● 모양의 각주로 표
   기했다.

마르셀 프루스트를 · 찾아서

Living and Dying with
Marcel Proust

**《잃어버린 시간을 찾아서》
읽는 법**

크리스토퍼 프렌더가스트
지음

박은영
옮김

상상스퀘어

프루스트와 함께 살고,
사랑하고, 늙기

우리는 종종 너무 뛰어난 사람 곁에 있으면 자신도 모르게 위축되고, 지나치게 고급스러운 식당에 들어가면 불편함을 느낀다. 물론 자신을 세상에서 가장 잘난 사람이라고 여기거나, 주머니 사정 걱정하지 않고 발음하기도 어려운 외래어 메뉴를 거리낌 없이 주문하는 데 익숙한 사람은 예외다. 하지만 만약 나를 주눅 들게 했던 그 뛰어난 사람과 허심탄회하게 이야기를 나눌 기회가 생긴다면 어떨까? 그가 실력뿐 아니라 인품과 유머까지 두루 갖춘 사람이라는 사실을 알게 된다면 어느새 호감을 넘어 사랑에 빠지게 될지도 모른다. 고급 식당에서도 마찬가지다. 어렵게 음식을 주문하고, 어색함을 무릅쓰고 주변을 둘러보는 순간, 공간 곳곳에서 섬세하고 세련된 미적 감각이 눈에 들어온다. 그렇게 마음을 조금 열고 마침내 셰프의 정성이 담긴 음식을 입에 넣는다면, 시각과 청각은 물론 미각, 후각, 촉각까지 자극받는 놀랍고도 황홀한 경험이 펼쳐질 것이다.

마르셀 프루스트의 《잃어버린 시간을 찾아서》도 이와 같다. '어렵고 긴, 하지만 최고의 소설'이라는 명성 때문에 소설을 좋아하는 사람들조차 쉽게 다가서기 어렵지만, 동시에 그 명성 덕분에 선망의 대상이기도 하다. 이 상반된 평가는 모두 사실이다. 이 작품은 정말 어렵고, 정말 길다. 하지만 그만큼 정말 '최고의 소설'이기도 하다. 이제는 이 소설에 대한 두려움과 위축감에서 벗어날 필요가 있다. 프루스트 자신도 이 책이 기차역 판매대에서 값싼 책들과 나란히 놓이기를 바랐으니까. 마음의 부담을 덜고 '즐겨보자'는 가벼운 마음으로 읽기 시작한다면, 예상치 못한 깊이와 기쁨을 안겨준다는 사실을 곧 깨닫게 될 것이다.

프루스트의 소설이 낯설고 어렵게 느껴지는 이유는 우리가 소설에 기대하는 전형적인 독서 방식과 어긋나기 때문이다. 우리는 보통 등장인물의 말과 행동을 통해 그들의 내면을 파악하고, 이야기의 전개 양상을 예측한다.

하지만 프루스트는 이런 기대를 철저히 무너뜨린다. 그가 창조한 인물들은 마치 독자의 판단을 조롱하듯 예상을 완전히 뒤엎는 모습으로 다시 등장하고, 때로는 전혀 다른 사람처럼 느껴지기도 한다. 우리가 '이제는 안다'고 생각했던 인물이 어느 순간 낯설게 다가오는 경험, 그 낯섦은 프루스트의 소설 전반에 걸쳐 반복된다.

예로 들어, 넘실대는 금빛 햇살을 두른 채 공기처럼 가볍게 등장하는 로베르 드 생루는 상류 귀족의 모든 덕목을 갖춘 듯 보인다. 배려심과 우아함, 그리고 희생정신까지 갖춘 그는 주인공 마르셀에게 동경의 대상이다. 하지만 그는 해고하고 싶은 하인을 가장 잔인한 방식으로 쫓아내는 법을 알고 있으며, 다른 하인에게 그 전략을 냉정하게 조언하는 사람이기도 하다. 아내를 진심으로 아끼고, 사랑하면서도 젊은 동성과의 관계를 숨기기 위해 다른 여성과의 염문을 교묘히 꾸미는 위장술을 펼치기도 한다.

또한 어린 마르셀이 가족과 함께 산책하면서 자주 건넜던 비본느 강은 너무나 익숙하고 친근한 풍경이었기에, 그 시작점인 수원지는 오히려 비현실적이고 관념적으로 느껴진다. 고대인들에게 '지옥의 문'이 그랬듯이 말이다. 그러나 성인이 된 마르셀이 그 수원지가 산책하던 곳에서 불과 몇 킬로미터 떨어진 지점에 소박하게 존재하며, 손으로 만질 수도 있다는 사실을 알게 되었을 때 느낀 당혹감은 삶의 진리에 대한 깊은 통찰로 이어진다. 우리가 살면서 만나는 사람들을 평판이나 관계를 통해 안다고 생각하는 것은 그들의 다양한 면모 중 극히 일부에 불과하다. 게다가 시간은 사람도, 상황도 끊임없이 변화시킨다. 시간은 파괴하는 동시에 새로운 것을 창조하기 때문이다. 프루스트가 《잃어버린 시간을 찾아서》를 통해 펼쳐 보이고자 했던 '시간 속에서의 심리학'이 바로 이것이다. 그의 인물들은 변화하고, 우리가 알고 있다고 믿었던 사실들조차 변한다. 결국 우리는 타인을 온전히 이해하거나 소유할 수 없다는 진실에 도달하게 된다. 알베르틴이 마르셀 곁을 떠나듯, 모든 존재는 서로에게서 끊임없이 탈주하는 운명을 지닌 셈이다.

그래서 프루스트의 소설은 명확히 정의할 수 없고, 쉽게 예측할 수도 없으며, 무엇보다 어렵다. 그러나 바로 이 점이야말로 그가 삶의 본질을 가장 깊고 정직하게 담아냈다는 증거다. 그리고 그렇기에 이 소설은 반드시 '길어야만' 한다. 프루스트는 시간의 흐름을 가장 진실하게 묘사하는 방식으로 인물들이 시간 속에서 어떻게 변화하는지를 보여준다. 동시에 《잃어버린 시간을 찾아서》를 읽는 독자의 현실 시간 또한 소설 속 인물들이 겪는 허구의 시간과 나란히 흐른다. 그렇게 이 작품은 시간이라는 주제를 담기 위한 그릇으로 '3천 페이지'라는 분량이 필요했던 것이다. 내용과 형식, 주제와 구성이 완벽히 맞물려 있기 때문에 이 책은 단순한 독서가 아니라 일종의 '시간 체험'이 된다. 그래서 누군가는 "다리가 부러져 침대에 몇 달간 고정되어 있어야만 완독 가능한 책"이라고 말했는지도 모른다.

　하지만 그 오랜 시간을 견디며 마지막 장에 도달한 독자는, 마르셀이 더 이상 죽음을 두려워하지 않고, 시간의 굴레에서 벗어난 자유로운 존재로 거듭나는 모습을 마주하게 된다. 그리고 그 순간 독자 역시 삶을 더 깊이 긍정하고, 인간에 대한 사랑이 한층 커졌음을 느끼게 된다. 아무리 짧고 자극적인 숏폼 콘텐츠가 넘쳐나는 시대라 해도 결코 따라올 수 없는 오직 문학만이 지닌 힘, 그것이 바로 이 소설이 오늘날에도 여전히 위대한 이유다. 《잃어버린 시간을 찾아서》는 삶의 예찬이자 사랑에 대한 찬가다.

크리스토퍼 프렌더가스트의 《마르셀 프루스트를 찾아서》를 원제 그대로 옮기자면 '프루스트와 함께 살기, 그리고 죽기'(《Living and Dying with Marcel Proust》)다. 오랜 세월 프루스트와 함께 살아온 이 노교수는 그 긴 여정을 통해 세상과 인간, 삶과 죽음에 대한 깊고도 넓은 통찰을 얻었다. 그리고 그 애정어린 통찰은 이 책 곳곳에 고스란히 담겨 있다. 삶이 버거울 때마다 그는 프루스트로 돌아갔고, 이 책은 그런 그의 여정을 담은 다정한 기록이다. 동시에 우리를 《잃어버린 시간을 찾아서》로 이끄는 최고의 안내서다. 저자는 학자의 권위를 내세우지 않는다. 하지만 그의 머릿속에 가득한 지식과 사유는 마치 너무 많은 재료가 담긴 냄비에서 흘러넘치는 죽처럼 자연스럽게 스며나온다. 그 넘침은 결코 과하지도 불편하지도 않다. 오히려 그 따뜻한 향기는 프루스트의 세계에 처음 발을 들이려는 입문자부터 오래도록 곁에 둔 애호가까지 모두를 《잃어버린 시간을 찾아서》로 다시 한번 초대한다.

2025년 6월

유예진   연세대학교 불어불문학과를 졸업하고, 한국외국어대학교 통번
         역대학원에서 석사 학위를 취득했으며, 이후 미국 보스턴 칼리
         지에서 마르셀 프루스트의 회화론을 주제로 연구해 박사 학위
         를 받았다. 현재 연세대학교 불어불문학과 교수로 재직 중이며,
         프랑스 현대 문학과 회화에 꾸준한 관심을 두고 집필과 번역 작
         업을 병행하고 있다.
         저서로는 《프루스트의 화가들》, 《프루스트가 사랑한 작가들》,
         《프루스트 효과》가 있으며, 프루스트 단편선 《밤이 오기 전에》
         와 그의 산문집 《독서에 관하여》, 《어느 존속 살해범의 편지》를
         번역하며 여전히 프루스트에 대한 애정을 이어가고 있다. 그 외
         에도 《반 고흐, 마지막 70일》, 《인상파 그림은 왜 비쌀까?》, 《미
         술의 위대한 스캔들》 등 미술 관련 서적을 다수 번역했다.

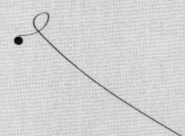

내 서랍 속에는 아직도 프루스트가 있다

이 책은 내 이전 책의 흔적들, 즉 그간의 집필 과정에서 남겨진 '사용되지 않은 메모와 낙서 더미'에서 시작되었다. 어떻게 쓸지 뚜렷한 방향을 잡지 못하고 그저 보관해둔 자료들이었다. 다만《잃어버린 시간을 찾아서À larecherchedu temps perdu》에 나오는 '산책'을 주제로 새로운 탐색을 시도하게 되지 않을까 막연히 생각하긴 했다. 프루스트가 어린 시절에 다녔던 그의 작품 속 장소들을 환기하면서 말이다. 메레글리즈와 게르망트 길 산책, 샹젤리제와 볼로뉴 숲으로의 나들이, 해변 휴양지인 발베크의● 산책로를 걸은 일, 베네치아 뒷동네의 복잡한 밤거리를 쏘다닌 것, 질베

● 작품 속에 등장하는 가상의 지명.

르트와의 탕송빌 산책, 전쟁이 한창인 파리의 거리와 대로를 방랑하듯 헤매다닌 일 등등. 이렇게 하기로 한 배경에는 프루스트 방식의 산책과 다른 산책들(예를 들면, 제인 오스틴의 작품 세계에서의 산책)을 비교하고 대조해보려는 의도도 있었으나 그 아이디어는 오래가지 못하고 흐지부지되었다. 그나마 내용 중에 산책에 관한 흔적들이 남아 있고, 제인 오스틴도 '방과 문'이라는 주제를 다루면서 잠깐 등장한다.

무작위로 떠오른 생각들 중 일부는 곧장 휴지통에 버려졌다. 솔직히 말해, '얼굴에서 코의 위치는 바로 어리석음의 자리'*라는 프루스트의 헛소리를 진지하게 받아들이기는 어렵지 않은가. 대부분의 메모는 마치 사라진 것처럼, 서랍 속에 처박힌 채 잊혀졌다. 피할 수 없는 질문과 결국 맞닥뜨리기 전까지는. 프루스트의 소설 속 화자가 그 유명한 마들렌을 맛보기 직전에 잃어버린 과거에 대해 던졌던 바로 그 질문인 '영원히 사라진 것일까?'와

---

* 코의 모양이나 위치가 사람의 어리석음을 나타낸다고 말하는 마르셀 프루스트의 독특하고 엉뚱한 표현.

이를 부정하는 대답, 즉 '부활'이야말로 프루스트의 소설을 가능케 한 출발점이다.

그리하여 내 메모들이 다다른 종착지인 이 책은 좀 전에 언급한 마들렌을 신성시하는 일종의 신비주의와는 아무 상관이 없다. 내게 그의 소설은 원시적인 양극성을 포용하면서 삶과 죽음 모두와의 관계를 가장 뚜렷하게 구현하고 반영하는 것처럼 보이기 때문에 책 제목에 쓴 '삶과 죽음'으로 정의되는 것들에 관하여 탐구하게 되었다.• 다만 후자인 '죽음'은 모든 것을 아우른다고 이해되기 쉬우므로 그쪽으로 치우치지 않도록 엄밀히 연구했음을 강조해둔다(예를 들어, 색에 관한 5장에서 나는 분홍색을 전면에 내세웠지만 파랑이나 노랑으로 바꾼다 해도 무방하다). 더더욱이 책은 특정 논지를 옹호하는 주장과는 거리가 멀다. 각각의 장들은 고스란히 저마다 다루는 개별 주제를 이야기하도록 안배되었다. 동시에(그리고 더 폭넓게), 《마르셀 프루스트를 찾아서》는 세 개의 축을 중심으로 전개된다.

• 이 책의 원제는 《Living and Dying with Marcel Proust》다. 그중 'Living and Dying'의 의미를 설명하는 대돋이다.

육체를 가진 인간의 풍부한 감각 세계에 대한 이해를 확장하는 것으로 시작하여, 픽션이라는 예술의 구조적 속성에 대한 프루스트의 방식에 중점을 둔, 형식에 관한 논의로 전환되었다가 거기서부터 예정된 결말과 소멸의 영역으로 자연스럽게 이어진다.

저자로서 전문가들이 이 책에 관심을 보이기를 바라는 마음이 있지만 그렇다고 학계의 독자를 대상으로 삼은 것은 아니다. 기존의 방대한 프루스트 연구 자료에 상당한 부채감을 지닌 사람으로 보탬이 되고 싶은 마음을 뒤로하고, 학술적으로 참조할 만한 형태의 자료를 넣지는 않았다. 군데군데 각주가 있기는 하지만 대부분 장*과 장을 연결하는 수단으로 상호 참조하는 역할이다. 프루스트가 텍스트의 짜임을 구성하는 방향, 고리, 연상의 방대한 네트워크를 이해하는 하나의 열쇠로 이해하면 좋을 듯하다.

이 지면에서 언급하기에는 고마운 사람들이 너무 많지만, 그중에도 내게 도움과 격려를 보내주었기에 특별히 호명하며 깊은 감사를 표하고 싶은 친구들, 동료들이 있다. 베로니크 오부이Véronique Aubouy, 위고 아제라드Hugo Azerad, 알레산드라 카발리Alessandra Cavalli, 스탠리 코른골드

Stanley Corngold, 에밀리 일스Emily Eeells, 이렌 파브리 테랑시Irène Fabry-Tehranchi, 마가릿 그레이Margaret Gray, 제인 헤인즈Jane Haynes, 나탈리 모리악 다이어Nathalie Mauriac Dyer, 에릭 메슈란Eric Méchoulan, 마리옹 슈미트Marion Schmid, 줄리 토마스Julie Thomas, 리아논 윌리엄스Rhiannon Williams, 마이클 우드Michael Wood가 그들이다. 또한 매의 눈으로 초안을 편집하면서 내내 이 책에 신뢰를 보내준 편집자 크리스토퍼 포터Christopher Potter, 독수리의 눈으로 세밀히 관찰하다 우아하게 급강하하여 바로잡아야 할 부분을 잘 찾아내준 교열 편집자 사라 림Sarah Ream에게 감사의 마음을 보낸다. 마지막으로, 그러나 앞선 이들 못지않게 특별한 감사를 전할 사람은 브리짓 스트레븐스 마르조Bridget Strevens Marzo다. 그녀는 이 책의 차례가 "초현실주의 시처럼 읽힌다"고 이야기해주었다. (이 말이 칭찬인지 아닌지는 아직 파악하지 못했다.)

편집 및 번역에 대한 참고 사항을 남기자면, 빛나는 1987년 플레야드 판Pléiade edition*을 프랑스어 원본으로 삼

---

* 프랑스의 갈리마르(Gallimard) 출판사에서 펴내는 총서로, 프랑스뿐 아니라 세계의 주요 작품들을 고급스럽고 학문적인 형식으로 편집하여 출간하는 고전문학 시리즈로 유명하다.

았다. 번역본은 내가 편집장의 재량으로 변화를 시도한 부분들이 포함된 2002년 판 펭귄 번역본을 선택했음을 밝혀둔다.

차
례

Foreword   프루스트와 함께 살고, 사랑하고, 늙기   004

Prologue   내 서랍 속에는 아직도 프루스트가 있다   011

Chapter 1   프루스트 효과   019

Chapter 2   인생의 떨림   061

Chapter 3   기분 전환으로 크루아상과 커피를   095

Chapter 4   가슴과 뺨   135

Chapter 5   분홍색   167

Chapter 6   두 개의 페달   207

Chapter 7   나날들   247

Chapter 8   기하학자와 직조공   291

Chapter 9   교차로   331

Chapter 10   내 이름은 '아마 그랬을지도 몰라'   377

Chapter 11   잃어버리고, 찾고 다시 잃어버리다   429

Chapter 12   죽음과 블랙홀   475

Epilogue   아기와 외교관   518

Chapter 1

프루스트 효과

The Proust effect

I

질문 하나로 시작하려 한다. 내가 스스로 이런 질문을 할 거라고는, 감히 여기에 대답하려고 할 거라고는 더더욱 상상조차 하지 못했던 질문이다. **프루스트는 우리에게 유익한가?** 이 질문은 신경과학자들이 주장하는 것처럼 프루스트 같은 사람의 이야기도 신중하게 받아들이면 현대 의료와 건강 면에서 유용한 기능을 할 수 있느냐는 의미다. 작가나 등장인물의 이름이 심리적이거나 신체적인 상태를 나타내는 데 언급되는 경우가 있는데, 그중에서도 프루스트의 사례는 확실히 매우 독특하고 약간 무섭기까지 하다.

짧게 얘기하자면, 다음과 같은 예가 있다. 스탕달(예

술 작품에 대한 강박적 애착을 스탕달 신드롬이라고 한다), 드 뮈세(제어할 수 없는 머리 떨림을 드 뮈세 징후라고 한다. 대동맥 기능 부전 환자의 동맥 맥박을 따라 머리가 흔들리는 증상이다), 니콜라이 고골의 《죽은 혼》 속 주인공 '플류시킨'과 찰스 디킨스의 《위대한 유산》에 나오는 '미스 하비샴'(플류시킨 신드롬과 하비샴 신드롬은 모두 노년성 저장 강박증과 위생 문제를 수반하는 행동 장애를 가리킨다), 오스카 와일드의 《윈더미어 부인의 부채》에 등장하는 윈더미어 부인(주로 허약하고 나이 든 여성의 만성 폐 질환, 엄밀히는 그로 인한 기관지 확장증을 레이디 윈더미어 증후군이라고 칭한다) 등을 꼽을 수 있다.

이처럼 생생하고 특징적인 사례들에 비하면 프루스트의 이름을 가져다 쓴 '프루스트 효과'는 무난하고 그럴 만해 보인다. 이는 프루스트가 감각 기억sensory memory의 과정과 형태를 탐구한 데서 유래하며 특히 '공감각적 지각' 현상과 관련된 것들을 포함한다. (이후 더 자세히 언급할 텐데, 흔히 일어나는 현상이지만 현대 의학의 영역과는 거리가 있다.) 이 효과는 신경과학에서 기억 상실 및 인지적 혼란과 관련하여 진단과 치료에서 모두 활용 가치가 있다고 여겨졌는데, 이에 대한 연구 제목이 '프루스트는 신경과학자였다'라는 걸 봐도 짐작할 수 있다. 프루스트의 해마를 사후에 연구 목적으로 보존했더라면 의학 발전에 큰 도움이 되었을 것이라는 흥미로운 가설이 이 주장에 힘을 실어준다.

이것은 이 책을 읽으면서 만나게 될 여러 프루스트 중심의 반사실counterfactual적 가정 중 첫 번째일 뿐이며, (그중 정말 놀라운 한 가지가 있다!) 프루스트의 소뇌가 죽은 후에도 잠재적으로 생명력을 유지할 가능성이 있었다는 주장은 무척이나 기묘한 사례로 남을 듯하다.

한편, 프루스트가 신경과학자들 사이에서 언급되는 것은 그리 놀랍지 않다. 그의 삶이 직간접적으로 신경과학의 영역에 놓여 있었기 때문이다. 그의 아버지는 당시 눈부시게 발전 중이던 신경학을 비롯해 여러 연구 분야에서 두각을 나타내던 의사였다. 프루스트의 전기 작가인 쟝 이브 테디에Jean-Yves Tadié는 때때로 그가 "파리에 있는 대부분의 신경학자를 알고 있는 것 같다"라고 할 정도였

---

1 11장 '잃어버리고, 찾고 다시 잃어버리다' 참조.

다. 그는 질병과 치료, 특히 자신이 앓던 병과 관련된 약물에 대해 폭넓지만 다소 비전문적인 지식을 갖게 되었고, 이는 항상 좋은 결과로 이어지지는 않았다.

여러 가지 사고 중 특히 두드러지는 두 가지 사건이 있다. 첫 번째는 불면증을 치료하기 위해 직접 투여한 베로날 과다 복용 사건이다. 약병의 라벨을 혼동한 프루스트는 0.7그램을 7그램으로 잘못 읽었고, 이는 치명적인 사고를 초래할 뻔했다. 두 번째는 순수 아드레날린 과다 복용 사건으로, '복약 사고'라는 완화된 표현으로 묘사되었지만 실제로 프루스트는 소화기관에 회복할 수 없는 손상을 입었다. 이러한 사례들은 《잃어버린 시간을 찾아서》에서 반복적으로 언급되는 고대의 철학 개념, 즉 파르마콘pharmakon—치료제이자 독이 될 수 있다는 약물의 이중적 속성—과 연결된다. 약은 당신을 낫게 할 수도 있지만 동시에 죽일 수도 있다. 당장 죽음을 초래하지 않을지라도 화자가 말하듯 환자 안에 '뿌리를 내리는 또 다른 질병'을 일으키는 방식으로 작용할 수 있는 것이다.

프루스트의 생애가 약물과 밀접하게 관련되어 있었던 것을 감안하면 《잃어버린 시간을 찾아서》 1권 1부인 '콩브레'에서 가장 먼저 언급되는 장소 중 하나가 동네 약국('라펭 약국')이라는 사실은 전혀 놀랍지 않다. 이것은 의미 있는 모티프로서, 그가 일찌감치 심어둔 장치로 봐도 좋다. 그러나 이 소설에서 가개의 모티프보다 훨씬 더 중요한 것은 소설 그 자체가 치유적으로 기능한다는 희한한 지점이다. 소설 후반부에서 '기억'이라는 위대한 주제를 '약학'과 '화학' 두 가지 측면에서 묘사하는 것도 그렇지만, 소설 자체가 이처럼 놀라운 치료 결과—자체적인 처방의 의미로 소설을 읽었을 때 독자들에게 미치는 영향—를 낳을 수 있다고 누가 생각이나 했을까?

이제부터 우리는 프루스트에게 익숙했던, 또한 세 명의 독자에게 지대한 영향을 미친 세 가지 '질환'에 대해 살펴볼 것이다. 그 질환은 '불면증', '천식', 그리고 '중독'이다. 첫 번째 불면증에 시달리는 독자의 사례는 비극적이면서도 익살맞은 면이 있그, 두 번째 천식을 앓고 있는 독자의 이야기는 감동적이고, 영웅적이다. 마지막 사례인 중독에 빠진 독자의 경우 프루스트 효과의 매우 특별한 버전—이제는 독서 효과reading effect라고 불러도 무방할—으로, 기록될 가치가 있다.

II

소설의 플롯과 배경이 흔히 그렇듯이 프루스트의 소설도 깨어 있는 세상이 주 무대다(크나큰 예외가 있기는 하다. 제임스 조이스의 〈피네간의 경야Finnegans Wake〉에서는 밤새 꿈속 정경이 펼쳐진다). 그러나 조이스처럼 프루스트 역시 잠의 세계를 탐험하는 대표적 작가로 손꼽힌다. '곶 주위의 바다처럼 밤마다 에워싸는 잠에 풍덩 잠기지 않고는 인간의 삶을 묘사할 수 없다'는 강력한 명제가 이들을 떠받친다.

잠은 깨어 있는 자아가 해변으로 떠밀려와 성을 무너뜨리고, 그 대신 새로운 발견을 위해 오디세이 방식으로 항해를 떠나는 장소다. 어떤 잠은 온화해서 마치 '어린 시절의 정원'[2]으로 회귀하는 낙원 같기도 하다. 그러나 어떤 잠은 격렬하고 혼란스럽다. 이런 잠에서 우리의 무의식은 '지하 미술관'을 찾아가기도 하고, 유년의 공포가 깃든 '원시적 삶' 또는 자기 암시 속 '외부 어딘가의 동굴' 속으로 끌려가 상상 속 온갖 질병으로 들끓는 지옥의 국물

---

2 11장 '잃어버리고, 찾고 다시 잃어버리다' 참조.

을 휘젓는 마녀를 만나기도 한다.

누군가는 고작 이 정도가 밤의 세계를 모험한 것이 전부냐고 할 수 있다. 물론 그렇지 않다. 우리에게는 판돈을 한껏 올릴 수 있는 프루스트라는 패가 남아 있다. 잠은 '신비를 드러낸다. 젊음을 되돌리고, 한때 느꼈던 감정을 재발견하게 하며, 육체의 속박에서 벗어나 환생하기도 하고, 죽은 이들을 소환하며, 광기의 환영에 빠지기도 한다. 잠은 자연의 가장 원시적인 단계로 회귀하는 시간 여행'과 같은 신비들을 우리에게 드러내는 것이다.

자연스럽게, 여기서 약물이 중요한 역할을 한다. 프루스트의 묘사에 따르면 '흰독말풀, 인도대마, 갖가지 에테르 추출물, 벨라도나, 아편, 쥐오줌풀 등이 불러오는 다양한 형태의 잠'이 그런 예다. 이것들은 각양각색의 방식으로 전혀 예상하지 못한 상태에서 특별한 꿈의 향기를 오랜 시간 동안 풀어놓는다. 그러나 어떤 식으로 자든, 무슨 꿈을 꾸든, 공통점은 '특별한 주의 집중 상태'라는 것이다. 이것은 '우리가 잠든 시간 동안 작용하며, 꿈의 내용이나 감각을 변화시키고, 흩어진 기억의 조각들을 서로 엮어 하나로 이어주는 독특한 주의 상태'를 말한다.

프루스트에게 있어 '잠'은 단지 하나의 주제이거나 수필적인 사색의 대상만은 아니다. 그것은 이 소설의 탄생과 구조에 있어서도 매우 중요하며, 무엇보다 그에게 잠은 소설이 시작되는 곳이다. 첫 페이지에서 화자는 책을 읽는 도중에 잠들었다 깨어나 순간적으로 두 상태를 오락가락한다. 의식의 가장자리인 '선잠'이라는 흥미로운 상태에 빠진 것이다. 이러한 '경계의 상태'는 이후로도 내내 여러 형태로 소환된다. 사실상 마지막 권에서 이루어지는 발견들로 넘어가기 전까지는 소설의 서사 전체가 하나의 긴 경계 장면이라고도 할 수 있다. 따라서 그만큼 이 부분은 의미심장하다.

독자는 첫 페이지에서 '불면증'이라는 용어를 처음 만난다. 이는 다름 아닌 화자의 불면증이다. 비록 화자는 코타르 부인(남편인 코타르 박사에게 이 문제로 놀림을 받는다), 죽어가는 여배우 라 베르마(여기서 불면증은 오랫동안 진행되는 그녀의 죽음을 알리는 많은 고통 중 하나다), 작가 베르고트(프루스트처럼 '성공적인' 노력을 기울이지만 '다양한 마약'을 '과도하게' 사용한다) 등을 포함하여 여러 불면증 환자들 중 한 명에 지나지 않지만 말이다. 이와 대조적으로 늘 쓸모 있는 인물 베르뒤랭 씨도 있는데, 그의 아내에 따르면 '죽은 듯이 푹 자는' 사람이다. 화자 자신의 '불면의 밤들'은 사실 이것저것 뒤섞인 가방이나 마찬가지다. 고문 같은 고통의 원천이기도 하지만 이득이 되는 측면도 있다. 그는 잠이 주는 회복의 힘을 제대로 감지해 그로부터 창조성을 부여받기도 한다. 발자크처럼 프루스트 또한 밤에 작업하는 작가가 되었고, 침대에 누운 채 시간과의 싸움 속에서 글을 써 내려갔다.

그의 독자 가운데도 특별히 그를 따르는 이들이 있다. 이를테면 스마트폰으로 밤을 꼬박 새워가며 《잃어버린 시간을 찾아서》를 완독하는 애독자들이다. 나는 그들에게 경의를 표한다. 하지만 이 이야기는 내가 소개할 세 가지 질병 이야기 중 첫 번째로 우리를 이끈다. 즉, 밤의 세계가 축복이 아닌 저주였던 사람의 이야기다.

내가 프루스트를 한 줄이라도 읽기 훨씬 전, 한 학생이 만성 불면이라는 지옥에서 벗어난 방법을 내게 들려준 적이 있다. 그는 베로날 같은 현대판 약물들을 여러 차례 복용해봤지만 아무 소용이 없었고, 결국 선택한 것은 프루스트의 작품을 읽는 일이었다. 놀랍게도 그 방법은 즉각적이고 지속적인 효과가 있었다. 물론 '지루한' 서두 때문에 잠이 온다는 얘기는 아니다. 그 학생은 엄청나게 많은 부분을 침대에서 뒤척이는 남자에게 할애한 이 소설의 서두를 견디지 못하고 첫 권을 덮어버린 불운한 편집자 앙블로와는 달랐다. 오히려 잠들지 못해 침대에서 오래도록 뒤척이는 사람이라면 독자로서 자신의 상황과 책 내용 사이에서 모종의 연관성을 발견하고 고무되기 쉽다. 마찬가지로 소설 첫 페이지에서 화자가 졸면서 손에서 책을 떨어뜨리는 첫 페이지의 묘사 역시 이런 사람들에게 공감을 불러일으키리라 예상된다. 이 부분은 마지막 권, 화자가 탕송빌에서 《공쿠르 형제의 일기Goncourt Journal》•를 읽다가 잠드는 장면, '피곤으로 눈이 감기기 전까지 읽었던 페이지들'에서도 동일한 반향을 일으킨다.

　사실 불면증에 시달리던 그 독자들이 효과를 본 비결은 '구문'에 있다. 프루스트의 문장으로 된 미로에서 길을

• 1850년부터 1870년까지는 에드몽(Edmond)과 줄 드 공쿠르(Jules de Goncourt) 형제가 공동으로 집필했으며, 줄의 사망 이후 1896년까지는 에드몽이 단독으로 쓴 일기이다. 프랑스의 작가, 문학 평론가, 미술 평론가였던 공쿠르 형제는 공동 작업한 것으로 유명하다.

잃은 결과 잠이 찾아왔고, 그것이 일종의 진정제가 되었던 것이다. 훨씬 뒤에야 그는 이 경험이 단지 숙면의 도구만이 아니었다는 사실을 깨달았다. 옥스퍼드 대학원생이었던 그 학생이 불면증에서 벗어날 수 있었던 그 효과의 작용 원리를 깨달은 것은 훨씬 후의 일로 길을 잃고 또 발견하는 것이 프루스트가 근본적으로 다루고자 하는 이야기임을 깨우치면서부터였다. 물론 깨달음과 별개로 그 이전에도 프루스트는 수면제 역할을 했다. 책의 두 번째 문장('눈이 너무 빨리 감겨서, 잠들 것 같다는 혼잣말조차 할 새가 없었다')을 흉내 내는 것이기도 했는데, 거기서 화자는 "나는 눈을 감는 속도가 너무 빨라서, '아, 잠이 드는구나'라고 스스로 말할 틈조차 없었다"라고 말한다. 프루스트는 때때로 '초콜릿 칩 쿠키 마들렌', '스완의 붉은색' 등으로 매디슨 애비뉴•의 광고 기획자들과 이들과 유사한 마케팅 세계에서 소비되어왔다. 언젠가 이들이 '완벽한 숙면을 위한 프루스트'라는 제품을 출시하게 된다면, 나는 그들보다 먼저 그 효과를 입증해낸 옥스포드 대학원생을

• 광고업으로 유명하다.

반드시 언급하기를 바란다.

III

프루스트가 오스카 와일드의 희곡을 직접 접했는지, 얼마나 잘 알았는지 파악할 수 있는 자료는 없지만 레이디 윈드미어 증후군이라고 불리게 된 증상이 그에게 크고 분명한 목소리로 말을 걸었을 것임에는 의심의 여지가 거의 없다. 〈무심한 사람L'Indifférent〉이라는 초기 작품에서 프루스트는 우리가 호흡하는 공기에 대해 이렇게 찬사했다.

> 태어날 때부터 자연스레 호흡하기 시작한 아기는 자신의 가슴을 부드럽게 부풀게 하면서도 인식하지 못할 만큼 은근하게 작용하는 공기가 살아가는 데 얼마나 필수적인지 전혀 모른다.

이에 관한 기억은 《잃어버린 시간을 찾아서》[3] 마지막 권에 등장하는 '낙원'의 '순수한 공기'를 언급한 것이나, 〈게르망트 쪽Le Côté de Guermantes〉에 등장하는 '알프스의 휴양지' 부분에서 대강 짚고 넘어간 배경에도 깃들어 있는 듯하다. 이 휴양지에서 화자는 평소에는 무심코 해오던 숨쉬기가 '지속적인 기쁨의 원천'임을 알게 되었을 것이다. 그러나 프루스트는《잃어버린 시간을 찾아서》에서 우리가 내내 감지한 숨은 의미를 '이미' 이 초기 작품에도 심어놓았다. 아이의 몸에 갑자기 열이 오르고 경련이 일어나 숨을 제대로 쉴 수 없는 상황에서, 삶에서 가장 귀중한 것이 곧바로 적이 될 수도 있다는 이야기다.

이 이야기는 프루스트 자신의 실제 경험에서 비롯된 것으로 보인다. 소년 시절, 그가 불로뉴 숲으로 가족 나들이를 갔다가 돌연 첫 번째 천식 발작을 일으킨 사건이었다. 그 발작은 예고 없이 강렬하게 찾아왔고, 이후 평생 동안 그를 괴롭혔다. 그에 따라 프루스트는 폐기종, 심장 발작 같은 추가적인 증상까지 겪게 된다. 1919년 말쯤, 그는 어느 편지에서 천식 발작하는 자신을 '익사 직전에 물에서 겨우 건져 올려진 사람이 헐떡이는 것처럼, 나

---

3 11장 '잃어버리고, 찾고 다시 잃어버리다' 참조.

는 숨을 몰아쉬었다'라고 묘사한다. 실제로 그는 폐렴이 폐농양으로 악화돼 세상을 떠나던 순간에도 천식 발작을 겪었다.

프루스트는 천식 때문에 온갖 치료와 상담을 받았다. 치료는 흡입 요법부터 비관鼻管을 불로 지져 치료하는 방식까지 다양했으며, 상담 중에는 아버지의 동료인 뷔상 박사와의 만남도 있었다. 뷔상 박사는 당시 의학계에서 유행하던 견해, 즉 천식의 주요 원인이 신경쇠약이라는 입장을 따랐다. 하지만 프루스트는 이런 진단을 선뜻 받아들이지 못했다. 어느 편지에서 천식 발작을 '신체적 질환'이라고 표현했지만《잃어버린 시간을 찾아서》에서는 천식 발작을 '무의식의 신비'와 연결시키며, 아무 예고 없이 닥치는 것으로 묘사했다. 이 '신비'는 자주 그리고 설득력 있게 어머니와의 분리에 대한 두려움과 관련 지어진다. 이 주제는 소설 전반의 핵심으로 자리 잡으며 첫 권에서 화자가 말하는 '멈추지 않는 흐느낌'의 원인이 되기도 한다. 그것이 신체적인 것이든 마음에서 비롯된 것이든 간에 프루스트의 천식을 악화시키는 요인이 되었다. 그 요인 중 꽃이 피는 나무들(특히 사과나무)과 몇몇 꽃 가까이에 있을 때 발작을 일으켰다. 흥미로운 점은 이 꽃과 나무 들이 프루스트의 소설 속에서는 종종 거의 신성한 존재처럼 묘사된다는 것이다. 다시 말해, 그가 가장 사랑했던 것들이 동시에 그를 아프게 만들었던 것이다. 이것은 우리가 가장 아끼는 것이 때때로 우리를 해칠 수도 있다는 사실을 잘 보여주는 사례이며, 사랑과 고통이 맞닿아 있는 아이러니를 잘 보여준다.

하지만 소설에서 프루스트는 이러한 천식의 고통을 종종 코미디로 변환해 표현한다. 무서운 생각들은 잠시 잊고, 풍자 작가로서의 프루스트가 등장해 독자와 놀기 시작한다. 젊은 화자는 주기적으로 숨가쁜 '발작'을 겪지만 대부분은 신경증적 멜로드라마처럼 묘사된다. 예를 들어, 첫 번째 발베크로 여행을 떠나기 전 할머니는 '여행 중에 발작이 올지 모른다'며 브랜디를 챙긴다. 게르망트 공작 부인에게 반한 사춘기 시절의 화자는 그녀가 파리에 없을 때마다 숨쉬기 어려움을 느낀다. 또한 두 번째 발베크 여행에서 호텔 지배인이 '예전처럼 (그의) 호흡 발작이 재발했을지 모른다'고 우려를 표하는 대목도 마찬가지다. 마지막 권의 '가면 무도회Bal de têtes' 장면에서는 '숨

가쁜 발작'은 그의 일생을 대변하는 상징이 된다.

> 누군가가 내 이름을 묻기에 '캉브르메르'라고 알려줬다.
> 그러자 그는 나를 알아보고, "아직도 숨 가쁜 발작을 하
> 나요?라고 물었고, 내가 '네'라고 답하자, 그는 이렇게
> 말했다. '그런 증상이 있어도 오래 사는 데는 문제없네
> 요.' 마치 내가 백 살이라도 된 사람인 것처럼 말이죠."

이 장면에서 숨 가쁨은 단순한 증상이 아니라 화자의
전 생애에 걸쳐 반복되는 하나의 모티프로 등장하며, 요
람에서 무덤까지 잇는 시간의 축처럼 작용한다. 여기서
한발 더 나아가 프루스트는 유행을 추구하는 사회를 풍
자적으로 묘사해 블랙코미디의 면모를 확장한다. 파름 대

- 〈목로주점〉 등으로 유명한 프랑스의 문호. 드레퓌스 사건이 일어나자 대
  통령에게 '나는 고발한다'라는 공개장을 보내며 드레퓌스(Alfred Dreyfus)
  를 강력히 옹호했다. 드레퓌스는 프랑스 군인으로 독일 스파이로 몰려 유
  죄 판결을 받았으나, 수많은 시민 항의와 증거로 재심을 받게 되었으며,
  이후에도 유죄 판결을 받았다가 끝내 무죄로 밝혀진 인물이다. 드레퓌스
  에 대한 시각이 당시 프랑스 민주주의의 향방을 결정지었다고 하며, 프루
  스트도 이 사건을 소설에서 계속 다루고 있다.

공 부인이 누군가 에밀 졸라*가 '시인'이라는 말에 질식할 듯한 연기를 하며 놀란다. 젊은 샤텔로 공작이 '가까이만 가면 건초열**이 생겨서' 자신의 '멋진 사과나무'를 보러 갈 수가 없다고 슬퍼한다. 그러자 늘 멍청한 한 손님이 위로랍시고 한마디 한다. "딱 이맘때 유행하는 병이죠." 그리고 우리가 사랑해 마지않는 풍자 속 인물, 베르뒤랭씨를 빼놓을 수 없다. 그는 비록 잠은 잘 자지만 여름 별장 쪽으로 바닷바람을 타고 '정어리 공장' 냄새를 맡으면 어김없이 '천식 발작'을 일으키는 취약한 인물이다.

그러나 종말 위기 상황에서 공포에 사로잡혀 '숨 막혀 헐떡이는 것'은 웃을 일이 아니다. '제대로 숨을 쉬어보려고 몸을 앞으로 구부린' 할머니가 곧 임종을 맞이하는 순간이라면 더더욱 그렇다. 화자에게 이때의 충격은 후에 '마음의 간헐Intermittences***' 장면에서 메아리처럼 울린다. 기억 속에서 할머니가 되살아온 듯 다시 나타나자 그는 갑작스러운 호흡곤란을 일으킨다. 그러나 여기에는 의학

** 꽃가루 알레르기로, 결막염, 비염, 천식 등을 일으킨다.
*** 무의식에 파묻혀 있던 과거 일들이 우연한 외부 자극으로 인해 갑자기 의식의 차원으로 선명히 떠오르는 심리 현상.

적 상태와 고통스러운 죽음의 서사적 설명을 넘어, 프루스트의 글쓰기 방식 자체에 새겨진 무언가가 있다. 위대한 수필인 〈프루스트의 이미지The Image of Proust〉•에서 발터 벤야민은 이 부분에 대해 예리하게 지적했다.

> 천식은 그의 예술 일부가 되었다. 정말로 그의 예술이 천식을 만들어낸 것인지도 모른다. 프루스트의 문장은 리듬감 있게, 단계적으로 그의 고통에 대한 두려움을 반영한다.

프루스트 소설의 어휘 속에는 반복되는 단어들이 있다. 예컨대 '숨쉬기, 숨가쁨, 질식' 같은 말들이다. 그러나 더 중요한 것은 프루스트의 문장에서 미시적으로 반복되는 리듬 패턴이 존재한다는 것이다. 프루스트 하면 흔히 떠오르는 도시 전설이 하나 있다. 그의 문장은 너무 길고, 끝날 줄 모르며, 마침표조차 억지로 찍은 것처럼 느껴진다는 것이다. 프루스트 문장의 길이와 구조를 두고 벌어

• 1992년 민음사에서 출간된《발터 벤야민의 문예이론》에 수록되어 있다.

지는 '독자들의 놀이'도 있다. 예를 들어, 가장 긴 문장이 와인병 바닥을 몇 바퀴나 돌 수 있는지 재는 식이다(혹시 궁금하다면, 정답은 열일곱 바퀴다). 더 실용적인 기준으로는 단어 수를 세는 것이고, 이 방법에 따르면 가장 긴 문장은 무려 958개 단어에 달한다.

물론 프루스트는 문학적으로 필요할 때 짧거나 끊어진 문장(전문 용어로는 병렬법parataxis●)은 물론 아예 문장의 형식을 벗어난 표현까지도 능숙하게 구사할 줄 아는 작가였다. 짧은 문장의 대표적인 예로는《잃어버린 시간을 찾아서》의 유명한 첫 문장을 들 수 있다. 끊어진 문장들은 대개 특별히 감정이 고조되는 순간에 등장하는데, 예를 들어 할머니의 임종을 길게 묘사하던 서술은 그가 숨을 거두는 순간 갑자기 마무리된다.

할머니가 돌아가셨다.

프루스트는 문장이 아닌 표현들도 사용한다. 이를 테

● 예를 들어 'hunt-the-longest-sentence'와 같은 형태의 구문을 말한다.

면, 화자가 어떤 인식의 순간에 황홀감을 느끼면서도 그
것을 표현할 말을 찾지 못할 때 터뜨리는, 절반은 황홀하
고 절반은 좌절에 찬 감탄사인 "이런zut, 이런, 이런, 이런"
같은 것이다. 그리고 더 특별한 사례로 불완전한 문장을
들 수 있다. 불완전한 문장의 독특한 사례들은 유독 '알베
르틴'이라는 수수께끼 같은 존재와 관련되었을 때 주로
나타난다. 소설의 마지막 부분에서 알베르틴의 이름이
마지막으로 등장하는 대목에서는 문법이 그의 정체를 둘
러싼 미스터리 앞에 무너진다. 일반적으로 주절이 뒷받
침해야 할 두 개의 종속절이 나열되지만 정작 주절은 생
략되어 있다.

> 내가 잠자는 모습을 보았던 알베르틴의 깊숙한 곳은 죽
> 어 있었다.

이것은 아마도 《잃어버린 시간을 찾아서》 전체에서
가장 난해한 문장일 것이다. 그런데 더욱 매력적인 것은
알베르틴이 구사하는 불완전한 문장들이다. 그녀는 어떤
말을 하다가도 중간에 갑자기 멈춘다. 막 말하려던 문장

으로 자신의 성향이 드러날 것임을 순간적으로 깨닫고, 그 말을 꺾어버리는 것이다. 고전 수사학에서는 이런 현상을 '파격 구문anacoluthon'이라 부르며, 여기서는 무의식을 억누르는 심리적 억압의 표현 방식으로 작용한다.

이 정도면 프로이트조차 귀를 쫑긋 세울 만한 이야기가 아닌가. 그러나 애석하게도 실제로 프로이트가 운전 중에 이 소리를 들었다면 차로 어디든 박아버렸을지도 모른다. 프로이트는 프루스트의 소설을 아주 잠깐 읽었는데, 그 짧은 시간에 최상의 지적 즐거움을 맛보았다고는 할 수 없었다. 그는 프루스트의 문체가 '지루하다'고 평가했는데, 그 근거라는 것이 놀랍게도 '문장을 끝맺지 못하는 작가'라는 판단 때문이었다. 이처럼 어이없는 주장을 두고 보면, 사실은 자신이 프루스트의 문장을 끝까지 읽지 못한 것이 아닐까 하는 생각마저 든다. 게다가 알베르틴의 증상처럼 파괴적언 화법이 프로이트의 무의식 이론과 얼마나 자연스럽게 맞물리는지에 대해 한 번도 언급한 적이 없다.

누가 뭐래도 프루스트 문장의 전형적인 양식은 문장의 부분들을 증식시키는 것이다. 대개 수많은 종속절이 주절 주변으로 모여드는 형태인데, 종속절이 너무 많아서 오히려 주절이 종속절 더미에 파묻혀 사라지는 것처럼 보이기도 한다. 이런 문장 구조는 보는 관점에 따라 더러는 꽃이 피는 과정에 대한 놀라움에 비유되기도 하며, 어떨 때는 종속 괴물(고전적 수사학에서 쓰는 '종속hypotaxis'은 앞서 나온 병렬에 상대되는 말이다)이라고 불리기도 한다.

영국의 소설가 E. M. 포스터가 냉소적인 패러디로 가급적 아첨을 자제하고 비교적 담백하게 묘사한 적이 있다(실은 어찌나 유난을 떠는지 진기한 것들을 찾아보기 좋아하는 호기심 많은 수집가들을 위해 따로 각주에 옮겨 실었다)[4]. 마찬가지로 영국 소설가인 아널드 베넛은 찬사보다는 분노에 찬 글을 쓴 쪽이었다. 지네처럼 구불거리는 끝없는 문

---

[4] 문장은 아주 간단하게 시작한다. 그러나 다음 순간 파동이 일면서 확장되고, 삽입 어구들이 빠르게 둘러쳐지는 산울타리처럼 사이사이 끼어든다. 비유의 꽃들이 피어나고, 세 개의 들판에서 상처 입은 자고새처럼 멀리 떨어진 주동사主動詞를 웅크리게 만든다. 독자는 그 불쌍한 작은 동사를 마침내 찾아 들고는 이렇게 묻게 된다. "이렇게까지 돌아다니고, 총도 많이 쏘고, 값비싼 사냥개들까지 데리고 온 게 과연 이걸 위해서였을까?" 게다가 그 동사가 정작 문장의 주어와 무슨 관계인지도 알기 어렵다. 그 주어는 반 페이지쯤 앞에서 아주 경쾌하게 '사냥당해'버렸고, 나중에 알고 보니 목적격이었다. 이 '사냥'이라는 은유는 아마도 영국 사람만이 생각해낼 수 있었을 것이다.

장들을 어떻게 수습해볼 방법이 없어서였다.

이렇든 저렇든 프루스트의 독특한 구문이 그저 유별나다기보다는 다양한 역할로 기능한다는 사실은 부정할 수 없다. 여러 가지 기능이란 의식과 무의식 모두에서 일어나는 사고의 복잡성, 인식의 밀도, 생각의 관점 같은 것들이 고고학에서 쓰는 구조 양식에 따라 '층층이 쌓인' 것, 그리고 무엇보다 은유에 종속되는 개념으로서 비유의 거대한 연결망 속에서 세계를 어떻게 직조하는가에 대한 감각이다. 이것들이 지닌 특별한 성질에 대해서는 뒤에서 다시 들여다보기로 하자.

여기에서 두 가지 추가적인 기능이 두드러진다. 첫 번째 기능은 미로 속에서 길을 잃고 불면증에 시달리는 학생으로 다시 돌아가게 만든다. 문장을 일종의 망각 기계 _{amnesia-machine}로 작동시킨 결과 대부분 문장의 끝에 도달할 즈음이면 시작(대개 주어)이 무엇이었는지 잊어버리게 된다. 이처럼 '주어'를 잊는 것과 길을 잃는 경험(그리고 결국 둘 다 다시 찾아내는 과정)은 곧 '프루스트 읽기'의 한 차원을 깔끔하게 요약한다고 볼 수 있다.

그러나 망각과 기억의 고된 작업과 더불어, 프루스트

의 문장을 읽을 때는 또 다른 종류의 긴장감이 따라온다. 그것은 마치 숨을 고르며 끝없이 이어지는 숨쉬기 운동과도 같은 경험이다. 여기서 독자가 잃는 것은 길이 아니라 숨이다. 프루스트의 문체에서 문장이 부풀어 오르고 가라앉는 문법적 흐름이 마치 숨을 들이마시고 내쉬는 듯한 '호흡의 리듬'처럼 감지된다. 한편으로 이 리듬은 프루스트의 문체를 지배하는 순수한 감각의 포착을 목표로 하고 있으며, 프루스트가 '살아 있음'이라는 존재 경험을 얼마나 깊이 직관적으로 파악했는지 보여준다. 호흡의 리듬은 또한 단순히 문체의 특징에 그치지 않고 독서 행위 자체로 전이되어 독자가 직접 경험하게 된다. 이는 프루스트가 〈생트뵈브에 반대하여Contre Sainte-Beuve〉•에서 자신의 독서 경험에 대해 이야기한 것과도 맞닿아 있다.

나는 금세 단어들 이면에 흐르는 노래의 선율을 파악할 수 있었다.

• 프루스트의 초기 비평서로, 국내에서는 《어느 존속 살해범의 편지》(현암사, 2021)에 수록되어 있다. 생트뵈브는 1800년대 프랑스의 시인이자 비평가다.

그런가 하면《잃어버린 시간을 찾아서》에도 이와 비슷한 부분이 있다. 예를 들어, 의사가 죽어가는 할머니에게 산소 실린더를 처방하는 '기적의' 순간을 그는 이렇게 표현했다.

> 할머니의 호흡은 더는 '곡쉰 가르랑거림'이나 '끙끙거리는 신음'이 아니었다. 빠른 선율로 길게 이어지는 행복한 노래가 방 안을 가득 채우는 것 같았다.

또한 프루스트는 쇼팽의 음악에 대해 아름답게 묘사한 구절을 남기는데, 이는《잃어버린 시간을 찾아서》의 문장 구성과 독서 경험을 모두 설명하는 중요한 차원의 대표적인 사례다. 프루스트는 쇼팽의 선율을 이렇게 묘사한다.

> 그 '악절들'은 혼란스럽고 종잡을 수 없이, 구불거리며 지나치게 기다란 모가지도 대단히 자유롭고, 엄청나게 유연하며, 생생한 촉각을 지니고 반드시 되돌아온다. 먼 바깥, 처음 출발한 방향에서 멀리 떨어진 곳을 탐험

하다 […] 유유히 돌아오는 것이다. 이처럼 더욱 의도적인 방식의, 더 정교하고 계획적으로 보이는 귀환은 마치 크리스털 잔의 공명에 울컥하듯 우리의 심장을 때린다.

이러한 문장은 독자의 가슴을 파고들어 울림을 만들 뿐만 아니라 때때로 독자를 숨차게 만들기도 한다. 프루스트의 긴 문장이 지닌 호흡의 리듬 속에서 발터 벤야민은 작가의 천식 발작과도 같은 고통의 흔적을 읽었다고 했다. 정교하게 구성되고 절도 있게 이어지는 문장들 안에는 두려움과 그것을 밀어내려는 노력, 두 가지 감정이 동시에 담겨 있다는 것이다. 프랑스 소설가 아나톨 프랑스는 프루스트의 문장이 "하도 끝이 없어서 읽다가 폐결핵 환자가 될 정도"라고 말했다고 한다. 이는 프루스트 문장의 '음악성'과는 정반대의 경험을 과장되게 표현한 것으로 독자가 종종 정신적으로뿐 아니라 육체적으로도 숨을 고르기 위해 멈춰야 하는 순간들을 가리킨다. 리드미컬하거나 선율적이지 않다. 정신적 휴식이 필요한 건 물론이고 말 그대로 정말 숨을 쉬기 위해 주기적으로 멈춰야 하기 때문이다.

여기서 나는 고통에서 기쁨으로 전환된 두 번째 이야기를 꺼내고자 한다. 프루스트의 작품을 읽을 때, 특히 소리 내어 읽을 때 실제로 호흡 곤란을 겪는 독자가 있을 거라고 상상하는 건 어렵지 않다. 그렇다면 아이러니하게도 프루스트의 작품이 그런 증상의 치유제가 될 수도 있지 않을까? 프루스트가 일으키는 증상을 프루스트로 치료한다는 말인가? 바로 그런 이야기를 한 정신분석가 지인에게 들었다. 그 친구는 만성적인 호흡기 질환을 앓고 있었는데, 처음에는 프루스트의 문장을 소리 내 읽는 행위가 고통스러웠지만, 지속하면서 점차 치유되는 경험을 하게 되었다고 한다. 프루스트의 작품을 소리 내어 읽으며 회복한 이 경험은 역설적인 파르마콘, 독이자 약인 것의 정반대 버전이다. 즉, 당신을 해칠 수 있는 것이 오히려 치유하게 되는 것, 프루스트라는 독이 결국 약이 되는 셈이다.

IV

《잃어버린 시간을 찾아서》의 시작을 여는 〈스완네 집 쪽으로Du côté de chez Swann〉의 마지막 부분에 호흡곤란에 관한 흥미로운 사례가 나온다. 화자는 주변 풍경에 어우러진 고딕 건축의 아름다움을 기대하며 가족들을 따라 발베크에서 가장 유명한 조각상의 복제품을 보러간다. 그 순간 그는 이렇게 말한다.

> 그 조각상들이 영원한 소금기 머금은 안개 속에서 부조처럼 떠오르는 듯한 광경을 떠올리자, 기뻐서 숨이 멎을 지경이었다.

여기에는 훗날 '스탕달 증후군'이라 불리게 되는 감각이 암시되어 있다. 프루스트가 깊이 존경했던 스탕달은 한때 아름다움을 '행복의 약속'이라고 정의했다. 그리고 그는 그 약속이 실제로 충족될 뿐 아니라 황홀경으로 승화되는 경험을 1817년에 피렌체 산타크로체 성당에 걸린 볼테라노•(스탕달 신드롬을 일으킨 문제의 그림에 대해서는 여러 가지 설이 있다)의 프레스코화 앞에 섰을 때 이 '행복의 약속'이 실제로 충족될 뿐 아니라 황홀경으로 승화되는 경험을 했다. 볼테라노의 프레스코화를 바라보던 중 그는 예술적 감흥 속에서 순식간에 천상의 경지에 이르렀다.

> 숭고한 아름다움의 사색에 잠겨 있다가 […] 순수예술이 지닌 천상의 감각과 뜨거운 감정이 만나는 감동의 경지에 이르렀다.

들어진 것이 바로 '스탕달 증후군'이다. 이는 예술 작품과의 관계가 계시적일 만큼 강렬해 관람자가 그 작품에 완전히 잠식되고 사로잡히는 상태를 가리킨다. 이 증후군은 의학적 의미로도 쓰이는데, 이는 초기에는 사로잡힘에 가까웠던 감정이 점차 집착으로, 황홀경이 중독으로 바뀌기 때문이다. 즉, 아름다움이 없으면 견딜 수 없

• 발다사레 프란체스키니(Baldassare Franceschini, 1611~1689). 이탈리아 화가. 출생지의 이름을 따서 볼테라노로 불린다.

는 일종의 마약처럼 작용하는 것이다. '스탕달 증후군'의 다른 이름은 좀 우스꽝스럽다. '예술 병Art Disease'과 '예술 발작Art Attack'으로, 후자에는 가슴 아픈 사연이 얽혀 있다. 2018년에 우피치 미술관을 찾은 관람객이 (베르메•의 〈델프트의 풍경〉을 관람하던 베르고트처럼) 실제로 보티첼리의 〈비너스의 탄생〉 앞에서 황홀경에 빠져 치명적인 심장마비를 일으켰다는 이야기 때문에 어느 정도 애잔함을 띠게 되었다(《잃어버린 시간을 찾아서》에서는 베르고트가 베르메의 '델프트 풍경'에 심취한다).

스완이 오데트에 대한 '사랑'을 이상화하는 수단으로 보티첼리를 끌어들이는 것에서도 피렌체 유파와의 약한 연결고리를 찾아볼 수 있는데, 이것은 황홀경에 가까운 도취라기보다 예술을 숭배하는 감정가스러운 태도에 더 가깝다. 그러나 이러한 맥락에서 진짜 중요한 장소는 피렌체보다 베네치아가 더 중요하게 부각된다. 베네치아는 19세기 후반 예술 애호가들의 메카로서 존 러스킨, 헨리

• 네덜란드 회화의 황금기를 대표하는 화가. 〈진주 귀고리를 한 소녀〉의 작가로 유명하다.

제임스, 토마스 만, 그리고 당연히 마르셀 프루스트를 포함한 작가들을 매혹시킨 장소였다. 소설 속에서도 화자는 어머니와 함께 베네치아를 방문한다. 오랫동안 꿈꿔온 도시 베네치아는 환상이 깨지기 전, 경이로움과 찬란한 황홀경의 극치로 존재한다 석호에 반짝이는 빛, 건물에 어린 광채, 특히 산마르코 성당의 불빛은 넋을 잃을 정도로 눈부셨으며, 이 경험은 마지막 권에서 프루스트 미학을 구축하는 데 핵심적인 역할을 한다.

그러나 여기에도 문제가 있었다. 프루스트는 러스킨의 책《베네치아의 돌The Stones of Venice》에 천착하면서 러스킨이 프루스트에게도 깊고 지속적인 영향을 미쳤지만 그의 글 속에는 미묘한 위협도 있었다. 그것이 바로 '이상형eidolon'의 유혹이다. 러스킨은 이를 형상화된 아름다움이라 불렀고, 프루스트는 그것을 우상숭배idolatry'라고 불렀다. 즉, 아름다움을 맹목적으로 숭배하는 것, 감각적 황홀과 영적 고양을 혼동하는 가짜 종교와 같은 태도였다. 이러한 우상숭배가 주로 시각예술의 영역에서 스탕달 증후군으로 변형되지만 문학 또한 여기서 자유롭지 않았다. 특히 세기말fin-de-siècle 유미주의가 절정에 달하던 시기에는 더욱 그러했다.

이쯤에서 현재로 빠르게 돌아와, 프루스트 산문의 아름다움에 심취해 믿을 수 없을 만큼 절실한 애착을 보이는 독자 이야기로 넘어가보자. 바로 내가 말한 세 번째 사례다. 이는 과거에 프루스트를 일종의 계시적 황홀경을 제공해주는 존재로 여기거나, 혹은 그의 작품에 정통한 것을 영혼의 고귀함을 나타내는 상징처럼 여기는 계층 기반의 관점과는 전혀 다른 차원의 이야기다. (열광적인 성품의 캉브르메르 부인은 말할 것도 없고, 오리안 드 게르망트가 《잃어버린 시간을 찾아서》의 열렬한 숭배자라고 상상해보자. 생각만으로도 재미있다.)

이 세 번째 이야기의 발단은 파리에서 열린 회의 석상에서 만난 사람이 내게 던진 질문이었다. 자기가 프루스트에 너무 깊이, 광적으로 중독되어 어떻게 해도 빠져나올 수 없다는 것이었다. 그럴 정도면 우리가 책의 시작 부분에서 던진 질문, '프루스트는 우리에게 유익한가?'에 대한 답은 부정적일 수밖에 없다. 중독은 여러 해 동안 그녀를 지배했으며, 어느 면에서는 삶을 망쳐놓았다. 그녀가 '프루스트를 항상 필요로 하는 상황'에서 자유로워질 가망은 전혀 없어 보였다. 그러나 마침내 그녀는 해법을 찾았다. 프루스트를 한 번에 끊는 것이 아니라, 오히려 용량을 계속 늘려 지쳐 나가떨어져서 더는 받아들일 여력이 없어질 때까지 프루스트를 읽기로 한 것이다. 대단히 역설적인 형태이기는 하지만 독이 치료제 역할을 한 셈이다. 어쩌면 프루스트가 소설의 마지막 '스케치'에서 경의를 표한 '친애하는 치료제'가 이런 의미였을 수도 있다. 그 치료제들은 화려하게 표현되어 친구가 되어 함께 산책하자고 제안하러 오는 존재로 묘사된다(우리 몸 밖으로).

V

불면증을 극복해보겠다고 같은 불면증 환자였던 프루스트의 작품을 읽었던 사람, 프루스트가 고통받았던 천식을 극복하기 위해 숨이 찰 때까지 큰 소리로 프루스트의 문장을 읽으며 극복하려던 사람, 프루스트의 작품에 대한 끝없는 갈망에서 벗어나기 위해 그의 작품을 탈진

할 때까지 읽어낸 중독자. 그야말로 화려한 광기의 퍼레이드다. 이들에게 배울 점이 있다면 다음과 같은 문장으로 말할 수 있을 것이다. "'프루스트 치료법'이라고 새겨진 이정표를 향해 가겠다고 마음먹은 이상 반쯤이 아니라 전부를 걸고 끝까지 가야 한다"라는 점이다. 이 놀라운 이야기들은 프루스트의 가장 집요하고 강렬한 사유의 심연까지 닿아 있으면서도 동시에 그런 길 자체가 어쩌면 일종의 풍자처럼 보이게 만든다.

사실 프루스트는 건강 관리법과는 아주 거리가 멀다. 그의 소설이 동네 서점의 '자기 관리' 코너에 적절할 거라는 생각은 그야말로 터무니없다. 또한 프루스트가《잃어버린 시간을 찾아서》를 일종의 '프루스트 사용설명서'로 만들었으리라고 짐작한다면 곤란하다. 책을 프루스트에게 내밀면서 '프루스트 메뉴얼' 어쩌고 하면 아마 프루스트는 크루아상(프루스트는 크루아상을 마들렌보다 훨씬 더 좋아했다)[5]을 먹다가 목이 막힐지도 모른다. 그런데도 이 책에 대한 유명한 찬사 중에 딱 그런 내용이 있다. '인생

5   3장 '기분 전환으로 크루아상과 커피를' 참조.

의 […] 낭비를 멈추는 방법에 관한 실제적이고도 보편적으로 적용 가능한 이야기'라나 뭐라나. 어쩌면 소설 속 화자라면 이것을 새로운 소식으로 받아들였을지도 모르겠다. 소설 제목인 '잃어버린perdu' 속에는 '낭비하다'라는 의미도 있다. 그는 잃어버린 '인생'을 경험하는 것이 정확히 무엇인지 탐색하느라 수년을 보냈으니 말이다. 그런 프루스트조차 《잃어버린 시간을 찾아서》를 '사랑하며 행복해지는 법'에 관한 입문서로 커플 테라피에 사용하겠다거나 '고통을 성공적으로 극복하는 법'의 교과서로 쓰겠다고 제안했다면 차라리 그 자리에서 죽어버리겠다는 의지를 내보였을 것이 분명하다.

프루스트의 소설은 격언으로 가득 차 있지만, 그것이 '삶의 기술을 가르치기 위한 설명서'는 아니다. 프루스트를 그저 듣기 좋은 말로 포장하는 것은 그 위대한 작품을 다루는 적절한 방식이 아니다. 이 책, 《마르셀 프루스트를 찾아서》(사실은 마르셀 프루스트를 받아들이며 지켜내기라고도 할 수 있다)•의 주제도 그런 쪽과는 전혀 관련이 없다.

프루스트 소설에 대한 의견으로 내가 접한 것 중 최고는 영국의 저널리스트이자 정치평론가인 앤드루 마의 간결한 묘사다. 그는 프루스트의 소설이 "살아 있음이 무엇인지 성찰하는 한 남자에 관한 것"이라고 했다. 이 성찰은 서사적인 요소에서부터 분석적, 시적인 관점에 이르기까지 광범위한 영역에서 이루어진다. 여기에는 살아 있는 세계의 숨결에 주의를 기울이는 태도이자, 그 세계에서 살아간다는 것이 무엇인지에 대한 해석이기도 하다. 그 해석은 비할 데 없는 풍요로움과 복잡성을 지니고 있으며, 때로는 기이하고 충격적인 순간들을 포함한다. 그 결과 절묘하게 유쾌하며 심지어 황홀하기까지 한 순간들 그리고 때로는 극심하게 고통스러운 순간들을 두루 담아내게 된다(화자에게 정신이 아득할 정도로 충격을 준 가장 극적인 순간은 알베르틴의 성적 취향이 드러났을 때였다).

'충격적인' 경험은 화자 본인과 독자인 우리를 기습하듯 덮치는 능력이라 할 수 있으며, 이것으로 프루스트는 이화異化** 또는 '낯설게 하기'로 대표되는 모더니즘 프로

- 이 책의 원제인 《LIVING AND DYING WITH MARCEL PROUST》의 의미를 저자가 확장해 해석한 것으로 이해할 수 있다.
- •• 일상화한 대상을 다른 양상으로 제시함으로써 새롭게 인식시키는 문학 기법.

젝트의 초기 단계에 속한 작가로 자리매김한다. 그는 이를 준의학적 은유로 표현했는데, 무례할지라도 깨어나려는 노력으로 단순히 '정상적' 자아를 회복하는 것(프루스트가 말하는 실제 수면에서 깨어날 때 일어나는 일)뿐만 아니라 '습관의 무감각'에서도 벗어나는 것이다. 프루스트는 반복으로 인해 정신과 상상력이 거의 생명력을 잃을 정도로 무뎌지는 영역에 조용하지만 용감하게 맞선다. 한편으로 세상에서 살아가는 일은 프루스트가 '서식지', 즉 인간이 살 수 있는 세계의 원칙을 중요시하게 만든다. 이것이 다른 현대 작가들과 예술가들처럼 프루스트를 생활 세계에 대한 우리의 개념을 전면적으로 공격하고 해체를 위해 낯설게 하기를 추구하는 급진적 모더니즘과 구별하는 점이다.

그러나 프루스트가 간직한 세상에 대한 애정을 빌미로 그를 벨에포크• 시대의 향수에 젖어 그 시절의 글이나 답습하는 작가로 평가하는 것은 용납할 수 없다. 이런 식

• 아름다운 시절이라는 의미. 제1차 세계대전 이전에 프랑스를 중심으로 서유럽의 예술과 문화가 번창했던 시기.

으로 생각하고 싶어 하는 사람들은《잃어버린 시간을 찾아서》에서 '향수nostalgie'와 '향수 어린nostalgique' 같은 표현을 발견하면 확신에 차서 프루스트를 이 단어들에 묶어버리려 하겠지만 실제로 이러한 표현이 얼마나 희박하고 종종 아이러니하게 사용되는지 살펴보면 금세 그 생각을 접게 될 것이다. 혹은 화자가 샤를뤼스 남작의 실크 모자를 짓밟은 뒤 다시 집어 들어 찢어버리는 에피소드를 접할 때는 급진적 모더니스트 쪽으로 밀어붙이기도 할 것이다. 이 장면에는 나름의 이유가 있지만 그 부분은 무시하고서 말이다.

진실은 당연히 이 중 어느 쪽도 아니다. 프루스트가 세상에 대해 갖는 생동하는 관심('생동성' 역시 핵심 키워드다), 즉 세속성은 대부분 독립적인 현재에서 펼쳐지거나 과거의 기억과 연결된다. 그러면서 동시에 누구 못지않게 미래 지향적이기도 하다. 즉, 한 사건이 또 다른 사건으로 이어지는 이야기의 기본 원칙을 따르면서도, 궁극적으로는 운명처럼 다가오는 그 순간, 맥박이 멈추는 순간을 향해 나아간다. '죽음은 우리 곁 어딘가에서 함께하다 불현듯 오늘 모습을 드러내기로 결정한다.' 그러나 그날이 도래해 영구차가 도착하기 전까지 누릴 수 있는 많은 날들과 온갖 장소가 남아 있다. 우리는 그곳으로 향할 것이다.[6]

---

6 7장 '나날들' 참조.

Chapter 2

인생의 떨림

The quiver of life

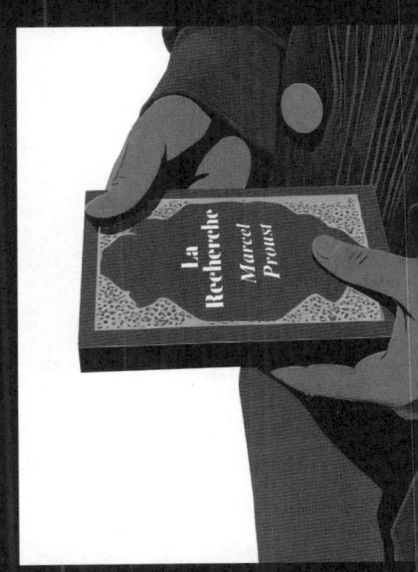

I

프루스트의 위대한 주제가 '인생'이라고 말하면 상당히 당혹스러울 수 있다. 너무 당연하고 명백해서다. 달리 뭐라고 할까? 원래 소설의 주제는 셀 수 없이 많은 인생의 면면 중에서 한두 가지로 이루어진다. 제목에 대놓고 삶의 소멸을 가리키는 어휘를 사용했을 때도 마찬가지다. 토마스 만의 《베네치아에서의 죽음》, 윌리엄 포크너의 《내가 죽어 누워 있을 때》 등이 그런 예다. 마찬가지로 《잃어버린 시간을 찾아서》의 모든 페이지도 삶과 죽음을 이야기한다. 거기에는 일상(부엌일을 하는 프랑수아즈, 일요일의 가족 산책, 해변으로의 여행 등)이 있고, 처신과 풍습으로 영위되는 사교계 생활(게르망트 공작은 친구인 샤를 스완이 자신이 살날이 몇 달밖에 남지 않았다는 소식을 전하는 상황에서 아내의 구두 색깔로 소란을 피운다)이 있다. 또한 순수한 '존재의 감각'을 느끼는 삶도 있다. 책의 시작 부분에서 잠자던 화자가 느닷없이 깨어나 내부의 원시적인 부분과 접촉하는 대목을 살펴보자.

> 나는 내가 어디에 있는지 알지 못했고, 처음에는 내가 누구인지조차 이해하지 못했다. 원초적인 단순함 속에서 내게 온 것은 오직 짐승의 내면에서 떨리는 듯한 존재로서의 감각뿐이었다.

'떨림'은 비슷한 의미의 '진동'과 함께 프루스트가 구사하는 용어의 핵심 위치를 차지한다. '원초적인 단순함'이라는 본능에 따라 반응하는 몸과 마음의 리듬을 뜻하며, 개인이 자신만의 개성을 갖거나 사회생활의 규칙과 관례를 따르기 이전의 상태를 말한다. 따라서 개체화, 사회화는 '떨림'과는 대조적인 위치에 있다고 할 수 있다.

《잃어버린 시간을 찾아서》에서는 '인생'이 '시간'보다 훨씬 더 자주 소환된다. 물론 문학적 허구를 구성하는 과정에서 삶과 시간은 본질적으로 얽혀 있다. 이미 '살아왔고(서사에서 일반적으로 쓰이는 과거형), 살아가는(순간의 즉시성)' 이야기가 함께 다루어진다. 전자의 범주는 첫 발베크 체류 시기에 화가인 엘스티르가 어린 화자에게 배움과 삶의 관계에 대해 전하는 장황한 조언의 중심을 이룬다. 그는 말한다. "지혜를 얻는 유일한 방법은 진정으로 살아감으로써 자연히 만들어지는 길을 따라가는 것이다." 그런 점에서 이러한 장면은 나이 든 인물이 젊은이에게 '인생의 길'을 가르치고 인도하는 전형적인 서사다. 그러나 여기서 중요한 것은 '진정으로truly'라는 부사다. 그 자체로는 그리 특별할 것 없는 평범한 표현이지만, 이 단어는 연관된 형용사인 '진실한true'으로 이어지며 결코 평범하지 않은 사유로 우리를 안내한다. 그리고 이 실체는 책의 마지막 권에 등장한다. 의미심장하게도 '영원한 숭배L'Adoration perpétuelle'•라는 제목을 달고 있는 이 장에서 문

• 'perpetual adoration'의 프랑스어에 해당하며, 문자 그대로 직역하면 '영원한 숭배'이지만 동시에 가톨릭에서 일정 기간 성체를 제단에 모시고 신도들이 돌아가며 예배하는 '상시 성체 예배'를 가리키는 말이기도 하다. 여기서는 문학이 삶처럼 상시적이면서 삶의 본질을 담아낸다는 의미로 보인다.

학이라는 소명에 바치는 대목이다. (여기서 '바치다'라는 표현이 특별한 울림을 준다.)

진정한 삶, 마침내 드러난 분명한 삶, 충실히 살아낸 결과는 오직 문학이다.

진정한 삶에서 영원히 칭송받을 가치가 있는 단 하나의 소명은 정말로 문학뿐일까? 한 젊은이(거의 예외 없이 남자다)가 예술가가 되는 과정을 다루는 소설 장르인 예술가소설Künstlerroman의 관습을 변주하는 것과 그 이야기를 이렇게 놀랄 만큼 확신에 차서 전제한 상태로 작품을 전개하는 것은 전혀 다른 차원의 일이다. 점잖게 말해도 과장이고, 엄격히 따지면 더 터무니없다. 프루스트는 우리가 흔히 떠올리는 방식으로 종교적인 작가는 아니었지만 위 문장에서처럼 성스럽게 울려 퍼지는 것 같은 강력한 선언은 종교적인 열성의 표현과 많이 닮았으며 찬양과 매혹에 대해서 말하는 것 같기도 하다.

이처럼 프루스트는 작가의 삶과 진정한 삶이 놀라운 등식이 성립한다고 여겼다. 이에 대한 근거로 주로 러스킨이 거론되는데 특히 러스킨의 저서 《아미앵의 성서The Bible of Amiens》가 그에게 큰 영향을 미쳤다. 프루스트는 이 책을 직접 번역해가며 소설을 구상(그는 대성당의 건축과 비교하여 소설을 축조했다)했고, 등장인물 중 한 명을 러스킨으로 설정하기까지 했다. 그러나 이런 식의 열정적인 태도는 이전 장에서도 이야기했듯이 우상숭배와 크게 다르지 않다. 프루스트는 이 점에 대해 러스킨을 지적했으나 정작 본인도 공모자의 입장에서 벗어나지 못한 셈이다. 게다가 여기에는 윤리적 문제 외에도 또 하나의 쟁점이 존재하며, 이는 프루스트의 예술적 신념이라는 전혀 다른 영역으로 우리를 이끈다.

문학이 '진정한 삶'의 영토라는 선언은 그저 열렬한 신앙고백 수준이 아니라 규범적인 명제의 형태를 띤다. 그런데 이는 프루스트의 깊은 예술적 신념에 위배되는 태도이기 때문에 모순에 부딪칠 수밖에 없다. 결국 에세이 형식의 〈생트뵈브에 반대하여〉(내용의 대부분이 《잃어버린 시간을 찾아서》를 위한 탐구적 시도다)는 명제 추론에 대해 완고할 만큼 회의적인 자기 위치 확인으로 시작한다.

나는 매일 지성을 덜 중요하게 여기게 된다.

그러나 고작 몇 쪽 지나지 않아, 장난스러우면서도 날카로운 통찰력을 앞세워 그는 자신의 주장을 반박한다. 지성을 평가절하하는 문장에서조차 지성이 수행하는 특권적인 역할을 인정하게 된 것이다.

그러나 지성이 열등하다는 것을 확인하게 해주는 것도 역시 지성이다. 지성이 최고의 영예를 누릴 자격이 없을지는 몰라도 그것에 영예를 부여할 수 있는 것은 지성뿐이다.

예술적 신념이 '지성'에 일정한 자리를 내어주는 것도 마찬가지 이유다. 지성이 없는 생명과 삶은 깊은 곳에 공백이 생기기 때문이다.

사람의 느낌이란 불빛에 비추어 보기 전에는 온통 검은색으로만 보이는 사진 필름과도 같다. 그것은 지성과 접촉하기 전까지 우리는 그게 무엇인지조차 알 수 없다.

사실 이런 식으로 역설과 모순 사이를 왕복하며 당치 않은 논리를 갖다 대기는 쉽다. 철학의 한계, 심지어 그 무의미를 역설하기 위해 철학적 논증을 이용하는 철학자가 빠지게 되는 함정과도 같다. 우리가 잊지 말아야 할 것은 심각한 와중에 재담을 던지는 프루스트식 유머다. 예를 들어 화자가 질베르트와 '놀기 위해' 만나는 장면 앞에 등장하는 농담 같은 비유가 그것이다. '지성으로는 현실의 외계를 믿지 않지만, 몸으로는 외계의 존재를 받아들이는 관념론적 철학자처럼'이라고 한 부분이다. 문제가 있다면 그건 철학자의 몫이 아니겠느냐고 눙치는 것이다. 덜 장난스럽게 말하면 정신과 신체를 분리해 둘 사이를 넘나드는 프루스트적 사고의 다양한 변화는 그가 일련의 원칙 및 우선순위가 추상의 형태로 굳는 것을 막느라 씨름한 사실과 관련이 있다. 추상적인 개념을 넘어서거나 그에 우선하는 지점을 찾으려 한 것이다. 실제로 '문학'과 '예술'이라는 용어는 18세기 이후 이론적 탐구의 한 분야가 된 '미학'과 연관되지만 미학의 주요 대상(심미적 경험)은 '생명을 가진 존재'의 즉시성에 기반하므로 이성적 인식과 추상 개념의 경계선 아래에 놓여 있다. 원래

'심미적'이라는 단어는 그리스어 아이스테시스^{aisthesis}에서 기원했으며, 신체적 감각이라는 뜻이다. 따라서 '진정한 삶'에 이르기 위해 '문학'을 경유해야 한다면 그것은 화자의 다음과 같은 말에서 그 이유를 찾을 수 있다.

> 지성이 파악하는 진리는 삶이 우리에게 전달해주는 진리보다 덜 심오하고 덜 본질적이다. […] 왜냐하면 삶은 하나의 인상 속에서 우리의 감각을 통해 우리 안으로 들어오는 물질적 인상으로 전달되기 때문이다.

따라서 정신적 '생명'으로서의 삶은 신체 감각기관을 통해 의식과 무의식으로 동시에 유입되는 경험에 의해 영속하는 다른 부분이 영양을 공급해줄 때만 진정 창조적일 수 있다. 이 감각적 통로는 또 하나의 '영원한'의 영역이며, 〈도망간 여자^{La Fugitive}〉•에서는 '끊임없이 재생되는 세포들로 이루어진 […] 생명'으로 묘사된다. 하지만

• 《잃어버린 시간을 찾아서》에서 〈사라진 알베르틴〉의 원제. 이하 〈사라진 알베르틴〉.

신체 세포라는 표현은 19세기 생명주의vitalism●의 생물학적 경향이 남긴 일부 흔적이 불안한 지점에서 끝날 것이라는 강력한 환원적 관점을 암시한다. 이 부분이 프루스트를 여기저기 갖다 붙이는 빌미가 되었다. 그 이후 프루스트를 온갖 곳에 끌어들이는 건 새삼스럽지 않지만 '유전'이 어떻고 하는 이야기에까지 거론하는 건 좀 놀랍다. 이런 식의 결정론은 소설에서 대단히 중요하게 다룬 드레퓌스 사건●●을 대하는 태도에 영향을 미치는 것들이었다. 하지만 그는 '인종적' 결정론에 관한 조잡한 이데올로기에는 전혀 동조하지 않았다.

그럼에도 그가 '우리의 유기체적 생명의 신비'라고 한 표현은 여전히 사람들의 뇌리에 강하게 남아 있다. 그가 말하는 신비는 소설 속 가공의 작곡가 뱅퇴유가 만들

● 생기론. 생명 현상은 물리적 요인과 자연법칙만으로는 설명할 수 없고, 초경험적인 생명력의 운동에 의하여 창조, 유지, 진화된다는 이론.
●● 1894년~1906년에 발생했던 사건으로, 유대계 프랑스 장교 알프레드 드레퓌스가 독일에 군사기밀을 유출했다는 혐의로 부당하게 유죄 판결을 받은 사건. 이 사건은 반유대주의, 군사적 권위, 공화국 가치 등 더 넓은 사회적 갈등을 상징하게 되었으며, 프루스트의 《잃어버린 시간을 찾아서》에서 중요한 역사적 배경으로 등장한다.

어낸 기억에 남는 음악에 담긴 것과 같은 부류를 가리킨다. 뱅퇴유의 악구들은 '유기적', '본능적' 리듬과 '삶을 이루는 지극히 행복하며 영속적인 움직임'의 박자로 진동하면서 우리를 '분석적 추론'과 '지능의 낯설고 변질적인 빛'으로부터 해방시킨다고 표현되어 있다. 물론 음악은 문학과 다르다. 프루스트는 〈갇힌 여인La Prisonnière〉 편에서 뱅퇴유가 작곡한 칠중주곡의 연주를 들으며 명상하는 장면에서 음악과 문학의 대비를 극명하게 표현해놓았다. 문학과 그 매체인 언어는 추상적으로 개념화해 함축하기 때문에 명확한 사고의 자의식이 생기기 전부터 존재하는 원초적 직접성을 음악처럼 형상화할 수 없기 때문이다.

이를테면 이 음악은 내가 아는 모든 책보다 훨씬 더 진실하게 느껴졌다. 때때로 나는 그 이유가 우리가 삶에서 느끼는 것들이 사고의 형태로 경험되는 것이 아니기 때문이라고 생각했다. 그래서 그것들을 문학으로 옮기는 일은 본질적으로 지적인 과정이며, 설명하고 해석하고 분석할 수는 있지만 음악처럼 그것들을 '재현'할 수는 없다. 음악은 마치 우리의 존재가 지닌 억양을 그대로 옮겨놓은 듯한 소리로 다가오며 [···] 가끔씩 우리가 느끼는 황홀감을 일으키는 감각의 극점, 즉 내면의 가장 깊은 곳을 건드린다.

이 부분에서 묻어나듯, 프루스트는 낭만주의의 영향을 받았다. 하지만 음악과 문학의 본질적인 차이를 강조하면서도 프루스트의 주요한 목표 중 하나는 둘 사이의 간극을 좁히는 일이었다. 이는 단순히 문장과 문체의 리듬적 변조, 즉 '글 저변에 존재하는 멜로디' 같은 형식적 요소로만 이해되어서는 안 된다. 쇼팽의 비유에서처럼 그런 요소들도 실제로 존재하지만 프루스트가 말하고자 하는 바는 훨씬 더 깊은 개념에 가깝다. 그것은 감각적 '인상'의 중요성에 대한 사유를 점점 더 깊이 있게 전개하면서, '한 사람의 삶에서 발생할 수 있는 모든 가능성'이 '몸 속에 자리할 수 있다'는 주장과 연결된다. 이때의 '몸'은 '깨어 있는 몸, 심지어 물질적인 신체에서도 느끼는 감각들의 다발'로 정의되며, 여기에 '잠자는 몸'도 포함된다. 이러한 맥락에서 '추상'이 의미하는 바는 명제적 구조를 지닌 사유의 한 형태라기보다는 사물 자체를 재현하는 것이 아니라 사물과의 감각적 접촉을 통해 무언가 소중한 것을 끌어내는 행위에 가깝다.

II

지금부터 이어지는 네 개의 장에서는 후각, 미각에서 시작해 촉각, 시각, 마지막으로 청각까지 인간의 감각기관을 다루는 프루스트의 방식을 설명하려 한다.

　그러나 각 감각을 나누고 분리하는 것은 임의적인 것이며, 본래 하나로 얽혀 있는 감각을 나누고 분리하는 것이다. 몸이라는 '감각의 다발'은 다섯 가지 감각 지형에 걸쳐 펼쳐져 있으나 그 경계는 명확하지 않다. 인상주의 미학의 핵심인 '흐리기'를 이용해 표현하자면, 프루스트가 그리는 감각의 세계는 경계가 분명하지 않은 풍경처럼 보인다. 이는 우리가 감각을 시각, 청각, 후각처럼 뚜렷하게 나누기 전에 존재하는 훨씬 더 원초적이고 직관적인 감각 상태에 다가가려는 시도에서 비롯된 것이다. 이러한 흐리기 효과는 수평적으로뿐 아니라 수직적으로도 작용해 고전적인 감각 위계 구조를 교란시킨다. 전통적인 모델에서 시각은 가장 높은 위치에 놓이며, 이는 이성이 자리하는 곳에 가깝다고 여겨진다. 반면 후각은 동물적 기원과 가깝다고 판단되어 가장 아래에 위치하며, 이는 화자가 언뜻 느끼는 '심연 속의 동물성'과 연결된다. 그러나 프루스트의 세계에서 감각적 삶은 끊임없는 변형 metamorphosis의 이야기다. 감각들은 경계를 넘나들며 이동하고, 서로 스며들고, 뒤섞이며 다형적으로 변화한다. 이는 《잃어버린 시간을 찾아서》에 등장하는 수많은 '정체성'(특히 양성애적 정체성이 두드러진다)의 양상들과도 유사하다. 이러한 감각의 변이성은 프루스트 문학의 핵심 표현 방식인 '은유'와도 맞닿아 있다. 은유는 분리되어 있는 것들을 하나로 이어주는 방식으로 작동하며, 프루스트의 문학은 이러한 연결이 끊임없이 뻗어나가는 거대한 그물망처럼 펼쳐져 있다.

이처럼 경계를 넘나드는 움직임을 전문용어로 공감각이라고 한다. 이것이 '프루스트 효과'라고 불리는 현상의 핵심이며, 프루스트는 '감각 전이' 현상이라고 불렀다. 소설에는 이에 관해 말 그대로 수천 가지 예가 등장하는

데, 화자가 세계와 맺는 다양한 상호작용 속에 폭넓게 퍼져 있다. 그 범위는 지극히 평범한 일상적 경험에서부터 세련된 감각적 반응에 이르기까지 다양하다. 후자의 예로는 음악에 대한 반응이 포함되는데 이를테면 뱅퇴유의 피아노 소나타 연주는 연보라색을 떠올리게 하는 작용이 그런 예다. 여기에는 '문화적 통용'이라는 요소도 포함된다. 특정한 사회적 환경에서 세련된 감수성의 증거로 여겨지는 감각적 경험을 말한다. 이를 보여주는 흥미로운 이야기가 책에도 등장한다. 베르뒤랭 부인이 자신이 고상한 취향과 섬세한 영혼을 갖춘 사람임을 과시하려고 신경통 발작을 연기하는 대목이다.

"오, 안 돼, 안 돼요. 내 소나타는 안 돼요!" 베르뒤랭 부인이 외쳤다. "지난번처럼 울다가 끝내 코감기에 걸리고, 안면 신경통까지 얻고 싶지는 않아요."

물론 이 소설에서의 공감각적인 경험은 계급에 따른 문화 자본을 과시하기 위한 패러디에 지나지 않는다. 오히려 역사적이고 미학적인 관점에서 보자면 그것은 프루스트 미학의 깊은 토대 속에 뿌리를 두고 있다. 프루스트는 종종 그러하듯 이 전통의 선구자로 보들레르를 지목한다. 〈되찾은 시간 Le Temps retrouvé〉 편에서 화자가 게르망트 가의 서재에서 계시의 순간을 맞이하고, '감각 전이'가 담긴 보들레르의 시구들을 떠올리려 애쓴다. 이는 고귀한 전통 속에 자신을 위치시키려는 시도이며, 동시에 프루스트가 이 전통의 정통한 계승자임을 스스로 선언하는 장면이기도 하다.

프루스트가 쓴 비평에는 보들레르의 시가 자주 등장한다. 특히 보들레르의 《악의 꽃》 중 '바다 위에서 빛나는 태양 le soleil rayonnant sur la mer'이라는 표현이 프루스트의 주의를 끌었고 그는 〈꽃핀 소녀들의 그늘에서 À l'ombre des jeunes filles en fleurs〉 편에서 이를 인용한다. 프루스트에게 이 구절은 문학적 '인상주의'의 순수한 예였다. 문법적으로 '레요낭 rayonnant'은 현재분사로 '빛나면서 따스하게 한다'는 동작을 나타낼 수도 있고, '빛나는'이라는 형용사로 성질을 묘사할 수도 있다. 동작은 바다를 데우는 것, 성질은 물에 비치는 빛인 셈이다. 그러고 보면 〈1846년의 살롱 Salon de 1846〉에서 색 colour과 열 calor•의 어원적 관계를 탐구하여 미학과 화학을 연결지은 사람도 보들레르였다. 이와 같은 감각의 융합은《잃어버린 시간을 찾아서》에서 뱅퇴유의 소나타가 색과 빛, 열의 다중 감각으로 환기되는 것으로 반영된다. '끈 풀린 종이 계속 쨍그랑거리면서' 퍼지는 '한참 동안의 강렬한 햇빛'으로 묘사된 부분이다(이는 콩브레의 성당 광장 위로 쏟아지던 뜨거운 열기와 연결되며, 뱅퇴유는 자신의 기억 속에서 그 소리를 찾아냈을지도 모른다. 마치 화가가 팔레트에서 색깔을 고르듯이). 현재의 청각을 통해 다중 감각을 끌어모으면서 과거로 되돌아가는 여행의 순간이 소설에는 엄청나게 많다. 공감각적 '전이'(우리를 황홀하게 하면서 경계를 넘나든다는 의미에서)의 가장 유명한 사례가 콩브레로의 귀환이다. 이때 그를 되돌아오게 하는 매개는 두말할 나위 없이 '어느 겨울날' 먹고 마신 페이스트리와 차 한 잔이다.

솔직히 유명한 마들렌 에피소드를 또다시 불러오자면 약간의 민망함을 무릅써야 한다. 세월이 흐르면서 지나치게 과장된 경외의 대상(말 그대로 '영원한 숭배') 탓에

- 'heat'에 해당하는 라틴어.

과대포장된 대상이 되었으며, 동시에 다소 진부하면서도 어이없을 정도로 그런데도 굳이 이 이야기를 하는 건 다음 장의 힌트를 주기 위해서다. 다음 장에서는 추앙받던 페이스트리가 소박하고 평범한 크루아상에게 자리를 내주고, 라임 꽃차는 카페오레에게 지위를 빼앗기게 되기 때문이다.

아무튼 마들렌의 전설적인 이야기는 레오니 아주머니에게서 시작된다('내가 아주머니께 아침 인사를 드리러 갔을 때'). 아마 웬만한 이들은 여기서부터 이미 코믹한 분위기를 예감할 수도 있을 것이다. 더구나 레오니 아주머니에게는 '자신의 감각 중 가장 사소한 것'에 '특별한 중요성'을 부여하는 습관이 있기 때문이다. 사실 회의적인 사람들은 이 부분을 찻잔 속의 폭풍에 호들갑을 떤다고 치부하는데, 그들을 상대로 진짜 차 한 잔을 둘러싼 드라마를 제대로 이해시킬 방법이 많지는 않다. 반면 그것은 또한 프루스트적 기획 전체의 근원이자, 기원으로 다른 모든 것이 자라는 '정신적 토양'의 기층으로 규정되기도 한다. 특히 인상적인 것은 '전율하다'는 단어가 재등장하며, 실제로 연달아 두 번 반복된다는 것이다.

과자 조각이 섞인 홍차 한 모금이 입천장에 닿는 그 순
간 나는 전율했다.

이어서 시제가 현재로 이동하면서 감각은 한층 고조
된다.

내 안에서 무언가가 전율하고, 움직이고, 솟아오르려
하는 것을 느낀다. 그것은 마치 아득한 깊은 곳에서 닻
이 풀린 것 같은 어떤 것이다.

이 깊은 곳에서 바로 감각의 경계가 흐려진다. 냄새와
맛이 뒤섞여 하나의 유동체를 이루며, '시각적 기억'도 아
직은 '여러 색을 휘저어놓은 모호한 소용돌이' 상태다. 문
제의 기억은 몸의 역사 깊숙한 곳에 기거하며, 혼합 상태
의 감각은 '열쇠' 역할을 한다. 〈생트뵈브에 반대하여〉에
서 나온 공식에 따르면 이 열쇠가 '이성적 마음에 의해 쓸
모없는 것으로 치부되었던 우리의 부분 중 어떤 것이든
되찾을 수 있도록' 신체 기억 창고의 잠긴 문을 연다. 책
의 뒷부분에서 대단히 중요한 역할을 하게 될 이 열쇠는

마치 프루스트가 심취했던 책《천일야화》에서 문을 열
때 외우는 주문과 똑같다. 그 주문이란 다 알다시피 "열
려라, 참깨"[7]다. 여기서 문은 화자가 특정한 개인의 기억
뿐 아니라 더 총체적인 것, 즉 삶(과거에 속하지만 동시에
망각을 일으키는 파괴적인 시간을 견디고 살아남은 것들)'의
전체적인 형태를 발견할 수 있는 곳으로 건너가는 '경계'
다. 이러한 보편적 의미를 집약적으로 담아내는 마들렌
에피소드의 한 구절은 정당하게 널리 회자되며, 잔잔한
감동을 자아내는 동시에 프루스트적인 문체의 정수를 보
여준다. 이 문장은 특히 단순하게 쉼표를 반복적으로 사
용함으로써 감정을 건축하듯 정교하게 표현해 프루스트
특유의 스타일이 고스란히 드러낸다.

그러나 먼 과거에서, 사람들이 죽고, 사물이 파괴된 후
에 아무것도 남아 있지 않을 때, 홀로, 더 연약하지만 더
오래 지속되고, 더 비물질적이며, 더 지속적이며, 더 충
실한 감각—냄새와 맛—만은, 오랫동안, 남아 있다. 그

---

7   10장 '내 이름은 아마 그랬을지도 몰라' 참조.

것들은, 마치 영혼처럼, 기억하고, 기다리며, 희망한다. 다른 모든 것이 폐허가 된 자리에, 거의 감지되지 않는, 한 방울 위에, 기억이라는 거대한 건축물을, 떠받친다.

III

그러나 활기차게 살아 있는 육체가 맞이한 '저 빛나는 아침'이 위험과 맞닥뜨려 황혼에 점점 더 가까워지는 순간도 있으며 그 과정에서 낯설면서도 적대적인, 일종의 이방인이 된다. 이 '흑화黑化'에는 성적 욕망과 치명적인 질병이라는 두 가지 서사적 맥락이 있다. 비록 온갖 측면에서《잃어버린 시간을 찾아서》의 형식적인 구조가 전통적인 교양소설Bildungsroman• 형식 구조에서 벗어나 있지만 몇가지 축에서는 주로 발자크의 지대한 영향으로 '도제' 서사라는 전통에 충실하다.

　이 작품은 크게 세 영역, 즉 상류사회의 세계, 예술과

●　내면의 형성 과정을 다루는 소설 장르.

문학 영역, 그리고 성과 성욕의 영역에 입문하는 이야기로 구성된다. 이 가운데서도 마지막의 성에 관련된 부분은 단계적으로 전개된다. 시작은 잠든 화자가 상상 속 이브 같은 여자의 모습을 두고 펼치는 에로틱한 판타지다. 이어 콩브레 집의 외딴 방에서 어린 소년이 혼자 자위하는 장면(사정하는 순간을 놀랍도록 솔직하게 묘사하고 있다), 레오니 아주머니네 소파에서 사촌인 여자아이와 희롱하는 장면(이 소파는 나중에 매춘부의 집에 선물로 보내진다)이 등장하고, 질베르트와의 조우 이후 발베크에서 맞이한 첫 여름휴가에서 '어린 소녀들'과의 격정적인 만남이 이어진다. 화자는 이로 인해 초기 형태의 성적 각성을 하게 되며 결국 그의 리비도의 초점은 알베르틴에게 정착하는 운명을 맞이한다.

소설에서 이런 식의 장면을 찾아보기는 어렵지 않지만 무엇보다도 첫 입맞춤이 주는 황홀감에 비할 수는 없을 것이다.

나는 알베르틴에게 입을 맞추려고 몸을 기울였다. […]
삶이 내 바깥 어딘가에 있지 않았다. 삶은 온통 내 안에 있었다.

　사실 이것은 범람하는 대홍수('견디기 힘들 정도로 홍수처럼 범람하는 나 자신의 감각')의 출발점이자 쇄도하는 거대한 파도('나를 통해 밀려드는 사납고도 파괴할 수 없는 삶의 광대함')의 시작에 지나지 않았다. 청소년기 호르몬에 의해 작동하는 리비도에 과도하게 고상한 이름을 붙이는 것은 피해야겠지만 19세기 후반 '인생' 철학이라는 맥락에서 볼 때, 본능에 따라 마구 행동하는 니체의 '디오니소스적인 것'을 떠올려볼 수는 있을 것이다. 니체 철학자로서의 프루스트의 체급은 다소 경량급에 속했지만(그가 니체의 작업에 대해 아는 것은 대단히 제한적이었으며 대개는 간접적으로 전해 들은 것들이었다), 어쨌든 프루스트가 니체의 《자라투스트라는 이렇게 말했다》에서 '당신의 가장 심오한 철학보다 당신의 몸에 더 많은 지혜가 깃들어 있다'라는 말에 동의했을 것에는 의심의 여지가 없다. 물론 이 사나운 격정 속에는 망상과 오독의 불온한 지대에 누워 기다리는 광기 역시 깃들어 있다.

　처음에는 하나의 몸이 다른 몸을 향해 열광적으로 열

리는 랩소디 같은 장면처럼 보이지만 그것은 이내 뱀 구
덩이가 되고 만다.

> 욕망은 고통이 되고, 욕망이 강렬할수록 고통은 더 잔
> 인해지며, 처음에는 감각의 대수학에서처럼 똑같은 계
> 수로 다시 나타나지만 더하기가 아니라 빼기에 의해 지
> 배된다.

더하기에서 빼기로의 전환은 몸에서 마음으로 전환되
는 것이기도 하다. 이때 욕망은 오직 정신적 대상이 되어
'사냥꾼과 사냥감'이라는 병리학적 역학 속에 갇힌다. 이
때 상대방을 붙잡으려는 시도는 결국 자신을 가두는 집
착으로 변모한다. 그것은 '사랑하는 사람의 해독 가능한
의미'를 향한 편집증적 강박이다. 알베르틴은 비밀스러
운 노트로 형상화되며, 화자는 그 기호의 숲에서 길을 잃
은 광적인 독자다. 그는 해독할 수 없는 암호를 읽으려 애
쓰며, 끝없는 해석의 미궁에 빠진다. 혹은 형사가 '실마
리'가 될 방대한 사건 기록을 쥐고도 결코 진실에 다가가
지 못하는 것이나 마찬가지다.

나는 그녀의 드레스를 찢고 몸을 보는 것이 아니라 그
몸을 통해 그녀의 기억과 곧 있을 연인들과의 열정적
만남을 계획한 노트 전체를 볼 수 있기를 열망했다.

이 장면은 첫 권에 삽입된 삼인칭시점의 이야기, 〈스
완의 사랑Un amour de Swann〉에서 오데트를 향한 스완의 광적
인 호기심에 대한 한 박자 늦은 메아리다. 오데트는 자신
의 만남을 끈질기게 감시하며 동성애를 의심하는 스완에
게 추궁을 저지하려는 의도로 차라리 인정해버리는 듯한
말을 한다.

> "그렇지만 난 모르겠다고요." 그녀는 화가 나서 소리쳤
> 다. "어쩌면 아주 오래전에 […] 두세 번쯤."

그러나 오데트가 스완을 말리려는 의도로 쓴 '두세 번'
이라는 표현이 스완에게는 '몸에 칼을 찔러넣는 것'처럼
'그의 심장 조직에 십자가나 다름없는 것을 새겨넣었고,
'정말로 심장에까지 가닿은 것처럼 심장을 찢어발겼다'.
이와 똑같은 패턴이 화자와 알베르틴의 관계에서도 만들

어진다. 편집증적으로 집착하다보니 사랑하는 상대의 몸을 '몇 미터쯤 떨어진 바깥에 두지 못하고 우리 내부'로 끌어들인다. 하지만 이미 우리 '내부'는 '즐거움의 쇄도가 사라지고 또 다른 자상('살 속 깊숙이 찌르는')으로 인해 깊은 정신적 상처만 남은 곳'이다. 일시적인 완화제야 있겠지만, 이 상처를 치유할 결정적 방법은 오로지 욕망하는 자아의 죽음뿐이다. 이때 도움을 주는 것은 언제나처럼 무심함과 망각의 웅덩이에서 시간의 힘으로 만들어내는 치료약이다.

> 죽음 이후, 시간이 몸을 떠나고, 무심하고 지독히 빛바랜 기억들은 더는 존재하지 않는 그녀에게서 지워졌으며, 여전히 고통 속에 놓여 있으나 곧 죽게 될 그의 살아 있는 육체의 욕망이 힘을 잃는 순간이 오면 결국 그의 내부에서도 기억들이 지워질 것이다.

알베르틴에 대한 집착에서 벗어나는 감정적인 해방은 〈사라진 알베르틴〉의 첫 두 장章을 채울 만큼 복잡하고 장황하게 전개된다. 그러나 이보다 앞서 '스완의 사랑'에서 비슷한 해방의 순간이 그려지는데, 이번에는 훨씬 간결하고 냉정한 방식으로 나타난다. 특히 마지막 문장은 지난 고통의 흔적이나 깜박임이 느껴지지 않는, 획득된 무심함을 무뚝뚝하게 선언한다는 점에서 놀랍다. 드라마의 정서가 한껏 고조되다가 스토리의 말미에 감정선이 하강하며 붕괴되는, 가장 숨 막히는 표현이라고 할 수 있다.

> 생각하면, 나는 인생의 몇 년을 버렸고, 죽고 싶었으며, 가장 깊은 사랑을 느꼈는데, 그 여자는 내게 매력적이지 않았으며, 내가 바라는 유형도 아니었다!

거대한 서사가 이 한 문장에 이르러 돌연 폐기되며, 무덤으로 내던져지는 듯하다. 정말 망연자실케 하는 마지막 문장이다. 글을 쓰는 순간 프루스트의 마음을 스쳐 지나간 것이 무엇인지 궁금할 정도로.

물론 여기에는 육체적 죽음이 개입되었다. 육체의 죽음에는 대개 질병과 건강 악화가 선행된다. 〈게르망트 쪽〉에서 자주 접할 수 있는 표현 방식에 따르면 '우리 유

기체적 삶의 어두운 신비 속에, 그래도 미래가 투영된다'
는 것이다. 이런 사고방식의 영향으로 프루스트는 문체
나 서술에서 좀 더 엄격한 태도를 보이게 된다. 합성적인
미학의 탐구 또는 성적 자각의 흥분을 표현하는 산문에
서 보이던 시적 몽상은 사라지고, 좀 더 객관적인 격언 조
의 관용구를 사용함으로써 독자로 하여금 소멸하는 과정
에 있기 마련인 부패의 현장에서 어느 정도 거리를 둘 수
있게 한다. 베네치아 연작에서 초기의 들뜸이 침울한 감
정으로 전환되는 순간에서 프랑스의 수학자 파스칼이나
1600년대의 프랑스 작가 라로슈푸코를 연상시키는 것도
마찬가지다. 이 대목은 마치 '삶'에 등을 돌리는 것이 육
체만이 아니라 프루스트 자신인 것처럼 느껴진다.

삶에 대한 우리의 애착을 어떻게 끊어야 할지 모르는
오래된 관계에 지나지 않는다. 그 힘은 지속성에 있을
뿐이다. 그러나 죽음은 그걸 중단시키고 불멸에 대한
우리의 욕망을 치유해줄 것이다.

그러나 죽음이 우리를 범주 오류category mistake•에서 벗어

나게 해주지 않는 한 해방, 즉 치유는 더디고 고통스러울 것이다. 끝을 맞이하기 전, 때로는 아주 오래전부터 질병은 집에 난입한 낯선 사람처럼 몸에 자리를 잡는다. 우리가 무엇을 계획하든, 욕망이 무엇이든 일절 관심 없이 몸을 차지하다가 끝내 우리를 파괴한다.

우리가 고립되어 살지 않고 다른 세계에서 온 존재와 얽혀 있다는 사실을 인식하게 하는 것은 질병이다. 우리와 동떨어져 있고, 우리에 대해 아무것도 알지 못하며, 우리가 어떤 방식으로도 이해시킬 수 없는 존재는 바로 우리 몸이다.

이런 구절들(실제로 이런 내용이 소설에는 아주 많다. 특히 할머니의 죽음에 대한 참혹한 시선들이 그렇다)[8]을 보면 프루스트의 소설이 신체에 관한 '중세적' 관점을 담고 있다는 흥미로운 주장에도 일리가 있어 보인다. 게다가 그는 우

---

8   12장 '죽음과 블랙홀' 참조.
•   추상적 개념을 물리적인 것의 범주에 배정하는 식의 논리적 오류.

리의 실망과 고통, 그리고 상황이 달라질 수도 있다는 우리의 헛된 희망을 적극적으로 조롱하기까지 한다. 그러므로 뱅퇴유의 음악이 불러일으켜 찬양하는 감각의 '다채로운 축제'는 눈물의 골짜기를 지나고 슬픔의 길을 따라 '우리 안에 질병과 죽음의 깊은 틈이 열리고, 세상과 우리 자신의 몸이 크나큰 파괴 속으로 우리를 던져 넣어도 대항할 방법이 없는' 순간에 이르는 몸의 여정과는 대조적이다.

한편(프루스트와 관련해 완전히 새로운 인생을 살게 됨을 표현하고자 비축해둔 표현을 사용하기 위해) 소멸이라는 몸서리치는 전율에 앞서 다중 감각이 살아 있는 생의 떨림이 찾아온다. 이것은 마들렌의 맛에서 비롯된 것이기도 하지만 이 외에도 '콩브레' 편의 여러 부분에 묘사되어 있다. 그중 가장 눈여겨볼 것은 신비한 힘을 지닌 산사나무 꽃에 관련된 것이다. 늘 인용되는 메제글리즈 길의 산사나무가 아니라 생틸레르 성당의 제단 위에 놓인 것들로, 여기서 산사나무에 대한 숭배가 시작('내가 산사나무를 좋아하기 시작한 계기가 성모성월Month of Mary•이었던 것으로 기억한다')되었다고 한다.

성당을 나서기 전에 제단 앞에 무릎을 꿇었는데, 일어서는 순간 갑자기 산사나무에서 달콤 쌉싸름한 아몬드 향이 확 끼쳤다. 그제야 꽃의 샛노란 작은 부분이 눈에 들어왔는데, 분명 향기가 숨어 있으리라 여겼던 부분의 아래였다. 프랑지파니frangipani●●의 맛이 탄 부분 아래에 숨겨져 있고, 뱅퇴유 양의 뺨에서 나는 맛이 주근깨 아래에 있는 것과 마찬가지로. 산사나무는 미동조차 없었지만, 이 간헐적으로 풍기는 향기는 마치 강렬한 생명의 웅얼거림 같았으며, 찾아드는 곤충의 더듬이에 산울타리가 살짝 흔들리듯 제단에서도 떨림이 느껴졌다. […]

프루스트의 기준이 아무리 높다 해도, 이 정도의 공감각이면 하늘의 별자리 중에서도 가장 으뜸 자리를 줘야 하는 게 아닌가 싶다. 우선 소리를 지닌 향기가 등장하는데, 이는 프루스트의 세계에서 핵심적인 청각 이미지인

● 성모마리아를 기리는 달. 5월을 가리킨다.
●● 아몬드 가루를 넣어 만드는 과자.

'웅얼거림'—여기서는 '강렬한 生命力의 속삭임'—을 불러일으킨다. 게다가 이 향은 또 다른 꽃과 또 다른 색, 바로 노란색 프랑지파니•를 환기한다. 동시에 이 꽃의 달콤 쌉싸름한 아몬드 향은 미각의 힘을 발휘하여 화자에게 아몬드 크림으로 속을 채운 프랑지 과자를 떠올리게 한다. 그리고 이것은 '주근깨 아래 뱅퇴유 양의 뺨'을 향한 에로틱한 연상의 발판 역할을 한다(뱅퇴유 양도 작곡가인 아버지와 함께 성당 예배에 참석하고 있다). 이 대목은 이렇게 각기 다른 감각의 실타래가 서로 얽히고 휘감기며 펼쳐지는 감각의 미로처럼 구성되어 있다. 바로 그 '잠에서 깨어난 몸이 우리 각자에게 불러일으키는 감각의 다발'로부터 뻗어 나온 복잡한 길들이다. 이 장면은 또한 앞으로 이어질 두 개의 장을 여는 감각적 관문 역할도 한다.

• 여기서 말하는 프랑지파니는 푸루메리아(Plumera)라고 불리는 낙엽성 소교목을 뜻한다. '프랑지파니'라는 이름은 16세기 이탈리아의 향수 제조자 프랑지파니 백작이 만든 향수와 이 꽃의 향이 비슷하다는 데서 유래되었다고 전해진다. 이후 유럽인들이 이 꽃을 처음 접했을 때 그 향을 떠올리며 '프랑지파니'라는 이름을 붙였다.

Chapter 3

기분 전환으로
크루아상과 커피를

Croissants and coffee,
for a change

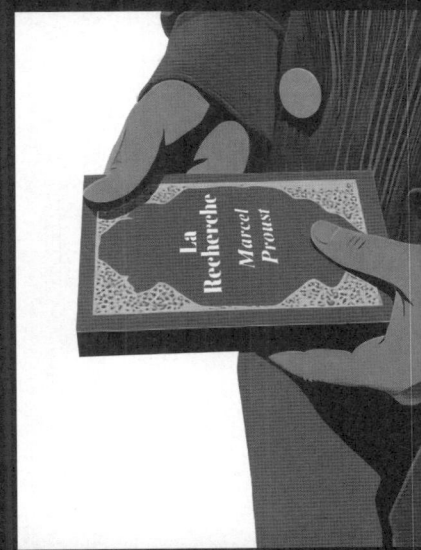

I

프루스트가 남긴 수많은 '사실과 달랐을 수도 있는 이야기들' 목록에 또 하나의 흥미로운 사례가 추가된다. 그것은 단순한 가정을 넘어서, 프루스트 내면의 오래된 소망이 엿보이는 상상이기도 하다. 한 인터뷰에서 "작가가 아니었다면 어떤 일을 하고 싶었는가?"라는 질문을 받았을 때, 프루스트는 전혀 주저하지 않고 '제빵사'라고 대답했다. 그가 이 직업에 대한 선호를 오랫동안 품었음에는 의문의 여지가 없으며, 콩브레의 세상으로 들어가던 초창기에 그가 자주 들르던 곳(약국과 함께)이 제과점이라는 사실과도 잘 들어맞는다. 이 제과점은 레오니 아주머니의 아침 식사인 마들렌의 공급처이기도 하며, 어떤 면에서는 소설을 시작하고 끝맺는다는 점에서도 중요한 역할을 하는 곳이다. 그러나 마들렌 숭배의 유혹에 또다시 굴복하기 전에 우리가 명심할 것은 이것이 소설에 등장하는 여러 가지 과자 중 하나일 뿐이라는 사실이다. 예를 들어, 사즈라 부인이 성당에 가기 전에 제과점에 들러 집어 드는 '프티 푸르^{petits fours}• 한 상자'를 사 가며, 이것은 나중에 스완 부인이 파리의 다과회에서 내놓은 '위풍당당한 초콜릿 케이크'를 장식하는 '프티푸르 접시'에서 다시 환기된다. 그리고 다음 권에서는 발베크에서 '어린 처녀들'과 흥청망청한 케이크 피크닉을 벌이는 것에 대한 기대감을 담아내기도 한다. 콩브레에서는 시골 심부름꾼 테오도르가 들고 오는 브리오슈도 등장한다. 이는 티베르지에서 사촌들이 점심을 먹으러 오거나 스완이 차를 마시러 올 때 준비되는 메뉴다. 브리오슈는 멋진 은유를 탄생시킨 공적 때문에도 주목할 만한데, 성당의 첨탑에 한낮의 태양광이 내리쬐는 광경이 황금빛으로 잘 구워진 브리오슈처럼 사람을 따뜻하게 환대하는 듯하다는 표현

• 커피나 차와 함께 내는 아주 작은 케이크 또는 쿠키.

이 등장하기 때문이다.

　나중에 주임 신부조차 종탑에서 바라보는 풍경을 '브리오슈처럼'이라고 묘사하는 놀라운 일이 벌어지기도 한다. 그리고 과자와 관련해 빼놓을 수 없는 인물로 베르뒤랭 부인이 있다(언제 빼놓기나 했던가?). 그녀는 노르망디 갈레트●와 쇼트브레드●●를 다소 지나치다 싶을 정도로 좋아한다. (베르뒤랭 부인이 아침 식사용 크루아상과 행복한 대화를 나누는 장면이 곧 이어진다.)

　이처럼 다양한 과자와 빵이 언급되는 것은 프루스트가 베이킹에 적극적인 흥미가 있었다는 방증이다. 더 구체적으로 말하면 이는 마들렌이라는 '왕관의 보석'이 자리 잡고 있는 친근하고 소박한 일상적 맥락을 형성한다. 그럼에도 불구하고 앞 장에서 언급된 이유들로 인해 마들렌은 여전히 제과 세계에서 독보적인 존재로 남아 있다. 마들렌의 암시는 《잃어버린 시간을 찾아서》의 나머지 부분 전체에서 되살아난다. 특히 마지막 권에서 화자

● 둥글고 납작한 모양의 케이크나 과자.
●● 카스텔라처럼 부스러지기 쉬운 과자로 사블레라고도 한다.

가 과거로의 전환 또는 회귀로 정의되는 미래에 정면으로 맞서게 되면서 이 과자를 둘러싼 회상 속도 역시 빨라진다. 그러나 '콩브레'에서 〈되찾은 시간〉에 이르기까지 호를 그리며 휘몰아치는 서사가 진행되는 과정에도 정작 마들렌 자체가 다시 등장하는 일은 없다. 마들렌에 대한 모든 언급은 단 한 번의 결정적인 장면을 위한 레퍼런스들로, 소설이라는 거대한 '건축물'의 토대를 이루는 바위 역할로 그 첫 순간과 중요성을 상기시킨다. 이런 레퍼런스들이 소설에 필요불가결함과 필연성의 아우라를 점층적으로 쌓아간다. 마들렌 없이는 《잃어버린 시간을 찾아서》도 없다[9]는 인상을 남긴다. 바로 그 때문에 이 장면이 쉽게 일종의 '숭배의 지위'를 획득하게 된 것이다. 그러나 소설의 복잡하고 얽힌 방대한 집필 과정을 조금만 들여다보아도 마들렌이 이 작품의 초석이 된 것은 결코 처음부터 예정된 것이 아니라는 사실을 알 수 있다.

원래 마들렌의 자리에 오를 후보는 '비스코트(러스크라고도 한다)'와 '버터를 바르지 않고 구운 조각 토스트 조각'

---

[9] 10장 '내 이름은 아마 그랬을지도 몰라' 참조.

이었다. 하지만 이들은 이후 토고 과정에서 삭제되고 〈게르망트 쪽〉에서 화자의 아버지가 식사 시간에 너무 찾아 댄 나머지 가정부인 프랑수아즈를 성가시게 구는 장면에서만 살아남았다.

그녀를 가장 격분하게 한 것은 아버지가 늘 드시는 조각 토스트였다. 그녀는 아버지가 일부러 자기를 내내 "시중들게 하려고" 그런다고 확신했다.

만약 이 주제를 희화화하고 싶다면 언제든 〈뉴요커New Yorker〉 지의 멋진 만화를 읽으면 된다. 병원에 입원한 프루스트에게 병실마다 돌면서 선의에 가득 찬 정보를 제공하는 식사 담당자가 찾아와 마들렌이 떨어졌다고 친절하게 알려주는 장면이다. 그리고 그는 늘, 마들렌 대신 대니시*는 있다고 덧붙인다. 이 정도이니, 집착의 대상이 되다시피 한 마들렌이 없었다면 무엇이 그 자리를 대신할지 상상할 수도 없다.

• 사과, 견과류 등이 든 반죽에 당의를 입혀 구운 빵.

그러나 전체적으로 본문 집필 과정에서 여실히 드러나는 한 가지는 마들렌을 고른 것은 순전히 우발적이며, 이 과자가 결국 얼마나 중요한 역할을 하는지와는 상관없이 작가가 임의로 고른 첫 번째 선택은 아니라는 점이다. 나머지는 추측에 맡긴다(만약 프루스트가 원래 선택대로 토스트를 차에 적셔 먹는 장면으로 그렸더라면 우리가 어떻게 반응했을지).

말이 나왔으니 말이지만 소설에서 일어나는 수많은 사태의 격변 가운데서도 맨 처음이자 가장 중요한 전환의 순간에, 마들렌이 거의 마법 수준의 힘을 지녔다는 사실을 뒷받침하는 물질적 특성에 대해 우리가 아는 게 얼마나 적은지 놀랄 정도다. 물론 눈에 보이는 마들렌의 외관에 대해서는 생생한 설명이 곁들여져 있다(땅딸막하고 볼록한 과자 중에 […] (조가비 모양의 홈을 보면 팬 틀에 넣어 만든 것 같았다). 그러나 이와 대조적으로 맛에 관해서는 거의 비교할 수 있는 대상이 없으며, 따라서 이 지점에서 감각의 불균형 혹은 긴장이 발생한다. 소설의 뒷부분에 등장하는 마들렌의 회상 장면들은 마들렌 그 자체로서만이 아니라 '마들렌의 맛'에 관한 것으로, 공식처럼 반복된다. 마치 원래의 경험과 이후의 기억들 양쪽 모두에서 분리해낼 수 없는 미각의 특별한 가치를 고집하는 것 같다. 그래서 마들렌의 맛은 정확히 어땠다는 걸까? 유일한 답은 콩브레 시절, 소년이었던 화자가 일요일 아침마다 먹었던 마들렌의 맛에 대한 표현이다. '그 맛은 레오니 아주머니가 내게 주시곤 했던 작은 마들렌 조각의 맛이었다'라는 것인데, 이 정도면 마들렌 맛이 마들렌 맛이라고 하는 식의 동어반복이나 마찬가지다.

간단히 말해 마들렌이 '소설 속 최상의 음식'으로 묘사되어온 것은 충분히 이해할 만하지만 정작 작품 속에서 마들렌은 사실상 맛이 없다고 해도 과언이 아니다. 실제로 초기 스케치에서는 차에 적신 '구운 토스트'가 '오렌지꽃'의 후각적 가치를 담아내는 형태로 존재했는데, 후기 버전에는 그조차도 사라졌다. 이는 특히 맛과 냄새만이 과거를 보존할 수 있는 진정한 감각이라 일컬어지는 프루스트의 관점에서 본다면, 소설에서 가장 유명한 에피소드의 감각 묘사 중 눈에 띄는 공백이라 할 수 있다. 물론 이렇게 마들렌의 빈약한 미각적 가치에 대해 이러쿵저러쿵 여담이 뒤따르는 상황에 뿔이 난 독자들도 있을 것이다. 또 그들은 마들렌의 핵심은 맛이 아니라 어떤 기능(회상의 트리거이면서 장차 예술 작품의 초석)을 수행하는가에 있다고 말할 것이다. 또한 마들렌이 페이스트리 중에서 제일 담백한가 아닌가는, 실제로는 제일 담백하기는 하지만 전혀 중요하지 않다고도 할 것이다(그러나 이것은 의견이 분분하여 토론의 여지가 있는 문제다). 마찬가지로 화자가 '내가 글을 쓰기 시작했을 때'의 순간을 회상하면서 베르고트의 '문장들'이 제공하는 '기쁨délices'에 대해 이야기하는 대목도 당연히 미학적인 의미다. 문학의 문장들은 읽는 것이지 먹는 것이 아니기 때문이다. 그럼에도 불구하고 프루스트는 그 문장을 마치 '요리를 하지 않아도 되는 날, 오직 탐식에만 몰두하는 요리사'처럼 탐닉하며 읽는다는 은유를 통해 그 문장을 거의 하나의 만찬처럼 소비한다.

《잃어버린 시간을 찾아서》의 가장 위대한 요리사는 프랑수아즈이며, 소설 속 가장 매혹적인 장소는 그녀의 부엌이다. 프루스트는 이 대목에서 '쇼핑 목록'을 연상시키는 문체로 그녀의 손에서 탄생하는 '걸작 요리'에 들어가는 식재료들을 한 페이지 안에 쏟아낸다. 그 목록에는 달걀, 고기구이, 감자, 잼, 비스킷, 가자미, 암컷 칠면조, 사골국에 곁들인 카르둔cardoon•, 구운 양다리, 시금치('식탁의 분위기 전환을 위해 한 번씩'), 살구, 구스베리, 산딸기(스완 씨가 보내준), 체리, 크림치즈, 아몬드 케이크와 '예술 작품'이라 불리는 초콜릿 커스터드까지 포함된다. 이 초콜릿 커스터드는 거의 경건함에 가까운 예를 요구하는 음식으로 묘사된다(접시에 한 톨이라도 남기면 곡이 끝나기도 전에 작곡가의 코앞에서 자리를 뜨는 수준의 무례를 범하는 모양새다). 그런데 이 모든 요리를 제치고 프랑수아즈의 요리 목록에서 최고로 꼽히는 또 하나의 요리가 있다. 그것은 바로 당근을 넣은 소고기 찜bœuf aux carottes이다. 이 요리는 노르푸아 씨가 특유의 고풍스러운 화법으로 극찬한 바 있다. 그는 루이 14세 궁정의 위대한 요리사 바텔을 언급하며 이렇게 말한다.

> 아주 훌륭합니다. [...] 제게 허락된다면 [...] 귀댁의 요리사인 바텔이 비프 스트로가노프••와 전혀 다른 요리

• 잎줄기를 먹는 채소 종류.

를 어떻게 만들어낼지 보고 싶군요.

이 소고기 스튜 역시 또 다른 걸작에 비유될 정도로 화려한 경력을 자랑한다. 다름 아닌 지금 집필 중인(아니면 '요리 중'이라고 해야 할까?)《잃어버린 시간을 찾아서》그 자체가 바로 그 비유의 대상이었다. 프루스트가 남긴 노트에는 자신의 소설이 '프랑수아즈의 소고기 요리에 비견된다'면서 '마지막 국물 한 방울까지 완벽하게 음미될 수 있는 요리처럼'이라고 했다. 이 비유는 단순한 즉흥적 농담이 아니었다. 프루스트는 이 비유를 첫 가정부인 셀린느 코탱에게 들려주었다. 그녀만의 요리를 만들어낸 것을 축하하는 편지에서였다. 그는 편지에 자신의 글 쓰는 방식이 그녀의 아스픽aspic●●●만큼이나 훌륭하고 투명하며 충실하기를 바란다고 썼다. '내 아이디어가 (당신의) 당근만큼 맛있고, (당신의) 고기만큼 신선하면서 영양이 풍부하기를.' 분명한 것은 이런 생각이 실제로 그의 소설

●● 볶은 쇠고기에 러시아식 사워크림인 스메타나로 만든 소스를 곁들인 요리.
●●● 육즙을 굳혀 투명한 젤리 형태로 만드는 육수.

에 반영되었다는 것이다. 다음은 마지막 권에서 화자가 자신의 책에 대해 깊이 생각하는 부분이다.

> 내 책을 프랑수아즈가 아스픽을 만들 때처럼 써야 하지 않을까? 노르푸아 씨가 그렇게 좋아했던 그 요리 말이다. 정성스럽게 고른 고깃덩어리들이 듬뿍 들어가 영양이 풍부했던 그 요리처럼.

다음으로는 그 유명한 아스파라거스가 있다. 부엌의 마법사나 마찬가지인 프랑수아즈에게는 사디스트 기질도 있었다. '가금류 사육장'에서 닭의 모가지를 비틀며 잔인한 쾌감을 요란하게 드러내는가 하면 화자의 가족에게 여름 내내 아스파라거스를 먹게 하는 심술도 부린다. 이게 다 '아스파라거스의 껍질을 벗기는 일을 맡은 가련한 부엌 하녀가 냄새 때문에 심한 천식 발작을 일으켜 어쩔 수 없이 떠나게' 하기 위해서였다. 이 부분에서 프루스트는 단순한 묘사를 넘어 천식이라는 주제를 점점 더 고조시킨다. 이 사건을 계기로 화자는 매우 기교적인 짧은 산문시를 한 편 구성하게 되는데, 이 구절은《잃어버린 시간을 찾아서》 전체에서 가장 자주 인용되고, 많은 선집에 수록되는 구절 중 하나다. 게다가 이 시는 셰익스피어적인 수사적 장식이 더해지고, 감각 체계 가운데 후각의 차원이 특유의 방식으로 변주되어 표현된다.

> 나는 부엌 하녀가 방금 껍질을 벗겨 올려놓은 것들을 보려고 식탁 옆에 가 섰다. 완두콩이 초록 구슬을 놀이판에 득점 순서대로 늘어놓은 모양새로 줄지어 있었다. 그러나 정작 나를 기쁘게 한 것은 온통 군청색과 분홍색으로 물든 아스파라거스였다. 끝부분은 엷은 자주색과 담청색으로 섬세하게 붓질된 것만 같았고, 아랫부분—뜰의 흙이 여전히 묻어 있는—으로 갈수록 시나브로 이 세상 것이 아닌 듯한 무지갯빛이 감돌았다. 그건 내게 천상의 빛깔들이 채소에 깃들어 스스로를 드러내는 것으로 여겨졌다. 먹을 수 있는 단단한 과육으로 변장해, 엷게 퍼지는 이른 새벽 무지개가 시작되는 순간 스러져가는 푸른 저녁의 빛깔 속에서 자신을 선보이는 것이었다. 내가 이 진가를 다시 확인하게 되는 때는 저녁으로 이것들을 먹고 난 후의 밤 시간이다. 이것들은

셰익스피어의 요정 연극처럼 밤새도록 내 요강을 오줌이 담긴 항아리로 변모시키며 어슬프고도 시적인 익살극을 펼쳐 보인다.

셰익스피어에게서 영감을 받아 시적 몽상을 펼친 것 외에도, 이 구절에는 정물을 군학적으로 다루는 연습의 성격이 있다. 이것이 나중에 엘스티르의 〈아스파라거스 다발〉이라는 정물화에도 반영되는데, 소설 속에서 게르망트 공작은 이 그림에 미학적으로나 경제적 가치 모두에서 보는 시간조차 아깝다고 폄하하지만 이 부분이 마네의 동명의 정물화에 대한 오마주로 의도된 것임은 분명하다. 회화 장르의 하나인 '정물'이라는 용어는 《잃어버린 시간을 찾아서》에 두 번 등장한다. 정물still life은 네덜란드어 스틸레벤stilleven에서 유래한 영어로, 프랑스어의 나티르 모르트nature morte를 번역한 것이며, 어원은 '생명이 없는 대상물'이라는 의미의 이탈리아어 나투라 모르타natura morta로 거슬러올라간다. 이것에 18세기에 디드로Denis Diderot•가 무생물의 본성이라는 이름을 붙였다.

프루스트는 '삶'을 의미하는 말과 죽음을 의미하는 말

이 병치되는 회화의 언어적 특이성에 대해 소설에서 특별히 다루지는 않는다. 그러나 1895년에 정물 화가인 샤르댕에 관해 쓴 에세이에서는 이 부분을 효과적으로 언급한다. 그 글에서 프루스트는 반복적으로 샤르댕이 움직이지 않는 대상에 어떻게 '생명'을 부여하는지를 강조한다. 샤르댕이 '본래 무생물로 여겨졌던 것들 대단한 열정을 쏟아 생명을 회복시켰다'고 하며, 그의 정물화를 오래 들여다보면 '과일과 물건들이 살아 움직인다'는 것, 심지어 '배 한 알이 여자처럼 살아 있다'고 표현한다. 이러한 사물들은 모두 '사물 속에 가장 깊숙이 깃든 표현'이라고 프루스트는 썼다.

'사물의 심오한' 부분을 삶(무생물 안에 잠재된 생명력)을 표현한 것으로 이해한 프루스트는 문학에서 정물에 대해 매우 정교한 실험을 해나간다. 발베크 호텔의 점심 식사에 관한 다음 묘사가 그런 예다.

- 《백과전서》를 편집한 프랑스의 작가이자 철학자.《백과전서》는 로마 가톨릭교회가 지배하던 신 중심의 중세적 가치관에서 벗어나려는 계몽주의 움직임으로 철학자들을 하나의 당파로, 개개인의 사상을 하나의 주의로 만들었으며 프랑스혁명의 사상적 배경이 되기도 했다.

점심 식사가 끝날 무렵 [⋯] 바다에서 눈을 돌려 다른 것들을 유심히 보았다. 엘스티르의 수채화에서 그런 것들을 보고 나자 현실에서도 얼핏 시적인 느낌이 드는 사물들을 관찰하는 게 좋았다. 갑자기 동작을 멈춘 듯 비스듬히 놓인 칼, 햇빛이 노란 벨벳*을 지려놓은 듯 천막 모양으로 접힌 쓰고 난 냅킨, 반쯤 비어 우아한 곡선미를 드러내는 유리잔. 남은 와인이 담긴 부분은 어둡지만 반투명의 유리 안쪽은 낮의 햇빛이 응결된 것처럼 반짝반짝 빛난다. 조명의 각도에 따라 잔에 남은 와인의 양이 달라지고, 때로 다른 액체처럼 보인다. 이미 절반쯤 비워진 과일 접시 속 서양자두가 파랑으로, 파랑에서 금빛으로 급격히 신선함을 잃어간다. 낡은 의자들은 하루 두 번씩 제자리를 찾아 식탁보가 덮인 테이블 주위로 모여들었다. 그것은 마치 식욕이라는 신성한 의식을 위해 마련된 제단을 중심으로 벌어지는 의례 같았다. 굴 껍데기 속에 남겨진 몇 방울의 물은 작은 돌로된 성수대처럼 보였다. 나는 한 번도 그러리라고 생각하

* 오줌을 의미하며, 성적 행위를 연상시킬 때 주로 쓴다.

지 않았던 가장 평범한 사물에서, 정물의 심오한 삶(또는 삶과 죽음의 역설적 조합을 좀 더 직설적으로 포착하는 원래의 프랑스어, 라 비 프로퐁드 데 나튀르 모르트la vie profonde des natures mortes이다) 속에서 아름다움을 찾아보려 했다.

II

부엌을 마법의 장소로 탈바꿈시키고 샤르뎅과 프랑수아즈를 소울메이트로 만들어버리는 흥미진진한 요리 탐구 여정의 흥분 속에서(샤르뎅의 공간들은 '부엌처럼 살아 움직이며 금속과 토기에 생기를 부여하는 곳'이다) 난데없이 튀어나온 칭찬 하나 정도는 쉽게 묻혀버리겠지만, 놀랍게도 화자가 또 다른 제빵사의 창조물에 별 다섯 개를 준 적이 있다. 그 대상은 바로 크루아상이다.

담백한 크루아상은 일단 먹기 시작하면 루이 15세가 먹던 멧새, 자고새, 어린 토끼 등의 온갖 요리보다 더 큰 기쁨을 경험하게 해준다.

이 구절은 프루스트가 위대한 19세기 미식가인 브리야 사바랭을 모방하는 차원에서 의도적으로 과장법을 쓴 것이다. 이쯤 되면 프루스트가 지금도 매년 제빵사들을 상대로 열리는 최고의 버터 크루아상 만들기 대회에서 심사위원석에 앉아 있는 모습이 상상될 정도다. 〈뉴요커〉 지의 카툰에서 병원 장면을 그대로 파리로 옮겨놓고 다 팔린 마들렌 대신 대니시가 아니라 크루아상을 권하는 것이다. 이런 '사고실험'을 터무니없는 발상이라 할 수 없는 것은 크루아상 역시 두 개의 각기 다른 에피소드에 등장하기 때문이다(반면 마들렌은 '콩브레' 편에서 단 한 번 등장한다).

첫 번째는 살짝 기이하게 화자와 친분을 맺은, 실제로 프루스트의 가정부이기도 했던 셀레스트 알바레와 그 언니인 마리 지네스테와 관련되어 있다. 이들은 화자가 두 번째로 발베크에 체류할 때 '어느 나이 든 외국인 귀부인'의 하녀로 그곳에 동행했다가 예기치 않게 화자와 만난다. 셀레스트와 마리는 소설에 '실존 인물'을 소설 속으로 끌어들인 몇 안 되는 캐릭터에 속한다. 이 외에는 허구의 인물인 프랑수아즈의 '친척'으로 나오는 라리비에르 일가와 프루스트의 아버지 아드리앵 프루스트의 동료인 디윌라푸아가 있다. 디윌라푸아는 권위 있는 의학 교수로, 할머니의 임종 장면에서 '몰리에르의 연극에서 빠져나온 것처럼 […] 극에 막 발을 들여놓은 배우로서' 현장에 도착한다. 셀레스트와 관련된 '크루아상' 에피소드도 마찬가지로 유쾌할 뿐 아니라 여러모로 마망^{Maman}●과 프랑수아즈 두 사람으로 대변되는 여성에 대한 애정 어린 찬사를 품고 있다.[10] 화자는 더러 자매를 '아침나절, (그가) 아직 잠자리에 있을 때 그를 보러 오도록' 초대하곤 했다. 그러던 어느 날, 그는 '우유에 크루아상을 적시며' 빠르게 아이 같은 상태로 퇴행하고 있었다.

봐봐, 크루아상이 침대에 닿았다고 던져버리는 모양이라니. 세상에, 우유 흘리는 것 좀 보라지. 잠깐 있어봐요. 냅킨을 매드릴게요.

● 프랑스어로 어머니라는 뜻. 여기서는 화자가 어머니를 부르는 말이다.
10 나는 원작에 쓰인 '마망'이라는 표현을 유지하자는 쪽이며, 논쟁의 여지가 있지만 이 말을 '마마^{Mama}'로 바꾸는 건 부적절하다고 여긴다.

이것은 친밀감을 바탕으로 하는 사소한 농담이며, 크루아상은 프루스트의 신경증을 에둘러 놀릴 때 지나치듯 등장하는 작은 디테일이다. 그러나 발베크 에피소드에서는 단순한 일화에 불과했던 이 버려진 크루아상의 이야기는 셀레스트가 남긴 훌륭한 회고록 〈무슈 프루스트 Monsieur Proust〉로 넘어가면서 더 큰 의미를 얻게 된다.

이 책은 '프루스트 씨'가 일상생활에서 늘 가까이하는 것들 중에서 크루아상이 얼마나 중요한 자리를 차지하는지에 대해 폭넓게 다룬다. 의외로 마들렌에 대해서는 아무런 언급이 없고, 브리오슈에 대해서만 프루스트가 갑자기 먹고 싶다고 한 에피소드가 하나 등장할 뿐이다. 비록 이때 먹을 수 있는 브리오슈는 저 소박한 콩브레의 제과점과는 멀리 떨어진 곳에서 만든 것이긴 했지만. 프루스트는 셀레스트에게 이렇게 말한다.

나, 부르보뇌 가게의 브리오슈를 먹을 수 있을 것 같아요. 아니지, 셀레스트, 꼭 부르보뇌네 거야 해요.

그러나 이야기의 결말은 좋지 않았다.

거긴 로마 거리에 있었다. 내가 갔다. 작은 접시에 브리오슈를 올리고, 그걸 쟁반에 얹어 조심스럽게 가져다드렸다. 그는 한 입 베어 물더니 더는 손도 대지 않았고, 결국 남은 건 내가 치워야 했다.

이렇게 스스로 중단시킨 식사 일화는 '프루스트 씨'의 일상적인 아침 식사 준비에 셀레스트가 입문한 현실에 묻혀 별것 아닌 일로 밀려난다.

(프루스트의 하인인 니콜라 코탱이) 내게 아주 자세하게 모든 걸 설명해주었다. 내가 도착할 때쯤이면 이미 프루스트 씨가 잠에서 깨자마자 요청해둔 카페오레와 크루아상을 드셨을 테니 내가 걱정할 필요는 없다고 했다.

그러나 그 일은 절대로 녹록지 않았다.

유일한 문제는 '프루스트 씨'가 커피를 두 단계로 나누어 마신다는 것이다. 그는 첫 번째 커피를 크루아상과 함께 마셨고, 두 번째 잔을 마실 때는 두 번째 크루아상을 준비해 두었다. 만약 니콜라가 집을 비우기 전에 두 번째 크루아상을 요청하지 않았다면, 나는 커피잔과 잘 어울리는 접시에 올려 그걸 따로 가져다 드려야 할 수도 있었다. 물론 추가 크루아상이 필요하지 않은 날도 있었다. 하지만 혹시 필요하거나 '프루스트 씨'가 다른 일로 나를 부를 경우를 대비해, 니콜라는 부엌과 연결된 긴 복도와 각 방을 위한 검은색 원판이 달린 벽 패널을 보여주었다. 종이 두 번 울리면 원판 하나가 하얀색으로 바뀌는데, 침실에서 부르는 것이었다. 만약 크루아상이 아직 부엌에 있다면 내가 무엇을 해야 할지 알 수 있을 것이고, 그렇지 않으면 가서 확인해야 했다.

셀레스트의 입장에서라면 '다행이다. 두 번째 크루아상이 필요 없는 날들이 있어서'라고 말하고 싶을지도 모른다. 그러나 뭔가가 결핍된 것처럼 까다롭게 굴었다는 것을 제외하면, 크루아상에 대한 이러한 애착은 재미없고 무미건조한 마들렌 숭배와는 거리가 먼 세계에 속한다는 점이다. 그리고 여기에 (우유를 곁들인) 커피가 빠질 수 없다. 마지막까지 그의 곁에 남은 것은 커피였다.

1914년의 전쟁 중에 그는 크루아상 먹는 것을 그만두었으며 다시는 입에 대지 않았다. 나는 그의 입맛을 포슬포슬하고 부드러운 사블레 쪽으로 돌려보려고 애썼다.

이것은 《잃어버린 시간을 찾아서》의 셀레스트 버전이었다.

그러나 그는 먹으려 들지 않았다. 나는 사블레를 포기했고, 나머지도 마찬가지였다. 왜 커피만 그가 찾는 음식으로 살아남았을까? 나는 질문하는 게 내키지 않아 한 번도 물어보지 않았다.

그러나 회고록의 다른 부분을 보면 그녀가 이에 대해 계속 생각하고 있었음이 드러난다.

나는 그가 커피를 마신 주된 이유가 각성 효과 때문이라고 확신한다. 커피는 아주 진하게 만들어져야 했다. 물론 거기에 우유를 듬뿍 넣기는 하지만. 사실 카페오레는 식사나 마찬가지였고, 그가 섭취하는 진짜 영양분은 우유였다. […] 정말 각성 효과만을 원했다면 그냥 블랙커피를 마셨을 테니까 말이다. 내가 거기 있는 동안 그는 블랙커피를 단 한 잔도 마시지 않았다.

이 모든 것에서 마들렌에 대한 언급이 없듯이, 프루스트가 '어머니와 차'를 마시던 장면을 회상하면서 간략하게 언급한 것과 프랑스 작곡가이자 지휘자인 레날도 안Reynaldo Hahn이 들렀을 때 프티 푸르에 대해 토론한 것(제과점 포탱이나 르바테 중 어느 곳이 더 나은가?)을 제외하면 차 이야기도 없다. 그런데 소설에서는 차가 마음을 확장시키는 매개체로, 음료의 왕으로 묘사된다. 정말 그럴까? 우리가 다 아는, 차 한 잔에 '콩브레와 그곳을 둘러싼 모든 것들'이 기억의 찬란한 개화 속에서 마법처럼 떠오르는 장면이 있는데도? 소설에서는 이것을 일본인들이 자주 하는 놀이에 비유한다.

마치 일본인들이 도자기 그릇에 물을 채우고 그 안에 그때까지는 불분명했던 작은 종잇조각들을 담그는 놀이에서처럼, 그것들은 물에 잠기는 순간 늘어나고 형태를 갖추며 색을 입고 분화되어 꽃, 집, 사람 형상이 된다.

〈갇힌 여인〉에서는 차 한 잔이 뱅퇴유의 칠중주를 들으면서 느꼈던 것과 유사한 감각적인 풍부함을 담고 있는 '그릇'으로 회상된다.

> 뱅퇴유가 창작해낸 세계에서 우리에게 보내는 빛의 다양한 감각, 공기 같은 소리, 시끄러운 색들 […] 제라늄의 향기 나는 비단에 비교할 수 있는 무언가.

이것을 발산한다는 것이다. 회상 속 차의 맛이 소란하다고 여겨지는 색깔들로 변모하고, 거기서 또 비단결 같은 꽃의 향기로 빠르게 이동하는 것은 프루스트의 공감각이 가장 극적으로 작동하는 순간이라 할 수 있다.

그러나 책을 읽은 독자들이라면 실제로 차 한 잔을 받아든 화자의 반응이 처음에는 무관심해 보일 만큼 미적지근했던 것을 기억할 것이다(〈생트뵈브에 반대하여〉의 초고에서는 '한 번도 마셔보지 않은 것'이라고까지 표현한다). 프루스트의 설명에 따르면 '나의 습관에 반하는 것'이었기 때문에 '처음에는 거절했는데, 왜 그런지 모르게 마음이 바뀌었다'는 것이다. 정말 이유를 몰랐을까? 짐작하기로 그중 한 가지 이유는 아들의 기호를 잘 파악하고 있던 그의 마망이 차 대신에 마실 수 있게 언제나 핫 초콜릿을 함께 준비해놓았기 때문이 아닐까 싶다. 또 한 예는 스완 부인의 집에서 찾아볼 수 있다. 그 집에서는 오직 차만 내오는 듯한데, 질베르트와 함께 마신 그 한 잔이 결국 24시간 동안의 불면증으로 이어진다. 혹은 그에게 '차'는 단순히 사회적 의식('다섯 시')에 지나지 않았거나 유행하는 파리식 차 살롱의 약칭 정도로만 여겨졌을 수도 있다. 상류층으로 올라가려는 오데트가 르와얄 거리의 찻집에서 '잉글리시 머핀'(상류층의 표식)을 곁들여 마시는 차처럼 말이다. 오데트는 소설에서 마지막으로 차를 등장시키는 역할을 하기도 한다. 정말 귀중한 기회를 제공한 셈이다. 그녀는 게르망트 가의 낮 모임에 화자를 초대하여 차를 마시면서 자기가 포르슈빌 씨를 '알게' 된 경위를 들려준다.[11] 그 대화의 현장에 들어가 몰래 엿들을 수 있는 파리 한 마리라도 될 수 있다면 얼마나 좋을까!

　차와는 달리 프루스트는 커피의 미덕에 대해서는 조

금도 망설이거나 머뭇거리지 않는다. 오히려 커피는 수사학적 차원을 넘어 경건함과 환희를 불러일으키는 감사의 대상으로 우리 앞에 제시되며, 프루스트를 볼테르와 발자크를 포함한 저명한 커피 애호가 반열에 올려놓는다. 〈갇힌 여인〉에서 화자는 아침에 일어나면서부터 '카페오레를 한 컵 가득' 마시며 현란한 바로크*식 인삿말을 건넨다.

> 므네모시네 여신(기억의 신)이 하늘에서 몸을 내밀어 '커피를 찾는 습관'이라는 방식으로 부활의 희망[12]을 건네주신다.

'영원한 숭배'의 심미적 명상 깊은 곳에는 이와 똑같은 아낌없는 오마주가 있다.

---

11 9장 '교차로' 참조.
12 11장 '잃어버리고, 찾고 다시 잃어버리다' 참조.
• 17세기를 중심으로 유럽에서 유행한 예술 양식. 우연과 자유분방함, 기괴한 양상 등을 강조하지만 질서와 조화 또한 중요하게 생각하므로 단순히 기괴하기만 한 것과는 차이가 있다.

우리가 마시는 아침 카페오레의 맛은 한때는 그토록 자주 있었던 좋은 날씨에 대한 어렴풋한 희망을 가져다준다. 오래전 크림색의 잔물결이 이는 도자기 그릇에 담긴걸 마셨던 시절, 아직은 온전하고 충만했던 하루가 어떨지 아무것도 예측할 수 없던 시절에, 거의 굳어버린 우유로 만들었을지도 모를 카페오레 한 잔은 우리를 아침 햇살에 마냥 미소 짓게 했다.

이것은 루이 15세가 크루아상에 내려준 찬사와 맞먹는 서정적 찬미이며, 그 지나친 풍요로움으로 인해 주의할 필요성을 불러일으킨다. 아마도 이것이 두 번째 '크루아상' 에피소드가 마지막 권에서 전시 상황에도 등장하는 이유일 것이다.

셀레스트에 따르면 프루스트는 전쟁 중에 크루아상 먹기를 포기했고, 베르뒤랭 부인은 실제 전쟁 못지않게 자신만의 전쟁을 치러야 했다. 우리는 그녀가 침대에 누워 루스타니아 호*가 격침됐다는 뉴스에 비교급으로 최상급의 논리적 귀결을 이끌어내는 장면이 있다.

얼마나 무서운 일인지. 가장 끔찍한 비극보다 훨씬 더
끔찍해.

그러나 가장 나쁜 일보다 더 나쁜 일이 그녀에게 닥치
게 된다. 베르뒤랭 부인은 그의 정교하고 섬세하게 조율
된 영혼과 음악의 아름다움이 만날 때 문제의 신경통 발
작이 유독 촉발되어 고통받는다. 게다가 인류의 고통을
함께 느끼는 도덕적 고뇌도 발작의 원인으로 작용했다.
하지만 그녀에게는 특별한 치유법이 있다. 바로 불편한
감정을 제거해주는 육체적 즐거움이다. 그리고 그녀는
고급 크루아상을 통해 그 즐거움을 얻었다. 전쟁 상황에
서 쉽지 않은 일이었지만, 연줄이 좋은 코타르 박사의 호
의 덕분이었다(정해진 식당에서 그녀에게 크루아상을 구워서
제공할 수 있게 하는 처방전을 발행해준 것이다). 이렇게 얻은
귀한 크루아상을 커피에 담그는 즉시 그녀는 안정을 되
찾았다. 그러나 바다에 가라앉은 수많은 사람의 생명이
주는 충격이 십억 분의 일로 줄어든 채 그녀에게로 전달

● 제1차 세계대전 중 독일 잠수함에 격침된 영국 여객선.

되었을 것이다. 크루아상 한 입으로, 그녀가 심지어 그 고통스러운 생각을 말로 표현하는 순간에도 크루아상의 맛에서 비롯된 듯한, 편두통을 가라앉히는 조용한 만족감이 그녀의 표정에 어리고 있었다.

말하자면 《잃어버린 시간을 찾아서》에서 찾아볼 수 있는 '치유력' 중에는 이처럼 말도 안 되는 종류도 있다는 것이다. 물론 베르뒤랭 부인이 느끼는 지극한 만족감을 화자의 마들렌 에피소드에서 표현되는 '맛있는 기쁨'과도 비슷하게 느끼는 이들도 있을 것이다. 그러나 프루스트가 이걸 의도했다면(실제로 의도했는지 알 수는 없다) 오로지 풍자를 위한 비꼬기였을 뿐이며, 단순히 베르뒤랭 부인의 사치뿐 아니라 논쟁의 여지는 있지만 페이스트리의 치유력에 대한 온갖 소란스러운 소동을 다소 가라앉히는 효과를 주기 위함이었다고 보는 게 옳다. 따라서 마들렌인지, 브리오슈인지, 크루아상인지를 떠나 기본으로 돌아가는 것, 즉 제빵사가 만드는 상품이자 일상 음식이라는 단순한 개념으로 돌아가자는 메시지가 아닐까 싶다는 것이다(물론 프루스트는 예외다. 그에게 이것들은 그냥 빵일 수가 없었다). 프루스트의 전기에서 셀레스트는 그가 빵에 거의 관심을 보이지 않았다고 한다.

> 나는 그가 빵을 단 한 입이라도 먹는 걸 본 적이 없다.

소설에서 화자가 빵에 손을 대는 장면은 가족 나들이에서 비본 강에 작은 불레트•를 던지는 장면 딱 한 군데다. 그리고 이 장면은 오데트가 볼로뉴 숲에서 산책하는 동안 던지는 사람으로 등장하는 반전으로 이어진다. 이 부분에서 화자는 걱정스러울 정도로 정신이 혼미해진 채 자신을 이렇게 상상한다.

> 그녀가 빵을 던져주는 호수의 오리─그녀가 숲을 산책할 때 흔히 만나는 익숙하지만 그리 중요지 않은 익명의 인물 중 하나, 무대의 '단역배우'처럼 별다른 특징이 없는 인물들 중 한 명.

• 공 모양의 만두. 여기서는 동그란 빵이라는 의미로 쓰였다.

그리고 한 번 더 빵 이야기가 나온다. 발베크의 산책에서, 불운한 룩셈부르크 공녀가 '우리에게 호의를 보여줄 방법을 찾느라 어쩔 줄 모른 채' 거리의 행상인에게 '오리 먹이로 줄 듯한 호밀빵 한 덩이'를 사며, 화자에게 이렇게 말하는 장면이다.

이거 할머니 드리세요.

작은 빵 하나를 받고 감동하는 시골 젊은이가 등장해야 할 것만 같은 이 장면은 빵의 평범한 속성이 상상으로 만들어진 특별함을 없애버리는 것을 이미 간파한 것이다. 이를테면 현실 인식이다. 그러나 프루스트는 프루스트다. 오래지 않아 그의 산문은 다시 날아올라 성층권•에서 비유의 곡예를 시작하며, 차례차례 새로운 전망을 보여주며 독자를 계속해서 다음 장으로 이끈다. 사실 마들렌이 아닌 빵이야말로 맛과 냄새라는 고전적인 위치를 제공하기 때문이다. 바로 병든 레오니 아주머니가 간

• 가장 추상적이라는 의미이기도 하다.

혀 있는 두 개의 방이 만들어내는 밀도 높은 공감각적 공간이 그것이다. 이것들은 빵 굽기를 중심으로 시골에서 풍기는 후각적 풍요로움을 제공하는 현장이다. 처음에는 '따뜻한 빵' 냄새로 시작해, '반죽' 묘사로 이어지고, 마침내 거대한 '턴오버 파이'•처럼 '반죽'을 비유적으로 형상화한다.

> 이것들은 일종의 시골 방이었다. […] 수천 가지 냄새로 우리를 매혹하는 […] 분명히 여전한 자연의 냄새이면서 […] 이미 아늑하고, 인간적이며, 물질로 에워싸인 공간 특유의 냄새이기도 했다. 온갖 과일이 과수원에서 찬장으로 옮겨진 그해에 나는 절묘하고 정교하고 깨끗한 젤리 향을 계절에 따라 그때그때 바꿔가며 따끈한 빵에 곁들여 달콤함으로 흰서리의 매서움을 진정시킨다. […] 불은 마치 반죽을 굽는 것처럼 식욕을 돋우는 냄새를 풍기며 타오르고, 잔뜩 엉긴 훈기는 이미 반죽

• 반죽 안에 과일이나 채소 등으로 만든 소를 넣고 반으로 접어 굽거나 튀긴 페이스트리.

을 끝낸 채 아침의 습하고도 햇볕이 잘 드는 찬 기운 속에서 부풀어 오른다. […] 불은 이 냄새들을 층층이 만들고, 황금빛으로 물들이고, 주름을 잡아 부풀게 해 눈에 보이지 않지만 느낄 수 있는 시골 케이크, 마치 거대한 턴오버 파이 같은 것을 만들어냈다.

소설 전체에서 공감각이 가장 풍부하게 표현된 구절로 손꼽히는 대목이며, 그중에서도 냄새('수천 가지 냄새')에서 맛으로('달콤함'), 다시 색으로(황금빛으로 물들이고), 마지막으로 감촉(손으로 주름을 잡아)으로 이동하는 움직임과 밀도의 결합이 특기할 만하다. 촉각의 변화는 다음 장에서 다루어지는데, 이것들이 프루스트가 가장 기본적인 음식인 빵과 특별한 관계를 맺는 또 다른 차원, 즉 은유와 미소에 호소하는 특징과 긴밀히 연관되어 있다는 것을 먼저 이해할 필요가 있다. 우선 이 전체 구절이 중요한 용어인 '빵'과 '반죽', '턴오버 파이'의 확장된 비유나 마찬가지라는 점, 그리고 유머러스한 것에서부터 놀라운 것에 이르기까지 다양한 스펙트럼으로 순회하며 열리는 은유라는 축제의 한 부분이기도 하다는 점이다. 코미디

카테고리에 들어갈 만한 예를 찾아보려면 또다시 베르뒤랭 부인을 무대에 등장시켜야 한다. 그녀가 사회계층상 잘못 참석한 것 같은 손님을 멸시하기 위해 위장하는 속 좁은 태도는 실제로 그녀가 얼마나 출세 지향의 속물인지 보여준다. 그녀가 이때 들먹인 격언은 "난 저런 빵은 안 먹어요(프랑스어 'Je ne mange pas de ce pain-là'에 해당하며 '나는 저런 더러운 일에 가담하지 않겠다'라는 의미로 쓰인다)"였지만 누가 봐도 그 의미는 '차라리 굶고 말지'였다. 그러나 베르뒤랭 부인도 아침 크루아상과 함께 하녀들이 가져다주는 일간신문은 볼 것이며, 나중에 소설 속 화자는 오히려 신문을 성찬식에 사용되는 빵에 비유하며 이 부분을 되새기게 한다.

> 그러고 나서 나는 신문을 이루는 영적인 빵을 떠올렸다. 인쇄기에서 방금 나온 듯 아직 따뜻하고 축축한 […] 이 기적의 빵 덩이는 만 배로 불어난 채로도 여전히 따뜻하고 촉촉하며, 집집의 문턱을 넘나들며 증식하면서도 모든 이들에게 변함없이 한결같다.

성찬식의 모티프는 프루스트의 글 여기저기에 나타난다. 프루스트가 번역한 러스킨의 《참깨와 백합》의 주석에 등장하는 '축복의 빵', '신성한 곡물' 등이 그런 예다. 하지만 프루스트가 진정으로 우리에게 생각할 거리로 음식을 보여주는 것은 맛과 감촉을 함께 불러들여 신성함과 불경함을 결합하는 은유의 핵심으로 빵을 사용하는 부분이다. 그리고 자연스럽게 여기에는 알베르틴이 개입한다. (그녀는 이 감각 지도의 거의 모든 곳에 나타나는 것 같다.) 화자는 발베크 카페에서 처음으로 그녀를 만날 때 커피 에클레어•를 먹고 있었다. 소설에 나타나는 베이킹의 이미지 중에서 이것은 나중에 특이한 은유적 형태(신체의 부분)인 '빵'으로 대체된다.

> 잠자러 방을 나서기 전에 그녀는 내 입속에 혀를 밀어 넣곤 했는데, 마치 일용하는 빵처럼, 고통받는 모든 존재에게 필요한 자양분을 지닌 음식처럼 [⋯] 신성하고 정신적인 달콤함을 베풀어주었다.

• 크림으로 속을 채우고 당의를 덧입힌 길쭉한 모양의 페이스트리.

이것은 가장 일상적인 먹을거리를 상상할 수 있는 한 가장 기묘하게 비유한 사례일 것이다. 게다가 이 문장은 여기서 그치지 않고 한술 더 떠서 콩브레의 유년 시절로 거슬러 올라가 추가적인 구절 속으로 스며든다. 알베르틴의 잠자리 키스와 처음에는 허락되지 않았다가 마침내 선물처럼 주어지던 마망의 잠자리 키스 사이에서 깊은 유사성을 드러낸다.

> 내 마음에 솟아오른 유사점은 […] 어느 날 밤 아버지가 마망을 내 옆의 작은 침대에서 주무시게 했던 그날 밤 이다.

이 '유사성'은 〈사라진 알베르틴〉에서 알베르틴이 죽은 후에도 반복적으로 등장한다. 그중 하나는 그녀의 '입술에 닿았던 혀'에 대한 기억이며, '어머니 같고, 자양분을 주며, 성스러운' 것으로 묘사된다. 이것은 이미 복잡하게 얽힌 연상의 사슬에 또 하나의 놀라운 연결 고리를 더하는 일이다. 맛과 감촉, 음식과 섹스, 신체 부위, 그리고 이제는 연인의 키스와 어머니의 입맞춤이 오버랩된다.

이 장면은 나아가 어머니와 연인 모두에게 해당하는 또 다른 신체 부위, 바로 가슴을 암시한다. 흥미롭고도 위험한 이 여정은 다음 장에서 이어진다.

Chapter 4

가슴과 뺨

Breasts and cheeks

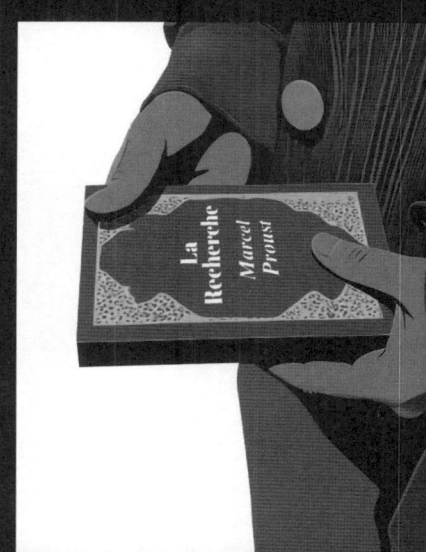

I

확실히 메제글리즈로 가는 길^{du côté de Méséglise}이라는 표현은 프루스트 소설 전체에서 대부분의 표현보다 더 큰 반향을 일으킨다. 화자는 어린 시절 내내 서로 다른 방향으로 가는 두 '갈래 길'이라고 믿었던 두 길이 사실은 교차로에서 수렴한다는 걸 나중에 알게 되는데, 화자에게 놀라움을 안겨준 이 발견은 소설의 내용만큼이나 소설의 형태에서도 중요한 상징성을 띤다.[13] 메제글리즈 길을 산책하는 것은 저 유명한 산사나무 길과 탕송빌의 라일락과도 특별한 관련을 맺고 있다. 그리고 또 다른 울림의

---

13 8장 '기하학자와 직조공' 참조.

순간, 즉 명실상부 소설 속 가장 위대한 회상의 순간의 원천이기도 하다. 그건 바로 세상을 떠들썩하게 만든 마들렌 장면과 게르망트 집안의 서재에서 다중 감각적 기억의 복잡성을 보여주는 장면 모두를 무색하게 만드는 고요한 장엄함이다.

> 여름날 저녁, 잔잔하던 하늘이 들짐승처럼 으르렁거려 모두가 폭풍우에 투덜거릴 때, 덕분에 혼자 메제글리즈 길에 있게 되는 나는, 요란한 빗소리 속에서 보이지 않지만 내내 떠나지 않는 라일락 향기를 들이마시며 황홀경에 잠긴다.

이 글의 배경은 또한 생탕드레데샹 성당이 위치한 곳이기도 하다. 화자가 "정말 프랑스적인 성당이야!"라고 외치는데, 그건 다분히 문을 장식하는 석상들 때문이다. 고딕 양식으로 조각된 작품들에는 '손에 백합은 든 기사왕들'과 화자에게 '젊은 테오도르'를 떠올리게 하는 소년, '손에 촛불을 들고 쇠진해가는 마리아 주변으로 모여든 […] 작은 천사들', 그리고 이런저런 이름 없는 성자들이 포함된다.

생탕드레 성당의 정면 외관에 대해 이렇게 묘사한 것은 프루스트가 중세 프랑스의 대성당 및 성당에 보인 관심의 더 큰 맥락에서 이해할 수 있으며, 이것은 주로 러스킨에 대한 깊은 몰입에서 비롯되었다.《아미앵의 성서》번역문 서문에서 프루스트는 독자들에게 러스킨이 자발적으로 나서서 가이드해주는 '순례'를 상상해보라고 권한다. 그가 러스킨을 소환해 앞장세운 바람에 우리는 오히려 러스킨에 대해 열정적으로 책임을 다하는 프루스트에 대해 더 많은 걸 알게 된다. 이 책에서 '순례자들'은 아미앵역에서 집결하며 성당을 방문하기 전에 다과로 기운을 돋운다. "그는 여러분을 성당으로 데려가기 전에 먼저 제과점으로 안내할 것입니다."(프루스트의 세계에서는 어디를 가든 간식에서 멋어날 길은 없어 보인다.) 충분히 배를 채운 뒤, 우리는 프루스트가 쓴 가이드북을 따라 성당 투어에 나서게 된다. 그 책자에는 곳곳에 러스킨의 인용문이 박혀 있다. 이 여정의 주요 정차 지점은 서쪽 현관과 남쪽 현관이다. 서쪽 현관에는 성서 속 예언자들과 성인들에 대해 자세히 설명돼 있고, 남쪽 현관은 황금 성모*(장식용

부속물이 산사나무로 조각되어 산사나무의 마돈나라고도 알려져 있다)가 핵심 주제다.

프루스트와 러스킨은 이 조각에 대해 심도 있는 '대화'를 나누게 되는데, 러스킨이 비에르주 도레^{Vierge Dorée, 황금의} ^{성모} 앞에서 불편함을 느낀 것(성모의 미소가 어딘지 '하녀' 들이나 지을 법한 불경한 느낌이라 성스러움을 훼손하는 것 같다는 것) 때문이었다. 이에 반해 프루스트는 양면적 가치나 거리낌이 전혀 없는 온전한 여유 속에서 따사로운 햇볕 속으로 한 발 내디딘다. 그는 '황금 성모를 얼마나 사랑하는지'라고 쓰며, 사랑할 수밖에 없는 세 가지 본질적인 이유를 들려준다. 첫 번째 이유는 그녀의 이름과 관련되어 있다. '도레^{Dorée, 황금의}'라는 부분에 이끌렸다는 것인데, 자연스러운 설명(한때 금박을 입혔으나 오늘날에는 태양만이 금빛을 입히는)을 끌어들인다. 더구나 여기에는 마리아가 순금으로 만들어진 거룩한 도시처럼 '천상의 저택 여주인'이라는 종교적인 의미도 있는데, 이처럼 황금과 종교적 의미를 연관 짓는 부분은 〈사라진 알베르틴〉에서

• 성모 마리아의 금박 조각상.

중요하게 다뤄지는 산마르코의 황금 교회인 치에사 도로 Chiesa d'Oro●에서도 더 많은 흔적을 찾아볼 수 있다. (서문의 주해에 대성당과 바실리카●●를 분명하게 비교해놓았다.) 두 번째는 산사나무의 성모라는 부분에 대한 오마주다.

> 소박하고도 정교한 산사나무 장식으로 대성당의 이 문에서 우리를 맞아주시니, 내 얼마나 그분을 사랑하는지.

세 번째는 어머니의 모습에 대한 경외심이다. 아기를 가슴에 품어 젖을 먹이는 모습으로 형상화되지는 않았지만 '아미앵의 조각가가 묘사한 것처럼 거룩한 아기를 품에 안은 모성'으로서, 은연중에 노트르담●●●, 유모 Nourrice, 젖 먹이는 성모Virgo Lactans 등의 다른 이름들을 떠올리게 한다. 그러니까 프루스트가 아미앵의 성모에 대한 찬양을 자신의 방에 있는 사진 두 장을 소개하는 것으

● 황금 교회라는 의미의 이탈리아어.
●● 옛 로마에서 법정이나 상업거래소, 집회장으로 사용된 건물. 나중에 기독교인들이 교회당으로 이용했다.
●●● 성모 또는 성모 성당이라는 뜻이며, 그중 파리의 성당이 유명하다.

로 끝맺는 것은 놀랄 일이 아니다. 사진 한 장은 모나리자(미소 짓는 또 한 여자)이며, 나머지 한 장은 황금 성모로 모두 자애로움, 보호, 자녀를 길러내는 어머니의 이미지를 보여준다. 프루스트는 황금의 성모 사진이 '추억의 울적함을 담아낸다'고 덧붙였지만, 뒤이어 그가 이별을 고하고 황급히 독자, 아니 순례자들을 다음 방문지로 안내하는 바람에 더 자세한 내용을 듣지는 못한다. 그러나 이것이 또 다른 이별에 빗댄 것이라는 점을 쉽게 포착할 수 있다. 바로 모체와 일체를 이루는 원래의 상태를 환기하는 것이다.

이 별자리에 속한다고 할 수 있는 인물은 생탕드레데샹 성당의 정면에 조각된 이름 없는 성인 중 한 사람일지도 모른다. 그녀는 받침대 위에 서 있으며, '통통한 뺨'과 '옷자락을 밀어올릴 듯 단단하게 부풀어오른 가슴, 마치 잘 익은 포도송이'처럼 묘사된다. 분명 성녀지만 '지역 농촌 여인들의 강건하고, 태연자약하며, 용감한 태도'가 깃들어 세속적인 여인의 풍모를 가지고 있었던 것이다. 프루스트는 이렇게 말한다.

이런 닮음은 그 조각상에서 내가 기대하지 않았던 다정함을 불어넣었다. 그리고 우리처럼 비를 피해 온 어떤 들판의 소녀가 그것을 실감나게 증명하곤 했다.

이 세속적 특질은 다른 부분에서도 나타난다. 예를 들어, 달콤한 과일('포도송이')의 이미지는 마망의 육체적 존재를 '다디달아 껍질이 터진 과일처럼' […] '온통 [화자의] 도취된 마음으로' 그 즙을 보낸다고 한 대목에서 찾아볼 수 있다. 또한 가슴과 볼을 한꺼번에 묘사하는 경우는 드물다. 그런데 프루스트는 이 조합을 딱 한 군데에서 더 반복한다. 하나는 할머니의 보호자적 역할, 또 하나는 알베르틴과의 관계 중 가장 격정적인 장면이다. 이 기묘한 여성 삼각구도 즉, 성녀-대리고-연인은 프루스트의 신체 감각 지도에서 가슴과 볼이 함께 놓이는 위치가 얼마나 특별한지 보여준다.[14]

II

그러나 더 멀리까지 육체의 모험을 떠나기 전에 메제글리즈로 가는 길에서 조금만 더 지체하는 건 어떨까. 더 정확히 말하면 표현 자체를 좀 더 들여다보자는 것이다. 생탕드레 성당과 관련해서 '~로 가는 길'이라는 표현은 공간적 위치를 나타내는 지표로 기능한다(흔히들 혼동하는

---

14 막간을 이용해 프루스트가 성자들에 대해 지녔던 관심을 짧게 들여다보자. 소설에서 언급되는 여성 성자로 카르파초가 그린 순교한 성녀 우르술라가 있으며, 리옹의 순교한 성녀 블랑딘은 발베크 호텔의 식당에서 할머니의 부주의로 사소한 소동이 일어났을 때 이에 대처하는 할머니의 흔들림 없는 의연한 모습을 묘사하기 위해 무대에 잠시 등장한다. 그런데 대단히 안타깝게도 프루스트는 당대의 폴 발레리가 대단한 관심을 보였던 성녀 아가타 또는 수르바란이 그린 그림에 대해서는 언급하지 않았다. 아가타는 가슴이 잘리는 고난을 당한 시칠리아의 성녀로, 그녀의 축일은 '번 브레스츠(bun breasts, 빵으로 된 가슴)'라는 것을 바치며 기린다. 성스러운 가슴과 세속의 빵이 의식에서 결합한 것이다. (프랑스에서 이 빵은 브리오슈 반죽으로 만들곤 한다.)

프루스트의 페이스트리, 빵, 우유와 가슴의 세상에서 하필 아가타가 빠진 것을 한탄하는 대열에 나와 함께 합류하고자 하는 사람들은 최소한 케이크 위에 얇게 입힌 당의에서라도 위안을 찾으면 좋겠다. 아미앵 대성당의 남문은 제빵사들의 수호성자인 생 오노레(Saint Honoré, 생토노레라고도 읽으며, 동명의 디저트가 있다-옮긴이)에게 일부 봉헌되었으며, 해마다 5월 '빵의 축제' 기간에 노트르담 대성당에서는 그를 기리기 위한 미사가 열린다.

콩브레의 생틸레르 성당과 구분하는 데 도움이 된다). 또한 스토리텔링의 중간 지점에서 시간대를 구분하는 서사 장치로서도 기능한다. 프루스트는 주기적으로 이것을 사용하는데, 크기는 그때그때 다르다. 어떤 면에서는 소설 전체가 '~로 가는 길'의 확장판이라고 할 수 있는데, 크기를 줄이면 전형적인 시간과 공간에 관한 여정이 된다. 즉, 모든 종류의 흥미로운 일들이 일어날 수 있는 출발과 도착 사이의 영역을 다루는 것이다. 예를 들어 베네치아에서 파리로 가는 기차에서 화자와 그 어머니는 모종의 사실을 알게 되는데, 이는 서사의 미래에 의미심장한 의미를 지닐 뿐 아니라 서사 자체에 대한 프루스트의 생각을 조명하는 대화로 이어진다.[15] 이보다 더 직접적으로 관련이 있는 사례는 정차하는 기차를 타고 발베크로 가는 길에 있었던 일화다. 어느 역에서 우유를 파는 소녀가 신선한 우유를 넣어 만든 커피, 즉 프루스트에게는 천국의 아침 식사인 카페오레를 팔러 다가온다. 그리고 이 '사랑스러운 소녀'는 그의 내부에 가라앉아 있던 '삶에 대한 갈

---

15 9장 '교차로' 참조.

망'을 끌어올린다(이 테마는 훨씬 뒤에 〈갇힌 여인〉의 파리에서 다시 나타나는데, 제과점과 낙농장에서 시장으로 상품을 배달하러 온 일하는 어린 여자들 가운데 한 명을—'아직 어린 티가 나지만 아주 키가 크고 […] 의기양양하면서도 꿈꾸는 듯한 표정을 하고 있었다'—화자가 잠깐 마음에 둔다).

그러나 이들 막간의 에피소드 중에서 가장 흥미로운 것은 〈되찾은 시간〉에 나오는 마지막 에피소드일 것이다. 요양원에서 몇 년을 보내고 파리로 돌아온 화자는 택시를 타고 《잃어버린 시간을 찾아서》의 마지막 대연회에 참석차 게르망트 공작의 저택으로 가는 가로수길이다(대공 부인이 예기치 않은 놀라움을 안겨준다).[16] 도중에 몇 가지 사건이 생기는데, 가장 놀라웠던 것은 샤를뤼스와 맞닥뜨린 일이다. 그는 이제 뇌졸중으로 망가진 채 어느 면에서는 거의 아무것도 못 하고 남의 손에 기대 생활해야 하는 유아기로 퇴행한 모습을 하고 있다. 그러나 이 조우 이전에 이미 화자는 더 깊은 내면의 상실에 대해 생각하고 있었다. 마찬가지로 유아기 상태로의 퇴행에 관한 성찰

16 9장 '교차로' 참조.

이었는데, 의존적이기는 하지만 무능력함은 아무런 문제가 되지 않는다는 측면에서 이것과 매우 달랐다. 그는 한때 귀족적 향응에 매혹되어 그 위력에 굴복했으나 이제 그러한 젊은 시절의 '믿음'이 붕괴되고 있다는 사실에 대해 곰곰이 생각했다. 말하자면 그건 내면의 형성을 다루는 교양소설에서처럼 환상을 잃어가는 경험의 대표적인 사례이며, 발자크의 희곡에서도 곧바로 찾아볼 수 있는 종류였다(프루스트는 자타공인 발자크의 가장 위대한 소설이라 할 《잃어버린 환상Illusions Perdues》이라는 제목을 아주 좋아했다). 그래서인지 프루스트는 이 깨달음에 자신만의 감각적인 비유로 표현해냈다.

> 마치 유년기를 지나면 우리가 더 이상 아기들처럼 섭취한 우유를 소화할 수 있는 형태로 분해해 흡수하는 능력을 잃는 것과 같다. 그래서 어른들은 신중해서라기보다 어쩔 수 없이 우유를 조금씩 마실 수밖에 없게 된 반면, 아기들은 숨도 쉬지 않고 끝없이 젖을 **빠는** 것이 가능하다.

나중에야 문제가 되는 상황은 화자 자신에 관한 것이라는 게 밝혀지는데, 이 장면에서 거의 백여 페이지쯤 지나서 화자가 쇠락해가는 자신의 상황에 대해 지나가는 말처럼 덧붙이면서다. 너무 기력이 없어서 자기가 '말 한마디도 할 수 없고 […] 우유조차 삼킬 수 없다'고 한 대목이다. (소설 속에서든, 실제에서든 셀레스트는 이 상황에 어떻게 대처했을까?) 아무튼 가면무도회 에피소드에서 프루스트가 여러 군데에 배치한 정신적, 육체적 감퇴에 대한 묘사를 보면 프루스트가 우유를 섭취하는 문제에서 젊은 사람들과 나이 든 사람들 간의 서로 다른 신진대사에 집착하고 있으며, 이것이 이 작가만의 노화가 미치는 영향을 설명하는 흥미로운 방식임을 알 수 있다. 그런데 이 노화 부분의 묘사를 보면 그가 셰익스피어의 제이키즈•를 무언극처럼 흉내 내고 있는 것처럼 보일 때가 있다. 제이키즈는 영어를 구사하면서도 최소한 프랑스인다운 예의를 갖추려 하고, 우울한 독백 속 핵심어인 '상sans'•• 역시

• 셰익스피어의 〈뜻대로 하세요〉에 나오는 등장인물. 프랑스 이름인 자크의 영국식 발음이다.
•• '없이'라는 뜻의 프랑스어. 영어로는 '산스'로 발음한다.

프랑스어다. 프루스트 본인이거나 소설 속에서 광신적 어원학자이자 국가주의자로 그려지는 브리쇼 교수 같은 인물이라면 제법 제이키즈에 어울릴 법하다. 브리쇼라면 '셰익스피어Shakespeare'의 이름이 '자크 피에르Jacques-Pierre'에서 파생됐다고 하면서 기뻐할 것이 분명하므로. 극 중 제이키즈는 '연극 무대'를 '젖먹이가 유모의 품에서 칭얼대며 젖을 게우는' 것으로 시작하는 인생의 여정에 비유한다. 이에 반해 프루스트는 다음과 같이 묘사한다.

연극의 막이 바뀔 때마다 우리는 아기가 청소년이 되고, 청소년이 성인이 되며, 성인이 무덤을 향해 굽은 노인이 되어가는 모습을 바라본다.

그러나 제이키즈가 신체 노화에 따른 변화를 잔인하리만큼 명확하게 규정한 그 독백에도 우리의 소화기관이 맞이하는 슬픈 운명을 위한 자리는 없다(굳이 찾자면 독백의 마지막 부분에서 '모든 것 없음(sans everything)'에 암묵적으로 포함되어 있다고 볼 수 있다).

물론 여기에도 프루스트만의 특유성이 있다. 그 회상

장면에서 아기는 아무 방해 없이 젖을 빠는 것('끝도 없이')에서 더 나아가 '숨도 쉬지 않고' 빠는 것으로 묘사된다. 프루스트가 이렇게 세세한 부분을 강조하고자 했던 이유는 명확하다. 호흡의 어려움 없이 무한히 이어지는 음식 공급은 프루스트에게 있어 천식 이전의 낙원, 즉 어머니 젖가슴에서 누리던 평화로운 상태를 뜻하는 공식과 같기 때문이다. 이런 이유로 숲의 가로수길로 택시를 타고 가는 마지막 여정은 단순히 한 장소에서 다른 장소로 이동함에 그치지 않는다. 그것은 정서가 밀도 있게 담긴, 중간적 공간을 지나는 여정이기도 하다. 젖을 빨던 아기 시절로의 회귀 속에는 대부분의 사람들에게 도달할 수 없는 어떤 기억이 떠오르는 듯하다.

화자가 파리를 가로질러 죽음의 춤을 위한 총연습이나 마찬가지인 회합(일종의 '무도회')을 찾아가는 길은 정신적으로는 자궁에서 세상으로 나오는 바로 그 '첫' 여정으로 되돌아가는 것이다. 갓 태어난 아이가 모든 감각을 동원해 어머니의 몸 위를 기어가 원초적인 음식 공급원, 즉 젖가슴에 이르는 '브레스트 크롤breast crawl'이다. 이 여정은 우리가 겪는 모든 '삶의' 여정들 가운데 제일 처음이며, 가장 결정적인 여정이다. 여기서 진정한 성장소설 Bildungsroman이 시작된다고 말할 수 있다(우리가 괴테처럼 빌 둥Bildun●을 생물학적 의미와 더불어 사회적·문화적 의미까지 포 괄하는 개념으로 본다면 말이다).[17]

이 구절은 소설 전체에서 신생아가 젖을 빠는 행위를 뜻하는 동사 테테téter 즉 '갓난아이가 어머니의 젖을 빨다' 라는 동사가 유일하게 사용된 부분을 한참 후에 다시 한 번 환기시킨 것이다. 앞서 사용된 부분이란 〈꽃핀 소녀들 의 그늘에서〉의 에피소드에서 젊은 화자가 발베크 호텔 의 '낯선 침실에서 잠을 자게 될 것'이라는 사실 때문에 신경증이 재발해 '공포'에 사로잡히는 대목이다. 그러면 익숙한 침실은 어디일까? 우리가 기억하는 익숙한 침실 은 소설이 시작되는 곳이면서 '뺨'이라는 단어가 처음으 로 나오는 곳이기도 하다.

● 형태, 생성이라는 의미의 독일어.
17 나는 프루스트에 대한 논의 맥락에서 아기의 '첫 여정' 부분에서 안타깝게 도 작고한 알레산드라 카발리의 식견에 크게 힘입었으며, 그녀에게 깊은 부채감을 느낀다.

나는 어린 시절의 뺨처럼 토실하고 싱그럽고 사랑스러운 베개에 내 뺨을 지긋이 뉘었다.

이 대목은 화자의 실제 뺨에서부터 뺨으로서의 베개로 원을 그리며 되돌아가는 놀라운 변증법적 이미지이며, 여기서 원은 화자를 감싸는 일종의 안전한 누에고치다(여기에 '둥지'로서 이불의 이미지가 추가될 예정이다). 이 뒤로 굿나잇 키스 장면이 이어진다. 아직 식탁에서 떠나지 않은 채 화자는 어머니가 자기를 침대로 데려가주기를 기대한다.

나는 마망의 뺨에서 내가 입 맞추게 될 자리를 쳐다보았다. 미리 정신적으로 입맞춤을 시작함으로써 마망이 허용해줄 짧은 시간을 온통 내 입술에 닿는 마망의 뺨을 느끼는 데 바칠 수 있게 마음의 준비를 했다.

이 정도 집착이면, 가슴이라는 표현에 대한 금기가 있는 편이어서 그렇지 거의 자동으로 어머니의 뺨이 가슴을 대체한다고 이해해도 무방할 정도다. 다만 발베크의 호텔 장면에서는 이러한 금기가 다소나마 풀린다. 여기서는 마망을 대신해 할머니가 위안을 주는 역할을 맡게 되는데, 다른 점은 콩브레의 잠자리 인사 장면에서는 암시적이었던 부분이 누가 뭐래도 명시적으로 드러난다는 것이다.

> 신열이 뼛속까지 파고들어, 나를 에워싼 적들에 의해 내 몸의 점유권이 위태로워진 채 내 방에서 내쫓기고, 온 세상을 다 빼앗긴 나는 혼자였고, 죽고 싶었다. 그때 할머니가 방으로 들어오셨고, 쭈그러들었던 내 심장이 펴지면서 희망의 넓은 전망이 내게 열렸다. […] 나는 와락 할머니 품에 안겨 내 입술을 할머니의 뺨에 꼭 눌렀다. 마치 그게 할머니가 내게 베푼 크나큰 마음속으로 들어가는 방법인 것처럼. 내 입술이 할머니의 뺨이나 이마에 닿을 때마다 나는 엄청나게 영양이 풍부하고, 유익한 무언가를 빨아들였다. 나는 품에 안겨 젖을 먹는 아기처럼 꼼짝 않고 진지하고 만족스럽게 포식했다.

이 구절은 십 대의 고뇌에서부터 '가슴에 안긴 아기가

포만감을 느끼기'까지, 그 자체가 가시적인 퇴행을 펼쳐
보여주므로 길게 인용할 가치가 있다. 위기와 위안의 순
간이 한 차례 지나고 '이른 시간 우유 한 잔'으로 아침을
시작하도록 가져다주시는 할머니의 습관은 매우 자연스
럽다.

III

다음 권에서는 할머니가 돌아가시게 되며, 원초적 안전
장소에서 분리되는 긴 무용담이 이어진다. 그러나 그전
에 발베크에서 체류하는 동안에도 이미 화자는 '꽃핀 소
녀들'의 '무리'를 발견하는 흥분감과 더불어 한 세계에서
벗어나 또 다른 세계로 들어갈 필요성에 대한 자각을 한
단계 발전시킨다. 무리에서 알베르틴이 두드러져 보이기
전, 처음에 소녀들은 누가 누구인지 뚜렷하게 인식되지
않는 미분화된 덩어리로 여겨졌으며 그저 복수형에 지나
지 않았다.

나는 아직 그들 중 누구도 개별화하지 못했다.

'경계 없는' 인식은 '해안을 따라 휩쓸려 다니는 무리'를 가로질러 경주하며, 어지러이 뒤섞인 팔다리는 '그들 모두가 공유하는 불안정하고 종잡을 수 없는 아름다움이 고갈되지 않게' 하는 한편 '그들의 분리되고 독립적인 몸을 보이지 않는 조화로움'에 연결시킨다. 그러나 이런 상태가 오래가지는 않는다. 얼마 지나지 않아 화자는 그들 한 명 한 명을 구분하게 되며, 특정한 부분을 중요하게 여겨 관심을 집중하는 자신만의 식별 방식을 발동시킨다. 물론 가슴이 관심의 대상이 되기는 하지만, 처음에 그가 흥미를 느낀 것은 소녀들의 눈과 뺨, 특히 알베르틴의 뺨이었다.

사실은 소설 자체가 일종의 '뺨' 박물관을 구성하는 형태라고 해도 지나치지 않다. 그리고 이 박물관은 천천히 납골당으로 전환된다. 박물관의 소장품 카탈로그를 간략하게 만든다고 하면, 우선 '삼촌의 담배 냄새가 짙게 밴 뺨'을 목록에 올릴 수 있겠다. 그리고 오데트의 '누리끼리하고, 탄력 없고, 드문드문 작은 점이 있는 지친 뺨', 쉬르지 부인의 '대리석 같은 뺨', 빌파리지 부인의 '부르주아적인 뺨'(프루스트 특유의 난해한 생리학적 해석), 화려하게 꾸며진 샤를뤼스의 분 바른 뺨 (프루스트는 여기서 파우더의 남성 복수형 명사인 '푸더리제poudrerizées'가 아니라 여성 복수형 명사인 '푸더poudrées'를 선택했는데, 이것은 결국 엘그레코가 그린 종교재판관과 비슷한 느낌을 유도하는 효과로 작용한다) 등도 마찬가지다. 또한 이 박물관에서는 뺨을 생물학적 시계로 사용해 소장품을 분류하는데, 이에 따라 오리안의 '타원형 뺨'은 노화로 인해 '누가nougat 사탕처럼 얼룩덜룩해진' 반면 아르파종 부인은 기하학 교과서의 삽화와 닮아간다.[18] 불안과 슬픔의 카테고리로 등록된 사례로는 마망의 '나이 든 뺨'과 죽어가는 할머니의 '주름진 갈색 뺨'이 있으며, '게르망트라는 이름의 색으로 환원되지 않으며, 그 영향을 받지도 않을 때'의 오리안의 뺨은 범주화할 수 없는 미분류 소장품으로 남는다. 그러나 여기까지는 방대한 소장품의 샘플 정도에 지나지 않으며, 박물관의 가장 큰 선반은 부패를 주제로 한 전시를 위해 남겨

---

18 8장 '기하학자와 직조공' 참조.

져 있다. 그리고 자연스럽게 이 선반은 '가면무도회'에서 만나게 될 한 다스쯤 되는 망가진 뺨들의 장엄한 전시에 할당된다.

발베크에서의 첫 체류가 안겨준, 비록 순전하진 않지만 살아 있다는 것의 기쁨 속에서 괴짜 귀부인 한두 명쯤은 자연히 등장하게 마련이다. 그러나 때는 청춘의 시기였고, 여기서 '번들거리지 않는 통통한 뺨'을 지닌 소녀가 알베르틴이라고 밝히는 대목은 후에 이어질 중요한 서사의 시작이 된다. 백여 페이지 뒤에 가서 그녀의 매력에 중독되는 이야기로 이어지기 때문이다.

> 나는 사람들이 온갖 꽃에 그러는 것처럼 그녀의 뺨에 열중했다.

이 열중은 빠르게 변이하여 '입 맞추고 싶은 욕망'과 맛보고 싶은 욕망을 융합한다.

> 나는 그녀의 뺨을 바라보면서 어떤 풍미가 날지, 어떤 향취가 날지 궁금해했다.

성애적인 영역이 음미의 식용의 영역으로 전환되는 것은 뱅퇴유 양의 주근깨 가득한 뺨이 프랑지파니를 연상시켰던 것을 떠올리게 한다. 그러나 이제 이 모티프는 한 걸음 더 나아가 위험천만하다고 할 수 있는, 자양분을 공급하는 가슴으로까지 연결된다. 그리고 알베르틴의 뺨이 어떤 '풍미'를 낼지에 대한 대답은 한참 뒤로 미뤄져 〈갇힌 여인〉에서 그녀의 가슴에 대한 미각적 묘사 속에 담기게 된다.

> 솟아오른 두 개의 작은 가슴은 너무 둥글어서 그녀의 몸을 구성하는 부분이라기보다는 그 자리에서 고스란히 무르익은 과일 두 개처럼 보였다.

이것이 바로 프루스트 소설의 '고리looping' 구조다. 대답을 미뤘다 나중에 하는 방식으로 독자를 앞서 소개한 생탕드레 성녀의 드리워진 옷자락 아래, 포도송이 같은 윤곽으로 가늠되는 '단단한 가슴'으로, 그리고 마망의 달콤한 뺨('다디달아 껍질이 터진 과일처럼')으로 데려다놓는 것이다. 게다가 이 대답을 통해 회귀하는 구절은 또 있다.

〈꽃핀 소녀들의 그늘에서〉에 있는 구절인데, 아마 알베르틴의 몸을 대상으로 한 모든 구절 중에서도 가장 특별한 구절이면서 소설 전체에서 뺨과 가슴이 한 공간에 배치된 세 가지 묘사 중 세 번째에 해당하는 구절이기도 하다. 첫 번째인 성녀의 사례에서 이것들은 단순히 조각상의 두 가지 특징('통통한 뺨'과 '단단한 가슴')일 뿐이며, 할머니와의 호텔 에피소드에서는 한 가지가 다른 한 가지의 대체물로 기능한다는 점을 암시한 것이라면 세 번째인 알베르틴의 사례는 아예 다르다. 신체의 부위들이 빙빙 도는 에로틱한 소용돌이 속으로 휩쓸려 들어가면서 오감 중 네 가지 감각 차원을 통해 대상을 회전시켜 '뺨과 가슴의 색'이 풍미, 꽃, 포도를 떠올리게 하는 클라이맥스로 향한다. 〈게르망트 쪽〉에서 알베르틴이 화자를 방문했을 때, 그녀는 두 차례 조각상으로 비유된다. '조각가가 생탕드레데샹의 정문에 새겨놓은 조각상'으로 한 번, 그리고 낙담한 어조로 채 옥으로 된 포도송이에 비유한 것이 그것이다.

그녀를 만지는 것도, 그녀에게 키스하는 것도 불가능했

다. […] 내게 그녀는 여성이기보다는 한때 유행했던, 먹을 수 없는 식탁 장식품인 옥 포도송이에 더 가까웠다.

그러나 이보다 앞서 〈꽃핀 소녀들의 그늘에서〉에서 화자는 진정한 포도밭에 대해 이렇게 묘사한 적이 있다.

우리 눈이 소녀를 향해 모험을 떠나는 것은 다른 감각들을 대신해 행동하는 것이나 마찬가지다. 그녀의 체취, 그녀의 감촉, 그녀의 맛 등 그녀의 다양한 특질을 찾아내고 손과 입술의 협력 없이도 그것들을 누리게 하는 것이다. 그리고 욕망의 교묘한 전치 능력과 뛰어난 합성 의지 덕분에 마치 장미 정원에서 꽃의 향기를 약탈하듯, 혹은 포도원에서 게걸스러운 눈으로 포도에 탐닉하듯, 이 감각들이 소녀들의 뺨이나 가슴의 빛깔만으로도 감촉과 풍미, 금지된 접촉을 이끌어내 그들의 달콤한 즙을 훔칠 수 있게 된다.

순수한 밀도의 관점에서 볼 때 손과 입술, 뺨, 가슴, 체취, 느낌, 맛, 감촉이 이처럼 복잡하게 얽혔다는 부분에서는 레오니 아주머니의 방을 묘사한 구절에서 보였던 공감각의 풍성함에 못지않다. 그러나 레오니 아주머니의 방은 냄새와 맛의 소박한 잔첫상이 펼쳐지는 제과점이 모델이었다면, 여기서는 감각들이 흥청망청 어울려 한바탕 소동을 벌이는 무대가 펼쳐진다. 도취에서 그치지 않고 점점 위험해지는 느낌이 강하게 풍겨온다.

구조에서도 주목할 부분은 구절의 양 끝에 시각기관을 배치해놓았다는 점이다('우리의 눈이 모험을 떠날 때'와 '게걸스러운 눈으로 탐닉'한다는 부분). 덕분에 소용돌이를 작동시키는 것이 시각이라는 구도가 형성되면서 '눈'이 '다른 감각들을 대신해 행동'하며, '그녀의 체취, 그녀의 감촉, 그녀의 맛'을 감지하게 된다. 더구나 눈은 각 감각들을 연합하는 경로를 열어주는 촉매 역할에서 그치지 않고, 한발 더 나아가 강력한 매개물의 형태로 기능한다. 눈이 '그녀의 다양한 특질을 찾아낸다'고 하지만 그것은 '욕망의 교묘한 전치 능력'이며, 따라서 눈은 단순히 환기할 뿐만 아니라 자신이 보는 것('뺨이나 가슴의 빛깔')에서 실제의 '감촉과 풍미'를 추출해내게('이끌어내어') 된다. '게걸스러운 눈'은 식용할 수 있는 몸의 판타지인 셈이다.

지금에 와서 이 약간 섬뜩한 광란은 신체와 섹슈얼리티에 대해 소설 깊숙이 탐구해 들어가는 두 가지 질문을 남긴다. 첫 번째 질문은 '달콤한 즙'의 '약탈' 또는 금지된 열매에 관련된 '금단'의 용어를 이식시키는 데서 비롯된다. 에덴의 사과와 동격인 게걸스럽게 욕망하는 포도가 그것이다. 또한 다른 부분에서 더 명확해지기는 하지만 이 게걸스러움이 악마의 제안에 넘어가기도 한다. 여러 면에서, 프루스트의 해변 휴가는 해수욕하는 사람들과 자전거 타는 사람들, 산책하는 사람들 등 월로•씨의 휴가를 벨에포크 버전으로 만든 것처럼 보인다.

그러나 여기에 몇몇 충격적인 순간들이 개입한다. 이 순간들은 그럭저럭 평온한 풍경 속으로 예상치 못하게 밀려드는데, 해변에서 펼쳐지는 이야기의 표면적 흐름은 얼핏 코믹하게 보이기도 한다. 그중 하나는 〈소돔과 고모라〉에서 발베크로 두 번째 여행을 가는 도중 카지노에서 일어난다. 알베르틴과 앙드레가 춤을 추고, 화자는 그 모

• 1950~60년대에 제작된 〈월로 씨의 휴가〉 등 영화감독 자크 타티의 일련의 작품들에 등장하는 주인공이다.

습을 지켜보고 있지만 별다른 문제가 있다고는 생각하지 않는다. 그는 코타르 박사(필요하면 언제든 나타나는 사람)와 이야기를 나눈다.

나는 두 사람이 무척 춤을 잘 춘다고 말했다.

그러나 코타르의 관심은 다른 데 있다.

안경을 잃어버려서 잘 보이지는 않네. 그러나 두 사람이 한껏 자극되어 쾌락의 절정에 있는 건 분명하군. 사람들은 잘 모르지만 여자들은 흔히 가슴을 통해 절정을 경험하곤 하지. 자, 보게. 두 사람의 가슴이 완전히 닿아 있지 않은가.

시력에 문제가 있는 사람이 이런 관찰을 한다는 것이 인상적이기는 하지만, 아무튼 화자로서는 이것이 '아는 것이 병이 되는 상태'로 진입하는 순간이다.

실제로 앙드레와 알베르틴의 가슴은 쉼없이 접촉했다.

그러나 그게 끝이 아니었다.

그 순간, 앙드레가 알베르틴에게 무슨 말을 했고, 그녀가 웃음을 터뜨렸다. 내가 방금 들었던 것과 똑같이 깊고도 짜르르하게 울리는 웃음이었다. 그러나 이번 웃음이 내게 가져다준 혼란은 단순히 잔인함 이상이었다. 알베르틴은 앙드레를 상대로 뭔가 비밀스럽고 도발적인 전율을 확인시키고 드러내 보여주려는 것 같았다.

그는 다시 듣게 되는 웃음소리 속에서 '비밀스러운 전율'이라는 무서운 경험을 하게 되며, 그것은 고모라의 은밀하고도 무시무시한 비밀들을 여는 열쇠가 된다.

남은 한 가지 질문은 맛과 색의 결합('뺨과 가슴의 빛깔')을 통해 욕망하는 신체를 맛보는 상상에 관련되어 있다. 〈게르망트 쪽〉에서 알베르틴이 방문했을 때, 그리고 그녀가 옥으로 된 포도처럼 닿을 수 없는 존재가 되어버린 걸 깨닫자 화자가 그녀의 뺨에 입 맞추고 싶어 하는 욕망은 이제 '내가 그처럼 자주 떠올렸던 빛깔의 […] 맛을 알고 싶은 갈망'으로 표현된다. 색의 맛이란 게 뭘까

(반대로 맛의 색은?)? 우리는 마들렌의 맛이 '색의 소용돌이'를 일으킨다는 사실을 알고 있지만 정작 이 페이스트리의 맛이 어떤지에 대해서는 들은 내용이 없다. 마찬가지로 맛이 불러일으킨 색이라고는 하는데 그게 뭔지를 알 방법이 없다. (사실 화자도 '규정하기 애매한'이라는 표현을 대놓고 쓰기는 했다.) 그러나 알베르틴에 관해서라면 정보들이 조금 있다. 〈꽃핀 소녀들의 그늘에서〉의 끝맺는 페이지에서 화자는 그녀의 잠든 몸 위로 몸을 숙인다. (잠든 시간이 그녀가 가장 매력적인 시간이기도 했으므로.) 그가 그전까지 상상했던 것은 그녀의 뺨이 '어떤 풍미'와 '어떤 향취'를 낼 것인가 하는 것이었다면, 그녀에게 점점 더 가까워지는 순간 이 과일 모티프는 색까지 보태져서 되돌아온다.

그 알 수 없는 분홍색 과일의 향과 맛을 곧 알게 될 참이었다.

싱그러운 젊은이의 뺨을 묘사하는 색깔로는 당연하고 별다를 것이 없다고 할 수 있겠지만《잃어버린 시간을 찾아서》에서는 이 표현이 여기서 끝나지 않는다. 도대체 분홍색이 왜 그렇게까지 특별한지 알아볼 필요가 있다.

Chapter 5

분홍색

Pinks

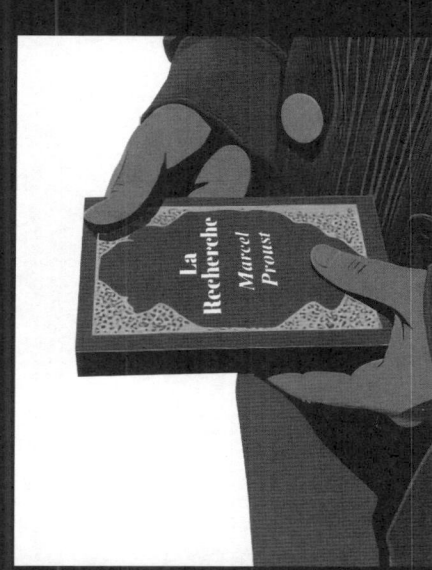

I

선거 포스터를 바라보며 노래를 부르고 돌 위를 구르듯 발을 구르며, 기쁨에 겨워 당장이라도 뛰어오를 것 같은 흥분 상태에 빠진 사람을 마주치는 일은 아마도 극단적으로 망상에 빠진 열혈 지지자를 제외하면 좀처럼 보기 드문 일일 것이다. 하지만 바로 그런 모습으로 등장하는 이가 젊은 화자이며, 그는 동시에르에서의 첫날을 맞이한다. 동시에르는 콩브레, 파리, 발베크, 베네치아라는 주요 4대 배경 외에 소설 속에서 드물게 우리를 데려가는 장소 중 한 곳이다. 화자는 새로 사귄 친구 생루를 방문하러 왔는데, 그는 동시에르(허구의 지방 도시)에서 군 복무 중이다. 들뜬 마음으로 화자는 이렇게 반응한다.

햇빛이 […] 나무의 붉은 잎사귀 위로, 선거 포스터의 붉고 푸른 색깔 위로 쏟아지자, 그 환희는 나를 들뜨게 해 노래를 부르게 하고 포장도로 위에서 발을 구르게 했다. 흥겨워 펄쩍펄쩍 뛰고 싶은 걸 간신히 참을 정도였다.

그가 이렇게 행복감에 도취된 것은 포스터의 정치적 내용 때문이 아니다. 오로지 붉은 나뭇잎 위에 어리거나 울긋불긋한 포스터 위로 쏟아지는 햇빛의 유희가 만들어내는 색채 현상에만 국한된 것이다. 물론《잃어버린 시간을 찾아서》에는 실제든 상상이든 이미지를 바라보는 장면이 여럿 등장하며, 특히 회화 작품들의 등장에서 두드러진다. 그중에서도 가장 기억에 남고, 아마도 가장 자주 논의되는 장면은 빈사 상태의 베르고트가 베르메르의 〈델프트 풍경〉과 마주하는 순간이다. 그러나 그가 '노란 벽의 한 조각'에 느낀 격렬한 반응조차 원색의 날것 같은 존재 앞에서 순수하게 육체적 기쁨을 터뜨리는 젊은 화자의 즉흥적이고도 순진한 반응과 비교되지는 않는다.

선천적으로 색채에 심취하는 성향을 타고난 프루스트

는 색의 가치가 그것을 어떻게 묘사하느냐 혹은 색이 무엇을 상징하느냐에 있지 않다고 생각한다. 즉, 프루스트는 색 자체가 본질이며 자족적이기 때문에 색이야말로 세계를 떠받치는 사실이자 힘이라고 생각하는 부류에 속한다. 러스킨이 '우상숭배'에 매몰될 것을 우려하기 전까지만 해도 프루스트는 비록 직접 인용하지는 않았지만 '색은 눈에 보이는 모든 것 중에서 가장 신성한 요소'라고 한 러스킨의 주장에 동조했다(여기서 러스킨은 그가 '중세의' 색채 개념이라고 부르는 것에 자신을 맞추고 있다). 그러므로 러스킨이 색채의 의미를 좀 더 세속적으로 정의한 것에는 찬성할 것이 틀림없다.

환경이 온전히 갖추어지고 적절한 기질을 지니면 모든 인간은 색채를 즐긴다. 색채는 인간의 마음에 영원한 위안과 기쁨을 주기 위해 마련되었다. 색채는 최고의 창작물과 그것에 깃든 완벽함을 탁월하게 표현하고 봉인하는 데도 풍성하게 사용된다. 또한 색채는 인간의 몸, 하늘의 빛, 땅의 청정하고 단단한 성질과 연관되어 있다. 죽음과 밤, 모든 오염은 색이 없다.

마지막 권, 〈공쿠르 형제의 일기〉의 패스티시pastiche•
부분에서 하루를 마감하고 밤이 오기를 기다릴 때 사용
된 '모든 색을 잃고 잠드는'이라는 묘사는 아마 러스킨을
염두에 둔 표현일 것이다.

다만 프루스트는 괴테의《색채론Theory of Colours》과는 친
하지 않은 듯하다. 프루스트는 괴테의 작품을 여러 권 읽
었고, 사후에 '괴테에 관하여'라는 제목이 달린 그의 논
문이 여럿 발견되기도 했지만, 어디에도《색채론》에 대
한 언급은 없었다. 마찬가지로 그는 소설 속 가상의 화가
인 엘스티르에게 일정 부분 터너Joseph Mallord William Turner••
의 모습을 부여했지만 터너가 괴테에게 보낸 찬사를 알
고 있었던 흔적은 보이지 않는다(제목이 너무 길어서 영국
의 소설가 새커리William Thackeray가 조롱했던 작품 〈빛과 색: 괴
테의 이론—대홍수 다음 날 아침—창세기를 쓰는 모세Light and
Colour (Goethe's Theory) — The Morning after the Deluge — Moses Writing the Book
of Genesis〉를 통해서다). 그러나 프루스트가 뉴턴 신봉자들

• 다른 작품에서 내용 혹은 표현 양식을 빌려와 복제하거나 수정해 작품을
　만드는 것 또는 그 작품. 흔히 혼성 모방으로 불린다.
•• 낭만주의를 완성한 것으로 평가받는 영국 화가.

과 괴테 사이에 벌어진 광학 이론에 관한 대대적인 싸움에서 괴테의 편에 섰을 거라고 상상하기는 어렵지 않다. 자신의 미학에서 거의 모든 것을 걸고 '진정한 인상', '진짜 인상', '실제 인상', '첫인상', '원래 인상', '가장 깊은 인상'이라는 단어를 연이어 만들어냈던 프루스트가 인간의 지각과 주관성을 고려하지 않고는 색에 대한 설명이 만족스럽지 않다는 괴테의 의견에 얼마나 동조했을지는 안봐도 알 정도다.• 그러므로 그가 색을 '빛의 고통과 기쁨'으로 암시적으로 정의한 괴테의 영향을 엄청나게 받았으리라는 것에도 의심의 여지가 없다.

나중에 '고통'으로 해석될 수 있는 색채와 그렇게 관련 짓는 프루스트만의 방식에 대해 말하겠지만 우선은 기쁨에 대해 이야기해보자. 방대하게 펼쳐지는 이 소설에서 생동감 넘치는 색상의 언급이 없는 페이지는 거의 없다. 말 그대로 소설 자체에서 문학적 색채, 색조, 명암이 화가의 팔레트처럼 풍부하게 펼쳐지며, 자연에서부터 인간

• 뉴턴의 광학 이론에서는 인간의 시선이 배제된 지극히 객관적인 색을 다룬다.

세상에 이르기까지 색이 자유자재로 응용된다. 프루스트가 특히 좋아한 색을 찾는 데에는 여러 입장이 존재한다. 연보라색에 한 표를 던지는 입장도 있는데, 이는 아마도 연보라와 하늘빛의 점묘법으로 묘사된 아스파라거스, 라일락 꽃의 '연보라 솜털', 오리안의 스카프에 쓰인 '연보라색 실크', 그리고 요염한 나소 대공 부인의 '둥근 연보라색 눈' 등의 묘사 때문일 것이다.

그다음으로는 빨강, 흰색, 금황색 등의 시리즈가 꼽힐 수 있겠지만, 빠뜨리면 안 되는 또 하나의 색이 분홍색이다. 내가 알기로 적어도 네 명 정도는 분홍색에 투표했으며(심지어 아스파라거스에도 '불그레한 분홍색'의 색조가 있다), 나 또한 이 분홍색 진영에 합류할 생각이다. 다만 이 글의 목적이 《잃어버린 시간을 찾아서》에 나타나는 색채의 상대적 우열을 가리는 데 있지 않다는 점도 함께 강조하고 싶다. 색은 대단히 다채로워서 어떻다고 말하기가 대단히 어려우며, 더구나 '좋아하는 것 고르기' 게임에서는 이기느냐 지느냐도 문제지만, 처음에 알맞은 후보자를 분명하게 정하는 단계에서부터 이미 치열한 경쟁이 불가피하다.

생각해보자. 엷은 자주색, 빨강, 흰색, 노랑과 분홍이 모두 경주에 참가할 자격이 있다고 하면 파랑은 어떨까? 미리 말해두지만 프루스트가 사용한 파랑은 단독으로 책 한 권은 충분히 나올 정도의 연구 분량이 존재한다. 실제 사용된 분량은 지극히 미미하지만, 눈에 관련된 사례만 간단히 추려봐도 이미 여럿이다. 우선 질베르트의 눈('나는 무엇보다도 그녀의 푸른 눈과 사랑에 빠졌다')이 있고, '페리윙클 블루periwinkle•'인 오리안 게르망트의 눈이 있으며, 르그랑댕의 눈은 '하늘색의 물결'을 내뿜기까지 한다. 눈뿐 아니라 베네치아의 '대운하는 타오르는 하늘빛'으로 빛나며, 여기서 자연스럽게 회화의 영역으로 넘어가면 당연히 거기에도 파랑이 있다. 화가 지오토의 파랑은 '눈부신' 파두아의 여름날이 스크로베니 성당의 문턱을 넘어 들어간 것으로 묘사되었고, 엘스티르의 파랑도 마찬가지다.

윗부분에 바다와 똑같은 줄무늬가 얹힌 널따란 하늘의

• 꽃 이름이기도 하며, 제비꽃 색에 가까운 밝은 청자색을 가리킨다.

띠를 나는 바다라고 여겼다. 뭔가 달라 보이기는 했지만 그건 빛의 효과가 만들어낸 그림자 때문이라고 생각했다.

그러나 프루스트가 표현한 파랑 중에서도 가장 감동적이고 누가 뭐래도 기념비적이라고 할 예는 마지막 권 첫 페이지에 있다. 질베르트와 함께 지내기 위해 탕송빌로 되돌아간 화자가 '드넓게 펼쳐진 신록의 풍경'을 내다보면서 '콩브레 성당의 종탑이 […] 대비를 이루는 짙은 파랑'이라는 사실에 새삼 감명받는 부분이다.

프루스트가 좋아했던 색에 위계를 설정하고, 그 정점에 특정 색을 놓으려는 시도가 얼마나 무의미한지 이해하려면, 생전에 미완의 원고로 남은 모네에 관한 짧은 글만 살펴봐도 충분하다. 아르장퇴유, 베퇴이유, 엡트와 지베르니를 그린 모네의 그림은 다음과 같이 색을 포착해냈다.

나른한 오후, 강에 비치는 흰 구름과 파란 하늘, 푸르른 나무와 잔디, 벌써 저물기 시작한 햇살의 분홍빛이 어

른거리는 나무줄기, 큰 달리아가 자라는 어둑어둑한 정
원 덤불의 붉은빛.

여기서 하양, 파랑, 초록, 분홍, 빨강과 검정 중 무엇을
우선순위로 삼아야 할까? 더구나 '콩브레'의 맺는 문단에
서 기억의 '색'에 관한 프루스트의 회상을 고려하면 이 부
분은 또 어디서 시작해야 하는 걸까? 기억의 이미지를 지
질학적 형태로 보고 지층별로 색이 다르다고 하면 '특정
한 암석, 특정한 대리석에 새겨진 맥의 형태와 색의 다양
성이 그 기원과 연대, 형성 과정을 드러내는 것'과 마찬가
지일 텐데 말이다.

모네에 관한 프루스트의 글은 핀드시에클, 즉 세기말
에 대단히 논쟁거리였던 이른바 '현대적인 색'이 무엇인
가에 대한 질문으로 우리를 데려간다. 프랑스의 작가 테
오필 고티에Théophile Gautier는 보들레르의 《악의 꽃》 1868년
판 서문에서 '모든 팔레트의 색채들, 모든 건반에서 나오
는 음표들'로 만들어내는 예술에 대해 이렇게 썼다.

허울뿐인 인생이 타고난 그대로의 인생을 대체하는 곳

에서 인간의 알 수 없는 욕구를 발전시킨 민족과 문명
의 필연적이고도 치명적인 관용구.

이는 '데카당스decadence', 즉 퇴폐라고 불리게 된 개념
을 특정한 관점에서 묘사한 것이다. 이 시기에 현대 화가
의 색채 팔레트와 관련해 아주 중요한 이슈가 새로 등장
했는데, 바로 '아닐린' 염료의 사용이었다. 아닐린은 콜타
르에서 산업적으로 추출한 것으로, 예술가의 팔레트에
'엷은 자주색'이라는 새로운 색으로 첨가되었다. 이 색의
열렬한 지지자 중 한 명이 혐오스러울 만큼 매력적인 유
미주의자이면서 반유대주의자인 로베르 드 몽테스키외
Robert de Montesquiou였다. 그는 존 싱어 사전트John Singer Sargent●
의 초기 유화에 관해 몇 가지를 언급하며 유명해졌으며,
프랑스 시인 귀스타브 칸Gustave Kahn이 친절하게도 '세상에
서 가장 열심히 아무 말도 하지 않는 사람'이라고 설명해
준 장본인이다.

프루스트는 몽테스키외와 불안정한 우정을 나누었다.

● 1800년대에 활동한 이탈리아의 화가.

두 사람은 처음에는 서로 치켜세워주는 관계였다. 비록 '무슈 몽테스키외의 소박함'이라는 제목의 미출간된 기사가 반어적인 부분이 전혀 없이 순수하게 칭찬하는 글이라고 믿기는 어렵지만 말이다(게다가 몽테스키외도 자신이 소설 속 샤를뤼스의 모델 중 한 명이라는 것에 전혀 감흥 없어 했다). 이들의 우정이 벽에 부딪친 것은 프루스트가 몽테스키외의 시집《상처 입은 제물Les Offrandes blessées》에 무조건적인 찬사를 할 수 없다고 거절하면서부터였다. 전쟁을 다루었다는 이 시집은 사실 그가 매너리즘에 빠져 서정시의 일종인 엘레지elegy 장르로 잠깐 한눈을 판 것에 지나지 않았다. 기분이 상한 엉터리 시인은 프루스트에게 보낸 편지에서 두 사람 사이에는 '빙벽'이 있다고 썼다. 이때 쓴 편지지는 당연히 자주색이었다.

새로운 아닐린 색상은 논란거리였다. 러스킨(그에게 '절대적인 색'은 주홍색이었다)은 이 색들을 질색했고, 휘슬러James Abbott McNeill Whistler●는 그것들을 배설물로 취급할 수밖에 없는 자신의 견해를 강조하기 위해 의도적으로 고

●   화가이자 판화가. 미국 출생이며 영국에서 활동했다.

안한 잘못된 철자 아날린^{analine}•을 사용해 혐오를 표시했다. 프루스트도 엷은 자주색을 여러 차례 쓰면서 이 이야기에 가담했다(게르망트 공작 부인의 스카프에서부터 '엷은 자줏빛 9월의 바다'에 이르기까지, 더구나 오데트 집의 유혹적인 엷은 자주색 화장실은 말할 것도 없다). 게다가 프루스트에게는 또 다른 이야기도 있는데, 보들레르를 '현대성'의 주창자로서 인용하는 것과 관련되어 있다. 〈생트뵈브와 보들레르〉라는 에세이에서 그는 보들레르가 특징적인 '현대의 색'을 발견해낸 개척자이며, 그 색깔 중 하나에는 그의 발자국이 뚜렷이 남게 되었다고 말했다.

> 그가 그 모든 진실하고, 현대적이며, 시적인 색채를 발견한 사람이라는 것을 기억하라. 대단히 강렬하지는 않지만 기분 좋은 색 중에서도 으뜸은 파랑, 초록, 황금색과 나란한 분홍이다.

'~중에서도 으뜸은' 같은 강력한 수식어구를 여기에

• 일부러 항문과 관련된 단어를 사용했다.

쓴 것은 과해 보인다. 왜냐하면 프루스트는 보들레르의 시 〈가을 노래Chant d'automne〉에서 몇 가지를 인용한 것 외에 보들레르가 분홍색을 특별히 지지했다는 증거를 따로 제시하지 않았기 때문이다. 그러나 여기서 중요한 것은 프루스트가 보들레르에게서 자신이 선호하는 것 중 하나를 지지한다는 증거를 발견했다고 생각한 것이다.

〈생트뵈브에 반대하여〉에서 그는 우리가 색을 경험하는 것은 일정한 형태의 '조화로움'을 경험하는 것이라고 특징지었는데, 이때 그가 조화의 사례로 발견한 것이 분홍색이었다.

> 각 사물의 진정한 색은 조화로움의 감동을 준다. 우리는 분홍색 장미를 볼 때 울고 싶어진다.

이때의 울고 싶은 욕구는 기쁨에 겨워 뛰어오르는 감정과도 같다. 젊은 화자가 동시에르를 방문해 포스터의 파랑과 빨강을 대했을 때의 그 기쁨을 기억할 것이다. 마음을 움직이는 공생 관계의 언어가 지닌 공통된 특징은 프랑스어에서는 꽃이라는 단어와 그 색이 똑같다는 것이다. 동시에르의 구절이 화자와 함께 명사와 형용사 사이를 방방 뛰어다니는 것도 같은 맥락이다. 이렇게 색을 환기하기 위해 문법 형태를 혼합하는 것은 인상주의 문학의 대표적인 특징이지만 적어도 프루스트의 언어 팔레트에서 유독 형용사만은 여전히 지배적인 형태를 유지했다. 작가 폴 클로델Paul Claudel은 '형용사를 두려워하는 것'이 '스타일'의 시작이라고 했는데, 프루스트가 형용사의 고유성을 중요시한 태도는 이런 식의 규범적 주장에 대한 결연한 반박이기도 했다.

II

《잃어버린 시간을 찾아서》에서는 분홍색에 대한 이런 애착을 크게 두 갈래로 나눠 설명하고 있다. 첫 번째는 프루스트가 소설 전반에 걸쳐 색상 스펙트럼을 다양한 범위에 자유자재로 배치하는 것과 관련이 있다. 배치가 시작되는 곳은 메제글리즈 길이다(달리 어디겠는가?). '흰색보다 훨씬 더 아름다운 분홍색 산사나무 […] 기뻐서' 화자의 마음이 부풀어 오르는 것에서 시작해, '분홍색 비스킷을 더 비싸게 파는' 마을 상점에서는 '딸기를 으깨 넣으면 분홍색을 띠게 되는 크림치즈 쪽을 선호하는' 동맹이 결성된다. 그리고 이 모든 것은 이어지는 페이지에서 산울타리 사이, '향기로운 분홍'의 '재스민, 팬지, 버베나로 둘러싸인 작은 길'에서 질베르트를 처음으로 인식하는 장면으로 연결된다. 화자가 '주근깨가 흩뿌려진 얼굴'을 만나고, 우연히 들은 '질베르트'라는 이름이 그 경험 위에 얹히자 '그 이름이 지나간 자리의 순수한 대기가 색으로 채워지게' 되는 것이다.

소설에서 메제글리즈 길이 같은 기능은 너무 많지만 그중 하나가 베네치아에 있는 궁전들의 '분홍색 측면'에서부터 게르망트 공작의 분홍샅 파자마에 이르기까지(알베르틴의 포르투니 드레스와 오데트의 다과회 의상에 덧대어진 티에폴로 분홍은 두말할 나위가 없다•) 소설의 나머지 부분에서 분홍색을 고조시키는 발판이 되어준다는 것이다.

• 포르투니는 스페인의 디자이너 마리아노 포르투니를 가리키며, 티에폴로는 독특한 분홍색으로 유명한 당대의 이탈리아 화가다.

발베크에서는 호텔 방에서부터 '처음으로 그림물감 상자를 가진 이래로 한 번도 보지 못한 그늘처럼 은은한 분홍색 둑'까지 바다와 해안선의 전망이 펼쳐진다. (어린 소년이 그림물감 상자로 무엇을 했을지 추측해보는 것도 흥미로울 것이다.) 보이는 정경과 보는 행위가 감각으로 인식되는 풍경과 머릿속에서 떠올리는 회화 사이를 변증법적으로 오간다. '바다와 하늘의 균일한 회색에 분홍색 터치를 추가'한다든지, 자연이 오히려 휘슬러•의 캔버스를 흉내 내는('휘슬러를 따라 한 〈회색과 분홍의 조화Harmony in Grey and Pink'〉) 상황에까지 이르게 되는 것이다. 그리고 몇 권을 훌쩍 뛰어넘어, 뒤쪽으로 가면 프루스트 미학이 탄생하는 무대인 신성한 영토에서 또다시 분홍색을 만날 수 있다. 게르망트 가의 서재에서 화자의 머릿속으로 이런저런 상념이 부지불식간에 휙휙 스쳐 지나가는 가운데, 문득 떠오른 '어느 시골 식당의 담벼락이 꽃으로 뒤덮여 저녁 무렵에는 분홍빛이 어렸던 광경을 회상'하는 장면이다.

물론 이 모든 분홍 예찬에는 세기말의 '방식'이 개입했을 위험이 있다. 우선 분홍색은 몽테스키외가 좋아한 색

• 미국 출신의 화가, 판화가. 화가로서의 인생을 유럽에서만 보냈다.

이기도 했다. 그의 방에는 '분홍색 타이츠'를 입은 서커스 예술가의 사진이 걸려 있었고, 정원에는 한때 몽테스팡 부인●의 것이었던 '분홍색 욕조'가 장식으로 놓여 있었다. 게다가 그는 1908년에 베지네에 있는 팔레로즈^{Palais} Rose(장미 궁전) 저택도 사들였다. 그러므로 프루스트는 몽테스키외 때문에라도 분홍색을 경계해야 했고, 아니나 다를까 우리에게 경고라도 하듯 그는 난데없이 베르뒤랭 부인을 '반구^{半球} 같은 연분홍빛 이마'의 소유자로 등장시킨다. 거기서부터는 분홍색이 가식에 사로잡힌 포로 신세로 전락해 글 자체도 공쿠르의 패스티시로 가는 작은 문학적 발걸음 정도로만 보인다(에드몽 드 공쿠르는 몽테스키외의 친한 친구였다). 이 패스티시는 우리를 다시금 베르뒤랭 노르망디의 저택으로 데려가는데, 그곳은 화자의 세계에서는 정어리 어장의 냄새가 산책을 마치고 돌아오는 베르뒤랭 씨의 천식 발작을 일으키는 장소이지만 공쿠르의 패스티시에서는 '로렌스^{Thomas Lawrence}●●가 그린

● 프랑스 왕 루이 14세의 총희.
●● 영국 화가. 초상화로 명성을 얻었다.

커다란 영국식 정원처럼 분홍색 수국이 도자기처럼 피어 있고, 우거진 삼나무가 벨벳 같은 천연 잔디처럼 보이는' 드넓은 정원이다. 여기서는 언어가 공쿠르의 위상에는 걸맞지 않은 농담 수준에 머문다. '수국'을 연상시키는 '작은 분홍색 구름'의 묘사도 번지르르한 르그랑댕의 말솜씨에 귀를 기울이는 정도의 수준에 그친다. 이것은 문학적으로 유난스럽게 굴며 젠체하는 풍조를 바로잡기 위한 소소하지만 중요한 논평으로서 명백히 의도된 것이며, 다른 이들뿐 아니라 프루스트 자신이 그쪽으로 기울고 있지 않은지 자기 검열의 의미도 있다. 그리고 이 부분이 마지막 권에 포함된 것은 〈꽃핀 소녀들의 그늘에서〉가 1919년 공쿠르상을 받은 것에 대해 에둘러 감사의 표시를 한 것일 수 있다.

그러나 프루스트가 자신이 풍자하는 대상에 혹시나 자신이 속해 있을까 봐 이따금 죄책감을 느꼈다는 것이 분홍색을 낮은 수준으로 다루었다는 뜻은 아니다. 사실 그가 분홍색에 부여한 더 근본적인 가치는 이 색이 지닌 '투명성'에 있다. 두텁고 불투명해서 여러모로 '어둠'과 연관되는 아닐린 색상과는 대조적이라고 할 수 있다. 빛의 자연스러운 고향이라 할 분홍색을 그는 '생명의 색'이라고 불렀다. 〈게르망트 쪽〉에서 볼로뉴 숲의 황혼 무렵호수 건너편에서 '마침내 잔잔해진 하늘에 분홍빛 구름한 점이 마지막 생명의 색을 얹는다'고 한 부분도 그렇고, 모네의 그림을 '나무의 줄기에 이미 배어든 햇살의 분홍빛'으로 묘사한다든가, 가을 저녁을 묘사하기 위해 에세이 〈생트뵈브와 보들레르〉에 보들레르의 시구인 '분홍빛증기에 가려진'이라는 구절을 인용한 것도 마찬가지 맥락이다.

영어로 번역하면 '살아 있는 색'이지만 이것이 원래의프랑스어 '생명의 색couleur de vie'의 의미와 완전히 일치한다고 보기는 힘들다. 두 단어의 의미 차이가 중요한데, 단순히 색채의 생동성을 말하는 것이 아니라, '삶 그 자체의색'이라는 개념을 함축하기 때문이다. 또 한 가지 중요한것은 프루스트가 '생명의 색'이라는 표현을 분홍색과 연관지어서만 사용했다는 사실이다. 그리고 같은 분홍색이라고는 하지만 색과 빛, 생명의 연관성이 드러나기에 더적절한 순간은 황혼보다는 오히려 새벽이다. 예를 들어화자가 발베크로 가는 도중 새벽에 일어나는 장면을 보면 러스킨이 〈두 갈래 길The Two Paths〉에서 독자들에게 주문한 내용, 즉 '늘 일찍 일어나 해가 뜨는 광경과 새벽 구름이 흩어지는 모습을 보라'는 충고를 떠올리게 한다.

나는 창유리를 흘긋 바라보았다. 작고 검은 잡목림 위로 붙박인 듯 움직이지 않는 분홍빛 그늘에 솜털처럼 부드럽고 보송보송한 구름이 있었다. […] 그러나 나는 이 그늘이 타성적으로도 변덕스럽게도 느껴지지 않았으며 오히려 필연적이며 살아 있다는 느낌을 받았다. 날이 점점 더 밝아졌으며, 푸르스름한 빛이 하늘에 번졌다. 그 색이 자연의 가장 심오한 비밀을 품고 있는 것 같아서, 나는 더 잘 봐두려고 창밖을 뚫어져라 바라보았다.

프루스트에게 분홍색은 러스킨에게 주홍색이 차지하는 위상과 비슷한 수준이라고 할 수 있다. (다만 러스킨은 주홍색을 '절대적인 색'이라고 하면서도 오남용을 경계하며 '가장 아름다운 장밋빛'으로 순화하는 것이 최선이라고 덧붙였다.) '자연의 가장 심오한 비밀'과 특별히 연관된 분홍색이 인간 세계에서 대응하는 것은 살아 있는 육체, 즉 러스킨이 말한 '인간 신체 속의 생명'이다. 다만 여기에는 러스킨이 외면하고자 했던 복잡성이 따른다. 그것은 신체가 은밀히 욕망하는 생명의 문제다. 이러한 연상은 우리를 다시 뺨이라는 모티프로 되돌려놓는다. 뺨은 인체의 어느 부위보다도 분홍색이 더 자연스럽게 깃들기 때문이다. 그래서인지 소설에서 묘사되는 뺨의 홍조에 대한 언급들은 집착적인 수준이다. 예를 들어 우유를 배달하는 소녀의 '분홍빛 뺨'은 물론이고, '관능적인 분홍빛'으로 물들었지만 원래는 '창백했던' 스테르마리아 아가씨의 뺨, 발베크에서 무리를 이루고 있던 소녀들 가운데 어느 한 소녀의 '제라늄을 연상시키는 구릿빛이 감도는 분홍색 뺨' 그리고 '피부 전체가 분홍빛 금색으로 물든' 로즈몽드 등이 있다. 당연히 알베르틴도 있다. 알베르틴은 분홍 뺨만이 아니라 '분홍빛 코'를 지닌 '분홍빛 환영幻影'이나 마찬가지였으며, '너무나 분홍빛이 강렬해서' 화자를 '도취시킨다'. 앞서 이미 이런 식의 도취를 다뤘던 것을 기억할 것이다. '내가 그처럼 자주 떠올렸던 빛깔의 […] 맛을 알고 싶은' 욕망과 '사랑스러운 분홍색을 띤 채 동그랗게 솟은 그녀의 뺨'으로 구체화된, 키스에 대한 판타지를 그려 냈던 장면이다.

그러나 성적 욕구라는 압력에 의해 색의 음영이 바뀌기도 한다. 순수하고 투명한 분홍색은 더 어둡게 변한다. 화자는 침대에서 잠든 알베르틴을 찬찬히 바라보며 이렇게 말한다.

나는 몇 시간 전 산책길에서 손에 닿을 듯 가까이에서 바라보았던 빛깔들을 생각했다. 그런데 지금 그것들이 제맛을 내게 드러내려 하고 있었다.

그러면서 그는 덧붙인다.

그녀의 얼굴이 더 짙은 분홍색을 띤 것 같았다.

소설의 다른 곳에서 화자가 '색의 예기치 않은 요소로 다양한 색조가 만들어져 발산될 뿐 아니라 이것이 어떤 차원의 위대한 창조 혹은 적어도 전환의 역할을 한다'고 한 것은 그가 알베르틴의 분홍색 얼굴에서 느껴지는 것처럼 '다양한 빛의 효과' 또는 시야의 각도에 따른 불안 정성과 변동성을 염두에 둔 것이라고 할 수 있다. 이 불안 정성은 특히 욕망의 위험 지대인 '몸속의 삶'에서는 은밀 하게 존재하면서, 남의 눈을 피하며 읽어낼 수 없고, 종종 위협적이기도 한 내적 상태를 불러일으킬 수 있다. 발베 크의 절벽 위 숲에서 화자는 젊은 소녀들과 줄 위의 반지 놀이^{ring-on-a-string}•를 한다. 이때 그는 알베르틴의 '살 오른 분홍빛 얼굴'과 '완벽한 분홍빛 안색' 그리고 좀 더 일반 적인 태도까지 자세히 눈여겨본다.

> 그녀는 온 힘을 다해 웃었으며, 놀이의 기쁨과 활기에 휩싸여 분홍색으로 빛났다.

그러나 너무 순진한 것도 탈이라고 해야 할지, 화자는 이렇게 생각한다.

• 기다란 줄에 반지를 꿰어놓고 모두 그 줄을 잡고서 노래를 부르며 반지를 이리저리 옮기다가 누구의 손에 반지가 있는지 알아맞히는 놀이.

알베르틴이 내 손을 지그시 누르는 듯했고, 그 순간 관능적인 부드러움이 느껴지면서 그녀의 피부는 약간 엷은 자줏빛과 분홍색을 섞은 듯한 색을 띠었다.

엷은 자주색이라니! 이 색은 아닐린 색상에 퍼부어지는 극단적 비난의 중심에 있는 타락한 색이 아니던가. 여기서 그치는 것이 아니라 몇 쪽 뒤에서는 그녀의 '안색'이 '짙은 보랏빛' 색조로 변할 뿐만 아니라 '때때로 그녀의 뺨에 드리워진 그늘은 시클라멘 꽃의 자줏빛 분홍색만큼 짙어진다'라고도 한다. 게다가 이 어두워짐은 어떤 순간에 더 두드러지기까지 한다.

어떤 장미는 그 붉은빛이 거의 검정에 가까울 정도로 어두운데, 그 한밤의 색조가 그녀의 안색을 병든 듯 보이게 만들고 […] 눈은 더 타락하고 병적인 표정을 띠게 했다.

이것은 이어지는 〈소돔과 고모라〉• 편에서 다가올 일의 전조로 작용하기도 한다. 고모라에서 벌어지는 끔찍한 일이 화자가 알베르틴이 뱅퇴유 양과 모종의 관계를 맺고 있다는 의심[19]을 하게 되는 형태로 발베크에서 (처음은 아니지만) 일어나는 것이다. 여기서는 분홍색이 견딜 수 없는 고통의 원천이 되며, '그녀의 분홍빛 몸의 소중한 실체'는 '둥글게 몸을 만 고양이 같은 분홍색 공'처럼 '뱅퇴유 양의 친구 자리'에 있는 모습을 상상했기 때문이다. 그리하여 〈간힌 여인〉에서 화자가 알베르틴에게 수줍은 태도로 "당신은 너무나 상냥해요. 하얀 레이스 속에서 당신은 정말 사랑스러운 분홍빛이 도네요"라고 말할 때 우리는 이미 위협적인 영역에 발을 들였다는 것을 알게 된다.

● 소돔과 고모라는 구약성서 〈창세기〉에 나오는 번영한 다섯 도시에 속하며, 도덕적 퇴폐가 극에 달하여 하나님이 내린 유황 불비로 멸망했다고 전해진다.

19 11장 '잃어버리고, 찾고 다시 잃어버리다' 참조.

III

숭배의 대상인 분홍색이 점점 어두워져가면서, 고통에서 비롯된 퇴색의 이야기도 나란히 진행된다. 화자가 알베르틴을 '갇힌 여인'으로 만들도록 부추기는 병리적 태도는 그 자신마저 가두는 권태를 야금야금 성장시킨다. 여기서도 뺨과 피, 색깔을 다루는 현란한 바로크식 묘사가 등장한다.

> 자주, 그녀의 뺨은 창백해 보였지만 옆에서 보면 [⋯] 혈기로 가득 차 겨울 아침의 광채를 머금은 듯 밝게 빛났다. 마치 산책길에 햇볕을 쐬어 발그레해진 돌이 분홍색 화강암처럼 보이면서 기쁨이 흘러넘치는 기분이다.

그러나 돌과 화강암은 동시에 또 다른 것을 암시하기도 한다. 바로 석화石化다. 피가 몰려 얼굴을 붉히던 기운이 사라지고, 그와 함께 분홍빛의 생기도 사라지는 것이다. 화자가 무관심과 권태에 점점 더 깊이 빠져들수록 한때 매혹적이었던 알베르틴의 빛깔과 생기를 잃고, 분홍색은 회색조로 바뀐다. '반짝반짝 빛나던 해변의 여배우'가 '잿빛 포로'가 되는 것이다.

> 내 집에 포로가 된 순간, 한때 산책로를 걸어가는 것을 보았던 그 놀라운 새는 […] 모든 색깔을 잃어버렸다.

회색은 《잃어버린 시간을 찾아서》가 마지막 단계로 접어들면서 페이드아웃의 더 큰 부분을 담당하게 된다(물론 회색이라고 다 같은 것은 아니어서 화자가 발베크 바닷가의 샤워 부스에서 알베르틴과 즐겁게 희롱하는 '회색 옷을 입은 여인'을 상상해본 사례처럼 오히려 광기를 부추길 수도 있다). 따라서 소설이 끝으로 갈수록 강력한 '회복'의 메시지와 함께 여러 가지 종말론적 시나리오가 그려진다. 그중에서도 가장 무서운 것은 태양의 온기가 점점 빠져나가면서 생명이 절멸하는 행성에 얼어붙은 밤이 끝없이 계속되리라는 것이다.[20] 그나마 이보다는 덜 극단적이면서 더 그럴듯한 시나리오가 있기는 하다. 프루스트가 러스킨의

---

20 11장 '잃어버리고, 찾고 다시 잃어버리다' 참조.

책을 읽고, 색이 완전히 사라지지는 않더라도 색채가 고갈되어가는 세상을 상상해보았을지도 모른다는 가정이다. 러스킨은《근대 화가론Morden painters》에 이렇게 썼다.

> 잠깐 생각해보라. 모든 꽃이 회색이며, 잎은 모두 검정이고 하늘은 갈색이면 어떤 세상일지.

그 세상에서는 '자연과 생명'이 빼앗길 위협에 놓이며, '죽음과 밤, 온갖 종류의 오염'으로 인해 '색을 잃은' 왕국이 끝내 사라진다. 등장인물들이 각자의 종말에 다가가면서《잃어버린 시간을 찾아서》의 마지막 부분에서도 색채광 기질이 있는 사람들에게는 악몽과 같을, 색채 없는 세상 같은 것이 나타난다. 화자가 요양원을 떠나 파리로 돌아가는 사이에 그런 조짐이 보이는데, 그는 자신에게 '문학적 재능이 부족하다는 생각'에 깊이 낙담하면서 '무심하게' 기차의 창밖을 내다본다. 거기에는 태양이 '어느 집 창문에 흩뿌린 오렌지와 금빛의 얼룩들'을 무관심하게 바라본다. 그리고 '어디서도 본 적 없는 분홍색 자재로 지은 것처럼 보이는 또 다른 집'을 본 후 '똑같은 절대적인 무관심'으로 반응한다. 마치 자기 자신의 외부에 있는 관찰자가 되어 '기쁨의 흔적도 없이 색깔들을 등록한' 것처럼 말이다.

그러나 앞으로 일어날 일들의 징조를 보여주었다고 해서 이 소설이 단순히 직선형 구조의 이야기는 아니다. 말하자면 앞선 책들에서 보였던 색깔들이 폭포를 이루다가 물이 점점 줄어들어 한 방울씩 떨어지고 결국 완전히 말라버리고 끝나는 내용이 아니라는 것이다. 등화관제가 벌어지는 전시, '하늘의 묵시록'이 펼쳐지는 공중전 장면들조차 놀라울 만큼 다채롭게 묘사되었다. 1914년 겨울, 처음으로 파리로 귀환할 때 화자는 달빛이 어떻게 흰 눈에 '푸른 기운이 어린 금빛' 색조를 부여하는지, 나무 그림자들이 어떻게 새하얀 '낙원의 초원' 같은 효과를 내는지 찬찬히 관찰한다.

녹색이 아니라 흰색으로 얼마나 눈부신지 […] 마치 개화한 배나무의 꽃잎으로 짠 것 같았다.

두 번째 여름철의 귀환에서는 저녁 하늘에 화자의 눈

길이 닿았다. 하늘은 '썰물의 청록색 바다', '빨간 치마'를 입은 아프리카 군대, '흰 터번을 두른' 힌두교도들처럼 보였다. 그리고 역시나 분홍색이 등장한다.

불타는 하늘이 비행기들로 채워지면서 아래쪽에도 불이 들어오면 마치 엘그레코의 그림에서처럼 잠옷 차림의 사람들이 눈에 보이기 시작한다. 거기에는 '분홍색 파자마'를 입은 게르망트 공작 또한 포함되어 있다.

그리고 만약 이 모든 것에서 프루스트가 자신의 문학적 재능으로 우리와 그의 독자들을 감탄시키기 위해 구사하는 '눈부신 흰색'이 또 다른 힌트임을 감지한다면, 전쟁에 나가 전사한 사람들에 대해 브리쇼 교수가 늘어놓은 끔찍히도 부적절한 말 또한 모종의 힌트임을 감지할 수 있을 것이다. 브리쇼가 베르뒤랭 부인이 개최한 연회에서 경쾌한 어조로, 한때는 '다채로운 조각상 같던 수많은 훌륭한 젊은이들'이라고 말한 부분이다.

화자가 전쟁이 끝난 후 세 번째로 파리로 귀환해 게르망트 가의 파티에 참석하는 장면이 있다. 게르망트 가의 안마당에서 넘어질 뻔한 순간부터 이 저택의 서재까지 이어지는 장면에서는 색채로 가득한 인상들로 구성되어 있다. 그가 고르지 않은 포석에서 미끄러졌을 때 드러난 '도취'와 '눈부심'은 이렇게 표현된다.

깊은 하늘빛이 내 눈을 취하게 했고, 서늘함과 눈부신 광채가 내 주위를 휘감았다.

이후 화자는 서재에 들어갔고, 접시에 숟가락이 부딪치는 소리를 듣는다.

새로운 하늘빛 광경이 니 눈앞을 지나갔다. 이번에는 소금기를 머금은 새파란 하늘빛에, 가슴이 부풀어오르는 것처럼 소용돌이쳤다.

이후로도 화자가 빳빳하게 풀 먹인 냅킨으로 입을 닦는 순간 또 다른 일련의 이미지들이 '공작 꼬리 같은 바닷빛 녹색과 파란색 깃털'이 되어 의식 속으로 밀려들며, 이 모든 인상은 뚜렷한 분홍빛으로 각인된 기억에서 정점을 찍는다. '어느 시골 식당의 꽃으로 덮인 담벼락에 어린 분홍빛' 그리고 '그날의 마지막 수채화 재료는 […] 진하고, 서늘하며, 분홍색이었다.'

'이 색들은 나를 기쁨으로 채웠다'라는 말이 화자가 보인 가장 강력한 반응이다. 이것은 어쩌면 괴테가 말한 '빛의 기쁨'과 유사한 경험일 수도 있다. 그러나 동시에 소설의 마지막 권이 구현한 것은 괴테가 내린 정의의 반대쪽 극단에 더 가까울 수도 있다. 즉, '빛의 고통'으로서의 색채이다. 괴테가 정확히 무엇을 의미하려 했는지에 대해서는 여러 가지 해석이 있을 수 있지만, 우리가 시도해볼 수 있는 한 가지 해석 방법은 '고통'을 버림받은 부모의 고통과 유사하게 읽는 것이다. 빛이 점점 약해져 희미해지면 빛이 세상에 가져온 색채들이 변덕을 부리듯 빛을 저버린다. 색채 자신들마저도 점점 희미해지다가 마침내 빛이 암흑에 잠기는 순간 함께 사라지는 것이다. 프루스트의 소설에는 이런 생각이 '라스트니스lastness•'라는 작은 이야기의 형태로 표현되어 있다. 하늘에 '여전히 보이는

• 끝맺음이 이루어지는 상태.

하루의 마지막 수채화들'은 오래가지 않는다. 마지막으로 전체적으로 정리하면서 화자는 자신의 인생을 이렇게 돌아본다.

> 내 인생은 바위와 나무의 장막에 가려 보이지 않는 호수로 가는 길을 오르는 화가 같았다. 틈새로 호수가 흘긋 보이기만 하다가 눈앞에 호수 전체가 보이는 순간이 오면 얼른 붓을 들지만, 이미 밤이 내리고 더는 그림을 그릴 수 없게 되며, 그 뒤로 다시는 날이 밝아오지 않는다.

이 장면은 불로뉴 숲의 호수 위 일몰 장면을 환기시킨다. 빛의 소멸을 임시방편으로 막아보는 구름의 분홍빛이 '생명의 색'으로 그려졌으며, 그 구절 안에는 시간의 색couleur du temps이라는 표현도 들어 있다. 프랑스어 '탕temps'은 '시간'과 '날씨'를 모두 의미하며, 우리가 아는 프루스트라면 둘 중 하나 혹은 두 가지 모두를 의미할 수 있다. 소설에서 'couleur du temps'이 쓰인 곳이 딱 한 군데 더 있는데, 레오니 아주머니의 방을 묘사하는 대목이다. 여기서 'temps'의 의미는 명백히 '날씨'다. 날씨를 다양한 색깔로 표현하는 착상은 특히 그 시대 예술의 문화적 맥락에서 매우 일리가 있다. 모네의 연작 그림만 봐도 하루 동안의 대기 흐름에 따라 색이 변화하거나 서로 섞이는 것을 관찰할 수 있다. (이는 엘스티르가 그린 〈카르케튀트 항구〉의 그림에서 하늘과 물의 유동적인 색채 형성과 관련해 소설에서 인용된다.)

사실 '시간의 색'이 쉽사리 이해되는 개념은 아닌데 프루스트의 손에서 '생명'을 얻었다고 할 수 있다. 결국 프루스트는 우리에게 '한 시간은 그냥 한 시간이 아니라 향기와 소리, 계획, 분위기로 가득 찬 꽃병'이라고 말하는 작가이며, 그의 공감각적인 상상력을 고려할 때 꽃병 속에 마련된 색을 위한 공간을 상상하기는 어렵지 않다. 그러나 프루스트의 시간에 대한 묘사를 더 넓게 보면 이 생각이 부정적인 측면으로 여겨지기도 하는데, 특히 시간이 무자비하게 흐른다는 점에서 더 그렇다. 예를 들어 질베르트의 딸에게 드러나는 유전적 특징('무색, 무형의 시간이 그녀의 몸으로 나타났다')이나 '세월의 무색 에테르'와 함께 존재하는 시간을 향기로 가득 찬 코르누코피아

cornucopia[●]에 비유하는 것 등인데, 시간의 이 '광대한 차원'
이야말로 소설을 결론짓는 성찰의 주제다.

그러나 가장 두드러지는 서부 사항은 흡사 색깔이 책
에서 떠나버리는 것처럼 느끼지게 하는 프루스트 산문
의 구조적 특성이다. 분홍색이 대표적인 예다. 빛이 사라
지기 전에 먼저 악화되는 과정이 있다. 〈꽃핀 소녀들의
그늘에서〉에서의 싱싱한 분홍빛 뺨이 고루하게 화석화
된 르그랑댕의 뺨으로 대체되고, 이제 화자는 그 뺨들에
남은 분홍빛이 인위적인 화장의 효과였다는 것을 깨닫
게 되며, 그것마저 걷어내면 '잿빛 안색'을 한 얼굴과 '창
백하고 서글픈 자기 자신의 유령'이 되어버린 한 남자가
남는다. 그 뒤 '분홍색 옷을 입은 여인(오데트 드 크레시)'
과의 작별을 암시하는 내용이 슬쩍 지나가는 것을 끝으
로 분홍색이 전혀 남지 않는 순간이 온다. 또한 그로부터
20여 쪽을 더 나아가면 어떤 색도 언급되는 지점이 나온
다. 단 두 쪽을 남겨두고 등장하는 마지막 색깔은 검정이

● 그리스신화에서 손을 넣으면 원하는 것이 끝없이 나온다는 뿔 모양의
보물.

다. 빛의 부재로 인해 생성되는 이 색은 이런저런 논쟁 속에서 색상 자체의 종결로 특징지어지기도 한다. 이른바 암흑이다. 다만 프루스트는 가면무도회 장면에서 오로지 시간과 쇠락의 본질에 대해 좀 더 추상적인 지점을 만들기 위한 목적으로 상상해낸 가상의 두 신사가 지닌 콧수염의 특성으로 검정을 다룰 뿐이다. 무엇보다 검정은 화자 본인의 콧수염 색이기도 하니까.

나는 머리가 한 가닥도 세지 않았고, 콧수염도 검었다.

이 말은 어쩌면 알베르틴이 한 아래의 말과 같은 의도임을 드러내는 것 같다.

검정이라는 색은 언제든 적절히 어울리고 결코 상황에서 동떨어지는 법이 없으니 존중받죠.

그런데 이쯤에서, 프루스트가 화가 모네에 관해 쓴 미발표 글에서 언급한 붉은색으로 빛을 밝힌 모네의 '검정'은 잘못되었음을 분명히 밝힌다. '덤불의 붉은색으로 빛을 밝힌 암흑'으로 번역되지만 사실 그건 검정 그 자체라기보다는 낮의 일광이 쇠퇴하면서 도래하는 오후의 어둠, 즉 '라 테네브르la ténèbre'다. 더구나 모네는 검정을 거의 색으로 인정하지도 않았다. 실제로 초창기 이후 그의 팔레트에 검정은 아예 없었다. "나는 백연, 카드뮴 옐로, 주홍색, 진홍색, 코발트블루, 크롬그린을 써요. 그게 다예요"라고 모네는 말했다. 조르주 클레망소Georges Clemenceau•가 모네의 죽음에 경의를 표하며 화가의 관 위에 검은색 천을 씌우는 것을 단호하게 거부한 것도 이 때문이다. 콧수염을 주제로 검정을 다소 코믹하고 소소하게 그려냄으로써 프루스트의 검정은 색이 사라져가는 세상을 디스토피아적으로 상상하는 러스킨의 검은 잎이나, 공쿠르의 패스티시에서 밤이 세상을 뒤덮는다는 '모든 색의 기면성 소멸'과는 거리가 있다. 그러나 또한 검정은 검정이라서 젊은 화자를 매료시킨 동시에르의 눈부신 붉은 잎들도 여기에 갖다 댈 수 없다. 검정과 붉은색은 까마득히 멀며, 검정은 역시 진정한 종결에 대한 감각의 색이다.

• 1800년대부터 1900년대까지 활동한 프랑스의 정치가이자 언론인, 의사.

Chapter 6

두 개의 페달

The two pedals

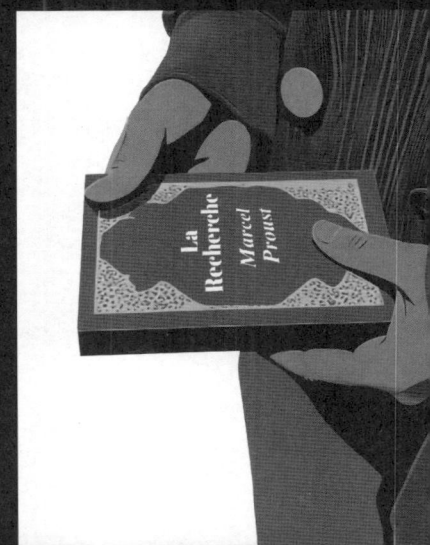

I

화자가 마들렌을 맛봤을 때 즉시 그를 덮친 감각은 '맛있다'였다. 그런데 이 형용사는 특별히 미각적 기쁨을 나타내기보다는 감정적 동요를 표현하는 역할을 하며, 동시에 지금은 그가 포착하기 힘든 코종의 '의미'와 연결되는 미학적 암시를 묘사하는 데 사용된다. ('나는 그것이 차를 곁들인 케이크의 맛과 연결되어 있음을 느꼈지만, 이미 그 감각은 스스로를 뛰어넘고 무한히 확장되어 더는 같은 성질일 수 없었다.') 〈갇힌 여인〉에서도 '맛있다'는 말이 감각기관과 연결되어 사용되지만 여기서는 청각을 묘사한다('청각, 그맛있는 느낌'). 이렇게 음식과 관련하여 자연스럽게 쓰이는 형용사를 청각에 적용하면 몇 가지 면에서 다소 놀라운 묘사가 만들어질 수 있다. 첫째는 물론 프루스트가 과감하게 공감각적 표현을 구사하는 작가라는 점을 생각하면 크게 놀랄 일도 아니다. 하지만 누구라도 미각과 관련해 쓸 표현을 청각으로 전환하는 방식은 분명히 독특한 지점이다. 화자는 게르망트 가의 서재에서 리브벨레 식당의 저녁 시간들을 회상할 때 '분홍빛'의 특성을 '특별한 투명함'뿐 아니라 '낭랑한 울림'으로도 추억한다. 이것은 지명이 큰 소리로 불릴 때 '그 음색의 밝음과 어둠'에 연관된 색이 이름에 깃든다고 볼 수 있다. 이 주제는 〈게르망트 쪽〉의 시작 부분에서도 고유명사와 연관해 폭넓게 다뤄진다. 아무튼 이런 식으로 색깔에 소릿값이 매겨지며, 소리에 색의 값을 매길 수 있다면 청각 경험에 미각을 불러일으키는 표현을 추가하지 말란 법이 있을까? 프루스트에게서 아주 자주 발견되는 보들레르의 인용이야말로 이것에 대한 적절한 예시가 될 테지만, 특히 〈스완네 집 쪽으로〉에 딱 맞는 표현이 나온다.

왜 보들레르가 트럼펫 소리에 '맛있는'이라는 형용사를 적용할 수 있었는지 이해됐다.

소리와 맛의 결합에 대해 우리가 놀라는 또 다른 이유는 여러 맥락에서, 또한 프루스트 자신도 밝혔듯이 그 주장이 명백히 거짓이라는 것이다. 실제로 소설 속에는 잔잔한 소리조차 일절 용납되지 않는 지점이 몇 군데나 있다. 예를 들어, 화자가 마들렌의 경험이 '무엇을 의미하는지'를 두고 씨름할 때, 의미를 파악하는 데 필요한 조건(물론 이것만으로 충분하지는 않다)은 외부 소음을 억제하는 것이었다.

> 나는 모든 방해물, 모든 쓸데없는 생각을 제거하고 옆 방에서 무슨 소리가 나든 전혀 신경 쓰지 않았다.

그러나 화자가 자신에게 일어나는 일에 집중하기 위해 정신을 흐트러뜨리는 소음의 원천을 차단하는 동안 바로 그 일이 일어나는 지점의 깊은 곳에서 또 다른 '듣기'가 발생한다. 그것은 아득히 먼 곳, 화자가 과거의 '모호한 나라'라고 부르는 곳으로부터 '중얼거림murmur'의 형태로 도착한다. 나는 프루스트의 소리 세계에서 가장 흥미로운 측면 중 하나인 '중얼거림'에 해당하는 프랑스어를 중심으로 나중에 다시 다루겠다. 그것은 프루스트의 소리 세계에서 가장 흥미로운 측면 중 하나다. 지금으로서는 마들렌 에피소드에 대해 다음과 같이 말할 수 있다. 동시에 배제하고(옆방의 소음들) 포함하는(먼 과거의 중얼거림) 경험으로서, 그것은 극단에서 급진적 양극성으로 특징지어지는 소리의 세계와의 관계를 예고한다. 한쪽 끝에는 이상적으로 소리가 없는 곳이 있고, 다른 쪽 끝에는 또한 이상적으로 오직 소리만이 있는 곳이 있다.

이러한 양극성 또는 모순 상황은 프루스트가 다루는 감각 중에서 오로지 청각에 국한되어 있다. 후각, 미각, 촉각 또는 시각 중에서 한 가지만 남고 다른 건 존재하지 않는 세계가 있을 수 있다는 식의 언급은 단 한 군데도 없다. 심지어 시각이 오류를 빚을 때조차('시각이란 얼마나 기만적인 감각인가!') 그것 때문에 아무리 괴로워도 이론상 시각이 제거된 세상을 상정하는 일은 없다. 혹은 반대로 색채의 화려함에 아무리 열광해도 오로지 색채만 인식하는 감각 세계를 떠올리는 법도 없다. 결국 프루스트는 청각에 대해서만 소리 없는 상태를 그려보는데, 이를 확인하려면 〈게르망트 쪽〉의 동시에르 장면으로 돌아가야 한다.

〈게르망트 쪽〉은 화자의 가족이 파리로 이사하고 나서, 가정부인 프랑수아즈가 새 집의 안팎에서 들리는 낯선 소리에 반응하는 모습으로 시작된다. 그녀의 반응은 청각에 관한 온갖 양상으로 뻗어나가며, 심지어 무소음에도 과민 반응하는 유별난 특성을 보인다. ('그녀는 조용할 때조차 불편해하며 힘겹게 신경을 곤두세웠다.') 물론 젊은 화자도 같은 부류였다. 동시에르에 도착했을 때 화자를 맞이한 생루는 화자의 '과민한 청각'에 특별히 신경을 써서 최선의 호텔을 일부러 잡아놓았다. (영어는 프랑스어 hyperesthésie auditive의 화려함을 완전히 포착하지 못한다.) 그러나 그의 배려는 별반 소용이 없었고, 화자의 기억은 발베크에 도착해서 '천장이 부조연스럽게 높은 침실'에서 불안한 밤을 보낸 날로 되돌아갈 수밖에 없다. 생루의 숙소를 방문했을 때는 좀 더 친근하고 안전하다는 느낌을 받았지만 그리고 실제로 그가 거물기를 선호하는 곳이기도 하다. 하지만 이것 역시 아주 작은 소리들—벽난로 속 장작의 움직임, 생루의 시곗소리—에도 또 다른 과민한 반응을 보이는 계기가 된다. 이것은 청각에 대한 더 정확히는 그것의 억제에 대한 프루스트의 더 기이한 명상 중 하나로 이어진다.

이 명상을 몰리에르Molière•의 부조리극 〈상상병 환자 Le Malade imaginaire〉의 자매 편쯤 되는 2부짜리 짧은 연극이라 고 생각하면 된다. 1부는 세 개의 짧은 장면으로 구성되 는데, 그중 첫 번째에서는 청각 과민증 주인공이 '환자'로 상정되며, 그를 위한 최초의 처방은 솜뭉치를 귀에 삽입 하는 것이다. 이것은 소음을 제거하기보다는 희석해 성 질을 누그러뜨리는 방법이다.

> 욕조에서 흘러나오는 물의 무거운 우르렁거림이 희미 하고 가볍고 먼 것이 되어, 천상의 중얼거림처럼 된다. […] 그것의 희석은 우리에게 가할 수 있는 어떤 공격적 힘도 빼앗는다.

두 번째 장면에서는 '더 두꺼운 귀마개'를 이용해 효과 를 한층 강화하며, 이로써 '위층에서 소녀가 시끄럽게 연

• 프랑스의 극작가이자 배우.

주하던 곡조가 매우 여린 악상으로 줄어든다'. 세 번째 장면은 솜뭉치에 기름을 바르는 행위를 추가함으로써 귀마개가 마치 계몽 군주처럼 절대적인 힘을 행사하는 광경을 보여준다.

탈지면 마개에 기름을 바르면 집 전체가 그 즉시 이 군주의 명에 복종하며, 그 지배력은 집 밖으로까지 확장된다.

2부는 모든 옵션이 단 하나로 압축되는 단일 장면으로 구성되며, 여기에서의 대본은 소음을 억제하는 보조 장치의 도움 없이 완전히 '들리지 않음'의 상태를 수용하고 부추긴다. 그리하여 세상과 청각이 단절되는 상태야말로 일종의 파라다이스라고 여긴다.

개중에는 소리의 차단이 일시적이지 않은 경우들이 있다. [...] 이처럼 아예 소리를 못 듣는 사람들에게는 감각 중 하나를 상실한 것이 그 감각을 획득했을 때만큼이나 세상을 아름답게 느끼게 해주므로, 그들에게는 이 세상을 걷는 것이 소리가 아직 만들어지지 않았던 시절의 에덴을 거니는 기쁨을 맛보는 것이나 마찬가지다.

이 대단한(그리고 완전히 터무니없는) 찬송가를 마치 '마법의 우주'로 들어가는 티켓이나 되는 것처럼 듣지 못하는 사람들에게 써주면서 프루스트가 느꼈을 기쁨을 상상해보자. 그 마법의 우주란 '소음 같은 저속한 것들이 고요의 고결함을 훼손하지 않는 곳'이다. 사실 여기에는 프루스트가 앓은 알레르기 증세의 특징이 반영되어 있기도 한데, 〈위층 숙녀분께 드리는 편지Letters to the Lady Upstairs〉라는 제목으로 묶인 그의 서간집에서도 이 부분이 잘 드러난다. 문제의 숙녀는 그의 이웃인 윌리엄스 부인으로, 프루스트가 어머니의 사후, 1906년에 이사한 오스만 대로에 위치한 건물 위층에 살던 사람이었다. 위에서 들리는 소음 때문에 넌더리가 난 프루스트는 그녀에게 (위층 아파트는 그녀의 미국인 치과의사 남편의 진료소를 겸하고 있었기 때문에) 자신에게는 소리 지옥이나 마찬가지인 상황을 설명하는 편지들을 아주 정중하게 썼다. 이에 관한 셀레스트의 증언을 들어보자.

그 아파트에서 아무 소리도 들리지 않는 동안에는 […] 누구도, 어떤 문 가까이로도 가는 것이 절대적으로 금지되었다. 아예 움직이려는 시도도 하면 안 됐다. 그에게 그 모든 게 들리기 때문이었다.

동시에르 에피소드에 영감을 준 것 중 일부는 생루가 화자에게 자신이 추천하는 호텔의 장점 중에 '이웃한 방에 사람이 없을 것'이라는 말을 들었을 때 떠올린 암담한 기억과 소음을 차단하려고 실제로 했던 일들까지(프루스트는 몇 가지 형태의 귀마개를 만들어 썼는데 그 결과 염증성 귓병을 얻었다) 두루 이 사건에서 비롯되었음이 틀림없다. 결국 현실에서의 유일한 해결책은 벽을 코르크로 바르는 것이었다. 그러나 소설 속 동시에르에서는 '귀에 귀마개를 끼워 넣은 환자'가 끝내 고통에서 놓여나 영광스럽게도 청각의 재탄생을 이루게 된다.

반면에 환자의 귀에서 솜뭉치를 잠깐 빼내면 순식간에 빛이, 소리로 가득 찬 햇살이 새로이 눈부시게 나타나며 우주에서 다시 태어난다. 추방되었던 소리의 무리

가 다시 몰려오고, 우리는 노래하는 천사들처럼 소리
가 부활하는 현장을 목격한다. 텅 빈 거리들은 잠시 동
안 노래하는 시가전차들의 연속적이고도 빠르게 윙윙
거리는 날갯짓으로 채워진다. 다름 아닌 침실에서 환자
가 창조한 순간이다. 그는 마치 프로메테우스와 같지
만, 그가 창조한 것은 불이 아니라 불의 소리다. 그러므
로 우리가 귀에 쑤셔넣은 솜뭉치의 두께를 더하거나 줄
이는 것은, 외부 세상에서 들리는 것들에 매달린 두 개
의 페달 중 한쪽 또는 다른 한쪽을 번갈아가며 밟는 것
이나 마찬가지다.

II

사실 귀마개 정도의 대책은 워낙 겸손해서 청문회에 설
일 따위는 거의 없다. 귀마개를 제거하기만 하면 '순식간
에' 소리의 세계가 삶으로 다시 튀어나오는데다 두께를
다르게 하는 것만으로도 세상과 우리의 관계를 조절해주
는 두 개의 피아노 페달을 가진 셈이 되니 말이다. 그런데

피아노가 지닌 이미지는 들리지 않는 축복의 세상에 거주하는 것과는 정반대다. 피아노의 세상은 인간의 의사소통이 오로지 음악만을 매개로 하는 낙원이거나 유토피아이며, 뱅퇴유의 소나타와 칠중주곡이 바로 이 근원적인 향수를 불러일으키는 매력적인 형태의 중심에 있다. 특히 스완은 뱅퇴유 소나타의 '소악절'에 심취했다. 그는 이 곡을 통해 '우리가 존재하지 않던 시절의 세상'으로 들어간다.

> 오로지 한 가지 감각을 통해서만 도달할 수 있는 곳. 그곳이 스완에게는 커다란 안식, 신비로운 회복의 장소였다. 세련된 안목을 지닌 그림 애호가이며, 예의범절을 갖춘 영민한 관찰자의 마음을 가졌으나 평생 지워지지 않는 메마른 삶의 흔적을 지닌 스완은 그곳에서 자신이 다른 피조물로 변하는 느낌을 받았다. 인간들이 알아보지 못하는 낯선 존재, 맹목적이며 논리적 능력 같은 것은 없는, 마치 상상 동물인 유니콘이 된 것처럼, 세상을 오로지 청각으로만 받아들이는 공상 속의 피조물이 된 듯했다.

여기서는 '공상 속의'라는 말이 오히려 이 환상곡을 어느 정도 현실에 붙들어 매는 역할을 한다. 게다가 그는 뱅퇴유 음악이 지닌 '회복'의 힘을 찬양하기는 하지만 동시에 그 회복이 실패한 삶의 '메마름'에는 거짓된 작용을 한다는 사실을 이미 알고 있다. 스완에게는 이 소나타가 마치 미술품 감정가가 보티첼리의 그림을 이용해 얻는 것과 마찬가지 효과를 지닌다. 오데트에 대한 감정을 투영하고 이상화하는 방편으로 쓰지만 결국 공허함을 인정하고 무너지는 것이다. 이것은 마지막 권에서 '그 소악절이 그에게 불러일으킨 갑작스러운 고통'이라는 말로 다시 소환된다. 화자가 게르망트 서재에서 '숟가락 소리'를 통해 경험한 것과는 대조적이다. 프루스트는 '예술'이 그 자체가 아닌 다른 목적으로 오용되는 것을 경계했는데, 이 부분은 그에 관한 일종의 경고인 셈이다.

그러나 '음악으로 이루어진' 세상에 대한 꿈은 〈갇힌 여인〉에서 칠중주곡의 연주와 함께 되살아난다. 어느 순간 소나타의 피아노와 바이올린이 스완과 오데트에게 '아직 지상에 두 사람만 있던 세상의 시작'에 가 있는 느낌을 불러일으키는 장면에서다. 또한 칠중주곡은 듣는 이들을 '잃어버린 고향'으로 데려가는 것처럼 묘사되기도 한다. 이는 실낙원을 낭만적으로 표현한 다른 이름이기도 한데, 여기서 낙원은 어떤 모습일지 가정하는 수준으로 말하자면 반사실적 인식의 대상으로 표현된다. 태초에는 인류가 오로지 음악적 형태로만 표현이라는 것을 할 수 있었으며, 언어를 획득하는 길을 향한 노정을 개척하지 않아서 궁극적인 인간 사이의 소통인 바벨탑[21]을 포기해버렸다는 것이다. 연주되고 있던 '안단테가 마무리될 즈음'에 이때다 하고 한마디씩 떠들어대는 사교 모임의 인간들로 인해, 은혜를 입은 듯한 상태에서 '추락'해버리는 느낌을 받은 화자로서는 그렇게 생각할 수밖에 없었을 것이다.

나는 진심으로, 낙원의 기쁨을 상실한 채로 가장 하찮은 현실로 추락한 천사가 된 것 같았다. 그러면서 자연에 의해 버려진 생명의 마지막 모습처럼 보이는 몇몇 생물처럼, 음악이야말로 영혼의 소통에 걸맞은—만약 언어

---

21 11장 '잃어버리고, 찾고 다시 잃어버리다' 참조.

와 낱말의 형태, 생각을 분석하는 능력이 아예 발명되지 않았다면—유일한 형태가 아닐까 궁금해졌다.

화자가 이처럼 언어가 있기 전, 음악을 기반으로 하는 소통의 양식에 관해 사색한다는 것은 화자의 내면 여행을 구성하는 데서 음악이 지닌 특별한 위상을 증언하는 것이나 마찬가지다. 칠중주곡은 '계시이며, 지금까지 받았던 가장 낯선 유형의 기쁨'인 반면 소나타의 '소악절'은 알베르틴의 귀가를 기다리며 피아노로 연주하는 동안 스완의 삶에서 화자의 삶 속으로 옮겨가면서 시간을 거슬러 오르는 여정 속에서 화자 자신의 내부로 '더 깊이 들어가는' 매개 역할을 한다.

나는 음률에 실려 콩브레의 옛 시절로 되돌아갔다.

당연한 말일 수 있겠지만 음악은 프루스트 특유의 치환 기법에서도 중요한 위치를 차지하는데, 특히 회화적인 부분—소나타의 '흰색'과 칠중주곡의 '주홍색'—과의 치환이 두드러진다. 물론 다른 치환 또는 전이의 형식도 있는데, 프루스트 하면 떠오르는 (다른 사람들이 잘 모르거나 때로 유해하기까지 한) 개인 화실 같은 밀폐된 영역이 아니라 그 바깥에서도 그는 음악을 만들거나 발견한다. 그것도 발베크로 향하는 기차의 리듬 같은 일상생활의 세계에서.

> 나는 때때로 한 가지의 특정한 리듬에 연결되었다가 또 때로는 다른 리듬과 연결되곤 했다. 그 리듬은 처음에는 똑같은 십육분음표가 네 개 연달아 나오듯 들리다가 다음 순간에는 하나의 십육분음표가 사분음표에 맹렬히 부딪는 것처럼도 들렸다.

또한 사무엘 베케트Samuel Beckett●가 강조했던 아주 특이한 사례로 콩브레의 여름철에 '집파리들이 (화자) 앞에서 선보이는 작은 콘서트는 이를테면 여름철 실내악'이었다는 대목도 빼놓을 수 없다. 그러나 단연코 가장 정교한 청

● 영국 작가. 희곡 〈고도를 기다리며〉로 유명한 노벨문학상 수상 작가이며, 〈프루스트〉라는 비평서를 썼다.

각적 환치는 아무래도 도시 거리의 소음에서 비롯되는 것들이다. 동시에르의 백일몽에서 들리지 않는 상태에서 '회복'하거나 '추방당한 소리가 귀환'하는 것은 소녀의 피아노 연주가 아니라 거리에서 들려오는 소음, '노래하는 시가전차들의 연속적이고도 빠르게 윙윙거리는 날갯짓' 소리다. 그리고 〈갇힌 여인〉에서 '청각'이 '그 맛있는 감각'으로 묘사될 때도 콘서트홀이나 그림을 그리는 방에서 일어나는 일들과 연관되는 것이 아니라 '거리를 오가는 무리'에게서 들리는 소리다. 이른 아침 파리의 '상인들과 식료품이 오가는 생동하는 삶' 속에서 들려오는 '거리의 외침'들—즉, '거리의 동반자들'과 함께하는 순간이다.

화자는 봄날 같은 겨울 아침에 도자기 수선공, 의자 만드는 장인, 염소젖 장수('시칠리아의 양치기'를 닮은)가 큰 소리로 물건이며 일감을 선전하는 외침을 들으면서 그 목소리가 '아침 공기를 어느 축제의 서곡으로 가볍게 조율한' 악기 소리(각각 호른, 트럼펫, 플루트) 같다고 느낀다. 이 감명 깊은 환기에는 칼 가는 사람, 톱 수리공, '수레를 밀고 다니며' '광고를 위해 그레고리안 선법을 사용하는 '과일 장수 여인', 그리고 당나귀 수레를 끌고 다니며 '영원, 무궁' 그리고 '평안히 잠드소서'라는 주제로 기도 같은 주문을 연상시키는 방식으로 읊조리는 헌옷 장수가 추가될 것이다. 사실 이 꿰이지들은 기욤 드 라 빌뇌브Guillaume de la Villeneuve●가 13세기에 쓴 시 〈파리의 외침Les Crieries de Paris〉●●으로 거슬러 올라가는 프랑스 민속 문학 장르에 대한 작은 기여나 마찬가지다. 이후 이 장르는 풍자 작가 라블레François Rabelais의 〈가르강튀아와 팡타그뤼엘Gargantua et Pantagruel〉●●●을 경유하고, 18세기 후반의 루이 세바스티앙 메르시에Louis-Sébastien Mercier의 〈파리의 풍경Tableau de Paris〉을 거쳐 19세기, 에밀 졸라의 〈파리의 배꼽Le Ventre de Paris〉, 그리고 빅토르 푸르넬Victor Fournel의 도시 '생리physiologie'●●●●라고 할 〈파리의 함성Les Cris de Paris〉에까지 이른다. 〈갇힌 여인〉의 장면에서 알베르틴이 장사꾼들의 외침을 듣고 보여주는 반응에서 청각을 통한 '맛있다'라

● 프랑스 왕 샤를 8세의 종자로 이탈리아 전쟁에 따라가 회고록을 썼다.
●● 13세기 파리 노점상들의 외침을 기록한 시.
●●● 거인 가르강튀아와 그의 아들 팡타그뤼엘의 모험을 통해 당대의 현실, 특히 교육과 학문을 비판한다.
●●●● 19세기 중반에 특정 계층의 생태를 묘사, 분석하려 한 일련의 책들을 가리키는 문학 용어.

는 감각이 용어의 미각적 의미를 끌어내는데 이 역시 프랑스 민속 문학의 연장선인 셈이다.

> 양배추, 당근, 오렌지. 프랑수아즈에게 좀 사라고 해요. 당근 크림을 만들 수 있을 거예요. 그러면 우리 둘이서 모두 다 먹어요. 정말 좋겠다. 우리 귀에 들리는 온갖 소리가 사랑스러운 음식으로 바뀌는 거죠.

III

프루스트는 사망하던 해에 어느 인터뷰에서 "음악은 내 인생의 가장 큰 열정 중 하나였어요. 내 작품 전반에 걸쳐 길 안내용 실처럼 뻗어 있죠"라고 말했다. 그가 지녔던 '열정'의 진정성과 강도에 대해서는 의심할 여지가 없지만 프루스트의 소리 세계에 대한 묘사가 왜 그처럼 자주, 때로는 오로지 음악에만 집중되는지를 이해하는 데 도움이 되는 말이다.

　그러나 음악을 프루스트에게서 중심축으로 두었을

때 발생하는 부정적인 측면들이 있다. 한 가지는 프루스트가 상당히 식견 있는 음악학자인데도 모델(뱅퇴유 소나타의 일반적인 후보는 오르가니스트이자 작곡가인 포레Gabriel Fauré, 프랑크César Franck, 생상스Camille Saint-Saëns 등이었다) 찾기에 혈안이 된 아마추어처럼 되어버렸다는 것이다. 게다가 음악이라는 주제에 대한 프루스트의 견해는 대체로 흥미진진하지만 늘 그렇지는 않다는 문제도 있다. 적어도 베토벤의 사중주곡에 대한 프루스트의 견해가 번드르르한 겉치레 감상의 분출이라고 한 스트라빈스키Igor Stravinsky의 말을 신뢰한다면 그렇다는 것이다. 그러나 이런 것들을 다 제칠 만큼 과장된 주장은 음악이 소설 속 소리의 세계를 이루는 토대일 뿐 아니라 소설의 형태 자체를 형성한다고 여기는 부분이다. '실'이니 '실 꿰기'니 하는 것들이 소설의 구성 과정과 형식 형태에 대한 강력한 은유[22]인 것은 맞지만 실을 남용해 오해의 여지가 있는 해석의 실타래를 만드는 것을 경계해야 한다는 말이다. 또한 미셸 뷔토르Michel Butor●가 일곱 권으로 구성된 《잃어버린 시간

---

[22] 8장 '기하학자와 직조공' 참조.

을 찾아서》의 설계가 음계에 필적한다는 흥미로운 주장을 내놓기는 했지만 사실 프루스트의 소설 구조는 음악적 구성을 모델로 한 것이 아니다. 또한 경청의 순간을 가장 예리하고 오래도록 주의 깊게 연출하는 것은 음악이지만 소설이 청각 영역에 관여하는 부분을 음악에 국한하지도 않는다.

게다가 우리가 동시에르의 그림자라고 부를 수 있는 것들이 늘 남아 있다. 그것은 '오케스트레이션' 즉 조직하고 편성하는 것에 저항해 불협화음을 일으키며, 산만하고 공격적이어서 궁극적으로 위협이 되는 소리다. 예를 들면 인간의 음성이 그렇다. 물론 인간의 음성은 때로 악기처럼 들리기도 한다. 라 베르마의 목소리는 라신Jean Baptiste Racine의 극적인 운문에서 본질을 포착해 화자를 사로잡으며, 화자의 어머니가 읽어주던 조르주 상드의 〈혼외자 프랑수아François le Champi〉에서 화자에게 가장 뚜렷하게 기억되는 것은 내용이 아니라 '어머니의 목소리에 담긴 아름다움과 상냥함'이었다. 그러나 사람의 목소리는

● 1900년대 중반부터 2000년대까지 활동한 프랑스의 소설가.

원래는 이렇지 않다. 화자는 베르고트의 글에 대해 '문장 끝맺음'을 '오래오래 끄는 화음'처럼 구사한다고 감탄하며, '오페라 서곡의 마지막 화음처럼 졸처럼 끝을 맺지 않고 최후의 숭고한 하모니를 계속 웅얼거리는 것처럼 울려 퍼진다'고 했다. 이것은 프루스트 자신이 구사하고자 하는 문장에 관한 생각이다.

그러나 화자는 베르고트가 '말하는' 방식에 대해서는 생각이 다르며, 실제로 몇 페이지나 할애하여 장황하게 그의 말을 사회언어학적으로 분석하기까지 한다. 이중모음과 순음을 대량 학살해 욱여넣어 누구라도 심지어 노르푸아조차도 '충격을 받아 몹시 기분이 나빠지는' 불유쾌한 혼합물의 항아리라고 한 것이다. 베르고트뿐 아니라 소설에 나오는 식탁에서의 잡담이나 살롱에서의 대화가 모두 마찬가지다. 그것들은 대부분 세속적인 내용으로 와자지껄한(두 가지 모두 어마어마하게 길다) 세상의 소음에 지나지 않는다. 디킨스에 필적하는 모방의 재능을 지니고 정확하게 묘사되었으며 적절하면서도 차별화된, 매혹적인 청취의 대상으로 삼을 만한 담화 역시 프루스트는 '수다'라는 부정적인 뉘앙스로 치부한다. 결국 무의미한 웅성거림으로 굳어지기 마련이라는 것이다. 이것은 일종의 언어적 바니타스*이며, '가면무도회'의 수다가 바로 이런 어리석음, 헛됨의 사례다.

> 저녁 시간을 온통 낭비하면서, 그들이 한 말의 잔향조차 거의 남아 있지 않을 때 나 역시 똑같이 무의미한 말을 보태는 식으로 오로지 피상적인 것만을 남기는 사회적 접촉에서 얻는 것은 아무 쓸모 없는 즐거움이다.

심지어 사람들의 말속에서는 공허함뿐만 아니라 공격성도 느껴진다. 특히 샤를뤼스는 상류계급다운 오만한 말투에서부터 빈민가에서나 쓸 법한 말투까지 다양한 말투를 구사하는 것에서부터 이미 위협적인 요소가 있는데, 히스테리에 빠지거나 광기에 가까운 격렬한 분노에 사로잡힐 때는 정도가 더 심해진다. 그러나 정말 위협적인 것은 이처럼 공격적으로 큰소리를 지르거나 '위트'라

---

* '공허'라는 뜻이며, 17세기 네덜란드와 플랑드르 지역에서 유행한 정물화의 한 장르를 가리키기도 한다. 삶의 덧없음을 상징하는 해골, 촛불, 꽃 등을 그리는 것이 특징이다.

면서 신랄하게 비꼬는 것이 아니다(신랄하게 비꼬는 분야라면 자타공인 오리안이 챔피언이다). 가장 해로운 것은 감질나는 수수께끼 같은 말이다. 즉 욕망이 담긴 비밀스러운 삶의 표현이다. 이미 살펴봤듯이 프루스트는 육체의 본질적인 삶을 능숙하게 읽어내는 사람이다. 그는 게다가 성적 기호학의 신뢰할 수 있는 매개체(또는 '소리굽쇠')로서 들은 내용을 명확히 구분하는 전문적 청취자이기도 한데, 특히 소돔의 은밀한 거주자들에 대해서는 더 그렇다. 〈소돔과 고모라〉에서 게르망트 공작 부인이 개최하는 모임에서 보구베르 씨가 소개되는 장면을 보자.

> 나는 어떤 목소리를 듣게 되었는데, 나중에 헷갈리는 법 없이 바로 구별해낼 수 있게 될 목소리였다. 그건 이처럼 특별한 경우, 즉 보구베르 씨가 샤를뤼스 씨와 이야기할 때만 내는 목소리였다 […] 나중에 나는 몇 번이나 살롱에서 자신의 직업 언어나 자신이 속한 사교계의 매너를 정확히 모방하며, 엄격한 세련됨이나 거친 친밀함을 가장하는 어떤 남자의 억양이나 웃음소리에 충격을 받지 않았던가. 그러나 그의 목소리의 거짓됨은 내

숙련된 귀에 소리굽쇠 같은 역할을 해 '저자는 샤를뤼스구나!'라고 생각하기에 충분했다.

화자는 이런 식으로 소돔에서 발생하는 음성 신호를 해독하는 사람이라는 자부심을 지니고 있다. 그러나 고모라에서는 이것이, 특히 의심스러운 고모라의 거주자 알베르틴에 관해서는 더더욱 정반대로 작용한다. 그녀를 파리 아파트에 사실상 '감금'한 화자는 모든 것이 불투명하고 위협적인 단서로만 보이는 편집증적인 탐정 역할에 자신을 가둔다.

그녀의 방에서 들려오는 아주 작은 속삭임, 그녀가 나가거나 돌아오는 소리, 아주 부드럽게 벨을 누르는 소리가 나를 깜짝 놀라게 내 안으로 곧장 퍼져 심장을 쿵쾅거리게 했다. […] 한밤의 정적 속에서 갑자기 무슨 소리가 들렸다. 누가 들어도 대수롭지 않게 여길 정도였지만 나는 삽시간에 공포에 질렸다. 그건 알베르틴의 방 창문을 벌컥 열어젖히는 소리였다.

그러나 진짜 천둥소리 또는 번개처럼 후려치는 것들은 몸속 깊은 데서부터 나온다. 물론 그중에는 무해한 것도 있지만, 그 무해함의 속성에는 망상이 깃들어 있다. 화자가 알베르틴의 호흡에 귀를 기울일 때도 마찬가지다.

나는 그 신비롭고 속삭이는 듯한 날숨에 귀를 기울였다. 그녀의 잠자는 소리는 바다 위로 불어오는 미풍처럼 부드럽고, 달빛처럼 몽환적이었다.

그러나 알베르틴이 발산하는 것들이 다 '날숨'처럼 온화하지는 않아서, 보구베르 씨의 웃음소리에까지 적응한 화자도 알베르틴의 웃음 앞에서는 깊은 두려움에 빠져든다. 알베르틴은 생루와 기차를 함께 타고 갈 때는 '요부 같은 웃음'을 웃으며, 아이스크림을 먹는 동안에는 도발적으로 웃는다. 이 도발적인 웃음은 '아름다웠지만 너무나 선명하게 그녀가 쾌락을 즐기는 것을 드러냈기 때문에' 화자의 마음을 아프게 한다. 그리고 다른 여성들과 함께 있을 때 알베르틴이 보여주는 웃음도 있다. 예를 들어 카지노에서 앙드레와 춤을 추는 동안 알베르틴은 '깊고도 짜르르하게 울리는 웃음'을 보이는데, 그건 '비밀스럽고 도발적인 전율'을 일부러 드러내는 행위였다. 이 웃음은 르크뢰니에의 절벽 꼭대기에서 피크닉을 할 때도 들린다. '그녀의 울려 퍼지는 웃음은, 목 안에서 웅얼거리며 상대를 초대하는 것 같기도 했으며, 혹은 무슨 의도를 지니고 외치는 것 같기도 했다'. 더구나 이 웃음은 삼백여 페이지 뒤에서 더 분명한 형태로 다시 돌아와 그의 뇌리를 잠식한다.

그녀가 들려준 웃음이 그녀의 성적 쾌락이 거주하는 미지의 땅처럼 느껴졌기 때문이다.

기호론을 따르는 형사 역할에 심취한 화자는 이 미지의 땅을 익히 아는 땅으로 전환하고, 적절한 시기에 지도까지 만들겠다는 결심을 하면서 강박 상태에 접어든다. 결국 화자에게 실제로 들리던 것들(웃음소리와 웃음을 통해 표현되는 것들)이 상상 속에서 듣는 행위로 바뀌는 증상이 나타나는데, 그건 마치 조증 환자가 성적 쾌락을 느끼는 와중에 몸의 소리를 불러내려 하는 것이나 마찬가지다. 이것은 관음증이라는 프루스트의 중요한 테마에 청각의 차원을 추가하는 역할을 한다. 몽주뱅 장면에서 화자는 뱅퇴유 양이 레즈비언 친구와 폴짝폴짝 뛰어다니며 희롱하는 장면을 열린 창을 통해 브게 되는데, 그때 새처럼 깍깍거리는 소녀들의 음성을 듣는다. 또 〈소돔과 고모라〉의 시작 부분에서도 그는 샤를뤼스와 쥐피앵이 성적으로 조우하는 장면의 은밀한 목격자가 된다(부분적으로는 '몽주뱅 장면의 어스레한 기억'의 프리즘을 통해서). 사실 이 장면에서는 보았다기보다는 '말이라고 하기에는 분명치 않은 소리'를 들었다고 하는 편이 더 적당할 것이다.

소리가 너무 격렬해서 그들이 나란히 한 옥타브 더 높은 신음을 계속 내지 않았다면 누군가가 바로 내 옆에서 다른 사람의 목을 베고 있다고 생각했을 것이다.

그리고 마지막 권에서 엿보기 구멍을 통해 지켜보며, 화자는 샤를뤼스가 남성 매춘굴에서 사디즘-마조히즘적 채찍질 장면을 목격한다.

들리는 소리로 미루어 못 같은 것들을 박아 더 날카롭게 만든 류의 채찍 같았는데, 아니나 다를까 뒤이어 고통스러운 비명이 터져나왔다.

그러나 이것들은 대개 호기심의 발동으로 조명된 장면들이며, 알베르틴에 관련된 문제와는 명백히 다르다. 〈사라진 알베르틴〉에서 화자는 여전히 강박에 갇힌 채 앙드레를 심문한다.

나는 그녀가 그 밤을 어떤 여자와 보냈는지 알고 싶었을 뿐만 아니라 그것이 그녀에게 어떤 특별한 기쁨을 가져다주었는지, 그 순간 그녀의 내부에서 어떤 일이 일어났는지도 알고 싶었다.

그러다가 어느 순간, 그는 앙드레의 눈에서 '자신이 그처럼 자주 상상해보려고 노력했던 알베르틴의 탐닉이 얼핏 보인다는 느낌'을 받는다. 그러나 그것만으로는 부족했던 화자는 '알베르틴이 자주 가던 동네 세탁소'에서 일하는 파리 소녀 둘을 고용하기에 이른다. 그들을 '악명의 집'으로 데려가 레즈비언 행위를 연출하게 하려는 것이었다. 그는 관음증적으로 그들을 관찰하지만 더 중요한 것은 귀를 통해 들어왔다.

> 한쪽이 상대를 어루만지자 갑자기 상대 쪽에서 큰 소리를 내기 시작했는데 처음에는 무슨 일인지 이해되지 않았다. [⋯] 분명한 건 이 쾌락이 얼마나 강력한지, 그걸 느끼는 당사자를 뒤흔들어 이처럼 알 수 없는 언어를 내지르게 할 정도라는 것이었다.

그런 식으로 이 청각 성애자('나는 그 쾌락의 존재를 포착했다고 생각했지만 이번에는 눈이 아니라 귀를 통해서였다')는 끝내 알 수 없을 무언가를 알고 싶어 하는 병리적 의지에 이끌린다. 그러나 미지의 땅에서 들리는 미지의 언어는 들을 수는 있지만 해독할 수 없으며, 영원히 이해할 수도 없다. '인간이라는 창조물 각자의 신비로운 내면 깊은 곳에서 무슨 일이 일어나는지는 그 자신 외에 누구도 볼 수 없도록 영구적인 장막'이 드리워져 있기 때문이다.

IV

이 '미지의 땅'은 칠중주곡이 우리를 데려다준다고 하는 '잃어버린 고향'과는 정반대다. 만약 이 미지의 땅에 음악이 존재한다면 그것이야말로 지옥의 음악일 것이다. 또 기껏해도 듣지 못하는 이들의 에덴동산, 즉 동시에르의 대안적 낙원일 것이다. 이러한 양극성은 프루스트 글의 양극단 또는 동시에르 에피소드에서 '외부 세상에서 들리는 것들'에 매달린 '두 개의 페달'이라고 한 것과 같은 의미다. 그러나 이 양극성에서 비롯되는 온갖 불협화음을 뛰어넘는 또 다른 청각의 영역이 있으며, 그중에서도 궁극적으로 가장 중요한 영역은 게르망트 가의 서재에서 계시처럼 드러난 '마법의 소리'보다도 더 중요한 위치를 차지한다. '마법의 소리'라는 표현은 샤토브리앙François-René de Chateaubriand이 쓴《무덤 너머의 회고록Mémoires d'outre-tombe》에서 나온 것으로, 화자가 네르발Gerard de Nerval●의 〈실비Sylvie〉

● 프랑스의 시인, 소설가. 네르발의 마음의 간헐 수법이 프루스트에게 영향을 미쳤다.

와 더불어 자신의 책에서 '특권적 지위를 지닌 순간'이 맡게 될 역할에 맨 먼저 인용하는 부분이다. 《무덤 너머의 회고록》에서는 '개똥지빠귀의 지저귐'이 '내 아버지의 유산을 눈앞에 다시 나타나게 하는 것'으로 묘사되어 있으며, 이것이 〈게르망트 쪽〉의 시작 부분에서 언급된 '먼 봄날의 지저귐'에서 되울린 것일 수 있다. 하지만 기억의 문을 연다는 목적에 더 부합하는 실제의 연관성은 게르망트 가의 서재에서 자연스럽게 회상하게 되는 접시에 부딪치는 숟가락 소리라고 할 수 있다. 여기서 소리의 효과는 놀라울 정도로 강렬하지만 그 발생은 순전히 우발적이고 우연적이며, 느닷없다. 그런가 하면 계속해 머무르는 소리들도 있다. 이런 소리들은 잊어버리는 순간, 오래전에 떠난 친구처럼, 때로는 유령이 되어서도 되돌아온다. 유년 시절 콩브레의 세상에 있던 소리들이 그런 경우다. 예를 들면 '비 내리는 소리', '지금도 저녁 무렵에 때때로 듣는, 개들이 앞다투어 짖는 소리' 그리고 무엇보다도 종소리들이다.

소설이 끝날 무렵, 화자는 게르망트 연회의 와글와글한 소음들에서 한 걸음 물러나 내면에 깃든 추억의 장소를 찾아간다. 거기에는 발걸음 소리와 딸랑딸랑 울리는 종소리가 있다.

부모님이 스완 씨를 배웅하느라 문으로 향하는 소리, 뒤이어 딸랑딸랑하는 종소리가 들렸다. 종소리는 경쾌했고, 쇳소리 특유의 느낌과 더불어 지치는 기색 없이 높고도 맑았다.

이런 형태의 정신적 청취회에 참석하려면 외부의 소리를 차단해야 하는 것은 물론이다.

이걸 다시 발견하고 제대로 듣기 위해 나는 주변을 에워싼 가면 쓴 사람들의 대화 소리를 애써 떨쳐내야 했다.

이 부분은 동시에르 장면에서 귀마개를 한 사람이 떠오르는 대목이며, 상황이 많이 달라졌지만 마들렌 에피소드를 재현한 것이기도 하다. ('나는 옆 방에서 무슨 소리가 나든 아무것도 듣지 않고 주의를 기울이지도 않았다.') 이뿐 아니라 마들렌과 관련해 어쩌면 가장 반향이 클 수 있을 또 다른 콩브레의 소리를 떠올려볼 수도 있을 것이다.

> 나는 내면의 떨림을 느꼈다. [···] 먼 곳을 지나다니는
> 중얼거림이 들린다.

여기서 '중얼거림'은 프랑스어 '리메르rumeur'•의 영어
표현이다. 정확하고 문맥상 적절하기는 하지만 프랑스어
의 여러 의미 또는 함축 중 하나일 것이다. 콩브레 성당
의 제단 위쪽에 핀 산사나무 꽃에 관련된 '열정적인 삶의
속살거림'과는 다르다는 것이다. 어디서 비롯됐는지 불
분명하고 명확하지 않으므로(여기서는 '소문'의 의미도 있
다) '마법'의 소리라고 하기에는 명료성과 즉시성이 떨어
지며, 또 다른 단어인 '미르미르murmure'••의 속삭이는 듯
한 소리보다는 훨씬 더 강력한 의미를 지닌다. 과거가 현
재를 향해 밀려올 때는 그야말로 깊고도 먼 무언가가 '우
르릉' 하는 굉음과 함께 회오리를 일으키며 모여 부풀어

• 풍문, 소문, 소음, 웅성거리는 소리 등의 의미.
•• 속삭임, 귓속말, 속닥거림, 중얼거림, 찰랑거림, 졸졸 흐르는 소리 등의 의
미를 지닌 프랑스어.

올랐다가 부서지는 파도와 같기 때문이다. ('리메르'는 발베크에서 밤에 부딪혀와 부서지는 파도를 묘사하는 데도 쓰인다). 마들렌 에피소드에서는 이것이 기억의 소리 방에서 울리는 어렴풋한 메아리를 가리킨다. 또한 《쾌락과 나날 Les Plaisirs et les Jours》•에 나오는 '리메르 도터푸아 rumeur d'autrefois' 즉 '예전의 풍문'이라는 표현과도 비슷하다. 더 초기의 텍스트에서는 이 표현이 순수하게 시간적이던 것이('예전의 autrefois'는 단순히 '이전 시간대'를 뜻하거나 문학적 표현으로 '지나간 시간'을 의미한다), 《잃어버린 시간을 찾아서》에서는 '먼 곳을 지나다니는 중얼거림'이라고 해 시간에 독특한 공간 측면이 추가되었다.

'거리'는 소설의 마지막 페이지들에서 반복되는 모티프다. '까마득히 멀면서도 여전히 내 안에 있는 정원의 종소리'에서 시작해, 마지막 문단에서는 등장인물들의 유명한 이미지 안에서 시간이 공간적으로 직조되면서 문단 속으로 들어간다.

• 프루스트가 생전에 처음으로 낸 작품 모음집.

(그들은) 세월 속에 침잠하는 거인들처럼, 사실상 거의 무한으로 확장되는 자리에서 그들이 살아온 아득히 먼 삶의 시기들과 동시에 접촉한다.

'거리'와 관련해 이 레퍼토리에 추가할 종소리가 하나 더 있는데, 뱅퇴유의 칠중주곡에서도 재현된 '끈 풀린 종이 계속 쨍그랑거리면서' 울린 콩브레 성당의 종소리('콩브레의 성당 마당에 열기를 쏟아붓듯이 울려퍼졌던')가 그것이다. 이것들 모두 프루스트가 러스킨의 《참깨와 백합》을 번역하면서 서문에 실은, 멀리서 들려오는 유년기 시절 세계의 종소리들이기도 하다.

평야 너머 멀리 푸른 하늘 뒤에서 울리는 듯한 종들의 황금빛 소리.

이 부분은 콩브레에서 가족들이 산책하러 나갔다가 비본 강변에서 휴식하며 소풍하는 풍경의 예고편이라고 할 수 있다. 멀리 있는 성당에서 종소리가 마치 금속성의 소리 덩어리들이 공간을 통과하고 물을 건너 '수평으로'

전달되었다가 다음 순간 마치 물처럼 파동을 일으키며 떠는 것처럼 들린다고 되어 있다.

> 우리는 물가의 붓꽃들 옆에 앉곤 했다. [⋯] 차 마실 시간이었다. 다시 출발하기 전에 우리는 풀밭에서 오랫동안 머물며 과일이나 빵, 초콜릿을 먹곤 했다. 그때 수평적이고 약해졌지만 여전히 조밀하고 금속성인 생틸레르 종의 울림을 들을 수 있었다. 그 종소리는 우리에게 전달되기까지 오랫동안 통과해온 공기 속에 녹아들지 않았고, 모든 음향 파동들의 연속적인 두근거림으로 골져서 우리 발치의 꽃들을 스치며 진동했다.

이것은 소설에서 가장 귀를 사로잡는 청각적 이미지 중 하나로 앞서 우리가 본 것처럼 프루스트의 감각기관과 인간의 살아 있는 몸에 대한 탐구에 대한 핵심 용어인 '진동하다'로 특징지어진다. 그것은 또한 길을 가다가 잃어버리게 되는 것 원인 중 하나이기도 하다. 화자가 비본강에 대해 마지막으로 언급한 것은 이제 그에게 이 강이 죽고 없는 존재라는 뜻이다. 질베르트와 함께 머물기 위해 탕송빌을 방문하는 동안 두 사람은 비본 강을 산책하지만 이미 화자는 강을 마음에서 지웠다.

나는 지나간 세월을 되돌리기가 너무 힘들다는 것을 느끼며 서글퍼졌다. 배를 끄는 길옆으로 뻗은 비본 강마저 좁고 보기 흉했다.

그러나 죽었다고 하지만 '잃어버린 시간'들 중에는 더 깊은 곳에 머물면서 언제든 다른 쪽 페달을 밟아 '여전히 내 안에 있는 것들을 풀어줄 부활'의 때를 기다리는 것들이 있다. 화자의 정원 문에 매달려 딸랑거리는 종이 그런 경우다.

그러므로 이 딸랑거리는 소리는 언제나 거기에 있었을 것이다. […] 오래전에 비롯된 이 순간이 여전히 내 옆을 지키고 있어서 지금도 그걸 찾을 수 있으며, 여전히 그 시절로 되돌아갈 수 있다. 그저 나 자신 속으로 더 깊이 되돌아가기만 하면 된다.

거기서 발견되는 것은 깊은 내부의 리듬이다. 이 리듬은 시간을 가로질러 놓인 다리처럼 과거로부터의 중얼거림 그리고 비본 강과 강둑의 꽃들을 지나쳐 물결을 일으키며 '진동'하는 소리의 파도가 결합돼 만들어진다. 그것은 소년 화자가 콩브레 정원에서 책을 읽은 경험을 청각으로 변형한 것과 유사하다.

우리는 주변에서 항상 같은 공명을 듣는다. 그것은 외부로부터의 메아리가 아니라 내적 진동이 울려 퍼지는 메아리다.

그것은 또한 프루스트적 소리들 중 가장 신비로운 것이기도 한데,《잃어버린 시간을 찾아서》가 마치 무덤 너머 어딘가에서 쓰인 것처럼 느껴지는 대목이다. 또한《무덤 너머의 회고록》이라는 제목을 통해 샤토브리앙의 집필 의도에 가장 근접한 지점이기도 하다.

Chapter 7

나날들

Days

I

1913년이 돼서야 프루스트는 소설 제목을 무엇으로 할 것인지 정했다. 그게 '잃어버린 시간을 찾아서À la recherche du temps perdu'였다. 한 해 전까지도 그는 레날도 안에게 보낸 편지에서 '과거에서 온 방문자Le Visiteur du passé', '과거의 종유석Les Stalactites du passé' 등 후보 제목들을 이것저것 거론하면서 궁리하고 있었다. 전자는 기억의 길을 거니는 것을 암시하고, 후자는 일종의 문학적 동굴학의 연습을 시사했다. 또 다른 후보인 '시간의 반영Reflets du Temps'은 좀 더 최종 제목에 가까웠다.

《잃어버린 시간을 찾아서》는 앞선 후보들에 비해 모든 면에서 개선된 제목이었다. 운율을 조금만 조정하면 8음절의 시구처럼 들리는 리듬을 가진데다, 이전의 후보들에 비해 훨씬 더 많은 정보를 담고 있기도 하다. 르셰르쉬 Recherche•라는 말이 탐구, 찾기의 의미를 지니므로 이것만으로도 탐험소설quest novel 장르를 떠올리게 한다. 더 나아가 '실험적'이라는 의미에서의 '연구'라는 의미를 가지고 있기도 하다. (소설에서 '시간의 형태'로 불리는 것에 대한 실험이 이루어지므로). 이에 비하면 페르두Perdu, 즉 '잃어버린'이라는 의미는 다소 불명확하다. 오래전에 사라지고 잊힌('영원히 지속될 수도 있었던 기억이 중단된') 과거의 관념들과 분명히 연관되어 있지만, 그렇다고 해도 시간을 '잃는다'는 것은 정확히 어떤 의미일까? 이건 마치 영국의 록밴드 페어포트 컨벤션Fairport Convention의 노래 〈시간이 어디로 가는지 누가 알까Who Knows Where the Time Goes?〉만큼이나 난감한 질문이다. 이 질문에 오히려 명쾌한 답을 내놓은 것은 다름 아닌 프랑수아즈다. 마치 프루스트 소설을 읽는 특정 방식을 은근히 비꼬는 바로 그 형태로 레오니 아주머니에게 한 말이 그것이다.

•   'La Recherche'는 원제인 'À la recherche du temps perdu'의 약칭이다.

제 시간은 그리 귀중하지 않아요. 시간을 만든 분이 우리한테 돈 받고 판 것도 아닌걸요.

게다가 '페르두'에는 '낭비하다'라는 또 다른 의미가 있다. 이것은 레오니 아주머니와의 대화에서 프랑수아즈가 시간에 대해 이렇게 대답할 수 있는 이유이기도 하며, 다가올 일들의 전조처럼 느껴지기도 한다.

불쌍한 내 남편 옥타브가 죽고 나서부터는 내가 뭘 했는지를 도통 모르겠어. 그나저나 내가 네 시간을 낭비시키고 있구나, 애야.

사실 화자나 또 다른 등장인물인 스완이 엄청난 시간을 써버린다는 것이야말로 소설 전체의 본질적인 부분이라 할 수 있다. '다시 찾기'에는 '잃어버림'이 전제되며, 그것이 길고 파란만장한 영웅담의 기본 골격이 된다.

그러나 제목에서 가장 중요한 단어는 역시 '시간'이다. 이 단어가 가장 중요하다는 것을 보여주기라도 하듯 소설은 세 가지 양상으로 처음과 끝을 장식한다. 첫째는 마지막 권의 제목이 〈되찾은 시간〉이라는 점, 둘째는 소설의 마지막 단어가 시간이라는 점(이 부분에서는 다시 대문자 T를 쓰고 있다), 마지막으로 소설의 맨 처음 시작 부분에서 복합부사인 롱탕Longtemps' 즉, 영어의 'for a long time'을 사용함으로써 시간이라는 단어를 집어넣은 것이다. 또한 형태로서의 부사만이 아니라 '시간'이 의미적으로 결합된 형용사도 마찬가지로 많은 것들을 설명해주는데, 화자가 쓰고 싶어 하는 책에 대한 계획을 설명하는 대목이 결정적인 사례다.

그건 어쩌면《천일야화》만큼이나 긴 책이 될 것이다.

이 말은 화자가 쓰고자 하는 책이 여러 인생의 긴 세월을 다루려 한다는 의미다.

나는, 육체가 아닌 세월의 길이를 지닌 존재, 어쩔 수 없이 짊어진, 더 자라고 점점 거대해져서 움직일 때마다 함께 끌고 다녀야 하는 의무에 끝내 굴복하고 마는 존재로서의 […] 인간을 모자람 없이 그려낼 것이다.

여기서 세월은 순수한 누적 질량으로 간주되는 시간이며 대부분 구체적으로 지정되지 않는다. 역사적으로 보면 1880년경부터 제1차 세계대전의 여파가 미치는 제3공화국 시기에 속한다. 하지만 실제 날짜가 등장하는 일은 거의 없다. 이러한 연대기의 불분명함은 의도적이다. 그것은 시간이 얼굴 없고 비인격적인 힘—불가피하게 우리를 죽음을 향해 끌고 나아가는—으로 묘사할 수 있게 한다. 이는 마지막 권의 '가면무도회' 장면에서 연쇄적으로 나타나는데, 여기서 '세월'은 죽음의 신이 입은 의상에 지나지 않는다. 간단히 말해 세월은 소설을 만드는 데 중요한 요소이지만, 그 자체로는 가장 흥미롭지 않은 시간 단위인 셈이다.

'나날'은 세월과 또 달라서, 어쩌면 소설 전체에서 다른 어떤 것보다 더 큰 공명을 불러일으킬 수도 있다. 마지막 게르망트에서 연회가 있었던 날에 화자는 이런저런 발견과 맞닥뜨리게 되며, 그것들은 화자에게 '내게 영향을 미쳤던 오래전 콩브레에서의 특별한 나날들'을 상기시킨다. 그런 식으로 과거와 현재의 만남에서 드러나는 것들은 시간을 건축 양식으로 형태화한다. '내가 오래전 콩브레 성당에서 감지했던, 대개는 우리에게 보이지 않는 채로 존재하는 시간의 형태'가 그것이다. 프루스트는 당대의 연장자인(먼 친척이기도 하다) 철학자 앙리 베르그송의 사상에 대체로 동조했지만, 베르그송의 《물질과 기억Matière et mémoire》을 읽고 감탄하면서도 둘의 관심사가 특히 '무의식적 기억'의 원리에 관한 부분에서는 다르다는 점을 애써 강조하곤 했다. 그러나 '시간의 형태'가 직관적으로 이해되는 특별한 조건에서만 감지될 뿐 일반적으로는 '보이지 않는다'라고 한 부분은 베르그송의 사상과 어느 정도 일치한다. 이 '형태'가 철학적 추상으로 고정되지 않으며 베르그송이 '수학적 시간mathematical time•'이라고 부르는 용어로 측정되지도 않기 때문이다. 이것을 베르그송은 '체험적 시간temps vécu'이라고 부르면서, 오로지 영혼과 육체의 활력적인 약동élan에 '살아 있는' 것으로만 이해될 뿐이라고 했다.

프루스트가 '시간의 형태'라고 한 것의 의미는 역시 마

• 베르그송에 따르면 직관이 배제된 채 이성과 지성에 의해서 파악되는 시간이다. 이런 시간은 추상적이어서 살아 있는 시간이라고 할 수 없다고 했다.

지막 권에 나오는 또 다른 표현인 '시간의 질서'와 대조함으로써 더 명확해진다. 후자의 표현은 측정되고 순차적인 시간의 체계를 가리키는데, 화자는 이것으로부터 일종의 해방, 시간 밖의 영역을 향한 움직임을 묘사한다. 무의식에서 떠오른 기억이 의식으로 전달되는 찰나의 순간에 내면에서 일어나는 에피퍼니의 시간만이 시간 밖 여행을 가능하게 한다. 따라서 화자가 게르망트 서재에서 갑작스럽게 갖가지 회상에 잠기는 것을 정리하면 이런 명제가 된다.

> 시간의 질서에서 해방된 1분이, 그 1분을 느끼기 위해, 시간의 질서에서 해방된 인간을 우리 안에 다시 창조했다.

프루스트가 한껏 흥분한 상태임이 드러나는 표현인데, 어떤 측면에서는 설득력이 가장 떨어지는 대목이기도 하다. 시간의 질서에서 해방된 1분은 많은 것들이 될 수 있지만 정작 1분이 될 수는 없는데, 그건 시간의 질서 '내에서' 측정 가능한 단위로 존재할 때만 1분이 만들어지기 때문이다. 게다가 '시간의 질서'에서 벗어난다는 것은 달력 또는 시계 시간과의 단절로 이해할 수 있지만 그것이 진정으로 시간을 초월한 영역이자, 프루스트가 '시간 밖en dehors du temps'에 있다고 부르는 것에 접근하는 것과는 완전히 다르다.

일부 프루스트의 독자들이 그를 유사 신학적 관점을 장려하는 초월론적 형이상학자로 여기게 된 것은 의심의 여지 없이 이런 용어(마지막 '스케치' 부분의 시간에 관한 명상에서 '시간을 초월하는 영원성'이라는 표현을 쓴 것이 한층 더 부추기는 역할을 했다)를 사용한 덕분일 것이다. 그들에게는 프루스트가 시간을 초월함으로써 영원성(신의 관점에서 보는 시간)을 획득하고 마침내 시간을 되찾은 인물로 여겨진다. 그러나 프루스트가 시간에 대한 사유에서 아무리 형이상학적 장엄함과 유희를 벌인다 하더라도 그것이 곧 신적 통찰을 주장하는 것은 아니다. '시간 밖'이라는 표현은 '시간의 질서' 밖에 있다는 것—즉, 과거와 현재가 '유추의 기적' 속에서 수렴할 때처럼 전통적인 시간의 질서를 파괴하는 것—에 대한 줄임말로 이해되어야 한다. 젊은 화자가 〈꽃핀 소녀들의 그늘에서〉에서 '무서운 의심'이라고 묘사했던 것, 즉 '나는 시간 밖에서 살지 않았으며, 시간의 법칙에 지배받았다'는 말과 모순되지 않는다. 그 의심은 전적으로 옳으며, 그 반대의 믿음은 단지 망상일 뿐이다. 소설의 마지막 단어는 '시간(대문자 T로 시작하는)'이지만 이 단어를 이끄는 것은 전치사 in이다● 이것이 《잃어버린 시간을 찾아서》에 속한 모든 것들이 존재하는 곳(시간의 밖이 아닌 안)이며, 만약 그렇지 않다면 프루스트의 작업물은 그가 말하는 대로 '소설'이 되기는 어려울 것이다.

II

필립 라킨Philip Larkin의 〈나날은 우리가 살아가는 곳〉이라는 시 구절에서 시인은 매일의 일과와 반복, 즉 '시간이 흐르는' 동안 계속 우리 주변에서 벌어지는 일, 우리가 행하는 일들에 대해 언급하고 있다. 《잃어버린 시간을 찾아

● 소설의 마지막 구절은 '시간 속'에서다.

서》에서는 이런 나날들이 프랑수아즈가 주 단위로 장 보는 날에서부터 포부르 생제르맹•의 귀족들이 사교적으로 지정한 '방문 접견'의 '날'에 이르기 이르기까지 다양한 스펙트럼에서 습관적이며 관습적인 삶의 결 속에 짜여져 있다. 개중에는 레오니 아주머니의 '단조로운 나날', 오데트가 파리를 떠나 있는 동안의 스완의 '매일 똑같은 나날'이 있고, '더는 새해를 믿지 않기 때문에' 새해 첫날이 아무런 의미가 없는 노인들의 경우처럼 아예 내일이 없는 나날도 있다. 이것들은 프루스트가 '나날을 붙들어 매는 정주성'이라고 부르는 것의 다양한 사례. 끝없이 같은 것들이 늘어선 풍경, 가장 프루스트답지 않은 생각을 조장하는 것, 내일이 아니라 어제가 결여된 날, 사물이 언짢은 방향으로 변화되는 것. 이것을 화자는 〈꽃핀 소녀들의 그늘에서〉에서 이렇게 표현한다.

과거가 아직 존재하지 않을 때, 창조가 시작되는 바로

• 파리에서 게르망트 저택이 위치한 지역으로, 19세기 상류 귀족 사회의 상징.

그 첫날.

반면에 단조로운 평지 너머에는 '우리 인생에서 하루하루는 다 다르다'라고 할 수 있는 구릉지 풍경도 있다. 이 풍경에서는 마치 한 시간이 그저 한 시간일 뿐 아니라 온갖 종류의 예견할 수 없는 감각적, 심리적 놀라움을 담고 있는 그릇과 같아서, 적어도 특정한 '기질'을 지닌 사람들에게는 하루하루가 제각기 다른 속도로 경험될 수 있게 된다. 오르막길을 천천히, 힘겹게 걸어 올라가는 사람들과 내리막을 신나게 내달려 내려가는 사람들이 여기에 해당한다.

하루하루를 지내면서, 나처럼 기질적으로 신경이 예민한 사람들은 자동차를 타듯 속도를 조절할 수 있다. 올라가는 데 한없이 시간을 써야 하는 험난한 등산의 나날이 있는가 하면, 노래를 부르면서 전속력으로 달음질할 수 있는 내리막길의 나날도 있다.

이처럼 '살아낸 하루$^{lived\ day}$'에 서로 다른 '속도'가 부여된다는 프루스트의 관점은 언어의 두 가지 측면으로 뒷받침된다. 첫 번째 것은 문법적인 측면으로, 서술의 기본 문법을 구성하는 관용적 표현으로 무장하는 것이다. '~한 날', '어느 날', '그날', '일전에', '매일', '바로 그날' 등이 여기에 해당한다. 소설에서 수백 개에 달하는 이것들은 대부분 순차적 스토리텔링의 기본 연결 메커니즘이다. 그러나 경우에 따라 이것들은 중요한 전환점을 표시하기도 하며, '결정적인' 날을 선별해내는 역할도 한다. 별것 없는 '어느 겨울날'에 다양한 리듬이 작용하면서 마들렌 경험에 관한 특별한 날로 변모하는 것이 그런 예다. 이때 맛이 부활하는 마법은 즉각적으로 작동('바로 그 순간')하지만 그런 다음에는 기어 변속의 영향을 받는다. 정신 깊숙이에 있던 것이 다시 속도를 내기 전에 '천천히 떠올라 온다'('갑자기 기억이 뚜렷해졌다')라고 한 것이 그런 이유다.

이러한 문법적 표현 외에 또 한 가지, 프랑스어에 '해year', '아침', '저녁'과 같이 '날'에 해당하는 두 단어인 '주르jour'•와 '주르네journée'••가 있다는 사실에 기반한 의미론도 있다. 흥미롭게도 이러한 단어들 중 '시간'을 제외하고는 프루스트의 작품 제목에 등장하는 유일한 시간 표현이기도 하다. 아마도 프루스트의 시간 세상에서 '날'의 특별한 중요성을 나타내는 지표일 것이다. 프루스트가 초기에 짧은 소설과 시, 기사 등을 모아 펴낸 책《쾌락과 나날》의 제목에 '주르', 즉 나날이 들어 있는가 하면, '주르네'는《패스티시와 잡록Pastiches et mélanges》에 포함된 몇몇 에세이의 제목에서 눈에 띈다. '독서의 나날Journées de lecture', '자동차의 나날Journées en automobile', '순례의 나날Journées de pèlerinage' 등이다.

경험적으로 어림한 것이기는 하지만 둘의 차이는 주르가 달력 시간(요일, 기념일 등)상의 한 지점을 가리킨다면, 주르네는 어떤 형태의 설명이 붙는 시간의 범위, 예를 들어 특정 행동(독서 또는 자동차 운전)이나 일정한 특질 또는 기분 등이 지속되는 기간에 더 가깝다. 다만 이 차이가 엄격하거나 고정적이지는 않아서 항상 상호교환이 가능한 동의어는 아니지만 의미나 쓰임이 꽤 폭넓게 중첩

- 하루, 낮, 날을 나타내는 남성형 명사
- • 하루, 낮, 날을 나타내는 여성형 명사.

되고 문맥상으로도 혼재되어 있다. 소설 속에서 자동차 여행을 하면서 보낸 날들은 '주르네', 성격적 기질에 따라 '자동차를 타듯' 다른 속도로 여행하는 날들은 '주르'다. 마들렌 에피소드에서 '어느 겨울날'은 주르지만, 같은 날임에도 '슬픈 내일의 전망'을 마주하는 '울적한 날'이라고 표현한 대목은 주르네다. 더구나 오데트의 주르('집에서' 맞이하는)와 주르네(유행에 따라 프루스트가 '과거의 사물들'로 묘사한 골동품을 수집하며 보내는—사실 이 부분은 프루스트 최고의 자기 반성적인 농담으로 꼽힐 만하다)는 사실상 분별할 수가 없다. 간단히 말해서 원래 프랑스어의 어휘 변화는 살아 있는 경험의 한 형태로 파악된 '시간의 형태'를 문자 그대로의 '달력'과 구별되는 문학 재료로 제공한다고 할 수 있다. 이것들은 고정되거나 측정할 수 없고, 탄력적이며 주관적으로 구성된다.

이렇게 다양한 나날의 공간에 깃든 재료 중 하나가 주변을 감싸는 분위기, 즉 '공기'다. 존재의 깊은 리듬에 의해 지배되는 무드 음악의 형태가 관현악처럼 조직되었다고 이해하면 될 것이다.

분위기는 너무나 깊고, 도무지 예측할 수 없는 방식으로 우리 유기체에 작용하며, 기억이 미처 닿지 않은 곳에 새겨져 있던 잊힌 멜로디를 숨겨진 보호구역에서 이끌어낸다.

공기는 주로 계절과 날씨라는 경험적인 현상에 기반을 두고 있으므로 이른바 '인상주의의 날'이라고 할 만한 공식을 만들어준다. 즉, 인상주의의 날이란 사고와 감각이 어울려 풍부한 질감을 지니는 시간 또는 그런 세상을 말한다. 《잃어버린 시간을 찾아서》의 모든 권에는 적어도 한 군데 이상 이런 부분들이 있다. 화자가 탕송빌로 질베르트를 방문했을 때 '온종일' 자기 방에서 '광대한 신록의 풍경'을 내다보는 장면이 대표적인 예다. 그러나 인상주의 측면에서 왕관의 보석을 차지할 만한 부분들은 발베크의 장면들이다. '다양한 날들로 이루어진 계절의 꽃다발'로 묘사된 만(灣)이라든가 한여름에 또 다른 방에서 화자의 눈에 들어온 풍경들이 여기에 해당하는데, 이 부분에서 '빛의 변화'라고 묘사한 것은 같은 풍경을 하루의 다른 시간대에 다른 빛으로 그려낸 모네의 유명한 '연작'

에 대한 찬사의 의미로 읽힌다.

그때부터 아침마다, 컴컴한 시간 동안 밤새워 달린 마차가 목적지 근처 구릉들에 얼마나 가까워졌는지 혹은 멀어졌는지를 가늠해보려고 마차 문밖으로 몸을 내미는 모양새로, 나는 창가에 붙박인 듯 서 있었다. […] 어떤 날은 파도가 매우 가까이 다가오기도 했고, 햇살이 알프스의 초원에서 가져온 듯한 초록빛 위에서 환하게 웃기도 했는데 […] 그 초록의 부드러움은 땅의 습기를 머금었다기보다는 빛의 흐르는 듯한 움직임 때문인 듯했다. 아침이 되면 햇빛이 호텔 뒤편에서 솟아 바다에 면한 첫 번째 산기슭의 언덕까지 내내 비추며 빛나는 모래톱을 드러내곤 했는데, 그 광경이 마치 숨겨두었던 경사면을 내게 보여주면서, 달라지는 빛의 경로를 따라 시시각각 변화하는 풍경 중에 가장 인상적인 장면들을 통해 움직이지 않고도 다양한 여행을 할 수 있게 해주겠다고 장담하는 것 같았다.

III

이것은 우리가 완벽한 프루스트적 날에 가까이 갈 수 있는 것으로, 일상의 평범함에서 마법의 영역으로 건너가는 곳이며 '마법의 모래 한 줌이 현실의 먼지와 섞이는 그런 날들'의 한 예다. 그러나 목가적인 발베크의 여름은 예정된 끝을 맞이한다. 날은 '춥고 축축해지며' 이어 또 다른 나날들이 도래한다. 〈게르망트 쪽〉의 공허하지만 코믹한 세계로 귀납되는 출발과 그 서막, 뒤이은 〈소돔과 고모라〉의 더 어두운 세계가 그것이다. 이 중 〈소돔과 고모라〉는 참을 수 없는 고뇌의 운반자로서 새로운 날의 탄생으로 끝맺는다.[23] 그리고 이어지는 〈갇힌 여인〉은 아주 다른 분위기로 시작한다. 화자가 '겨울 한가운데서' 마치 신이 보낸 축복인 듯한 봄날 같은 아침에 잠에서 깨어나는 것인데, 이날 화자는 '우리의 하루하루는 제각기 물리적이며 정신적인 나름의 특징'을 지닌 채 저마다 독특한 '공기'에 감싸여 있음을 관찰하게 된다. 그 공기는 '때

---

23 11장 '잃어버리고, 찾고 다시 잃어버리다' 참조.

로는 훌륭하고, 때로는 들이마시기 힘든 것'이다. 훌륭하다고 한 것은 앞서 나온 '인상주의의 날'과 같은 맥락으로 바깥 날씨가 내부의 음악과 조화를 이룬다는 의미다. '내면의 바이올린에서 새로운 음이 나오며', '바깥의 빛 속에서, 단순한 온도 변화에 따라 현이 팽팽해지거나 느슨해진다.' 이 경우 '감금된' 알베르틴이 외출을 허락받는 날들 중 하루이고, 화자는 간수가 역할을 내려놓는 해방감을 누린다.

> 비록 잠깐이지만, 나는 혼자 있을 때 얻게 되는 효과에 힘입어 활기에 가득 찼다. 기다랗게 가로막힌 벽에 연결된 닫힌 문들이 내 머릿속에서 다시 열리고 있었다.

물론 해방감은 오래가지 않으며('비록 잠깐이지만'), 하루의 분위기가 '훌륭한 것'에서 '숨 쉴 수 없는' 것으로 급속히 변한다. 후자는 천식을 앓은 프루스트는 '견딜 수 없음'을 숨쉬기 어렵다는 식으로 표현하곤 한다. 이내 의심이, '혼자만의 생각 속에서 우연히 맞닥뜨리는 것들'에 의한 '내적인 충격'을 동반하고서 되돌아온다. '현실의 파편들이 자석이라도 되는 듯 아직 알지 못하는 작은 조각들을 끌어들이면 고통이 순식간에 시작'되기 때문이다. 잠깐 즐거운 신경 연결 통로를 향해 열렸던 문들이 쾅 하고 닫히고, 이제 그 문들은 그가 고뇌의 근원인, 종잡을 수 없는 알베르틴을 위해 창조하고자 했던 감옥의 문이나 방과 다를 바 없어졌다. 한순간에 '훌륭한' 날이 지옥 같은 날로 전락한다.

알베르틴이 종일 무해한 행위들을 하며 보낼 것이라는 […] 믿음은 이제 나를 버렸다. 나는 더는 그 아름다운 날 속에 살고 있지 않았고, 알베르틴이 레아와의 우정을 되찾을지 모른다는 불안감 때문에 나는 첫 나날들 속에 새로 만들어진 또 다른 날에 살게 되었다.

레아는 알베르틴이 접촉하고 있다고 화자가 의심하는 몇몇 '어린 소녀들' 중 한 명이었다. 앙드레도 마찬가지였으며, 뱅퇴유 양은 당연히 소녀의 이름으로 거론될 뿐만 아니라 첫 번째 권에 배치되어 화자와 알베르틴의 관계에 관한 길고 고통스러운 이야기 전반에 걸쳐 여러 지점에서 터질 준비가 된 감정 폭탄의 도화선이기도 하다. 잠시 해방감을 느꼈던 그 방에 갇힌 채 그는 어느 날 그녀가 나에게 '뱅퇴유 양'이라고 말했던 일을 회상한다. 대수롭지 않은 듯하지만 의미심장한 서술 표시인 '어느 날'은 여기서 독이 든 술잔 또는 대답을 들을 수 없는 강박적인 질문의 방문을 여는 열쇠 역할을 한다.

왜 짐작하지 못했을까? 어쩌면 발베크에 온 첫날부터 나는 이미 짐작하고 있었던 게 아닐까? 육체라는 덮개 아래에 더 많은 존재를 숨겨 맥동시키는 저 소녀 중 하나가 알베르틴이라는 걸 깨닫고 있지 않았던가?

이런 식으로 계속되던 추측은 결국 풀리지 않는 미스터리가 있을 수밖에 없고, 그걸 계속 생각하는 것은 무의미하다는 사실을 화자가 깨닫고 나서야 멈춘다. 그 사이, 〈사라진 알베르틴〉에서 그는 '지난여름에 발베크에 갔던 날'의 기념일이 돌아오는 시점까지의 일들을 내내 회상하면서 날을 보내기도 한다. 그 나날은 이제 딱 일 년 치의 양만큼 쌓였지만 화자에게는 '한 세기만큼 꽉 차고, 다

양하며, 광대하게' 느껴진다. 이것은 그전에도 그가 편집
증적인 형사처럼 구는 자신을 '더 주인, 다시 말해 더 노
예'라면서 납작 엎드리게 한 적이 있듯이, 다시금 알베르
틴을 시간의 신이 현신한 존재로 설정한 것을 되돌아보
게 한다.

> 과거를 파헤치는 절박하고 잔인하며 끝없는 노역에 나
> 를 밀어넣는 그녀는 시간의 위대한 여신에 더 가까운
> 존재였다.

알베르틴을 파리의 아파트에 '감금'하려 한 시도는 프
루스트 버전의 지옥의 계절(《사라진 알베르틴》에서 알베르
틴과의 관계는 '저주받은 자들이 가는 미지의 행성, 즉 지옥도'
나 마찬가지였으므로)이라고 할 수 있다. 《갇힌 여인》에서
는 실제로 의심과 심문만 이어질 뿐 아무 일도 일어나지
않는 숨 막히는 날들이다. 여기서 프루스트의 스토리텔링
기법은 특별한 방식으로 작동한다. 수백 페이지의 격리된
채 받은 조사를 매우 긴밀한 시간 틀로 압축시키는데, 그
안에서 나날 자체가 등장인물들뿐 아니라 독자도 격리되

는 일종의 서사적 감옥을 만드는 구조적 장치로 작용한다. 행동의 절반이 사흘에 걸쳐 일어나는데, 이는 두 번째 플레야드 판 편집자들이 교모하게 기록한 사실로 그들이 책 말미에 붙인 '요약'은 질식하는 폐쇄의 시간성을 표시하기 위해 서사를 세 '날들'의 연속으로 번호를 매긴 장들로 나눈다.

이것은 어느 면에서 라신Jean Baptiste Racine•이 쓴 비극들(라신은 《잃어버린 시간을 찾아서》에서 가장 많이 인용된 작가다)의 은둔적이고 폐소공포증적인 세계를 떠올리게 한다. 혹은 더 후기로 가서 실존주의 철학자 사르트르Jean Paul Sartre의 《닫힌 방Huis Clos》과 가장 많이 인용되는 글귀인 '타인은 지옥이다'도 떠올려볼 수 있겠다. 물론 '숨 쉴 수 없음'이 질식으로 치닫기 전에 탈출하는 순간을 다룬 대응적 서사도 있다. 첫 번째 탈출자는 알베르틴이다. 지옥은 결국 그녀의 것이기도 하지만 화자의 관점이 워낙 지배적이고 우세하므로 분노의 섬광이나 억제할 수 없는 욕망의 표현을 제외하고 우리가 그녀의 관점을 공유할 일은 거의

• 프랑스의 고전주의 극작가.

없다. 다음 권에서 그녀는 소설의 서사에서도 또 그녀 자신의 삶에서도 완벽하게 탈출하는데, 이를 위해 그녀가 떠나는 것이야말로 서사에 등장하는 뉴스 중에서 그 전달 방식이 가장 단순 명료하게 이루어진 사례이면서 소설 전체에서 가장 정확한 시간이 제시된 사건이기도 하다. 프랑수아즈는 그녀가 떠난 것을 이렇게 보고한다.

> 오늘 아침 8시 정각에 알베르틴 양이 내게 자기 물품 상자들을 달라고 하셨어요. […] 그러고는 9시에 떠났답니다.

반면 화자 자신의 지옥 탈출은 〈사라진 알베르틴〉에서 지속되는 강박의 장기적인 여파로 지연되다가 결국 점진적으로 퇴색하며 망각이라는 불에 의해 잊혀진다. 그러나 어느 순간 서사의 속도가 갑자기 달라지고, 알베르틴의 행위만큼이나 급작스러운 방식의 변화가 일어난다. 알베르틴의 방식이 완서법• 또는 절제라고 하면 (그녀는 그냥 사라지는 것으로 말을 대신했다), 화자는 생략 어법을 구사한다. '여기', '그리고 거기', '베네치아가 있는 곳', '축복받은 날들의 장소' 등(이것들은 프루스트가 1910년 베네치아 여행과 관련하여 쓴 말들이며,《아미앵의 성서》번역에서 주석으로 사용되었다)이 그런 사례다. 베네치아는 감금과 집착으로 인해 멈추다시피 한 서사가 적어도 한동안은 다시 '숨쉬기'를 할 수 있는 곳이며, 무엇보다 석호와 산마르코의 정면에 떨어지는 아침 햇살(주르의 또 다른 의미)이 그 역할을 한다. 그러나 베네치아에도 빛이 사라진 후의 시간은 존재한다. 화자는 석양이 '창백한 달빛'에 자리를 내준 야간의 베네치아를 걸어 다닌다(콩브레에서는 달빛을 받으며 산책하며, 전시 파리에서는 등화관제 중에 산책한다). 이렇게 '골목길의 교차 지점'에서 길을 잃고 헤매다가 왔던 길을 되짚어가는 산책들 역시 프루스트의 '날'의 일부이며, 이튿날 아침 화자는 자신이 '달빛 속에서 명상한 것이 […] (그가) 잠든 사이에 일어났던 일인가' 하고 자문한다.

베네치아 여행 이후 화자는 탕송빌에서 '며칠'을 보내

• 직접적인 주장을 하지 않고 그 반대의 의미를 부정하는 방식의 수사법. '좋다' 대신에 '나쁘지 않다'라고 쓰는 식이다.

게 되는데, 여기에도 살짝 첨언하지 않을 수 없다. 떠나기 전에 그에게는 몇 가지 실질적인 준비가 필요했다. 알베르틴을 감금하고 이어 자신가저 붕괴의 나락까지 밀어붙였던 사냥꾼이자 심문관이었던 그가 새로운 (또한 이름 없는) 여인을 옆에 두게 되었기 때문이다. 그는 이번에도 알베르틴의 경우와 마찬가지르 감금 전략을 구사한 것은 물론, 자신이 없는 동안에도 갇혀 있도록 일시적인 책략까지 마련했다. 다만 이 책략에 대해서 화자는 구체적인 언급 자체를 자제한다.

여행을 다녀와야 한다는 사실이 좀 난처했다. 파리에 빌려둔 임시 거처에 밤을 함께 보내는 여자친구가 있었기 때문이다. […] 그리하여 잊어버린 알베르틴의 기억으로 인해 내 집에는 지든 내 연인의 존재가 필요했으며, 그녀는 알베르틴과 똑같은 방식으로 내 삶을 채우면서도 방문객들에게는 감춰졌다. 따라서 탕송빌로 가려면 여자를 좋아하지 않는 내 친구 한 명이 며칠 동안 자신을 보살피라고 해도 좋은지 그녀의 동의를 구해야 했다.

(복수형에서 'amis'●를 사용했으므로 친구의 성별을 알 수는 없다.) 감금이라는 특수성을 고려할 때 '며칠'의 의미는 곱씹어 생각해볼 가치가 있다.

IV

《잃어버린 시간을 찾아서》는 '하루가 모두에게 똑같지는 않다'는 주장이 진실임을 지속해서 입증하면서, 어떻게 해서 그렇게 되는지 보여주려 애쓴다. 그 덕분에 우리는 프루스트의 소설을 더 일반적인 수준에서, 현대성에 의해 합리화된 시간, 즉 '정량적인 관점'에서 시간을 파악하는 것에 대한 비판적 저항의 한 형태로 읽을 수 있게 된다. 프루스트는 모든 날이 같지 않음을 구절 속에서 표현하기도 했는데(아마 끝에서 두 번째 권에서 스완의 격언에 대한 반향으로 질베르트가 되풀이한 말이 이에 해당할 것이다. '나는 질적인 건 별로 개의치 않지만, 정량적인 건 무서워'라는 것

●　프랑스어의 친구, 동료, 연인에 해당하는 'ami'의 복수형.

이다), 시간을 정량화하는 핵심 도구는 시간 계측기, 즉 시계와 시간표다. 그러나 《잃어버린 시간을 찾아서》에서 '시간의 정치'를 찾아보려고 해서는 안 된다. 만약 그런 게 있다고 해도 그 방식은 내기를 벌이는 정도의 흥밋거리에서 그칠 것이다. 시계가 등장하는 경우가 거의 없는 이 소설에 압도적인 '천문학적' 시계가 하나 나오는 것이 그 방증이다. 이 시계가 상상 속에서 고안된 것을 보면 다른 실제 시계에 대한 생각은 싹 다 사라질 정도다. 이 시계는 다름 아니라 게르망트가의 연회에서 나소 대공 부인의 눈과 인생 이야기를 은유적으로 비유한 것이다.

> 그녀는 나를 그저 바라보기만 했는데 […] '정말 오랜만이군요!'라는 의미를 담은 시선이었다. 그 눈 속에 그녀를 부양했던 남편들과 남자들 그리고 두 차례의 전쟁이 잇따라 스쳐 지나갔다. 오팔에 새겨진 천문학 시계처럼 반짝거리는 그녀의 눈은 먼 과거의 온갖 엄숙한 순간들을 차례차례 표시하곤 했다. 그녀가 매번 좋은 오후를 보내길 바란다는 인사를 할 때마다 그 순간들을 다시 발견하곤 했는데, 그건 사실은 늘 양해를 구하는 것으

로 보였다.

'시간'을 다루는 프루스트의 방식에 대해 충분히 이러 쿵저러쿵하고서도 더 할 게 없을 때는 위 구절을 다시 읽어보기를 추천한다.

프루스트는 코르크로 바른 자신의 방에 가구처럼 비치된 벽시계, 탁상시계에는 별로 신경을 쓰지 않았던 것 같다(그러나 내가 이 책의 표지 그림으로 세잔의 바늘 없는 탁상시계•를 선택한 것은 그가 사실은 시계에 신경을 많이 쓴 것이라고 상정한 것이다). 대신 그는 침대 밑에 값싼 회중시계들을 쌓아두고 있었는데, 아마 밤낮으로 원할 때마다 시간을 확인하기 위해서였을 것이다. 이 역시 소설의 시작 부분에 나타나 있다. 모두가 기억하는 것은 첫 페이지에서 화자가 잠이 들었다가 깨어나는 회상 장면이지만, 사실 잠시 후에 그는 시계도 본다. 낮과 밤 어느 때고 자신이 있는 장소의 시간을 확인할 필요가 있다는 의미일 것이다.

• 검은 대리석 시계를 가리킨다.

시계는《잃어버린 시간을 찾아서》내에서 소소한 라이트모티프leitmotif•로 자체적으로 작은 생명을 지니고 있다. 이를테면 화자의 시계와 더불어 베르뒤랭네 저녁 연회에서 출발하는 시간을 확인(아마 랑데부를 위해)하는 오데트의 '작은' 시계가 있고, 동시에르에서 생루의 째깍거리는 시계가 그렇다. 또 E 교수는 시계를 꺼내 보고는 다음 약속에 늦어진다고 눈살을 찌푸리며, 게르망트 공작은 자신이 죽어가고 있다는 소식을 전하러 온 스완의 예기치 않은 도착까지 몇 분의 여유가 있는지 알아보기 위해 시계를 확인한다. 그리고 반역적인 시간 지킴이들이 있다. 시계가 두 시를 가리키고 있는데, '한 시' 혹은 '세 시'라고 말하는 단호하게 둔감한 프랑수아즈가 바로 그런 사람이다. 그러나 프랑수아즈조차 한 수 접을 인물은 블로크다. 그건 그가 한껏 젠체하며 계급적 연기를 시도하기 때문이다. 마치 자기가 로베르 드 몽테스키외나 샤를뤼스 남작이라도 되는 양 허세를 부린다. 화자의 오래

• 오페라 등의 작품에서 특정 인물이나 물건, 사상과 관련되어 반복되는 곡조 또는 문학 작품에서 반복적으로 나타나는 주제나 중심 사상을 가리키는 말.

된 학교 친구인 그는 콩브레 집에 초대받았을 때 '흙투성이 몰골로 점심시간에 30분 늦게' 나타나서는 사과하기는커녕 이렇게 말한다.

> 저는 결코 저 자신을 대기의 변동이나 관습적인 시간 구분에 영향을 받도록 내버려 두지 않습니다. 아편 곰방대와 말레이시아 단도를 사용하라면 기꺼이 그러겠다고 하겠지만, 이보다 훨씬 더 해롭고 더구나 무미건조하기까지 한 부르주아의 도구인 시계와 우산의 사용에 대해서는 전혀 아는 게 없습니다.

블로크가 철도 시간표를 어떻게 생각하는지는 알 수 없지만, 그는 '교외 철도'에서 오데트를 만난 일에 대해 아무런 거리낌 없이 이야기한다. 화자에게 파리 중심부와 푸앵뒤주르 사이에서 그녀가 '연달아 세 차례나 노련한 태도로 자신을 내맡겼다'고 말했는데, 이는 1874년에 〈타임스The Times〉지에 '시간표의 시대'가 도래했다고 보도된 것과 긴밀히 연관된다. 시간표가 단지 일상생활을 실용적으로 조직하는 도구로서만이 아니라 새로운 사회적 사고방식과 주관적으로 시간을 경험하는 방식을 반영하게 되었다는 방증인 것이다. 바야흐로 출발 및 도착 일정이 분 단위로 계산된 철도 시간표(프루스트에게는 생라자르역에서 출발하는 1시 22분 기차가 여기에 해당한다)가 시간과 거리의 관계를 측정해냄으로써 속도의 새 경전으로 떠오르고 있었다.

초등학교의 지리와 역사 교육 과정에는 철도 시간표를 외우는 내용이 포함되기도 했는데, 아마도 공화정에서 요구되는 시간 엄수의 미덕과 표준화된 시간을 지키는 일이 가져다주는 경이로움에 대한 교훈의 차원이었을 것이다(그러나 어느 기업은 빤히 들여다보이는 책략을 쓰다가 평판을 떨어뜨리는 일을 겪기도 했다. 양쪽 역의 시계와 시간표를 모두 5분 '늦도록' 설정해둠으로써 여행객들이 속아서 '제' 시간에 기차를 탈 수 있게 의도한 것이다). 프랑스의 경우, 파리표준시와 그리니치 자오선의 관계와 관련해 과학적, 정치적으로 복잡한 문제가 있었다. (1884년에 워싱턴에서 열린 국제회의에서 그리니치를 경도의 원점으로 삼기로 합의되었다.) 프루스트의 친구인 레옹 도데^{Léon Daudet}•는 뼛속까지 반동적인 '반근대주의자'였는데, 근대성에 대한 철도 시스템의 문화적 공헌을 폄훼하기 위해 다소 지나치다 싶게 바른말을 했다. 자신의 고질적인 허위 언동에 대해 비난받게 되자 그는 이렇게 대답했다. "거짓말을 전혀 하지 않으면 한낱 철도 시간표와 다를 게 뭐 있겠습니까?"

파리의 기차역, 특히 생라자르 역은 작가와 예술가 모두의 상상력을 사로잡았다. 모네는 자신의 '연작' 중 하나를 생라자르에 헌정했는데, 1877년 초 하루의 다른 시간들을 그린 것이었다. 에밀 졸라는 《인간 짐승La Bête humaine》의 구절 속에서 묘사를 통해 문학적인 헌정을 시도했는데, 헌신적인 자연주의자의 기질을 발휘해 역 자체뿐만 아니라 시간표까지 연구 대상으로 삼았다. 프루스트에게 생라자르는 가족이 함께 사는 집을 떠나 첫 휴가를 떠나려는 젊은 화자의 관점에서 본 역이다. 그의 눈에 비치는 기차 시간표는 G. K. 체스터튼Gilbert Keith Chesterton이 나중에 논평한 내용(그는 기차 시간표가 '정보의 문학' 장르에 속하며 즐거움을 위해 읽혀서는 안 된다고 잘라 말했다)과는 반대다.

● 프루스트와 동시대인인 작가, 정치인, 저널리스트.

즉 그에게는 기차 시간표가 여행의 낭만과 떼려야 뗄 수 없는 것이었다.

그래서 우리의 파리 출발은 아주 간단했다. 1시 22분 기차에 오르기만 하면 됐다. 철도 시간표를 자세히 읽고, 거기서 매번 출발의 흥분과 거의 극락 같은 환상을 끌어내며, 나는 얼마나 자주 내가 이미 기차에 탔다는 상상에 빠져들었던가.

그러나 에밀 졸라처럼 살인(기계 짐승과 인간 속의 짐승)에 중점을 둔 정도는 아니더라도 역은 역시나 불안의 장소다. 더구나 처음으로 집을 떠난다는 데서 비롯된 청소년기의 신경증에 사로잡힌 기에게 역은 '악취 가득한 동굴', '비극적 장소', '십자가에 못 박히는 것 같은' 고된 시련이 펼쳐질 배경처럼 느껴진다.

그러나 한편으로 역은 시간표가 아니라 진짜 책을 읽는 독서의 장소로 우리를 데려가기도 하는데, 그 장소는 부모님과 함께 지내는 집에서는 상실된 장소인 서재를 대체하는 곳이다. 소설 속에서 '찬란한'으로 묘사되는 날이 딱 하루 있는데, 바로 게르망트 공작의 서재에서 보낸 날이다(가면무도회의 마지막에 게르망트 공작의 서재에서 보낸 화자의 짧은 순간과 혼동하지 마시길). 물론 종일 그랬다는 것은 아니고 하루 중 일부이기는 하지만 말이다. 그날 응접실로 안내되기를 기다리는 동안 화자는 기억과 감각의 눈부신 광채를 경험하고 나서 서가에서 《혼외자 프랑수아》를 한 권 뽑아 드는데, 이 책은 콩브레에서 마망이 잠자리 의식의 일환으로 읽어주던 바로 그 책이다. 그가 그 책을 뽑아 드는 순간 서재는 '기적'의 장소로 변화한다. 서재가 '잃어버린' 유년 세계를 복원해 시간의 붕괴를 지연시키면서 미래를 비추는 곳이 되기 때문이다.

오늘, 이처럼 가장 찬란한 날에 게르망트 가의 서재에서 그걸 되찾았다. 설익은 내 생각뿐만 아니라 내 인생의 목적 그리고 어쩌면 예술의 목적까지 일시에 환해졌다.

이후 화자의 생각은 또 다른 서재, 즉 그가 '자신을 위해 만들고 싶어 하는 서재'로 옮겨가는데, 이것은 〈사라진 알베르틴〉에서 책들이 과거의 기억에 대한 은유로서 자아의 서재 역할을 한다고 한 것과 관련이 있다.

> 지나간 날들은 가장 오래된 책들까지 소장하고 있는 거
> 대한 도서관에서, 아무도 찾지 않는 책들처럼 저마다
> 우리 내부에 침잠한 채 남아 있다.

물론 프루스트 그 자신을 제외하고 하는 말이지만 그
의 소설은 자아의 정신적 기록 보관소로서 도서관에서
오랫동안 찾으려 하던 참고문헌 중 하나인 셈이다. 쌓인
책들 사이에 껴서 뒤섞인 바람에 도서 분류 체계와 동떨
어진 채 한 서가에서 다른 서가로 이리저리 옮겨 다니다
가 화자가 '우연히'《혼외자 프랑수아》를 마주친 것처럼
생각지도 않은 데서 나타나는 것이다. 어느 하루가 '대기
의 단순한 변화'로 인해 시대를 착오하여 매일의 달력에
서 제자리를 '이탈'하게 되며, 시간의 파편처럼 떠돌다보
니 길을 잃고 헤매던 중에 우연히 만나는 격이 되는 것이
다. 여기서 하루, 즉 날은 '외부 시간'으로 시간의 질서를
뛰어넘는 '추가 시간'이 아니라 '사이에 끼워넣는' 대체물
이다. 화자는 이것을 〈스완네 집 쪽으로〉에서 이렇게 묘

사한다.

하루가 다른 하루와 어긋나 사라지면 그날의 특별한 즐
거움이 갑자기 커다랗게 되새겨진다. 외딴곳에서 우리
를 경험하게 하고, 욕망하게 만들며, 우리가 지녔던 꿈
을 훼방 놓기도 하는 그 하루는 순서보다 이르거나 늦
게 '행복'이라는 달력의 장 어딘가에 끼워져 있던 페이
지가 떨어져나간 것이다.

'시간 교란', 즉 시대착오anachronism는 서사 장치이면서
프루스트에게 중요한 개념이기도 하다. 이 말을 구시대
적이라는 의미의 '부적절함'과 혼동해서는 안 된다. 엘스
티르가 찬미한 포르투니 드레스를 두고 알베르틴이 내보
인 오만한 반응은 프루스트의 시대착오인 시간 교란과는
아무 상관이 없다.

솔직하게 말씀드리면, 저로서는 마음이 끌릴지 모르겠
어요. 혹은 오히려 요즘 여성들에게는 당신의 그 '시대
적 의상' ('시대착오적이어서')이 너무 과하지 않은지가

문제일 수도 있겠군요.

　프루스트 자신에게는 이 시간 교란이 정서적인 측면이며, 기억이 작동에 관련된 삶의 기능이다. 당연히 여기에는 방향 감각을 잃는 현상도 포함되어 있다. 프루스트의 '시대착오'를 위대한 분석가 제라르 주네트[Gérard Genette]는 '기대의 기억'이라고 불렀다. 화자가 〈되찾은 시간〉에서 '인간에게 할당된 내적 시계는 같은 모두 시간에 맞추어져 있지 않다'고 한 부분이 이 말을 뒷받침한다. 마망은 자신의 어머니가 돌아가시자 즉각적으로 슬픔을 표하지만 그 손자의 슬픔은 지연되는 것이 이런 이유다. 화자의 표현에 따르면 '시간의 착오 때문에 너무 자주 사실의 달력과 우리의 감정의 합치에 장애가 따른다'[24]는 것이다. 발베크에서 보낸 나날도 비슷하다. 이 시기의 나날이 인상주의적인 즉시성에 따라 그때그때 흘러가기도 하지만 동시에 시대착오적으로 영우될 수도 있기 때문이다.

24　11장 '잃어버리고, 찾고 다시 잃어버리다' 참조.

종종(인생은 연대순으로 흐르는 법이 거의 없고 나날의 순서에서 너무나 시대착오적이기 때문에), 나는 나 자신이 하루나 이틀 전, 바로 이어지는 날이 아니라 질베르트와 사랑에 빠졌던 훨씬 더 이전의 시간에 살고 있다는 것을 깨달았다.

시간을 불일치시켜 시대착오적으로 배치하는 것은 소설 제목에 있는 '실험적인'•이라는 의미의 구현으로, 소설에서 나타나는 작가의 주요 기법의 하나다. 그렇다고 해서 너무 멀리 갈 필요는 없다. 《잃어버린 시간을 찾아서》에서 요점 반복, 혼선, 끼워넣기가 혼재돼 있다고 해서 이것이 도스 패소스John Dos Passos의 시간 전환 프레임이나 윌리엄 버로스William Seward Burroughs의 '셔플shuffle' 방법론과 관계를 맺고 있는 것은 아니라는 뜻이다. 더러 일정 시기의 영국인들을 중심으로 프루스트의 시간 뒤섞기가 단순히 난해한 정도를 넘어 대단히 짜증 난다고 여기는 경

• 앞서 설명했듯이 '찾아서'에 해당하는 '르셰르쉬'가 '리서치'에 해당하는 프랑스어이며, 여기에 실험적이라는 뜻이 포함된다는 의미다.

향들이 있었는데, 여기에는 소설의 전통을 확장하면서 동시에 변형시켰다는 이유로 프루스트를 찬미한 작가 J. B. 프리스틀리John Boynton Priestley까지 포함되어 있다. 그 역시 시간이 지나면서 너무 '혼란스럽고 헷갈려서', 점점 짜증이 치밀어오른 다른 독자들처럼 '그래서, 지금은 몇 시라는 거야?' 하고 부르짖으면서 그 시간이 제발 탁상시계, 손목시계와 딱딱 맞아떨어지기를 바라는 서사적 일치를 갈구하게 된 것이다.

오죽하면 희석되지 않은 난센스를 쏟아내 챕chap•으로 불렸던 에벌린 워Evelyn Waugh가 존 베처먼John Betjeman에게 보낸 편지에서 '챕'은 사실 프루스트이며, 그것도 그냥 챕이 아니라 '약간 제정신이 아닌' 챕이라고 했을까. 게다가 그의 '제정신이 아닌 상태'는 원칙적으로 불가능하거나 사물을 제 순서대로 말하기를 의도적으로 거부하는 것으로 주로 이루어졌으니 말 다한 것이다. 낸시 밋포드Nancy Freeman-Mitford와 농담처럼 주고받은 또 다른 편지에서는 이 약간 제정신이 아닌 챕이 얼간이 바보로 묘사되기까지

• '어이, 친구!' 같은 뉘앙스의 표현.

한다.

　　지금 처음으로 프루스트를 읽고 있는데—물론 영문판
　　으로—그에게 정신적 결함이 있다는 걸 발견하고는 놀
　　랐어요. 그런데도 아무도 내게 주의하라고 말하지 않았
　　더라고요. 그 사람, 시간에 대한 감각이 아예 없던데요.

알다시피 프루스트는 온갖 만성질환에 시달렸으나 시
간 인식 장애는 포함되어 있지 않다. 정작《다시 찾은 브
라이즈헤드Brideshead Revisted》•가 얼마나 여러 차례 '프루스
티언Proustian'으로 묘사되는지 알면 작가 본인도 놀라겠지
만 그 정도는 별것 아니다. 작가들은 내남없이 시간을 두
고 온갖 상상의 나래를 펼치기 마련이니까. 차라리 더 놀
라운 건 죽은 프루스트의 머리맡에 서 있는 장 콕토를 떠
올리는 순간이다. 콕토는 침대 옆에 쌓인 귀중한 노트 더
미, 즉 프루스트가 마지막까지 작업을 하고 있었다는 표
시를 물끄러미 바라보면서 이렇게 반추한다.

●　　에블린 워의 소설 중 가장 유명한 작품이자, 최고의 수작으로 꼽히는 소설.

그의 왼쪽에 쌓인 종이 더미가 죽은 병사들의 손목에서 째깍거리는 시계들처럼 여전히 살아 있었다.

Chapter 8

기하학자와
직조공

The geometer and the weaver

I

《잃어버린 시간을 찾아서》의 기념비적인 두 번째 플레야
드 판을 읽을 수 있는 프루스트 독자라면 소설은 물론 프
루스트가 원고를 구상하고, 발전시키고, 수정하면서 채
운 '노트'에서 추출한 스케치들의 모음까지 마음껏 누릴
수 있다. 스케치는 프루스트가 손으로 쓴 초안이다. 물론
전문가가 아닌 독자라면 스케치까지 섭렵하려다가 부담
스러워 낙담할 수도 있다. (〈스완네 집 쪽으로〉만 420페이지
에 달하는데, 그걸 다 읽고도 용감하게 첨부된 스케치들인 358
페이지를 또 읽을 독자가 몇이나 되겠는가?) 그럼에도 스케
치의 매력은 반감되지 않는다. 거기서 소설이 탄생했으
며, 최종적으로 폐기되었지만 고려되었던 원문의 가능성

을 품고 있는 보고이기 때문이다.[25]

　가장 흥미로운 것 중 하나는 〈스완네 집 쪽으로〉의 스케치에서 화가 피에르 보나르^{Pierre Bonnard}가 도깨비불처럼 등장했다가 사라진 것이다. 여기에는 두 가지 미스터리가 있다. 첫째는 왜 보나르가 스케치를 넘어 소설 속으로 들어가지 않았는가 하는 것이며, 둘째는 그렇다면 왜 굳이 스케치에는 나타나느냐는 것이다. 프루스트와 당대 회화의 관계에 관심이 있는 사람이라면 누구나 깊은 의문을 가질 만한 질문이다. 답은 이 스케치가 베르뒤랭네의 모임 중 하나였다는 데서 찾을 수 있을 것이다. 보나르보다는 폴 엘루^{Paul César Helleu}•(폴 엘루의 이름은 〈소돔과 고모라〉에서 베르뒤랭 모임에서 나온다) 같은 사교계의 화가가 몇 가지 분명한 측면에서 더 적합했으리라고 짐작할 수 있다는 이야기다.

　이름을 주제로 할 때, 저 필사본의 정글에서 절대로 놓치면 안 될 지점이 한 군데 있다. 라스트니스^{lastness}••의 순

25　11장 '잃어버리고, 찾고 다시 잃어버리다' 참조.
•　프랑스의 화가, 디자이너.
••　끝맺음이 이루어지는 상태.

수한 화신이라고 할 이 부분은 소설의 마지막 권인 〈되찾은 시간〉에 관한 마지막 노트의 마지막 구절, 마지막 단어로 구성되어 있다. 여기서 프루스트는 잊고 있던 고유 명사가 갑자기 떠오르는 현상에 특별한 위치를 부여하면서 '기억'과 '망각'이라는 위대한 주제를 다시 한번 환기시키는데, 처음에는 삭제되었다가 '가면무도회'의 몇몇 통과되지 못한 장면 중 하나에서 건져올린 문제의 이름은 '질베르트'다. ('내 시선은 계속해서 내가 알아내지 못한 이름을 그녀의 모습에서 찾고 있었다.') 그러나 보나르를 언급한 대목처럼 끝내 소설 속으로 옮겨오지 못한 부분도 있다. 질베르트라는 이름을 끌어내면서도 지구 기하학의 경도와 위도를 대응시키는 좌표와 비슷한 방식으로 이름을 연결점으로 상정하는 확장된 은유 부분은 누락시킨 것이다.

　　그러나 기억의 상실과 더불어 하나의 이름은 무한히 확장되는 경도뿐만 아니라 바로 어제 맞닥뜨린 위도까지, 망각의 숱한 선으로 이루어진 기하학적 위치가 되었다. 그런데 갑자기 그 어떤 이름보다 잘 알았는데도 되찾지 못했던 이름이 떠올랐다. 그건 질베르트였다.

　우리는 왜 프루스트가 〈되찾은 시간〉의 '최종' 버전으로 남긴 것에 기하학적 도형으로서의 이름에 관한 복잡하고도 종국적인 이미지가 포함되지 않았는지 알 수 없다. 그렇기는 해도 이렇게 삭제됨으로써 그나마 어떤 사람들이 프루스트와 기하학을 어떻게든 엮어보려는 지나친 의욕을 꺾는 효과는 있을 것이다. 소설에 나타난 몇 가지 기하학적 비유를 어떻게 해석하든 그것이 일부의 주장처럼 프루스트를 20세기 문학의 유클리드•로 만들 수는 없다. 누군가 프루스트에게 '시간의 유클리드'니 어쩌니 하는 말을 갖다 붙이는 것을 보면 유클리드 애비뉴에 위치한 클리블랜드 캠퍼스에서 '프루스트와 막스 형제••'라는 제목의 강연이 개최되었다는 사실을 우연히 접한 게 훨씬 덜 충격적이라고 생각할 수밖에 없다. 물론 프루스트가 기하학적 비유를 사용한 것은 사실이며, 이것이

•　BC 300년경에 활약한 그리스의 기하학자.
••　1800년대 후반에서 1900년대에 활동한, 4형제로 이루어진 희극 영화배우 그룹.

《잃어버린 시간을 찾아서》의 형식에 관한 엄청나게 복잡한 질문에 한 가지 방법론을 제공해준다. 〈자동차의 나날〉이라는 에세이에도 표현되어 있지만, 〈소돔과 고모라〉에 자동차 여행이 어떤 식으로 우리가 '한층 사랑스러운 탐험가의 손길'로 '진정한 기하학, 아름다운 지구를 측량'하는 느낌을 지닐 수 있도록 해주는지를 다룬 소소한 랩소디가 실려 있다. 또한 이와 비슷하게 화려한 묘사가 게르망트 공작 부인의 사진을 두고 펼쳐진다. 동시에르를 방문할 당시 좀 멍한 상태였던 화자의 재촉에 생루가 사진을 보여주게 되는 장면이다.

> 거의 금지된 광경이라고 생각했던 저 형태들이 이제, 내가 소중히 여기는 유일한 기하학 교과서에 실린 것들과 마찬가지로 탐구해볼 수 있게 된 것이다.

그런데 가면무도회에서 아르파종 부인을 만난 장면은 이와는 대조적으로, 세월과 나이에 따라 황폐화가 진행되면서 이것이 '얼굴의 지질학'을 '기하학적 형상'으로 어떻게 변화시키는지에 관한 최고의 수업을 제공해준다.

점차, […] 예전 시절의 형태를 더는 유지할 수 없어, 긴 가민가한 기억처럼 애매하고 불확실한 그녀의 얼굴을 관찰하면서, 세월이 그녀의 뺨에 얹어놓은 네모꼴과 육각형을 하나하나 제거해나가는 작은 게임 끝에 마침내 그럭저럭 일부를 되찾을 수 있었다.

여기서 작은 게임은 도형을 가지고 벌이는 '기하학적' 상상에 잘 어울리는 설정이며, 빈정대는 느낌이 있기는 하지만 전체적으로는 프루스트가 아주 잘하며 자주 구사하는 바로크 스타일의 문학적 수사를 잘 보여주는 구절이다. 또한 화자가 뱅퇴유의 칠중주곡을 들으며 떠올리는 '토마스 하디Thomas Hardy의 소설에 나오는 석공의 기하학'은 소설 자체의 형태적 구성에 관한 그의 생각과도 닮았다. 딱히 석공의 기하학이 소설 속에서 드러난다기보다 그 이미지를 통해 '대성당'의 건축과 자신이 기획한 작품을 비교하는 것이다. 그리고 건축가와 석공 외에도 방사선 촬영을 통해 엑스레이와 비슷하게 도식적인 사진을 제작하며, '마치 기하학자처럼, 사물의 물리적 특성을 벗겨내고 선으로 이루어진 기저층만을 보는' 예술가도 마찬가지다.

여기서 선으로 이루어진 것들은 위도와 경도의 체계와 마찬가지로 여기서 '선형적인 것'은 수평선(서술이 전개되는 전통적인 차원)과 수직선으로 모두 지도화된다. 프루스트는 수직선에서 기하학적인 것이 고고학적인 것과 결합하는 '기층'까지 파내려가며, 자아와 그 이야기를 '연속적인 상태들의 중첩으로 이루어진' 이야기를 발굴하는 것이다. 그것들은 '산의 지층처럼 변화무쌍해, 언제든 진동하면서 오래된 지층을 표면으로 밀어내버릴 수 있는' 불안정하고 유동적인 구조를 지닌다. 그리고 마지막으로, 수직선을 가로질러 비스듬히 가로로 자르면 마음의 시공간 영역에 횡단선, 즉 '횡류'가 있는데, 이것은 '외딴곳에서 멈춰 선 생각의 기차'의 기하학으로서 '두 세트의 기억을 연결하는 곳'이다. 그리고 무엇보다 물리적으로 '두 갈래 길'로 대표되는 두 세계, 즉 스완네와 게르망트가를 연결한다고 하는 비유적인 '횡단선들'이 있다.

이렇게 '기하학적' 은유를 혼합시키는 방식은 프루스트의 친구이면서 영향력 있는 비평가이자 〈신프랑스 평론Nouvelle Revue Française〉•의 편집자 자크 리비에르Jacques Rivière

를 시작으로 큐비즘^{Cubism}●●의 프리즘을 통해 《잃어버린 시간을 찾아서》를 파악하는 길을 열었다. 젊은 화자가 페르스피에 박사의 마차를 타고 가다가 마르탱빌의 첨탑을 이루는 선들이 이동하는 것('햇빛 속에서 움직이는 선들')을 본 장면 또는 엘스티르가 그린 발베크 항구의 풍경 중 일부가 큐비즘과 관련된 대표적인 사례로 인용되곤 한다. 이 항구 그림은 '원근법'을 무시하는 '원근의 엄폐'를 배치함으로써 '분열된' 마을 정경을 만들어내는데, 첨탑들의 고정된 수직성이 유독 두드러지는 것이 그런 예다. 또한 이것들은 수심을 재는 '무게 다림줄' 역할까지 하면서 물에 잠긴 첨탑들 '아래에 집들이 무리 지어 매달린 것 같은 어렴풋한 풍경'으로 우리를 데려간다.

그러나 《잃어버린 시간을 찾아서》를 큐비즘 소설이라고 하기에는 무리가 있다. 선과 도형을 무더기로 넣어 구성했다고 해도 《잃어버린 시간을 찾아서》는 원칙적으로 '수평성'을 따르며 이 법칙에 인도되기 때문이다. 이는 서

● 프랑스의 문예 비평 잡지.
●● 20세기 초의 회화 운동. 입체파라고도 하며 피카소가 대표 인물이다. 사물을 기하학적 형태로 표현하는 것도 큐비즘의 특징 중 하나다.

술의 시간이 연속적인 단계로 정렬되는 기본 선형 형식에 따른다는 것이며, 이를 화자는 '우리 인생 여정'이라고 부른다. 콩브레의 유년기에서부터, 발베크의 여름, 게르망트 세계로의 진입, 소돔과 고모라의 발견, 알베르틴과의 러브스토리, 베네치아 여행, 전시의 파리, 게르망트 대공의 응접, 라 베르마의 연회, 작가로서의 소명을 받아들이는 것까지. 프루스트가 시간으로 무엇을 하든, 그걸 어떤 식으로 비틀고 구부린다고 해도 여전히 시간은 간단없이 흐른다. 마치 그의 문장이 아무리 먼 곳으로 헤매고 옆길로 새더라도 마침표로 표시된 끝을 향해 가차 없이 움직이는 것처럼 말이다.

그렇다고 해서 프루스트의 수평성이 오로지 연속적이기만 한 것은 아니다. 하나가 다른 하나의 뒤를 꾸준히 따라가기만 하지는 않는다는 것이다. 선이 때로는 끊어지고 두 겹이 되기도 하면서 '우리 인생에서 한꺼번에 일어나는 다양한 삶'을 포착하기 위해 동시에 전개되는 두 에피소드(예를 들어 〈되찾은 시간〉에서 게르망트 가의 낮 모임과 라 베르마의 연회)의 평행을 외부적으로 반영하기도 한다. 여기에 서사의 연대순 시간이 다양한 방향으로 도약할 수 있게 묶어두거나 지연시키는 구간도 여럿 있다. 이를 가리키는 용어는 '시대착오'와 마찬가지로 고대 수사학에서 유래된 후술법analepsis•, 예변법prolepsis••, 생략법ellipsis••• 등이다. 후술법은 〈갇힌 여인〉에서 화자가 현재의 서술 맥락에서 반사적으로 벗어나 시작 지점으로 되돌아가는 장면이 대표적인데('이 작업의 시작 부분에서 차 한 모금을 마실 때처럼'), 이렇게 되돌아감으로써 무심결에 떠오르는 기억의 '플래시백' 측면이 더 확장되는 효과가 있다. 이에 비해 예변법은 아직 닥치지 않은 일에 대한 힌트로 주로 구성된다. 〈갇힌 여인〉에서 알베르틴이 승마 사고로 죽을 것을 예견하고, 다음 권인 〈사라진 알베르틴〉에서 실제로 그 일이 일어나는 것이 그런 예다. 또, 지금 기다리고 있는 미래에 대한 더 명시적인 진술도 예변법의 영역에 포함된다. 생루와 결혼한 질베르트를 만나러 탕송빌을 방문

• 과거의 사건이 이야기에서 그것의 연대적인 위치보다 늦은 지점에서 서술되는 문학적 장치.
•• 미래의 사건을 미리 내다보고 실제보다 앞당겨 적거나, 반대 의견을 예상하여 미리 반박하는 수사법.
••• 문장이나 사건을 의도적으로 생략해 독자로 하여금 스스로 추측하게 만드는 기법.

했을 때 화자는 이렇게 생각한다.

> 파리의 사교계에서 그를 찬찬히 지켜볼 기회(내가 아직
> 탕송빌에 있으므로 조금 미리 당겨보면)가 한 번 있었다.

이런 식으로 화자가 아직 일어나지 않는 미래의 이야기를 하면서 과거와 현재 시제를 마음대로 섞어버림으로써 시간의 선형적 흐름에 익숙한 독자에게 일종의 제동을 건다.

세 번째인 생략법은 〈꽃핀 소녀들의 그늘에서〉에서 선언한 원칙에 충실하다.

> 시간의 흐름을 인지할 수 있도록, 소설가는 시계의 바늘을 현기증 날 정도로 빠르게 돌려 독자가 2분 동안 10년, 20년, 30년을 살 수 있게 해야 한다.

《잃어버린 시간을 찾아서》에서 생략법은 특히나 각 권 사이 그리고 한 권 내에서의 전환을 위한 구조적 특징을 이루고 있다. 〈꽃핀 소녀들의 그늘에서〉의 1부(파리가

배경)가 마무리되고 나서 2부는 '2년 후' 발베크 여행으로 시작한다. 2년 사이에 어떤 일들이 일어났는지에 대해서는 아무 언급도 없다. 이 2부는 여름이 끝나고, 호텔은 문을 닫고, 화자가 파리로 귀환하는 것으로 마무리되며, 다음 권인 〈게르망트 쪽〉은 봄에 화자의 가족이 파리로 이사하는 것으로 시작한다. 그러나 이때도 우리는 그것이 이듬해 봄인지 아니면 미래의 어떤 불확실한 시점인지 알 수 없다.

가장 광범위한 생략은 전쟁이 일어나고 얼마 되지 않아 화자가 요양원에 있다가 파리로 돌아오는 '긴 세월'로 구성된다. 소설에서는 '여러 해'로 묘사되어 있지만 의문으로 가득 찬 공백이다. 그래서 몇 년 동안 거기 있었다는 거지? 왜? (질환 때문이라고 언급되어 있지만 정확한 병명은 나와 있지 않다.) 그 기간에는 어떤 일들이 있었나? 화자는 무슨 생각을 했나? 그야말로 서사의 블랙홀이라고 하지 않을 수 없으며, 매우 다른 종류이지만 또 다른 것과 견줄 만하다.[25] 그중에서도 가장 극적인 생략은 바로 연대

---

25 12장 '죽음과 블랙홀' 참조.

기적 서사를 지닌 '콩브레'의 두 초기 장면 사이의 전환이다. 첫 번째는 주로 스완이 저녁 식사를 하러 오는 장면과 드라마틱한 굿나잇 장면을 중심으로 구성되며, 이어지는 장면은 구체적으로 명시되지 않았지만, 몇 년 후로 아마 파리가 배경인 것으로 보인다. 화자는 이렇게 묘사한다.

> 이미 여러 해 동안, 잠자리에서 벌이는 연극과 연출 외에 콩브레의 모든 것은 내게 존재하지 않게 되었다.

그러나 그런 다음에 차 한 잔과 페이스트리가 있는 '어느 겨울날'이 오고, '존재하지 않게 되었다'는 것도 끝나며, 그 나머지가 《잃어버린 시간을 찾아서》이다.

이런 식의 회상, 예견, 중단은 모두 술술 이어지던 이야기의 전개가 멈추고, 꼬이며 갈라지는 지점과 방법을 보여주는 사례들이다. 이것들을 모아서 '우회'라는 제목으로 묶어도 좋을 정도다. 이 때문에 더러 《잃어버린 시간을 찾아서》의 본질이 탈선과 삽입이라고 보는 견해도 있는데, 물론 프루스트는 절대로 동의하지 않았다. 공연 기획자 르네 블럼René Blum에게 보낸 편지에서 프루스트는 자신의 책을 '탈선의 묶음'이라고 보는 견해에 대해 '정확히 그 반대'라며 날을 세웠다. 그러나 사실은 프루스트의 작품을 '진보적인 탈선'으로 보고 스턴Laurence Sterne의 《트리스트럼 샌디》•와 비교하는 것이 더 적절하다는 점을 부인할 수는 없을 것이다. 이 말은 프루스트가 스토리텔링의 가장 단순하고 원시적인 축을 중심으로 앞으로 나아가면서도 끊임없이 옆길로 새면서 소설에 고리, 소용돌이, 원을 배치함으로써 몸체와 형태를 부여한다는 의미다. 화자는 물론 우리까지 계속해서 되돌아가는 모티프인 '두 갈래 길'이 여기에 속한다. 첫 권에서 두 길은 상당히 분리돼 보였으며, 둘 사이의 거리가 화자에게는 '마치 내 두뇌의 두 부분 사이에 놓인 거리와 같이 […] 마음의 거리 중 어느 하나 […] 서로 모르는 채 아예 여러 다른 오후들 속에 존재'하는 것처럼 느껴진다.

그러다가 훨씬 뒤의 어느 날, 탕송빌에서 질베르트와 저녁 산책을 하면서 이 착각은 한순간 무심하게 바로잡

• 스턴의 장편 소설. 총 9권까지 나왔으나 미완성작이다. 서사의 탈선과 삽입 등이 난무해 영문학 사상 가장 기이한 소설로 꼽힌다.

아진다.

만약 당신이 엄청나게 허기지지 않고, 너무 늦지 않았다면, 왼쪽 길을 택해 가다가 오른쪽으로 돌기만 하면 늦어도 한 시간 안에 게르망트 저택에 닿을 수 있어요.

질베르트에게 이것은 별것 아닌 디테일이지만 화자에게는 넘어졌다가 성배를 발견하는 것처럼 엄청난 정보다.

마치 그녀가 "왼쪽으로 돈 다음 오른쪽으로 돌아요. 그러면 무형의 것을 손에 잡을 수 있고, 우리가 오로지 방향 정도만 알고 있던 지구상의 머나먼, 도달할 수 없는 목표에 가닿을 수 있어요"라고 말하는 것 같았다.

여기서 그치지 않고 화자에게 최후의 일격이 다시 가해진다. 질베르트가 이렇게 말한 것이다.

"만약 그러고 싶으시면, 계속해서 게르망트 쪽으로 산책해도 돼요. 다만 메제글리즈를 통과하는 게 가장 예쁜 경로이긴 하죠." 그 말은 그 두 갈래 길이 내 생각만큼 동떨어지지 않았다는 사실을 밝힘으로써 유년의 내 모든 생각들을 송두리째 뒤집어놓았다.

사실 《잃어버린 시간을 찾아서》에는 이처럼 '상황을 전복시키는' 효과를 내는 문장들이 거의 없다. 고통스러운 진실의 순간은 끝부분에만 배치되어 있으며, 지금껏 이탈했다고 생각했던 내용들은 결국 한 곳으로 수렴해 원을 이룸으로써 한순간에 일제히 지형과 상징의 중심으로 모이기 때문이다. 따라서 프루스트의 소설이 '기하학적'이라고 묘사될 수 있다고 하면 원이야말로 가장 특권적인 지위를 지닌 도형인 셈이다.

II

《잃어버린 시간을 찾아서》의 형식적 틀을 제공하는 교차로 또는 엇갈리는 '선들'은 독자에게 기하학의 이미지를 보여주기도 하지만 한편으로는 직조의 이미지로 이끌어간다. 그건 이 선들이 곧 '실타래thread'이기도 하기 때문이다. 소설에는 은유가 없는 페이지가 거의 없다. 물론 이때의 은유는 직유와 유추를 포괄하는 넓은 의미이기는 하지만, 아무튼 그중 한 가지를 찾아서 프루스트의 핵심 은유라는 이름으로 왕좌에 앉히려는 시도는 별 의미가 없을 것이다(소설의 문체 구조를 이해하는 열쇠로서 은유를 바라보는 것과는 별개다). 그러나 굳이 강력한 후보를 하나 꼽으라면 역시 '실'이라고 할 수 있다. 실이 등장하는 횟수가 많아서가 아니라《잃어버린 시간을 찾아서》자체가 온갖 사물과 범주들 사이의 관계와 연관성, 상호 대응성을 직조하는 거대한 베틀이라고 할 수 있으며, 소설의 은유가 스레딩• 기능을 지니고 있으므로 실이야말로 모범이 될 만한 프루스트적 은유라고 할 수 있기 때문이다. 마지막 권의 '미학적' 신조를 피력한 부분에서는 구불구불한 문장의 끝에 비유로서가 아닌 은유라는 단어 자체가 등장하는데, 이것은 은유가 문장 리듬의 일부로 당당히 자리를 차지하면서 철학적 가치를 부여받았다는 방증이

• 실 꿰기, 맥락 연결하기의 의미.

다. 프루스트가 '문체'의 핵심을 자신의 문체로 입증하는 것이라고나 할까.

> 설명된 장소에 나타나는 모든 대상을 일일이 묘사하며 무한정 나열할 수는 있지만, 진실은 작가가 두 개의 서로 다른 사물을 택하여 그들의 관계를 설정하고 […] 아름다운 문체의 필연적인 틀 안에 그것들을 담을 때에만 시작될 것이다. 삶에서도 이와 똑같이 두 감각이 공유하는 특질을 한데 모으는 순간에 진실이 시작된다. 은유적으로 그것들을 서로 결합함으로써 공통된 본질을 끌어내어 시간의 우연성에서 그것들을 보호하는 것이다.

위의 '삶에서도 이와 똑같이'라는 부분을 '실'과 관련지어 보면 '삶의 실마리도 마찬가지로'라는 표현으로 의미를 확장해볼 수 있다. 그리고 이렇게 의미가 확장되면 소설의 플롯 작업과 그 '직조' 방식에 대한 은유로서의 '실'이 마지막 권에서 특히 중요한 위치를 차지하게 된다. 물론 이 용어를 평범하게 사용하는 경우들도 있다. 예를 들어 〈게르망트 쪽〉에서 화자가 이야기를 다시 시작한다고 말하는 대목에서는 이 말이 그저 중단했던 이야기(주로 또 다른 탈선, 즉 여담을 하겠다는 것이다)의 가닥을 다시 집어든다는 평범한 의미다. 그러나 '생각은 실이며, 이야기꾼은 실을 잣는 사람이다'라는 말도 있듯이 프루스트도 실을 생각과 내적 삶의 영역에 대한 비유이기도 하다. '내 꿈의 실', '내 기억의 실', '개인적인 정체성의 실', 그리고 결정적으로 어머니와 아들의 유대('정교한 실이 우리를 결합시켰다')를 표현한 대목이 그렇다. 그리고 가장 잘 알려지고, 많이 인용되는 사례가 있는데, 이유가 있어 원문으로 인용한다.

> Un homme qui dort tient en cercle autour de lui le fil des heures, l'ordre des années et des mondes.•

이 유명한 문장은 다양하게 변형되어 번역된다. 나는 '사람이 잠을 잘 때는 주변에 원을 둘러쳐 시간의 실타래

• 잠든 사람은 자신의 주위에 시간의 실타래를, 세월과 세계의 질서를 원형으로 감싸고 있다.

와 세월의 흐름, 세상의 질서를 유지한다'로 번역한다. 이렇게 번역하는 것은 프루스트의 소설에서 능동적 행위자로서 잠자는 주체의 개념을 유지하고 '질서'의 이중적 의미를 명확하게 하기 위해서다. '세월'은 시간의 '연속적 흐름'을 의미하며, '세계'는 또 다른 '질서'를 환기시킨다. 그것은 다름 아니라 형이상학과 우주론 그리고 심리학과 기억의 내적 '세계'의 질서다(아마 몽드mondes•가 때때로 천체天體로 번역되는 이유일 것이다).

이것은 프루스트가 화자의 입을 빌려 '콩브레' 편에서 시간에 관해 이야기한 내용과 같다. 즉 시간은 공간의 '사차원'이라는 것이다. 이것은 비유클리드 공간non-Euclidian space••에 관한 수학자 푸앵카레Henri Poincaré의 생각을 직접적으로 반영한 것이지만, 이 역시도 아인슈타인(큐비즘과 다다Dada•••의 촉진에 결정적인 영향을 미친 문학자 카를 아

인슈타인이 아니라 우리가 잘 아는 그 알베르트다)과의 연관성을 장려하는 셈이 된다. 1922년에 카미유 베타르Camille Vettard[•]가 〈신프랑스 평론〉에 '프루스트와 아인슈타인'이라는 제목으로 쓴 기사를 보고 프루스트는 약간 복합적인 반응을 보였다. 그는 흥미로워했고, 심지어 다소간의 우쭐함을 내비치면서 동시에 과학에 정통한 친구인 기슈 공작이 두 사람이 비교할 만한 인물은 아니라고 한 것 때문에 조금 언짢아하기도 했다. 그래서인지 프루스트는 어느 편지에서 자신이 상대성이론에 대해 아무것도 모르는 것은 사실이라고 하면서도 이렇게 덧붙이는 걸 잊지 않았다. '우리 두 사람은 시간을 변형시키는 유사한 방법을 가진 것 같다.' 그가 '~것 같다'라는 회피적 예방책을 취한 것은 아마도 잘한 일일 것이다. 프루스트 나름대로는 둘의 '유추'를 지켜보려고 노력했지만 처음부터 말이 안 되는 일이었기 때문이다.

그렇다고 해도 사라 베르나르Sarah Bernhardt[••](소설 속 배

[•] 프루스트 당대의 문학평론가.
[••] 1800년대 프랑스 영화배우.

우 라 베르마의 모델 중 한 명이다)가 '전설은 역사를 거슬러 승리를 지속한다'라고 한 것처럼 증거야 어떻든지 프루스트와 과학의 유사성은 지금까지도 명맥을 이어오고 있다. 상대성이론의 뒤를 이어 프루스트의 서사 고리를 통해 다중 우주와 그로 인해 가능한 세계들에 접근할 수 있다는 양자역학 이야기가 등장했기 때문이다. 실제로도 〈갇힌 여인〉에서는 잠의 영역이 깨어 있는 주체는 접근할 수 없으며, 따로 자아가 거주하는 대안적 세계의 현장으로 상정하는 것은 사실이다.

어쩌면 깨어 있는 세계보다 더 현실적인 다른 세계들이 있을지도 모른다.

이것은 흔히들 잠이 인과법칙을 정지시키거나 심지어 다시 쓴다는 이야기와도 일치하는데, 잠자는 사람의 방에 있는 거울과 서랍, 탁자 등이 중력에서 일시적으로 해방되어 '무시무시한 속도로 날아다니는' 게 그런 예다. 그러나 이것은 심리학의 표준적 소재이며, 물리학과 공통점은 없다. 마찬가지로 소설에 등장하는 다중적인 '우주'

와 '무한한 세계'도 마찬가지다. 이것들은 생각 외로 대단히 흥미진진한 지적 묘사가 아니다. 또 다른 우주는 말할 것도 없고 우주의 시공간 구조와 법칙에 대한 주장과도 아무 관련이 없다. 〈되찾은 시간〉에서 화자가 자신의 문학 프로젝트의 목적을 '하나의 우주를 완전히 새롭게 다시 써야 하는 것'으로 묘사하지만 그게 대안적 우주를 의미한 것은 아니다. 그는 '우리 일상에서 떨어진' 그리고 '관습적 지식'이 아닌 문학의 비전을 제시한 것일 뿐이다. 이것들이야말로 세상에 대한 우리의 인식을 새롭게 하고 변화시킬 수 있는 예술가의 창조적 능력에 대한 예의를 우리에게 가져다주기 때문이다.

> 예술 덕분에 우리는 단 하나의 세계, 즉 우리 자신의 세계를 보는 데서 벗어나 다양한 세계를 볼 수 있으며, 따라서 독창적인 예술가가 많을수록 많은 세계가 생겨 우리가 발휘할 수 있는 재량도 넓어진다.

'많은 세계'라는 다소 흥분된 수사는 예술적 '독창성'의 교리를 둘러싼 낭만주의와 후기 낭만주의 수사를 다시 진술하는 것에 지나지 않는다. 그리고 이러한 구성과 재구성이 무엇이든 그것들은 양자 이론이 인식할 수 있는 어떤 의미에서의 대안적이거나 가능한 세계가 아닌 이 세상에 대한 관점이라는 것을 강조하고 싶다. 프루스트가 기하학적 은유를 사용한다고 해도 '신성한 기하학'과는 아무 상관이 없으며, 소설가가 세상을 만든 기하학자인 신과 예술적으로 동급이라고 하는 것도 마찬가지다.

이것들은 우리 세상을 지배하는 법칙을 무시하겠다는 게 아니며, 서로 다른 여러 세계에 대해 말하는 것이 아니다. 똑같은 세계가 어떻게 달라 보일 수 있는가에 관한 이야기다. 알베르틴은 '2 더하기 2가 5인 우주가 존재할지도 모르며, 두 지점을 잇는 가장 짧은 거리가 직선이 아닐 수도 있는 곳'에 대해 전해 들을 때는 심드렁하다가 어느 기술자가 '생장과 라 라스플리에르의 두 곳을 같은 날 오후에 아주 쉽게 다녀올 수 있다'는 말을 하자 화들짝 놀라는데, 이 역시 그저 단순히 말하는 방식이며, 과장법이라는 수사법의 예일 뿐이다. 우리도 이것을 가능 세계 이론으로 읽을 필요가 없다. 설사 알베르틴이 2 더하기 2가 5인 우주도 존재하는구나, 하며 다양한 우주의 존재에 안

도감을 느낄 수도 있지만 그녀의 죽음은 알려진 물리적 원인(즉, 말에서 떨어지는 것)의 직접적인 결과다. 간단히 말해서, 소설가로서의 프루스트의 형식적인 관행을 물리학과 수학에 결합하는 것은 기회주의적이거나 완전히 어리석어 보이기 전까지 한 차례만 용납된다. 더하면 온갖 오래된 비유들이 저마다 활개를 치도록 내버려 두는 셈이다(영향력 있는 과학 논문의 제목을 인용한다고 할 때 '스파게티 후프*의 순열 조합론'을 후보로 내세우는 격이라고나 할까?).

III

실과 실 꿰기의 다른 용례는 프랑수아즈가 재봉, 바느질, 수선과 천 조각 기워 붙이기를 하면서 보여주는 기술이다. 프랑수아즈뿐 아니라 쥐피앵의 조카인 재봉사도 마찬가지다. 그녀는 나중의 전개에서 중요한 플롯을 꿰는

* 고리 모양의 스파게티로 된 통조림.

역할을 하게 되며,[26] 화자가 질베르트에게 열중하면서 느끼는 정서적 혼돈을 꿰매는 내면의 재봉사도 겸하게 된다. ('내 안의 어둠 속에서, 알지 못하는 재봉사 한 명이 펜 실들을, 버릴 것들의 더미에 남겨두지 않고 정돈했다.') 프랑수아즈는 말 그대로 버릴 것들로 작업한다. 화자의 '원고 종이'들이 그것인데, 이것들은 기하학적으로 설계된 대성당에서 잘 짠 드레스로 은유적 전환을 하게 하며, 이는 곧 '책'의 구성에 대한 이미지로 작용한다.

나는 그녀 옆에서, 거의 그녀와 같은 방식으로 일했다. (정확하게는 그녀가 예전에 일했던 방식이라고 해야 할 것이다. 그녀는 이제 너무 늙어서 뭘 제대로 보지 못하므로) 왜냐하면 나는 여기저기에 추가되는 종잇장을 핀으로 고정하면서, 내 책을 구성하려고 했는데 감히 대성당을 짓는 것처럼이라고는 할 수 없지만, 적어도 드레스 한 벌을 짓듯이 구성해나갈 것이기 때문이다. 프랑수아즈는 딱 맞는 번호의 실과 알맞은 단추가 없으면 바느질을 할 수

---

26 9장 '교차로' 참조.

없다고 늘 말했기 때문에, 그녀가 '끼적거린 글'이라고 불렀던 원고 종이들이 내 손 닿는 곳에 없거나 내가 원하는 원고를 제때 못 찾을 때 배어나는 불쾌한 기색을 잘 이해해줄 것이다.

실제로는, '실'은 풀이다(실제로 프루스트와 그를 보좌한 셀레스트는 자신의 회고록에서 회고록에 따르면 '원고가 포함된 연습장에 종이들을 풀칠해 붙여 넣었다'). 1913년에 베르나르 그라세[Bernard Grasset]•와 함께 책을 출간할 때도, 1916년에 〈신프랑스 평론〉 출간 작업을 할 때도, 프루스트는 이런 작업 방식을 고수했다. 원고가 활자로 바뀌고 인쇄되는 과정에서도 광범위한 교정과 수정이 이루어졌다. 1913년 4월, 프루스트는 한 친구에게 자신의 기법을 이렇게 설명했다.

> 지금까지 한 수정(수정이 계속되지 않기를 바라지만)은 수정이 아니라네. 원래의 원고가 스무 줄이라면 그중 한

• 프루스트의 책을 출간한 당대의 출판업자.

줄(물론 이 한 줄 역시 다른 줄로 대체되었다네)도 제대로 남아 있지 않아. 죄다 줄을 죽죽 그어 지우고 흰 여백이 있는 곳마다 고친 내용이 빽빽하게 쓰였으며, 그것도 모자라 원고의 아래, 위, 왼쪽, 오른쪽 등등에 수정 내용이 적힌 종이를 덧대 붙여넣기를 계속하고 있다네.

이것은 소설로 옮겨져 풀과 조각 깁기가 하나로 결합하게 된다. 프랑수아즈가 마침맞게 '재단사' 역할을 해준다.

자주 이 종이를 저 종이에다 붙이다 보니 프랑수아즈가 나의 '원고 종이'라고 부르는 종잇장들은 툭하면 찢어졌다. 그러나 프랑수아즈라면 매번 자기 옷이 해졌을 때 천 조각을 대고 기웠던 것과 같은 방법으로 종잇장을 수선해 내게 도움을 줄 것이었다.

조각 이어 붙이기, 즉 패치워크는 끝까지 프루스트와 동행하는 이미지다. 프루스트는 사망하기 며칠 전까지도 여전히 열정적으로 수정 작업을 하면서 가스통 갈리마르 Gaston Gallimard●에게 편지를 써서 진전이 있다고 말하면서 절망적인 어조를 드러낸다.

그러나 이어 붙여서 매듭을 짓는 것은 내가 감당할 수 있는 일이 아닙니다.

미완성과 관련된 또 다른 이미지는 '태피스트리'를 직조하는 것이다. 1913년 초에 〈르탕Le Temps〉이라는 완벽한 이름을 지닌 신문의 엘리 조제프 부아ElieJoseph Bois와 인터뷰에서 프루스트는 이미 산더미를 이룬 텍스트에 대해 "나는 현대 아파트에 걸맞지 않게 너무 커다란 태피스트리를 가진 사람과 같습니다"라고 말했다. 그리고 더 후의 인터뷰에서도 비슷한 말을 한 걸로 보아 이 생각이 그에게 깊이 깃들어 있었던 것으로 보인다. '내심으로, 내 작업이 너무 큰 태피스트리나 마찬가지여서 그걸 걸어둘 만한 아파트는 존재하지 않을 것 같아요'라는 의미일 것이다. 《잃어버린 시간을 찾아서》에 태피스트리가 나오는

● 당대의 출판업자. 프루스트의 원고를 퇴짜 놓았다가 2권부터 함께 작업했다.

대목이 몇 군데 있는데, 발베크 체류 중에 방문한 성에 있던 '고딕풍의 태피스트리'와 빌파리지 부인의 응접실을 장식하는 보베 지역의 태피스트리가 그것이다. 태피스트리들은 콩브레 성당의 스테인드글라스 창문, 메제글리즈 길의 꽃, 〈게르망트 쪽에서〉 생루가 화자를 데리고 연인인 라셸을 방문하는 파리 교외 마을의 라일락('매혹적인 시골풍 태피스트리')의 형태로도 나타난다.

좀 더 독창적인 비유도 있는데, 게르망트 공작 부인의 대화를 '중세 태피스트리'의 기묘한 분위기에 비유한다든지, 알베르틴이 자동피아노로 들려주는 라모Jean-Philippe Rameau와 보르딘Alexander Borodin의 음악을 '18세기의 태피스트리'에 비유하는 것이 그런 예다. 그리고 '실'과 함께 태피스트리 직조 기술이 기억의 작동에 대한 설명으로 등장하는 지점이 한 군데 있다.

수년 동안 빠르게 왔다 갔다 하면서 처음에는 서로 가장 독립적으로 존재하는 것 같은 우리의 기억을 연결하는 실을 엮는다.

여기서 부분적으로 기하학의 언어('씨실'을 수평으로, '날실'을 수직으로)가 등장하기는 하지만 '왔다 갔다'라는 부분 덕분에 결국 우리는 직조가 이루어지는 동안 되돌아가기가 작동하는 태피스트리의 뒤쪽으로 보내지고 만다. 발터 벤야민이 《잃어버린 시간을 찾아서》를 태피스트리에 비유하면서, 더 정확하게는 '태피스트리의 뒷면' 즉, 느슨하게 실밥이 매달린 얼기설기한 미로라고 한 것도 이런 이유다. '직조'는 모든 것을 앞면에 표현하지만 그 이면에는 불연속적이며 별개인, 그리고 영원히 불완전한 형상이 도사리고 있다. 버지니아 울프는 기억을 재봉사에 비유했다.

> 기억은 재봉사이며, 변덕쟁이다. 그녀는 자신의 바늘을 안팎으로, 위아래로, 여기저기로 움직인다. 다음에 무엇이 올지 혹은 어떤 것이 뒤따를지 우리는 알지 못한다.

버지니아 울프는 또한 〈파도The Waves〉에서 등장인물인 작가 버나드를 통해 문학 산문을 '하나를 다른 것에 가볍게 연결하면서 방랑하는 실'로 묘사한다. 가볍게 연결되었다는 것은 섬세하게 접촉하고 있다는 의미를 지니면서, 한편으로는 매듭이 느슨하고, 감침질이 마무리되지 않았으며, 실이 드러나 보이도록 기웠고, 전체 구성이 언제라도 뚝 끊어질 수 있는 실 한 가닥에 매달려 있다는 뜻이기도 하다. 이것은 프랑수아즈의 바느질 및 수선 작업과 일치하는 모종의 취약성 그리고 일정 수준의 불확실성을 암시한다. (버나드 역시 문학적 문장을 '찬장에 걸린 옷'에 비유한다.)

《잃어버린 시간을 찾아서》를 태피스트리로 바라보기로 했으면 이 소설을 '마르셀 프루스트 문학의 레전드 태피스트리' 같은 으리으리한 이름이 붙는 디자이너 제품처럼 여길 것이 아니라 영국의 패브릭 아티스트 리아논 윌리엄스Rhiannon Williams가 진행하고 있는 진짜 매혹적인 '크리티컬 클로스Critical Cloth' 프로젝트*의 일환으로 바라보는 것이 최선인 듯하다. 여기서 'Cloth', 즉 직물을 대신하는 것은 신문, 복권, 광고지, 출판물 교정지, 지원금 신

---

* 일련의 실험적인 패치워크 작업. 이론과 실천을 통합하기 위한 프로젝트로 2002년부터 이어져오고 있다.

청서, 선적 확인서, 대출 계약서, 그 외 잡다한 '행정 문서' 등 온갖 종류의 종이들이다. 리아논은 '내가 포착하는 시간The Time I'm Taking'이라는 제도으로《잃어버린 시간을 찾아서》의 페이퍼백 판에서 모든 페이지(약 천 페이지)를 떼어낸 다음 그것들을 꿰매 붙여 확장된 패치워크로 만드는 작업을 계속하고 있다. 각각의 조각은 육모꼴 템플릿과 모자이크 도안을 기본으로 하는데, 아마 화자가 베니스에서 깊이 매료되었던 산 마르코의 모자이크에 경의를 표한 것으로 보인다. 단순한 오버 스티치•를 이용해 '바느질 작업' 형태로 해석된 프루스트 글쓰기의 리듬을 표현하고 있다. 이 작업을 통해 리아논은 셀레스트, 프랑수아즈와 영혼의 자매가 되었다. 이 세 사람은 함께 쓰인 페이지이면서 동시에 짜인 직물 혹은 엮다라는 의미의 단어인 텍스투스textus의 고전적 의미를 구현해낸다. 이는 프루스트가 말라르메Stéphane Mallarmé의 시적 사고에서 발견했을 것이 틀림없는 그 텍스트다.

프루스트에게 보내는 찬사와 오마주는 우리에게는 유

• 한 천에 다른 천을 덮어가며 바느질혀는 방법.

산이며, 그 자체로 작은 장르를 이루기도 한다. 그러나 프루스트의 영혼을 포착해 보존하는 능력에서 리아논과 비길 사람은 거의 없다. '내가 포착하는 시간'만 해도 현대의 정량화된 시간에 대한 항의의 의미를 지닌다는 점에서 프루스트를 떠올릴 수밖에 없다. 게다가 이 작품이 미완성인 채로 남을 가능성이 크다는 것마저 프루스트 정신에 합치된다. 실제로 셀레스트는 '프루스트 인생의 반복되는 주제는 하고 싶어 하는 일을 마치지 못할 것에 대한 두려움'이었다고 하면서 '끝이라고 쓰기가 생각만큼 쉽지 않다'라고 썼다. 그 자신의 '끝'이 가까워지던 어느 날, 오후 4시 무렵(그 무렵 밤과 아침, 오후가 이미 흐릿해져 있었다)에 프루스트는 셀레스트를 불러 밤사이에 자기가 '끝Fin'이라는 글을 썼으며, 따라서 이제 죽음에 굴복할 수 있다고 자랑스럽게 선언한다.

그러나 그는 마지막 단어인 '시간'에 펜이 떨어지는 순간이야말로 여러 의미로 진정한 끝임을 알았으며, 이것이 자의적인 종결이라는 것 또한 알고 있었다. 그러므로 '끝났지만 미완성이다'라는 말이야말로《잃어버린 시간을 찾아서》의 형식적 실체를 가장 잘 요약한 표현 중 하나라고 할 수 있다. 또한 이것은 프루스트가 화자를 통해 위대한 음악과 문학 작품은 '언제나 미완성인 [⋯] 존재적 특징을 지니고 있다'라고 한 말과도 서로 통한다. 이것이 프루스트가 마지막 순간까지 그렇게 열심히 수정을 거듭한 이유이며, 1922년 그가 사망한 이후 소설의 '확정판'에 관한 문제가 편집자들의 손에 맡겨지고, 크고 작은 문제들이 이어져 제2차 플레야드 판에 이르기까지 온갖 버전의 판본들이 파란만장한 역사에 맡겨진 이유다. 우여곡절 중에서도 가장 큰 사건은 1986년, 프루스트가 사망하기 며칠 전에 작업한 〈사라진 알베르틴〉의 타이핑된 원고가 발견된 일이었다. 원고는 앞선 버전의 내용에서 약 3분의 2가 삭제되어 있었다. 알베르틴이 화자를 떠난 후 몽주뱅으로 가서 뱅퇴유 양과 함께 지내게 되고, 그곳에서 치명적인 낙마 사고를 당한다는 바로 그 내용이었다. 말하자면 이 발견이 거대한 서사의 실타래를 풀 수 있는 중요한 실마리였던 셈이다.

'스레딩' 모티프에 의해 수행된 플롯 작업은 '개인과 사건 사이의 관계'를 엮는 인성의 수많은 가닥이다. 이것들이 '서사'라고 하는 천을 직조하고 많은 교차점을 지닌 패턴을 형성한다. 그리고 소설에서는 마지막 권의 게르 망트 연회와 라 베르마 파티에서 정점을 이룬다.

> 얼마나 여러 차례 이 사람들은 제각기 삶의 여정에서 내 앞에 다시 나타났던가. 그들이 처한 상황에 따라 같은 사람이 얼마나 다른 모습과 다양한 마지막을 내게 보였던가. 이 인물들 각자의 인생의 실이 내 인생을 통과하면서 만나는 여러 지점마다 가장 멀리 떨어져 있는 것들끼리 섞어놓는 결과가 되곤 했는데, 그건 마치 인생이 가장 광범위하게 다른 패턴들만 만들기 위해 제한된 수의 실만 보여주려 하는 것 같았다. […] 그리고 오늘 그 모든 제각각의 실들이 하나의 직조된 형상을 이루기 위해 한데 모였다.

여기서 '직조된 형상web'이라고 번역한 부분의 프랑스어는 '트람trame'•이다. 트람의 의미 중에 직조 과정에 포함되는 '씨실'이 있으므로 아주 적절하게 번역된 셈이다. 하

• 씨실, 골조, 짜임, 줄거리, 맥락 등을 의미한다.

지만 이것은 또한 전개되는 이야기의 구성과 관련해 서사에서 사용되는 용어이기도 하다. (의미상으로 영어의 '얀 yarn•이 지닌 이중 의미의 사촌쯤 된다) 그런가 하면 화자가 마지막 권에서 반복적으로 사용하는 '스레드'는 두 갈래로 갈라졌다가 다시 수렴하는 서사적 경로들의 네트워크를 의미한다. 그러나 직조되던 실이 급작스럽게 멈추고 끊어지는 교차점들도 있다. 〈소돔과 고모라〉의 마지막 부분에서 서사의 무게 중심이 화자가 알베르틴을 떠나는 쪽으로 기우는 대목이 그렇다. 화자의 욕망이 식고, 권태가 시작된 시점이다. 그러나 그때, 알베르틴에 관한 새로운 정보(뱅퇴유 양과의 친분)가 밝혀지면서 독자들은 소설의 큰 반전 중 하나를 맞이하게 된다. 더구나 이 반전은 마지막 문장의 마지막 구절로 인해 그야말로 극적 반전으로 남게 되는데, 그 구절은 '나는 절대적으로 알베르틴과 결혼해야 해'라는 것이다. 물론 그는 그렇게 하지 않는다. 이 장면은 이 소설이 단지 걸어간 길만이 아니라 걸어가지 않은 길까지 함께 아우르는 이야기이며, 교차로의

• 실, 이야기.

네트워크로 짜인 태피스트리처럼 날실과 씨실이 얽혀 구성된 소설이라는 것을 보여주는 대표적인 예다.

Chapter 9

교차로

Crossroads

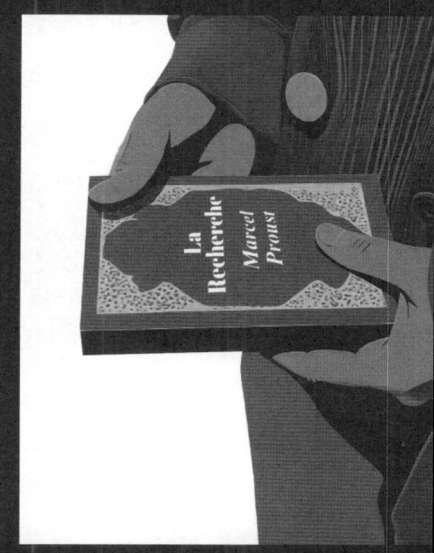

I

게르망트 가의 연회와 라 베르마 연회가 함께 열리는 날은 《잃어버린 시간을 찾아서》의 날로 지정될 만하다. 모든 측면이 다 그렇지만 특히 현재 시제를 여러 곳에서 독특하게 사용한 부분 때문에 더욱 그렇다. (세상에 어떤 화자가 사건이 일어나는 시간과 그 사건에 대해 이야기하는 시간, 이 두 지점에 독자를 동시에 배치할까?) 이날은 화자가 지난 시간을 이해하고 미래로 가는 길을 보게 되면서 폭포 같은 계시를 받는 최상의 날이다. 또한 이날은 모임의 날이기도 하다. 단순한 사교적 회합을 넘어 전체 소설의 전개에 구조적 핵심이 될 집합의 의미를 지니기 때문이다. 이날의 모임은 적당한 시점을 기해 소설이 마무리를 위해

준비하는 하는 곳이기도 하다. '얼마나 여러 차례 이 사람들은 제각기 삶의 여정에서 내 앞에 다시 나타났던가'라는 문장에서 알 수 있듯이 커튼이 닫히기 전에 여러 인생이 만나고 엇갈리는 공간이기도 하다. 늘 그렇듯 이 공간에 딱 맞는 은유가 있다. 교차로의 분기들과• 그것들이 만나는 접점이 그것이다. 이 은유에 걸맞은 사례 중에서 가장 복합적인 것은 게르망트의 연회에서 우리가 처음이자 마지막으로 만나게 되는 생루 양을 중심으로 한 것이다. 그러나 이 사례를 들여다보기 전에 어떤 면에서는 앞으로 있을 일에 대한 선구적인 장이라고 할 다른 순간으로 되돌아가볼 필요가 있다.

베네치아에서 파리로 돌아가는 기차 여행길에 화자와 그의 어머니는 각각 편지를 개봉하고 그 내용을 서로에게 털어놓는다. (소설 어디에나 편재하는) 서사적 '우연'에 의해 두 편지가 모두 결혼에 관한 소식임이 드러난다. 하나는 질베르트가 화자에게 생루와의 결혼이 임박했다는

• 《잃어버린 시간을 찾아서》에서 서사 구조와 인물들의 운명이 교차하는 지점들을 은유적으로 표현한 것.

사실을 알려온 것이고, 다른 하나는 어머니의 친구 중 누군가가 쥐피앵의 조카딸과 르그랑댕의 조카 레오노르, 즉 르그랑댕의 누이이며 캉브르메르 후작 부인인 르네의 아들이 결혼한다는 사실을 알려온 것이었다.

이 편지들은 두 개의 교차로를 우리에게 제시하는데, 여기에는 동등하게 십자 형태로 교차하는 개괄적인 문장이 뒤따른다. 한쪽에는 스완과 오데트의 딸, 지금은 포르슈빌 양으로서 오데트의 새 남편이면서 이전의 연인이었던 포르슈빌 백작의 의붓딸이 된 질베르트가 있다. 질베르트는 로베르 드 생루의 신붓감이다. 로베르 드 생루는 마르샹트 백작(백작은 로비르가 어릴 때 세상을 떠났다)의 아들이며, 어머니는 게르망트 공작과 샤를뤼스 남작의 여동생이다. 다른 한쪽에는 조끼 제조업자이자 샤를뤼스의 동성애 상대인 쥐피앵이 있다. 샤를뤼스는 그의 조카딸을 입양해 '돌레롱 양'•이라는 작위를 부여했('이는 게르망트 가문에서 전해 내려오던 작위다'). 샤를뤼스는 그녀를 잔혹하고 착취적인 샤를리 모렐과 결혼시키려 했

• 올로롱 양이라고도 한다.

지만 실패했는데, 이는 모렐을 자신의 곁에 두기 위한 술책에 불과했다. 하지만 이제 그녀는 신분에 걸맞게 소규모 지방 귀족이지만 게르망트 가문과 먼 인척인 캉브르메 가문과 결혼할 준비를 한다. 여기까지가 너무 얽혀 있다는 생각이 든다면(혹은 프루스트가 플롯을 구성하는 방법으로 쓴 '트람'의 영향에 너무 속박되어 있다고 생각된다면), 이 정도는 약과임을 알아주길. 게르망트 공작의 연회에서는 소설이 아예 허구적 형식의 방대한 계보로 진화해나가기 때문이다.

아무튼, 기차에서 접하게 된 질베르트와 쥐피앵의 조카딸에 대한 소식은 어머니와 아들 사이의 흥미로운 교류를 촉진하는 역할을 하게 된다. 각자의 뉴스가 공개되자 두 사람은 과장하기 경쟁에 돌입한다. "이보다 나를 놀라게 할 일은 없을 거야"라고 어머니가 선언하듯 말하자 아들은 자기에게 온 소식보다 "더 굉장한 일은 있을 수 없어요"라는 말로 맞받아친다. 그러나 이들의 대화는 과장의 고지를 차지하려는 수사적 경쟁 이상이다. 두 사람에게 뉴스는 원래부터 허구적 이야기에서 나온 것이나 마찬가지이기 때문이다.

그러나 허구적 이야기라고 하면 장르나 유형이 따로 있어야 하지 않을까? 발베크로 향하는 기차에서 인상주의적인 어조의 시를 떠올리는 분위기가 있었다고 하면, 베네치아에서 출발한 기차에서는 독자에게 소설의 일반적인 분류법에 대해 간략하지만 탐구적인 최고의 세미나를 펼쳐 보인다. 마망은 이미 자신의 뉴스가 미스터리 소설에서 나온 것인 것처럼 빙빙 돌리다가 서스펜스의 법칙에 따라 적당히 미룬 끝에 미스터리를 밝히지만, 결론은 모두가 주인공의 '미덕에 대한 보상'이라면서 이렇게 마무리한다.

조르주 상드 소설이 결혼으로 끝나는 것과 같지.

반면에 화자는 서사적 리얼리즘과 발자크의 사례를 선택한다. 화자의 생각이라고 하지만 프루스트가 독자에게 들려주는 이야기일 것이다.

죄의 대가죠. 발자크 소설의 마무리처럼요.

'죄의 대가'는 어린 조카딸의 처신에 관한 도덕적 판단이 아니라—이제 화자는 어머니와의 대화를 다시 시작한다—(마치 발자크의 소설을 그대로 재현한 것 같은) 사회적 권력과 출세 지향적 타산의 유희에 관한 논평이라고 할 수 있다.

> 그걸로 캉브르메르 사람들이 게르망트 가에 닻을 내릴 수 있게 되었군요. 거기에 천막을 칠 수 있으리라고는 감히 꿈도 못 꾸었을 텐데 말이죠. 더구나 샤를뤼스 씨가 입양한 그 아이는 많은 돈을 갖게 될 테니, 가진 돈을 모두 잃은 캉브르메르 일가로서는 절대적으로 필요한 일이었겠네요.

지위도 중요하지만 결국 핵심은 돈이다. 질베르트가 아버지의 삼촌에게서 물려받은 '수백만 프랑'도 마찬가지다. 화자는 뒤이어 결혼이 깨진 뒷이야기를 듣게 되는데, 그야말로 자기가 발자크 플롯의 거래가 오가는 형식을 선택한 것이 적절했을 뿐만 아니라 세부적인 사항들은 발자크의 소설 몇 가지에서 응축해 뽑아낸 것처럼 절묘하게 닮았다는 것을 깨닫게 된다.

나는 포르슈빌 양이 샤텔로 공작과 실리스트리 대공에
게 청혼을 받았으며, 생루는 뤽상부르 공작의 딸인 앙
트라그 양과 결혼하려고 애쓰고 있었다는 사실을 […]
듣게 되었다.

그러는 동안 마르상트 부인은 질베르트의 '1억 프
랑'(다른 곳에서는 8000프랑이라고도 하는)을 염두에 두고
자신만의 게임에 몰두해 있었다. '그녀 [질베르트]가 부자
건 가난뱅이건 상관없고, 그런 걸 알고 싶지도 않으며, 심
지어 지참금이 없다고 해도 최고로 분별력이 있는 젊은
청년이 그런 아내를 맞이하는 것은 아주 좋은 일'이라고
한 것이다. 그 순간 '모든 사람이 그녀가 자기 아들을 거
론하고 있다는 것을 금방 알아차렸다.' 실리스트리 대공
부인은 '새된 목소리로 이 말에 반박'했다. 프랑스의 명
문 귀족이 '오데트와 유대인의 딸'을 선택하는 것은 '포부
르생제르맹의 종말'을 예고하는 것이라고 목소리를 높였
다. 마르상트 부인은 이어 2000만 프랑을 가진 앙트라크

양에게로 관심을 돌렸으나 '2000만 프랑으로는 가문의 이름에 어울리지 않는다'고 생각하고는 '부적격' 판정을 내린다. 결국 마르상트 부인은 더 치밀한 계획과 계책을 가지고 다시 질베르트 쪽으로 돌아서게 되며, 결론만 말하면 거래를 성사하기에 이른다.

프루스트가 돈에 관한 문제를 이처럼 노골적으로 다루는 것은 흔치 않다. 돈은 화자가 속한 안락한 중상류 계급에서부터 더 높은 상류사회에 이르기까지 어디에나 있지만 대부분 신중하게 작동하며, 반쯤 보이는 것과 완전히 보이지 않는 것의 중간쯤 어딘가에 위치하면서 그저 주어진 삶의 실재로 '거기' 있을 뿐이다. 화자가 레오니 아주머니에게 물려받은 돈은 '파파'가 관리하며, 이따금 노르푸아 씨(베네치아 체류 중에도 노르푸아 씨와 주식과 증권에 대해 논의하는 대목이 나온다)에게 투자에 관한 조언을 얻는 정도다. 그러나 기본적으로 돈은 가려져 있고, 언급되지 않은 채로 화자의 사교 세계를 지지해주는 기능을 한다. 밤의 오페라 관람, 베네치아 여행, 운전사, 화려한 해변 호텔에서의 여름휴가, 세련된 식당에서의 식사 등 모두 그런 식이다.

초콜릿 수플레는 흐르지 않고 무사히 목적지에 도착했고, 영국식 감자 요리는 (종업원들이) 뛰듯이 걷느라 흔들리는 중에도 늘 포이약Pauillac• 양고기 옆에 깔끔하게 놓인 상태 그대로 서빙되어졌다.

한마디로 돈은 중요한 대상이 아니다. 간혹 돈과 성의 수상한 교환을 암시하는 대목들이 있기는 한데, 오데트 같은 고급 정부를 상대로 할 때 나는 나직하게 바스락거리는 지폐 소리, 노동계급의 소녀와 소년들을 고를 때 나는 좀 더 거친 소리가 그런 것들이다. 그러나 대체로 유복함은 자연스러운 질서의 일부로 여겨진다. 셀레스트 역시(여기서는 소설에 등장하는 인물이다) 계급적인 분노를 표현하기보다는 다정하게 놀리는 정도로만 표현한다. "오, 당신을 창조한 분들이 당신을 부자의 대열 속에서 태어나게 해주었으니 행운이네요." 프루스트가 어머니 쪽으로 카를 마르크스와 먼 친척 관계에 있었다는 계보학적 사실을 믿기 어렵게 만드는 대목이다. 마르크스는 발자

• 프랑스의 지명.

크를 무한 찬양했지만 그가 프루스트를 어떻게 생각했을
지는 매우 반사실적 추측의 여지가 있다.

기차에서의 모자간의 대화는 집에 도착해 저녁을 먹
으면서 이어진다. 이 자리에서 화자는 전에 없이 가차 없
고 노골적인 어조로 모든 사업을 무조건 돈과 계급을 위
한 것으로만 치부한다. '그리하여 그들을 격려하는 듯한
식당의 등불 아래에서 대화 중 하나가 펼쳐지며,' 대화의
종착지는 '부의 원천과 변화, 재산의 이동'의 중요성에 대
한 성찰이다. 이 부분은 명백히 발자크의 사상 그 자체이
지만, 실제로 대화 내용에 걸맞은 돌레롱 양의 이야기는
그리 좋게 끝맺지 못했다. 누더기 신세에서 부자가 되겠
다는 야심을 이룬 그녀의 이야기는 19세기의 소모적인
여주인공의 전통 쪽으로 방향을 급전환하면서 짧게 막을
내린다.

이 두 결혼에서 가장 이득을 얻지 못한 사람은 젊은 돌
레롱 양이었다. 그녀는 자신의 결혼식을 종교적으로 치
른 날 이미 장티푸스 열병에 걸려 있었으며, 아픈 몸을
이끌고 성당으로 간 후 그날로부터 몇 주일이 지나지

않아 사망했다.

그러나 그녀의 운명은 또 다른 서사 장르*에 속했지만, 그녀의 장례식은 그렇지 않다.

그녀의 사망 후 곧이어 나온 부고 기사에는 쥐피앵이라는 이름이, 몽모랑시 자작과 그 부인, 부르봉—수아송 백작비 전하, 모데나—에스테 대공, 에뒤메아 자작 부인, 레이디 에섹스 등등 유럽의 온갖 저명 인사들의 이름과 섞여 실려 있었다.

'등등'이라는 말에 이처럼 많은 단어가 한꺼번에 담긴 경우는 드물다.

---

* 이를테면 《춘희La Dame aux Camélias》를 예로 들 수 있겠다. 프랑스 작가 알렉상드르 뒤마의 소설이며, 동백 아가씨라는 뜻이다. 신분의 차이를 극복하지 못한 화류계 여성의 슬픈 인생을 그리고 있다.

II

1913년,《잃어버린 시간을 찾아서》의 1권이 출간되기 하루 전 〈르탕〉 지에 실린 인터뷰에서 프루스트는 자신의 프로젝트의 규모와 범위에 대해 말할 때 '다른 상황에서라면 나도 공감했을 테지만, 젊은 작가들은 내 소설과 반대로 간결한 플롯과 단출한 등장인물들을 선호합니다'라고 밝혔다. 그리고 그 자신의 개념이 포괄하는 범위를 설명하기 위해 사회적 거리와 서사적 거리를 모두 일치시키는 목표를 제시했다.

> 나는 책의 마지막에서, 중요하지 않은 사소한 사회적 사건, 즉 제1권에서 서로 다른 세계에 속했던 두 사람 사이의 결혼이 시간이 흘렀음을 보여주기를 바란다.

질베르트와 쥐피앵의 조카딸을 통해 프루스트는 두 건의 결혼을 만들어냈다. 두 건 모두 거래적 성격과 함께 공통적으로 갖는 것은 시작과 끝을 서사적으로 연결하는 것이다. 이를 통해 발자크의《인간극Comédie humaine》•의 또 다른 특징인 인물이 반복적으로 등장하는 장치를 이용했는데, 이것은 발자크가 '희극'의 필수 기법이라고 정의한 것이면서 프루스트가 화자를 통해 강조하는 부분이기도 하다. 앞서도 나왔던 '얼마나 여러 차례 이 사람들은 제각기 삶의 여정에서 내 앞에 다시 나타났던가' 하는 대목이다.

이 기법에 관해 재미있는 찬사는 프루스트의 《패스티시》 발자크 장에 실려 있다. 《인간극》에 나오는 두드러지는 인물들의 목록을 총망라하여 몇 페이지에 집약해 놓은 것으로, 〈생트뵈브와 발자크〉라는 에세이다. 프루스트는 '모든 소설에 같은 인물을 등장시키는 감탄할 만한 발명'에 대해 이야기하면서(정확하지는 않음), 특히 감탄하게 되는 부분은 '한 소설에서 인물을 떠나보내야 하는 가장 슬픈 순간에 발자크는 그 인물을 다른 소설들에서 재등장시킴으로써 그 순간을 최대한 늦추는 것'이라고 했다. 그리고 찬사를 마무리하는 의미로, 발자크 자신이 재등장하는 인물로 무대에 등장한다. 그는 프루스트의 허구 세계 스케치로 옮겨져서 빌파리지 부인의 사교

• 발자크가 1842년 90여 편에 달하는 자기의 소설 전체에 붙인 제목.

계에 환영받지 못하는 손님으로 나타난다. 여기서 빌파리지 부인은 발자크가 실제로 카스트리 공작 부인과 잠깐 사귀었다는 사실을 무시하고 귀족 사회에 대한 그의 지식이 불완전하다는 식의 강한 견해를 표명한다.

> 내가 아주 어린 신부였을 때 그녀의 집에서 그분을 본 적이 있어요. 그는 할 말만 하는 아주 천박한 사람이더군요. 나는 누군가 그분에게 소개해준다는 걸 거절했어요.

《잃어버린 시간을 찾아서》의 경우, 모든 등장인물(천 명 이상)의 서사적 운명을 목록으로 만들고 추적하는 것은 그 자체로 대규모 연구가 필요하다. 큰 문제는 그 자체가 복잡한 친족 시스템의 미로 안에서 문학적 숨바꼭질을 해야 하는 정교한 게임이나 마찬가지라는 것이다. 프랑크토 자작 부인(첫 번째 권에서 생퇴베르트 부인의 저녁 모임에서 만나는 인물)이 캉브르메르 후작 부인의 사촌이라는 것을 기억하는 정도는 사소한 것에 지나지 않는다. 화자 일가의 분파나 게르망트 가문의 사촌, 형제, 숙모, 조카, 인척들의 가계도에 비하면 아무것도 아니다. 인물 계보의 방대함이 심지어 프루스트 자신도 틀릴 수 있을 정도이기 때문이다. 물론 그렇다고 해도 이해 못 할 일은 아니다. 대표적인 사례가 질베르트의 괴이한 신분 상승이다. 그녀가 생루와 결혼하면서 게르망트가의 일원이 된 것은 맞지만 〈사라진 알베르틴〉에서 갑자기 그녀는 게르망트 공작 부인이 된다. 그리고 그녀는 자신에게 잘못 붙여진 게르망트 공작 부인의 칭호를 천연덕스럽게 받아들인다.

> 질베르트가 생루 후작 브인이 된 지 얼마 되지 않았다 (그리고 오래지 않아 우리는 게르망트 공작 부인이 된 그녀를 보게 될 것이다).

그러나 미래의 언제 어떻게 이 일이 이루어지는지는 우리가 알 수 없다. 또 다른 경우로, 좀 특이한 사례이기는 하지만 쥐피앵에 대해 '좀 더 잘 아는 독자라면 오데트의 첫 번째 사촌이라는 것을 인식할 수 있을 것'이라고 한 부분도 마찬가지다. 이 두 사례는 기억의 위대한 탐험가

조차 실수할 수 있는 기억의 착오에 불과하다. 하지만 이것들은 우리가 완전히 길을 잃지 않으려면 계보가 필요하다는 생각을 하게 만든다.

> 이 끊임없는 망각이 미치는 한 가지 파급효과는 [⋯] 소소하고 지엽적인 지식을 창조하는 것인데, 좀처럼 마주치기가 어려우며 그 자체로 사람들의 계보, 그들의 진짜 형편, 사랑이든 돈이든 혹은 무엇이 됐든 그들이 결혼하거나, 또는 헤어지는 이유를 설명해준다는 면에서 오히려 더 값지다고 할 수 있다. [⋯]

마찬가지로 소설에서는 빌파리지 부인의 '사후 회고록'을 이런 소소한 지식의 원천으로 내세운다. 이를테면 그 책에는 르루아 부인에 대한 짧은 평이 실려 있다고 하는 것이다. 르루아 부인은 이미 사망해 사람들에게서 잊혔으나 '작은 무리를 이끌고 베르고트에게만 집중'했다고 평가받았다는 것이다.

> 오늘날 더는 그녀가 누구인지 아는 사람이 없고 [⋯] 빌

파리지 부인의 사후 회고록에는 색인에조차 그 이름이 실려 있지 않았다.

소설이 묘사하는 모든 관계와 수렴을 지도화하는 것과 관련해서는 '소소하고 지엽적인 지식'이라는 표현이 다소 절제된 것처럼 느껴질 수 있다. 다루기 쉽게 하기 위해, 프루스트가 1913년에 이름을 잘 지은 매체 〈르탕〉과의 인터뷰에서 말한 것처럼 첫 권과 마지막 권을 한데 묶는 틀 안에서 생각해보기로 하자.

〈스완네 집 쪽으로〉에 나오는 인물들은 서로 다른 양상으로 재등장 패턴을 보인다. 뱅퇴유 양은 몽주뱅의 창문을 통해 단 한 번 목격된다. 다음에 우리가 그녀에 대해 듣게 되는 다음 소식은 그녀가 죽었다는 것이다. 그럼에도 불구하고 그녀는 심오한 의미에서 '재등장'한다. 여러 시점에서 그녀의 이름과 기억이 그 자체로 인용되기 때문이다. 콩브레에서 화자의 가족 대부분은 일시적인 존재들이다. 아메데 할아버지는 스완과 좋은 친구로 지내면서 코냑을 마실 때마다 할머니에게 잔소리를 듣는 인물인데, 〈게르망트 쪽〉에서 반 드레퓌스파로 잠깐 다시 등장한다. 이모할머니인 셀린과 플로라(할머니의 여동생들로 독신이다)도 더 이상 등장하지 않지만 〈게르망트 쪽〉에서 할머니의 장례식에 참석할 수 없다는 양해의 말을 전하는 대목이 나온다. 핵심 인물이라고 할 레오니 아주머니의 경우 프루스트는 이 세상에 오래 있지 않을 것이라는 그녀 자신의 확신을 존중해 프랑수아즈의 히스테리적 경악 속에서 그녀를 얼른 떠나보낸다.

더 적극적으로 재등장하는 인물들—스완, 오데트, 베르뒤랭, 노르푸아, 베르고트, 블로크, 게르망트 공작 부인—은 예측 가능하고 때로는 그렇지 않은 방식으로 한 권에서 다음 권으로 나아간다. 어떤 이들은 공백과 부재로, 또 다른 이들의 궤적은 갑작스러운 죽음으로 인해 재등장이 중단되기도 한다. 일부는 마지막 권까지 내내 살아남기도 하는데, 이런 사람들은 '교차로'라는 주제가 소설 구성의 중심으로 뚜렷이 조명되는 가면무도회의 일원이 된다. 이 사람들은 주로 '메인' 캐릭터라고 할 수 있겠지만 개중에는 '부차적인' 캐릭터들도 있다. 등장인물이 워낙 방대하고 작품이 너무 길기 때문에 주역과 단역의 구분이 유동적이고 불안정하기 때문이다.

정말 부차적인 캐릭터라고 할 수 있는 인물 중에 팔랑시 후작이 있는데 '크고 둥그런 눈을 한 잉어' 같은 모습을 한 그가 처음 등장하는 것은 〈스완의 사랑〉에서 생퇴베르트 부인이 주최한 모임에서다. 이후 그는 〈게르망트쪽〉의 오페라 야간 경축 행사에서 다시 모습을 보이는데, 여전히 '외알 안경의 유리에 달라붙은 크고 둥근 눈'을 하고서 볼록하게 부푼 물고기 같은 느낌을 풍긴다. 후작은 내러티브 반복의 목적을 위해 존재하는, 기한이 제한적이며 쉽게 옮길 수 있는 일회용 가구에 불과하며 '캐릭터'로서의 자격은 미약하다. 반면에 플롯의 주변부에 위치하는 데 비해 과도하게 다루어진 후작보다 기능적으로 더 복잡한 인물들이 있다. 이를테면 사즈라 부인이나 마을 상점의 심부름꾼 테오도르 같은 사람들이다.

사즈라 부인은 무조건적인 환영을 받지는 않았지만 마망의 콩브레 친구다.

> 내 어머니는 그녀를 상당히 좋아하셨고, 그 아버지가 '공작 부인과 함께 재산을 거덜 낼 정도로 방종'한 탓에 그녀의 집안이 넉넉지 않은 것을 애석해했다.

가려진 부분은 마망이 예의상 뺀 것이지만, 사실 생략된 이름이야말로 사즈라 부인을 다른 인물과 연결해주는 '실'이기도 하다. 다름 아닌 빌파리지 부인으로, 그녀는 부이용 가문 태생이며 오리안 드 게르망트(게르망트 공작 부인)의 숙모이기도 하다. 빌파리지 부인 역시 화자의 할머니의 어린 시절 친구라는 간접적인 방식이기는 하지만 '콩브레' 장면에 등장한다. 화자의 할머니가 가족 사업과 관련해 파리를 방문할 때면 찾아가곤 하는 친구이며, 덕분에 할머니는 게르망트 가의 도시 주택에 이웃한 마당의 상점에서 쥐피앵과 그의 조카딸을 잠깐 마주치기도 한다. 이것은 프루스트가 나중에 다시 등장하는 인물들을 미리 '심어놓은' 대표적인 사례로, 각각의 이야기는 서로 교차하면서 만나는 서사 라인을 형성한다. 이 사례에서는 몇 권 뒤의 베니스 장면에서 다시 나타나 독자를 놀라게 하고 사즈라 부인 스스로도 충격을 받게 설계되어 있다. 우연한 만남의 결과로 화자의 어머니는 그녀에게 함께 호텔에서 저녁 식사를 하자고 초대한다. 빌파리지 부인과 노르푸아 씨도 묵고 있는 그 호텔에서였다. 그런데 화자가 어쩌다가 빌파리지 부인의 이름을 언급하자 사즈라 부인은 기절할 것처럼 얼굴이 창백해지더니 그 이유를 이렇게 설명한다.

> 지금은 빌파리지 부인이지만 첫 번째 결혼으로 얻은 이름이 아르베 공작 부인이었어요. 천사처럼 아름답고 마녀처럼 사악했죠. 그녀는 (우리) 아버지를 미칠 지경으로 만들고 파멸시킨 후 뒤도 안 돌아보고 떠났어요.

이 지점에서 다시 한번 플롯에 발자크의 그림자가 크게 드리워지면서 계급, 돈, 성의 관계가 베일을 벗는다.

두 번째 예인 테오도르의 경우 겉보기에는 부수적인 것처럼 보이지만 사실은 흥미롭다. 프루스트가 첫 번째 등장에서 상당한 거리를 두고—그 첫 등장은 명목상 별로 중요하지 않아 보이는데—어떻게 다시 서사적 묘수를 부릴 수 있는지를 보여주기 때문이다. 우리는 테오도르를 콩브레의 상점 주인인 카뮈의 조수로 처음 만나지만, 그는 또한 교회 성가대 일원이기도 하고 메제글리즈의 생탕드레데샹 성당 입구에 조각된 천사를 닮았다는 말도 듣는 인물이다. 게다가 그는 '레오니 아주머니가 너무 아파서 프랑수아즈 혼자서는 침대에서 돌려눕힐 수 없을 때 부르는' 사람이기도 하다. '아주머니의 머리를 베개에서 들어 올릴 때'라고 화자는 이렇게 회상한다.

그는 부조의 작은 천사들과 똑같이 순진하고 열성적인 표정을 하고 있었다.

그러나 천사 같은 외모와 달리 그는 '고약한 녀석', '아무짝에도 쓸모없는 놈'이라는 평판도 지니고 있었다. 그리고 한참 지난 뒤, 화자는 탕송빌에서 질베르트에게 테오도르가 이제 메제글리즈에서 약사를 하고 있으며, 고약한 녀석이라는 평판은 '인근 몇 마일에 사는 마을 소녀들 모두와 즐겼기 때문'이라는 이야기를 전해 듣게 된다. 그런데 그 전에 이미 우리는 〈갇힌 여인〉에서 베르뒤랭네 살롱에서 샤를뤼스에게 테오도르가 어느 귀족 친구의 마부로 일하고 있다는 소식을 들은 적이 있다. 샤를뤼스가 사는 세계에서 이것은 별 뜻 없이 그냥 하는 말이 아니다. 그의 친척이 한 말을 들으면 그 이유를 알 수 있게 된다. 게르망트 공작이 큰소리로 왜 그 친구가 자기 마부와 동침하지 '않는지' 큰소리로 의아해하는 대목이 있기 때문이다. 그 대답은 마부가 '세상 대담하게도 항구로 내려와 선원들을 이 사람, 저 사람 만나는 버릇이 있어서'라는 것이었다.

마지막으로 〈되찾은 시간〉에서 우리는 테오도르가 남프랑스에 살고 있으며, '귀부인들'의 남자로서의 평판을 여전히 지니고 있다는 사실을 알게 된다. 하지만 또한 훨씬 전에는 르그랑댕의 남색 상대였다는 것도 알게 된다. 항상 서사의 가장자리에 위치하면서 일련의 단역으로 등장하고, 사라지고, 재등장하지만 테오도르는 그럼에도 불구하고 교차하는 삶들의 패턴에서 하나의 '실'이다. 특히 유동적인 성적 결합의 네트워크에서 말이다. 이런 맥락에서 그는 〈소돔과 고모라〉의 교차로와 은밀한 만남 장소의 문자 그대로의 연결에 더욱 생명력을 부여한다. 도시를 떠나 자진해 시골로 유배 온 동성애자가 등장하는 장면이 바로 그 예다.

길을 따라 산책하러 나왔다가 교차로에 이르면, 한마디 말도 주고받지 않지만, 어린 시절의 친구인 두 사람 중

근처의 성채에 사는 쪽이 이미 와서 그를 기다린다.

III

사즈라 부인과 테오도르 두 사람 모두 마지막 권에 등장하는데, 이때 첫 권의 등장인물들도 대거 등장한다. 프랑수아즈, 오데트(포스슈빌 부인으로), 캉브르메르 후작 부인, 베르뒤랭 부인(미리 귀띔하자면 새로운 호칭으로 나타난다), 만신창이가 된 샤를뤼스, 생퇴베르트 부인, 블로크, 르그랑댕, 오리안 게르망트, 게르망트 공작, 쥐피앵, 질베르트 등이 그들이다. 또한 이후 권에서 처음 등장하는 많은 인물들이 등장하며, 이들은 모두 소설의 마지막 '전환점'이라고 할 수 있는 '가면무도회' 장면에서 한자리에 모인다. 이 장면은 다시 한번 발자크의 '반복'을 떠올리게 하지만 이번에는 마치 장례식장의 대기실을 연상하게 하는 분위기다. (화자가 앞으로 쓰게 될 책을 '묘지'로 묘사하는 데에는 다 이유가 있다.) 그는 '커다란 식당 한가운데서 한 파티에 참석하게 되며, 그 파티는 곧 예상치 못한 방향으로 흘러가고 새로운 의미를 띠게 된다.' 이 전환의 시작은 일종의 '망각과 회상 장면'이다. 이는 시간이 흐르고, 사람들이 늙으면서 벌어진 '알아보지 못함'에서 출발해, 논리적인 추론을 통해 인물을 알아보게 되는 과정으로 이어진다. 몸이 좋지 않아 참석하지 못하는 사람들(시끄러운 '몽모랑시, 무시, 사강 공작 부인' 그리고 '온전히 자족적인 노인들의 도시, 안개 속에서 언제까지나 등불이 켜져 있는 곳')은 자연스럽게 제외된다. 다음은 실제로 참석한 인물 중 일부인데, 태피스트리의 실처럼 그중 일부는 곧 끊어질 것이다.

연회에는 우리가 잘 기억하지 못하는 페장사크 공작도 있다. 그는 드레퓌스 사건과 관련돼 아주 잠깐 단역으로 등장하는 인물인데, 7월 왕정July Monarchy● 시절에 게르망트가와 아주 먼 관련을 맺게 된다. 이 부분은 페장사크 공작 부인을 '바쟁 게르망트의 숙모'로 언급된 사용하지 않은 원고의 메모를 통해서일 것으로 짐작해볼 수 있

● 국왕 샤를 10세가 프랑스혁명의 결과로 이루어진 입헌군주제를 인정하지 않자 일어난 부르주아 혁명인 7월 혁명의 결과로 1830~48년에 걸쳐 이루어진 루이 필리프의 왕정.

다. (그러면 '페젱사크'가 몽테스키외의 성의 한 부분이라는 것은 우연일까?)● 게르망트 공작 부인의 사촌으로 여전히 이 가문에 속한 인물로 샤텔로 공작(비비라고도 하는)이 있다. 그는 사촌의 문지기와 바람을 피우면서 신분을 감추려고 계속해서 '나는 프랑스어를 못해요'라는 말을 한 인물이다. 파르시 백작은 《잃어버린 시간을 찾아서》에서 '포스슈빌 가문과 모호한 관계'를 지닌 인물로 여기서만 딱 한 차례 등장한다. 그는 '미국인' 아내와 연회에 동행하는데, 그녀는 '포르슈빌 가문이 세상에서 제일 훌륭한 모든 것을 대표한다'고 여긴다. 우리가 다른 데서도 이미 만나본 캉브르메르 후작을 이번에 알아보기 어려웠던 이유는, '두 뺨에 생긴 커다란 붉은 주머니 때문에 입도 눈도 제대로 뜰 수 없는' 모습으로 변해버렸기 때문이다. '사교계의 대단한 매춘부'였던 나소 대공 부인은 키가 줄어들어 '한 발을 무덤 속에 들여놓은 것' 같은 외모가 되어 있다고 나온다. 그녀는 '다른 연회에도 참석해야 하고,

● 이 책의 앞부분에 나온 적이 있는 로베르 드 몽테스키외의 전체 이름은 'Marie Joseph Robert Anatole, comte de Montesquiou-Fézensac'로서 '페젱사크'라는 성이 있다.

두 분의 여왕과 차를 마시러 가야 하기도 해서'라는 이유로 '조용히 빠져나가는' 형태로 사라진다.

게르망트 공작 부인에게서 살롱에 대해 멸시당하는 생퇴베르트 부인은 여기서 아르파종 부인이 죽었는지에 대한 열띤 토론에 적극적으로 개입한다. 그녀는 바쟁 게르망트 (결혼한 다음 날부터 아내를 속인)의 정부였던 죽은 백작 부인과 후작 부인을 혼동하고 있다. 후작 부인은 허약하지만 살아 있으며, 심지어 '가면무도회'에 참석해 있었다.

오리안은 스타성이 다소 퇴색하기는 했지만 여전히 도도하게 대 공작 부인으로 남아 있다. 그녀는 최근 포부르생제르맹에서 열리는 연회의 나날이 지루하다고 느껴 작가와 배우, 정치인들과의 교유가 더 낫다고 선언한 상태였다. 그러면서도 신분에 따른 사회적 기준과 올바른 예법에 대한 태도는 한결같다. 오데트(포르슈빌 부인으로서의)는 '살균된 장미'를 닮아 있었으며, '연대기의 법칙을 무시하는' 듯 변함 없는 모습을 하고 있으며, 그래서 더욱 '살아 있는 것 같지 않았다.' 지칠 줄 모르는 바쟁은 여전히 정신을 못 차린 채 오데트의 늙은 '연인'이 되어 있다. 화자의 증조부 아돌프의 시종의 아들이면서 샤를뤼스가 빈민가를 어슬렁거리다 낚아올린 젊은 남자였던 샤를리 모렐은 이제 믿을 수 없게도, '높은 도덕 기준'으로 평판이 자자한 '꽤 유명한 사람'이 되어 있으며, 그가 '방으로 들어서자 존경을 담은 호기심의 분위기가 일렁거렸다'라고 묘사할 정도의 인물로 성장했다.

르그랑댕은 훨씬 더 못한 처지가 되어 있다. 그는 '너무 창백하고 심하게 사기가 떨어져, 가끔씩 말을 했으며 […] 해쓱하고 시름에 잠긴 그 자신의 유령'이 되어 있다. 출세주의자로서 성공한 작가가 된 블로크는 자크 뒤 로지에라는 이름으로 활동하며 '이제 온갖 시대의 상류 사교계에서 각광 받는 재능을 지닌 사람들에 속하는 것처럼' 보이는 사람이 되어 있다. 엘스티르는 연회에 없지만 벽에 걸린 그림으로 존재감을 드러낸다.

> 여기서 보게 된 엘스티르는 어울리는 자리를 차지하고 있었으며 그건 그의 명성의 표시였다.

인물 목록을 늘어놓자면 끝이 없지만, 자신이 속한 사

교계에서 '그리그리'라는 별명으로 친숙한 아그리장트 대공으로 마무리 짓도록 하자. 그는 이례적으로 시간의 흐름에 의해 '새로운 활력을 얻은' 모습으로 나타나며, '나이가 들수록 더 매력적으로 변해 […] 곤충의 변태와 유사한 과정을 거친 듯'하다고 묘사된다. 그러나 복잡하게 꼬이는 직조에서 그를 남과 다르게 만드는 특별한 실이 한 가닥 있다. 우리는 〈사라진 알베르틴〉을 통해 대공의 문중 땅이 푸아투에 있지만 그가 주로 머무르는 성채는 '가문의 성채 중 하나가 아니라 어머니의 전남편에게서 받은 것으로 마르탱빌과 게르망트에서 대략 같은 거리에 있다'는 사실을 알고 있다. 《잃어버린 시간을 찾아서》에서 혈통, 재산, 지리를 연결하면서 게르망트와 메제글리즈 길을 아우르는 지역과 가까운 곳에 있는 귀족의 시골 거주지로 이보다 더 절묘한 장소는 없을 것이다. 질베르트는 아그리장트 대공과 브레오테 씨를 '시골 이웃들'이라고 말하며, 대공은 질베르트가 지닌 전략적 위치를 높이고 소설 속에서 새로운 인물로 다시 한번 방향을 틀게 만드는 완벽한 '전환'적 인물이다. 그의 역할은 '교차로' 모티프에서 가장 광범위한 묘사의 실들을 한꺼번에 잡아당기는 것이다.

IV

질베르트는 발자크 특유의 '등장, 사라짐, 다시 나타남'
의 장치를 사용하는 프루스트 방식의 고전적인 사례다.
콩브레와 초기 파리의 사교 관계에서 어린 소녀였던 그
녀를 화자가 마지막으로 본 것은 샹젤리제와 베리 거리
의 모퉁이에서였다. '어스름 햇빛 속에서 어떤 젊은 남자
와 함께' 있는 모습이었다. 그러나 이미 화자의 열중과 욕
망의 중심에서 그녀는 '거의 잊힌' 상태였다. 그렇게 퇴장
한 질베르트는 긴 휴식 후에 산발적인 정도로만 기억되
며 그마저 기억이 점점 희미해지는 대상으로 돌아온다.
〈소돔과 고모라〉에서 화자는 스완의 부탁으로 그녀에게
편지를 쓰게 되는데, 이때도 화자는 '지겨운 학교 숙제'를
할 때처럼 '아무런 감흥이 없었다'라고 한다.

　　그러나 곧 그녀는 얘깃거리가 되고 사교계 가십의 대
상이 되기 시작한다. 그녀에게 물려받은 유산이 있다는

소식이 포부르 생제르맹의 관심을 끌게 된 것이다. 〈갇힌 여인〉에서는 가십이 성적인 방향으로 전환되는데, 화자가 알베르틴의 과거 동성애 상대로 질베르트를 의심하게 되면서부터다. 그러나 〈사라진 알베르틴〉에서 곧바로 그녀는 포르슈빌 양이라는 이름을 갖게 되며, 상류사회로 진입하는 시점에서 다시 서사 속으로 귀환한다. 이때부터 그녀는 빠른 속도로 '속물'로 변하며, 끝내 게르망트 공작 부인이 된다. 질베르트가 다시 나타나는 것은 탕송빌에서이며, 생루 부인이라는 세 번째 이름을 갖고서다. 이후 그녀는 '가면무도회'로 건너뛰어 재등장하며 누군지 알아보지 못하는 또 다른 장면에서 모습을 드러낸다.

당당한 체구의 숙녀가 내게 인사했다.

일시적인 당혹감은 해명으로 이어진다.

곧이어 그 당당한 체구의 숙녀가 말하는 소리가 들렸다. "저를 어머니라고 생각하셨군요. 제가 어머니를 아주 많이 닮기 시작한 건 사실이죠." 그제야 나는 질베르트를 알아보았다.

그때부터는 과거와 현재의 일들에 대해, 주로 과거에 치중해 긴 대화가 이루어진다. 그러나 현재, 실제로는 그 낮 연회에서 꽤 중요한 사건이 일어나는데, 한참 뒤늦은 시점에 새로운 인물이 등장하는 것이다.

나는 열여섯 살 정도로 보이는 어린 소녀가 그녀 옆에 있는 것을 보고 깜짝 놀랐다.

소녀는 물론 질베르트의 딸, 생루 양(이름은 나오지 않는다)이며, 생물학적인 황폐의 현장에 난데없이 끼어든 젊은 삶이라는 점에서 놀라움을 자아낸다. 또한 소녀의 등장으로 우리는 《잃어버린 시간을 찾아서》에서 탄생과 자손이 빈약하다는 점을 새삼 떠올린다. 프루스트는 당대의 유전학 이론과 생물학적 '격세유전^{atavism}•'의 관점에서 생식을 바라보았으며, 이것은 당대의 시대정신에서는

• 생물의 성질이나 체질 따위의 열성 형질이 대를 걸러 나타나는 현상.

일반적인 생각이었다. 즉, '사람은 누구나 선조의 삶을 내부에 지녀야 한다'라거나 '반대의 것들이 결합하는 것이 생명의 법칙'이라는 것이다. 아무튼 탄생과 자손이 빈약한 이 소설에서 다뤄지는 임신은 모두 세 건이며, 첫 번째는 콩브레의 부엌 하녀의 임신이다.

아무도 눈여겨보지 않은 채 여문 과일이 때가 되면 나무에서 떨어지는 것처럼, 어느 날 밤 부엌 하녀가 아기를 낳았다.

하녀의 고통이 심해서 프랑수아즈가 산파를 부르러 보냈다. 두 번째는 게르망트 공작 부부가 주최한 만찬에서 삼자 간 재담의 주제로 나온 몽세르푀유 부인의 임신이다. 게르망트 공작은 부인의 남편이 정치적 야망이 좌절된 것을 들먹이면서, '그 사람은 아내에게 또 아이 하나를 선사하는 걸로 자신을 위로한 것'이라고 말한다.

뭐라고요? 가련한 몽세르푀유 부인이 또 임신했다고요? 파름 대공 부인은 오리안의 재치 있는 대답을 유도하기 위한 질문을 던진다. 그에 대해 오리안은 요즘이라면 좌중의 분위기를 싸하게 가라앉힐 수준의 대답으로 응수한다.

> 거긴 저 불쌍한 장군께서 절대 패배할 일이 없는 유일한 '지역'이죠.

세 번째는 질베르트의 임신이다. 사실 생루와 결혼하고서 얼마 지나지 않아 그녀는 '이미 임신'한 상태였으며, 더구나 그 아이는 이후 태어날 몇몇 아기 중 첫째였다('이후 끊임없이 그녀를 임신시켰다). 다만 첫째를 제외한 다른 아이들에 대해서는 소설에 등장하지 않는다. 어린 시절을 다루는 것으로 유명한 이 소설이 어린아이에 관해서는 뚜렷한 형태가 없는 정도(예를 들어 어머니와 함께 볼로뉴 숲의 식물원을 찾은 아이들의 함성 또는 화자가 샹젤리제 거리에서 진지 빼앗기 놀이를 할 때의 질베르트의 정체불명의 친구들)를 넘어 이처럼 거의 등장시키지 않는 것은 이상하다고 볼 수밖에 없다. 화자 자신에게도 형제자매가 없고, 프루스트 역시 동생 로베르 외에는 방계 친척도 없었다. 신경증적이고 나르시시즘적인 모자[#주] 유대 관계에 맡겨진 외동('혼자 있는 예민한 아이')만의 세상인가 할 정도다. 그러나 프루스트의 세계에 상대적으로 어린이가 없는 것(디킨스나 톨스토이와 비교해보면 더 두드러진다)은 프루스트가 묘사한 역사적, 사회적 세계의 중심에 있는 불모성에 대한 심오한 표현이라고 볼 수 있다. 불모의 세상, 즉 황무지는 아우구스티누스Aurelius Augustinus●의 전통에서 비롯된, 성인의 성적 행위를 탐욕스럽고 잔인한 것으로 보는 그의 견해를 반영한 것이다. 프루스트에게 성적 관계는 생명을 주거나 생명을 유지하는 것과는 거의 관련이 없고, 화자와 알베르틴의 관계에서 정점을 이루게 될 포획과 탈출 게임에서의 사냥꾼과 사냥감의 관계에 더 가깝다.

생루 양은 게르망트 연회에 나타난 것이 처음이자 마지막 등장이지만 틀을 깨는 행동으로 예변법의 또 다른 흥미로운 대상이 된다. 그녀가 '나중에 정체가 모호한 문학계 인물과 결혼하기로 선택'하면서 '가문을 처음 시

● 초대 그리스도교의 철학자이자 사상가. 중세 문화의 선구자로 불리며 〈고백록〉을 썼다.

작 수준 이하로 떨어뜨리게' 되었기 때문이다. 그녀는 정작 낮 연회에서는 아무 말도 하지 않으며 단지 화자의 관심의 대상으로서만 존재한다. 처음에는 화자가 '지나간 시간의 생각'에 잠길 때(어린 소녀는 결국 여러모로 어린 소년—시작 부분의 화자—의 거울 이미지다)이며, 두 번째는 가장 반향이 크며, 가장 정교하게 작동하는 '교차로' 은유의 체현으로서다. 이는 마치 두 은유가 그들의 수렴을 위해 문체적으로 그리고 주제적으로 설계된 접합점에서 만나도록 운명 지어진 것처럼 '실' 은유와 결합한다. 이것이야말로 종종 간과되는 프루스트의 탁월한 스토리 구성 능력을 순도 높은 형태로 보여준다. 이를 제대로 느끼기 위해서는 다시금 프루스트의 문장을 인용할 수밖에 없다. 생략하고 요약된 형태라 할지라도 그 길게 뻗어나가는 문장과 문단의 리듬을 따라가다 보면, 이 소설이 어떻게 수많은 이야기를 하나의 방향으로 수렴시키는지를 보여주는 문법적 지도가 펼쳐지는 것을 볼 수 있다.

실제로 사람들 대부분이 그렇듯이 그녀는 숲의 '별들' 중 하나처럼, 우리 인생의 길과 마찬가지로 가장 다양한 출발점에서 뻗어온 길들이 모여드는 교차로가 아니었을까? 나의 경우 생루 양에게로 향하는 길들도, 그녀에게서 사방으로 뻗어나온 길들도 숱하게 많았다. 그중에서도 그녀에게로 향하는 두 개의 위대한 '길'은 내가 그처럼 자주 걸었고 그처럼 자주 꿈꾸었던 길이다. 그녀의 아버지인 생루가 게르망트 쪽 길을, 그녀의 어머니 질베르트가 메제글리즈 길, 즉 '스완네 집 쪽으로 가는 길'을 이끌어주었다. 한쪽은 어린 소녀의 어머니와 샹젤리제가 나를 스완네로, 콩브레의 저녁으로, 메제글리즈 길로 이끌었다면, 그 아버지는 발베크의 오후로 나를 인도했는데, 거기서 나는 햇살이 비치는 바다 가까이에 있는 그를 새삼 다시 보게 되었다. 이 두 가지 중요한 길 사이에는 이미 몇몇 가로지르는 통로들이 만들어져 있었다. […] 그러나 내 인생에는 생루 양이 이끌어간 지점들이 여전히 많았다. 분홍색 옷을 입은 숙녀, 즉 내가 작은할아버지 댁에서 만난 그녀의 할머니도 그중 한 명이다. 여기서 또 새로운 연결 통로가 생기는데, 이 증조부의 하인이 […] 샤를뤼스 씨뿐만이 아니라 생루 양의 아버지까지 사랑에 빠졌던 젊은 남자의 아버지였기 때문이다. […] 게다가 알베르틴의 이야기를 내게 처음 해준 사람이 질베르트였던 것처럼 처음으로 뱅퇴유의 음악에 대해 들려준 사람이 다름 아닌 그녀의 할아버지 스완이 아니었던가? […] 심지어 내 모든 사교생활조차 연결되어 있었다. 파리에서 스완네 또는 게르망트 가의 응접실에 있든, 혹은 정반대인 베르뒤랭 가에 있든 […] 그리고 베르뒤랭 일가는, 아주 상극 관계이기는 했지만 오데트와는 과거로 연결되었고, 샤를리를 통해 로베르 생루와 인연을 맺었다. […] 끝으로 스완은 르그랑댕의 여동생을 사랑했으며, 르그랑댕은 그 인연으로 샤를뤼스 씨와 알게 되었고, 그의 피후견인은 젊은 캉브르메르와 결혼했다.

'다양성'이라고 하니 복잡하게만 느껴지겠지만, 사실 이 단락은 복잡한 가운데도 게르망트 가문의 관계성에 강력하게 집중하고 있다. 두 가지 놀라운 일들로 인해 예기치 않은 요소가 끼어들기는 하지만 말이다. 첫째는, 당연하게도 별다른 성과가 없기는 하지만 소설의 서사에서 가장 주목할 만한 것으로서, 게르망트 가문에서 다름 아

닌 화자에게 결혼을 청해온 것이다. 이 청혼은 딱 부러지
는 논평을 이끌어냈다.

> 당시 내가 게르망트 부인의 조카딸로부터 받은 청혼 편
> 지에 대해, 그리고 그 아가씨의 부모를 대신해 게르망트
> 공작이 나에게 해온 구애에 대해 굳이 설명할 필요는
> 없다. 그녀는 파리에서 가장 아름다운 아가씨로 소문났
> 고, 그녀의 부모는 딸의 행복을 위해 심하게 격이 떨어
> 지는 신분의 사위를 받아들이기로 체념한 상태였다.

미셸 뷔토르Michel Butor에 따르면 프루스트가 죽지 않았
다면 '계속해서 글을 썼을 것이고 […] 작품이 기대하지
않았던 해피엔딩 즉, 화자와 생루 양의 승리에 찬 결혼식'
이 되었을 수 있다고 한다. 다소 명확한 '되었을 것'이 아
니라 좀 더 조심스럽게 '되었을 수 있다'고 에두른 덕분에
둘의 결혼에 행복이라는 말을 붙여도 될 만하다.
두 번째 놀라운 일에 접근하려면 소설 속에 '교차로들'
의 이미지들이 처음 나왔을 때의 두 가지 방법으로 접근
하는 것이 최선인데, 각각의 방법에는 추적과 우연한 만

남이 포함되어 있다. 〈게르망트 쪽〉 앞부분에는 화자가 게르망트 공작 부인에게 반해 파리의 거리에서 그녀의 뒤를 밟는 장면이 나온다. 공작 부인은 점진적으로 실체가 드러나게 될 꿈같은 세상의 존재지만 여기서는 날씨와 거리의 교차로가 주는 인상주의의 효과가 얹혀 판타지가 투영되면서 시적으로 대상화된다.

아직 축축한 포장도로에 햇살이 비치면서 광택제를 칠한 금빛처럼 보였고, 신들이 사는 세상 같은 교차로에는 태양에 그을려 색을 잃은 안개가 가루처럼 흩날렸다.

또 다른 순간은, 좀 더 우스꽝스럽기는 하지만, 가루가 흩날리는 신들의 세상 같은 것은 전혀 아니다. 발베크에서 화자는 두 번 나들이에 나서는데 그중 첫 나들이에서 파리에서 한 여자를 뒤쫓아가겠다는 일념에 마차에서 뛰어내렸던 일을 떠올린다. 그 결과는 참담했다.

그래서 나는 함께 있던 사람에게 양해도 구하지 않고 뛰어내려 호기심을 자극하는 그 피조물을 뒤쫓았는데,

교차로에서 놓쳤다가 다른 길에서 다시 발견해가며 달린 끝에 결국 가로등 밑에서 따라잡았다. 그리고 내가 숨을 헐떡거리며 마주하고 있는 사람이 늙어가는 베르뒤랭 부인이라는 사실과 맞닥뜨렸다. 평소에 내가 전염병처럼 피해 다니던 그 여자가 기쁘고 놀라워서 소리를 질렀다. "어머, 고작 저녁 인사를 하려고 내 뒤를 쫓아오다니 너무 친절하네요."

그리하여 위의 교차로 모티프에서 게르망트 부인은 뜨거운 상상력 속에서 포착하기 어려운 인물이며, 베르뒤랭 부인은 어떤 대가를 치르더라도 피해야 하는데 만나게 되는 실망스러운 결말을 가져다주는 인물이다. 그러나 게르망트 공작 부인의 연회와 또 다른 교차로에서는 그녀도 회피할 길이 없다. 그녀가 연회의 안주인이기 때문이며, 여기서 또게르망트 가문에 또 다른 놀라운 일이 생기는데, 화자가 그 이야기를 하자 블로크는 깜짝 놀란다. 베르뒤랭 씨가 '무일푼'으로 죽자 베르뒤랭 부인은 뒤라스 공작('그녀를 게르망트 공작과 사촌지간으로 만든다')과 재혼했으며, 뒤라스 공작이 2년 만에 사망한 뒤에는 사촌의 지위에서 벗어나 상처한 게르망트 공작의 아내 자리에 올랐다는 이야기였다. 다만 이 세 번째 결혼은 잘 받아들여지지 않았고, 잘 모르는 사람들 사이에서 공작이 '진짜 게르망트가 아닐 수 있다'는 소문을 불러일으켰다. 게다가 자신도 반쯤은 벼락출세를 한 셈인 질베르트까지 '시외숙부가 베르뒤랭 부인과 어울리지 않는 결혼을 함으로써 품위를 손상했다'고 대놓고 말했다. 그러나 생루 양이 교차하는 길들의 숲에서 안내하는 '별'인 것과 마찬가지로 베르뒤랭 부인 역시 공공연하게 경멸하면서도 속하기를 갈구했던 카스트에 진입하기 위해 결혼으로 신분 상승을 이뤘을 뿐이다. 그녀의 결혼은 고정되지 않고 끊임없이 변화하는 사회적, 역사적 세계의 상징이나 마찬가지다. 그녀는 '이 응접실에서 시간이 어떻게 개인뿐만 아니라 사회에도 화학 작용을 해왔는지', 특히 전쟁 동란의 결과로써 초래된 변화가 얼마나 큰지를 보여주는 사례다.

역사의 공적인 변이와 함께 사적인 영역, 즉 마음의 지형을 내적으로 그려내는 일도 당연히 있다.

숲의 교차로처럼 우리 안에 깃든 저마다의 생각에서 수

많은 길이 갈라져나온다.

화자의 경우 이것들은 가장 중요한 '탄생'으로 이끄는 소명의 여정에서 '아이를 키워내는 것과 같은' 작업과 임무의 결정적인 통로들이다. 만약 마들렌 맛보기를 출산과 재탄생을 위해 몸부림치는 또 다른 자궁이라고 생각할 수 있다면 마지막 권에서 나타나는 무의식적인 기억들은 '내 안에서 다시 태어난 존재'의 산파들이다. 아니면 뱅퇴유 칠중주곡('그 목적은 […] 단지 내게 길을 보여주는 것이었다')처럼 길을 알려주는 표지판 역할을 한다.

그러나 때때로 길을 알아보지 못하거나 표지판이 없을 때도 있고, 표지판이 있어도 무슨 말인지 모르겠거나 잘못 읽을 수도 있다. 선택했어야 할 비유적 길을 택하지 않을 때도 있고, 반대로 가지 않아야 할 길을 택해 갈 수도 있다. 이제 빌파리지 부인과 함께 위디메닐의 교차로로 가서 알리바바와 단테 가브리엘 로세티Gabriel Charles Dante Rossetti*를 만나야 할 시간이다.

* 영국의 라파엘 전파 화가이자 시인.

Chapter 10

내 이름은 '아마 그랬을지도 몰라'

My name is might-have-been

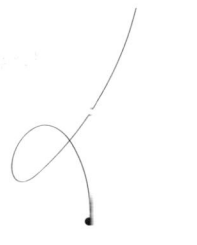

I

교차로에 도달했을 때, 아래의 선택지들을 생각해보자. 첫째, 신중하게 하나의 길을 선택한다. 둘째, 동전을 던져 선택하는 방식으로 운에 맡긴다. 셋째, 표지판을 이해할 수 없다며 되돌아간다(여기서는 요기 베라●의 매력적일 만큼 단호하지만 정보로 삼기에는 애매한 '두 갈래 길을 만나면 그냥 택하라'라는 조언은 한쪽으로 밀쳐두자).《잃어버린 시간을 찾아서》의 실제 교차로 중 한 곳에서는 세 번째 해결책의 변형이 채택된다. 베네치아 에피소드 훨씬 전에 화자와 그 할머니는 발베크에서 빌파리지 부인을 우연히 만나는

● 미국의 전설적인 야구 선수, 야구 감독.

데, 그녀가 마차를 타고 함께 나들이를 하자고 초대한다. 그들은 위디메닐 마을로 가는데, 그곳은 또 다른 교차로 였고, 세 그루의 이름 모를 나무들이 '볼록한 길에서 뒤로 물러선 곳'에 나란히 서 있는 곳을 지나간다. 화자가 세 그루 나무를 본 첫 반응은 강렬하다.

나는 깊은 행복감으로 가득 찼다.

이것이 마들렌 경험과 비슷하다는 것은 분명하며, 묻혀 있던 기억이 떠올라온다는 점도 마찬가지다. 나무가 늘어선 모습에서 그는 '먼 과거의 […] 친숙한 어딘가'를 떠올리며, 그것은 뚜렷하게 꼽을 수는 없지만 '콩브레를 연상'시키는, 또한 '마르탱빌의 종탑에서 한때 느꼈던 것 같은' 감정을 불러일으킨다. 이 감정은 기억해보면, 움직이는 마차 안에서 길을 바라보던 소년이 화자에게 작가가 되는 길로 이끌어준 바로 그 감정이다.

곧 종탑의 선들과 햇볕에 비친 표면이 마치 나무껍질처럼 갈라지면서 그 내부에 감춰져 있던 것들 일부가 내 앞에 모습을 드러냈고, 조금 전까지만 해도 존재하지 않았던 생각이 생겨나 내 머릿속에서 단어의 형태를 띠었다. 그러자 방금 그 광경을 경험하면서 느꼈던 기쁨이 너무 커졌고, 도취감에 사로잡혀 나는 더 이상 다른 아무것도 생각할 수 없었다.

《잃어버린 시간을 찾아서》에 등장하는 자연 현상 중 나무만큼 웅변적인 표현력을 지닌 것은 없을 것이다 (실제로 '나무의 삶'이라는 표현은 여러 번 나오며, 한번은 나무의 '무의식의 삶'이라고 언급한 부분도 있다). 햇볕이 비치는 종탑이 나무껍질처럼 갈라지면서 '감춰져 있던 것'을 드러낸다고 한 부분은 메제글리즈 길의 사과나무에 석양이 비치는 것과 일맥상통하는 이미지다.

나는 처음으로 사과나무들이 햇볕이 비치는 땅 위에 만드는 동그란 그림자와 석양이 잎사귀 아래에서 섬세하게 짜는 황금빛 비단을 눈여겨보았다.

이것은 나중에 햇살이 비치는 노르망디의 사과나무에

서 다시 한번 울림을 일으킨다.

　　시선이 닿는 끝까지 꽃들이 활짝 피어, 무도회 드레스
　　를 입은 모습이 상상할 수 없을 만큼 화려한데, 발은 진
　　흙 속에 있지만, 누구라도 한 번도 본 적 없을, 햇볕에
　　반짝이는 최고의 분홍 공단 옷자락을 망칠까 봐 조심하
　　는 기색도 없다.

　그리고 생루의 정부인 라셸이 사는 마을에는 '눈부신
순백'의 배나무가 있다. 이곳의 나무들은 '황금시대 기억
의 수호자들'이라는 말로 거창하게 묘사되면서, '천사'와
비교되기까지 하는데, 특히 그중 배나무가 '활짝 핀 순결
의 넓은 날개로 눈부신 보호를 펼치는 것'처럼 보인 것이
다. 다만 꽃에서는 보이는 것 외에도 '낯선 이를 맞이하
기 위해 풍겨 나오는' 스완네의 라일락 향기, 깨달음의 경
험을 주는 산사나무 향기 등 향기가 여전히 더 중요한 모
티프다. 물론 우리는 이런 것들이 위험지대라는 것을 알
고 있다. 도취되는 것이 너무 빨리 삶을 위협하는 독이 되
어버리기 때문이다. 이것은 사랑하는 대상이 자신을 죽

일 수 있다는 비극적 역설의 가면을 쓴 원수다. 그러나 나무는 기쁨과 위험, 아름다움과 위협이라는 상반되는 것들을 품는 동시에 비밀스러운 의미와 메시지의 수호자이기도 하다. 산사나무는 처음에는 향기로, 그다음에는 색으로 암호화된 메시지를 전달하려는 의도가 있는 것처럼 보인다.

> 그러나 산사나무 앞에 서서 그 보이지 않으며 변치 않는 향기를 들이마시면서 그걸 내 사고가 존재하는 곳 앞까지 가져다놓아도 그걸로 뭘 어떻게 해야 할지 몰랐으며, 그저 잃어버렸다가 다시 찾기를 해가면서, 제 꽃을 여기저기로 뿌리는 젊음의 혈기 왕성한 리듬과 음악에서 특정한 음정이 나타날 때처럼 예상할 수 없는 간격에 동화돼보려고 했다. 그것들은 내게 늘 같은 매력을 끝없이 그리고 무한한 풍부함으로 주었지만, 더 깊이 파고들 수 있게 해주지는 않았다. 마치 백 번이나 연속으로 연주하면서도 그 비밀에 더 깊이 접근하지는 못하는 멜로디 같았다. […] 그러나 내가 손으로 가림막을 만들어가며 산사 꽃만 눈앞에 두려고 했지만, 그것들이

내게서 불러일으킨 감정은 모호하고 막연한 채로 남아 있었으며, 그 부분만 떼어내 꽃에 천착해보려는 노력은 헛수고였다. 꽃은 내가 분명한 생각을 할 수 있게 도와 주지 않았으며, 그걸 충족시켜보겠다고 다른 꽃에게 부 탁할 수도 없는 노릇이었다.

위디메닐의 나무들은 이 정복되지 않은 수수께끼 시 나리오의 재연이다.

나는 상당히 뚜렷하게 보이는 세 그루 나무를 응시했 다. 그러나 내 마음에는 나무들이 내가 잡을 수 없는 무 언가를 숨기고 있다는 의심이 들었다. 마치 우리가 팔 을 한껏 뻗었을 때 손끝이 이따금 간신히 닿기는 하지 만 손이 미치지 않는 경계 바로 밖에 있는 사물들을 완 전히 잡을 수 없는 것처럼 느껴졌다.

화자는 실패의 원인을 고독의 결핍으로 돌린다. 그에 게 고독은 계시적 충격을 드러난 지식으로 전환하기 위 한 전제조건이다.

내 마음이 잠시 멈추어서 필요한 노력을 불러일으키려면 누군가와 함께 오지 않았어야 했다.

그러나 사실상 그는 '애매하고 모호하여' 정의하기 어려운 미스터리를 푸는데 적극적이지는 않았다. 오히려 그는 스스로 얻을 수 없는 지식을 감추지 말고 나누어달라고 애원하며 간청하는 태도를 보이며, 이에 따라 나뭇가지들은 판독할 수 없는 신탁의 수수께끼를 전하는 신화와 마법, 마녀, 노른^{norns}•, 유령들에서 비롯되는 생명체로 전환된다.

나무들은 신화의 존재들, 집회를 여는 마녀들, 신탁을 제시하는 노른의 무리일지도 몰랐다. 그러나 나는 그것들이 내 과거에서 온 유령들, 어린 시절의 소중한 벗들, 때로는 함께 나눈 순간들을 떠올리게 하는 친구들이라고 생각했다. 그들은 어둠 속에서 떠오른 망령처럼 내게 데려가 달라고, 다시 산 자들의 땅으로 되돌려달라

• 북유럽 신화에서 인간의 운명을 결정하는 신.

고 요구하는 것 같았다. 그 순진하고 열렬한 몸짓에서 나는 사랑하는 사람의 무기력한 통한을 읽어냈다. 그들은 말하는 힘을 상실했으므로, 원하는 것을 우리에게 알릴 방법이 영원히 없으리라는 것을 알고 있었으며, 우리가 결코 그의 의미를 짐작할 수 없으리란 것도 알고 있었다.

모든 게 헛된 일이라는 것이다.

이내 교차로에 다다랐고, 마차는 나무들을 뒤로하고 떠났다. 그것은 마치 내 인생처럼, 유일하게 진실로 보이는 것, 나를 진정으로 행복하게 해주었을 것들로부터 나를 멀어지게 했다. 나는 나무들이 사라지는 것을 지켜보았다. 그것들은 상심한 채 내게 손을 흔들며 이렇게 말하는 것 같았다. "네가 오늘 우리에게서 알아내지 못한 게 무엇이든, 넌 그걸 끝내 알 수 없을 거야."

그러나 모두가 헛되다는 것에는 다른 의미도 있다. 마녀 같은 나무들이 지나친 상상의 산물일 수 있으며, 화자는 여기에 '사실은 그것들이 아무 생각도 숨기도 있지 않을 수 있다'라는 회의적인 경고를 덧붙인다. 신탁을 전달하는 노른의 형상은 예를 들어 〈갇힌 여인〉의 뱅퇴유 칠중주곡 연주에서도 다시 나타나는데, 우스꽝스럽게도 베르뒤랭 부인으로 등장한다.

> 그녀의 희면서 연분홍색을 띤 이마의 반구가 엄청나게 부풀어 올라서 [···] 이 모든 지루한 사람들 한가운데서 천재에 의해 소환된 일종의 비극적 노른 같았다.

그리고 언제나 르그랑댕이 시인을 흉내 내는 허세의 말들도 마찬가지다. 르그랑댕의 시적 허풍이 있어서 낭만적 의인화의 과잉에 대한 아이러니적 거리감을 제공한다.

> 상처 입었지만 굴복하지 않은 나무들이 무리를 이루는 곳이면 어디든 나는 친구들이 있다. 그들은 가혹하고 무자비한 하늘에 애처로운 완고함으로 함께 웅크리고 간청한다.

이 순간은 자연과의 일방적인 소통이라기보다 '인생'이 자신을 '유일한 진실로 보이는 것으로부터 멀어지게' 하지 말라고 화자가 자기 자신에게 보내는 경고처럼 보인다.

어떤 경우든, 위디메닐의 나무들이 예언하듯 말한 것 ('넌 그걸 끝내 알 수 없을 거야')은 명백히 거짓이다. 화자가 느리기는 하지만 《잃어버린 시간을 찾아서》를 성장소설로 만들어가는 과정으로서 단계를 밟아가며 끝내 알 수 없다고 한 것들을 터득하게 되기 때문이다. 화자는 〈소돔과 고모라〉에서 다음번 발베크 방문 때 또 한 번 탈것을 이용하게 되는데, 이번에는 알베르틴과 함께 자동차를 타고 또 다른 교차로에 이른다. ('[…] 마르쿠빌을 떠나면서 지름길로 가기 위해 교차로에서 갈림길로 들어섰다.') 여기에도 길가 나무들이 있지만 이번에 나무들은 명확한 메시지를 전달한다.

저 나무들, 배나무, 사과나무, 위성류들이 나보다 오래 살 거라는 생각이 들자, 영원한 안식의 시간이 아직 울리지 않는 동안 어떻게든 일을 시작해야 할 때라고 하는 충고를 그들에게서 들은 것 같았다.

결국 그때가 오기는 할 테지만 이번에는 말하는 나무들 덕분이 아니다. 전시의 파리로 향하는 기차에서 그는 창밖을 내다본다. '태양의 빛살이 철로를 따라 늘어선 나무들의 상반부를 비추었다.' 그러나 이때의 빛은 화자의 내면과 아무 상관이 없다.

나무들아, 이제 더는 내게 아무런 말도 하지 않는 것 같구나.

계시의 과제가 또 다른 '수수께끼'로 대체된 것이다. 게르망트 가의 안마당에서 조약돌에 걸려 비틀거린 순간 '눈부시면서 어렴풋한 통찰'이 생겨난 것인데, 그건 마치 이렇게 말하는 것 같았다.

네가 단단히 마음먹었다면 내가 지나쳐가는 순간에 나를 붙들어. 그리고 내가 내는 행복의 수수께끼를 풀어봐.

위디메닐의 교차로에 자기 깨달음으로 가는 길의 걸림돌이 있었다고 하면, 안마당에서 정말로 조약돌이라는 걸림돌과 마주친 상황은 화자가 문을 통과해 게르망트 서재로 들어가는 순간의 기적을 위한 서곡인 셈이다.

II

위디메닐의 간청하는 나무들을 좀 덜 강력하고, 좀 더 다듬어진 형태로 이해해보자면 주인이 안에서 열 수 없는 심리적 문을 두드려주는 것이라고 할 수 있다. 심리적 의미의 문과 그것들을 통해 접근할 수 있는 곳들은 소설의 기본 장치이며, 이 문들이 소설에서 드라마가 들고나는 출입구이자 스토리텔링의 미세한 수준에서 전환이 일어나는 지점이다. 예를 들어 제인 오스틴 소설의 기본 리듬은 사적 공간과 공적 공간 사이의 사회적으로 규제된 움직임들의 연속으로 형성되지만 거기에는 놀라움이라는 요소가 있다. ('[…] 문이 열렸고, 그녀로서는 아주 놀랍게도 다아시 씨가, 정말로 다아시 씨만이 방으로 들어왔다.') 또한 피카레스크 소설•처럼 여정을 위주로 한 장르에도 여관이나 숙박 주점에서 멈추는 지점들이 있는데, 일단 여행 중인 주인공이 이곳의 정문(또는 침실 문도 매우 자주 그런 역할을 한다)을 통과하면 더 많은 모험이 기다리고 있다. 이 경우 대개는 두 문을 모두 빠르게 통과하는 형태를 띤다. 그런가 하면 소설의 스펙트럼에서 반대쪽 끝에 있는 문도 있다. 카프카Franz Kafka의 문이 이 경우에 속하는데, 〈성〉에서는 문이 잠겨 있고, 〈심판〉에서는 들어오라고 하기는 하지만 너무 늦거나 문이 닫혀 버려서 끝내 문턱을 넘을 수는 없다.

《잃어버린 시간을 찾아서》에는 많은 문이 있다. 콩브레 집 정문과 뒷문의 의미심장한 지형학과 이 문들이 외부와 맺고 있는 관계 그리고 일종의 그림자 같은 문인 정원 문이 그 시작이다. 이어 레오니 아주머니의 거처인 '두 개의 붙은 방'의 문이 있고, 발베크 호텔 침실들을 성역

• picaresque novel. 스페인어로 '악당'을 뜻하는 단어인 'pícaro'에서 유래하며 악당 소설 또는 건달 소설을 가리킨다. 16세기에서 17세기 초반까지 스페인에서 유행한 문학 양식으로서, 악한 주인공이 길을 떠나며 다양한 사건을 겪고 뉘우친다는 이야기로 돼어 있다.

으로 만들어주는 연결문들도 있다. 또한 필요와 욕망, 병리에 관련된 문들도 있다. 그중 '현관에서 계단으로 이어지는 격자 문'을 통해 마망이 잠자리로 향하는데, 고통받는 아들이 그녀를 붙잡으려고 기다리고 있다. 스완이 정신이 나갈 정도의 질투심에 사로잡혀 두드리지만 열리지 않는 라페루즈 거리에 있는 오데트 집의 현관문도 여기에 속하며, 알베르틴의 침실 문도 마찬가지다. 그 침실은 감옥이 되어야 할 곳인데, 알베르틴이 나갈 때 그녀 뒤로 문이 닫히면 화자는 불안한 두근거림을 느낀다. 쥐피앵이 동성애자를 대상으로 운영하는 매춘업소에서 '짧은 계단' 꼭대기에 있는 '일종의 로비로 들어가는 문'은 화자가 방문에 '귀를 대고' 샤를뤼스가 받는 잔혹하지만 스스로 원해서 당하는 채찍질 소리를 듣게 되는 곳이다. 마지막으로, 말 그대로 '문턱'까지 다다르는 순간의 프루스트 버전들이 있는데, 이것들은 비유적이기도 하지만 가장 흥미로운 경우의 것은 거의 마법에 가깝다.

문장 그대로의 경우는 보통 사회적 통과의례를 지키는 형태를 띤다. 화자가 동시에르에서 생루 방의 '닫힌 문밖'에 서서 안의 소리를 듣는 것이나, '샤를뤼스 씨의 문'

앞에 이르러 '그에게 말하려고 한 모든 것들을 예행 연습
하듯 나 자신을 상대로 긴 독백을 하며' 기다리는 것 등이
사회적 통과의례와 관련되어 있다. 비유적 '문턱'은 우리
가 맨 첫 페이지에서 화자를 발견하는 곳으로 잠듦과 깨
어 있음의 중간지점, 즉 정체성이 해체되고 변동하는 지
점에 가 있는 화자를 찾을 수 있는 장소다(〈게르망트 쪽〉에
서 이것은 '우리가 될 수 있는 수백만의 인간들'이 되고, 잠은 우
리가 그들을 찾아가는 '열린 문'이 된다). 그것은 또한 화자가
머뭇거리면서 의심에 사로잡히는 인생을 걸어간다는 것
의 은유이기도 하다. 그 길을 통해 화자는 천직에 종사하
는 '진정한 삶'을 선뜻 받아들이지 못하고 반복적으로 미
루는 것처럼 보이는 삶을 살아간다.

　　매번 내가 지금 인생의 문턱에 서 있다는 생각으로 새
　　로운 날을 만났지만, 거기에는 여전히 아직 살아내기
　　이전의 날이 놓여 있었고 그 바로 다음 날이 시작되려
　　하고 있어, 내 삶은 실제로 시작되었을 뿐만 아니라 다
　　가올 시간도 이미 지나간 세월과 크게 다르지 않을 것
　　이었다.

그렇게 보면 사실은 화자가 게르망트 가의 서재 문을 통과해 소설이 성장소설에서 예술가 소설로 전환되는 그해, 그날까지, 소설 자체가 하나의 거대한 문턱이라고 할 수 있다.

철학자이자 비평가인 가스통 바슐라르는 문을 가리켜 '반이 열린 전 우주'라고 했다. '반'은 물론 초대와 차단을 동시에 하는 것처럼 감질나게 하면서 좌절시키는 요소이다. 문을 완전히 열어젖히기 위해 프루스트의 서사에 필요한 것은 마법의 주문과 같은 형태의 열쇠다. 열쇠를 구할 수 있는 곳은 북유럽 신화의 노른과 이그드라실 Yggdrasil•이 아니라 이슬람 세계의 이야기인 '알리바바와 40인의 도적'이다. 화자는 레오니 아주머니의 접시에서 처음 이것들을 접한다.

> 이것들은 그림이 그려진 유일한 접시였고, 아주머니는 식사 때마다 그날 나온 접시에 새겨진 글귀를 읽는 걸 좋아했다. 아주머니는 안경을 쓰고 '알리바바와 40인의

• 북유럽 신화에 나오는 세계수世界樹.

도적', '알라딘과 마술람프' 같은 글자를 읽으며 "아주 좋아, 정말 재미있어"라고 말하곤 했다.

이 접시의 이미지는 발베크 외곽에서 어린 소녀들의 무리와 절벽 꼭대기로 소풍 나갈 때 다시 나타나는데, 접시에 그려진 '다채로운 삽화'가 '해 질 무렵 내 방의 환등기에서 비추는 불빛'처럼 타오른다고 한 부분이다. 따라서 현실에서 또한 기억 속에서 그것들은 어린 소년의 방에 놓인 환등기 속 주느비에브 드 브라방Geneviève de Brabant● 의 동화적 요소(또는 화자가 '초자연적, 다양한 색상의 유령'이라고 부르는 것)에 의해 콩브레 시절 유년기의 또 다른 마법 세계와 맞닿아 있다.

소설 전체에서 환등기의 희상이 미치는 영역은 폭넓다. 잠과 꿈속에서 생각과 이미지들이 펼쳐지는 것을 '환등기에 투사된 슬라이드가 서로 이어지듯이 각각의 현실이 흘긋 볼 새도 없이 곧장 다음 현실 앞에서 사라진다'라

● 프랑스 중세 전설의 주인공. 골로라는 인물에 의해 남편에게 정절을 의심받고 죽을 위기에 몰린다.

고 묘사되기도 하며, 엘스티르의 그림은 마치 '환등기의 빛나는 이미지'처럼 게르망트 저택의 벽에 전시되어 있다고 한다. 또 전시 파리의 등화관제는 '환등기를 틀어놓은 방처럼 신비하고 어슴푸레한 어둠'으로 표현된다. 《천일야화》의 '지니'가 안내하는 '동방의 도시' 베네치아의 밤도 이것과 비슷하다.

> 내가 탄 곤돌라는 지니의 신비로운 손이 안내하는 대로 이 동방의 도시의 샛길을 따라 옆 수로들을 지나갔다. […] 손가락 사이에 촛불을 들고서 내가 가는 길을 비춰 주는 마법의 안내자 같았다.

전설과 설화 역시 문을 여는 마법으로 귀결된다. 화자의 방에서는 골로의 영적인 몸이 빛이 깜박이듯 명멸하면서 '세상의 다른 문손잡이와 달리 저절로 열리는 것처럼 느껴지는 내 방 문손잡이를 가로지르는' 반면 알리바바 이야기에는 40인의 도적이 숨겨둔 보물의 문(더 정확히 말하면 동굴 앞에 놓인 바위)을 여는 공식이 있다. 우리가 다 아는 '열려라, 참깨'다.

'열려라, 참깨'는 소설의 먹락에서 환등기 못지않은 영향력을 지닌다. 화자가 환멸을 느끼기 전까지 게르망트 세상은 '마법사와 요정의 궁전'이나 마찬가지였으며, 이 궁전의 문은 샤를뤼스가 〈게르망트 쪽〉에서 명백히 묘사한 마법의 단어, '열려라, 참깨'에 해당하는 주문을 내뱉어야만 열리는 것으로 여겨진다. 샤를뤼스는 당연히 자신만이 그것을 소유한다고 주장하는데, 자기 자신이 바로 마법 주문이라고 여기기 때문이다. 더구나 샤를뤼스는 쥐피앵이 관리하는 동성애 매춘업소의 주요 후원자이기도 하다. (참깨는 잠긴 문을 여는 능력과 함께 성적인 흥분을 돋우는 힘으로도 여겨졌다.) 쥐피앵은 작은 창문을 이용하여 '지금 들어와도 됨'을 표시하곤 한다.

> 창문을 조금 열어서 빛이 새어 나가도록 해두면 내가 있다는 뜻이니 들어오셔도 됩니다. 저만의 '참깨'인 셈이죠. '참깨'만입니다. 만약 찾으시는 게 백합이면 다른 곳을 둘러보시기를 권해드립니다.

그러나 《잃어버린 시간을 찾아서》에서 '다른 곳', 즉 화자가 문턱을 넘어서려고 하는 사창가는 '겉보기에는 꿈과 동화 같은' 곳과는 정반대의 장소인 것으로 드러날 때가 있다. 사실은 소설에서 '열려라, 참깨'에 관련된 경험 중에서 동화 같은 것은 없다. 그중에서도 가장 참담한 것은 알베르틴이 뱅퇴유 양과 어울린 사실을 털어놓는 순간이다.

> 그러나 "그 친구는 뱅퇴유 양이에요"라는 말은 "열려라, 참깨"나 마찬가지였고, 그 말은 나 스스로는 찾을 수 없었던 '열려라 참깨'나 다름없었고, 알베르틴이 내 상처받은 마음 깊숙한 곳까지 파고들 수 있게 해준 주문이었다. 그렇지 않았다면 나는 그녀 앞에서 닫힌 문을 어떻게 다시 열지 모르는 채로 백년이고 헤맸을 것이다.[27]

백 년의 기다림을 언급하는 장면은 더 있다. 완전히 다른 의미의 문턱 장면이기는 하지만 화자가 게르망트 안

---

27 11장 '잃어버리고, 찾고 다시 잃어버리다' 참조.

마당에서 고르지 않은 포석에 걸려 비틀거리는 부분이다.

그러나 때때로 우리는 모든 것을 잃어버린 것 같을 때 구원의 예감을 경험하곤 한다. 어디로도 통하지 않는 온갖 문을 다 두드린 뒤, 자기도 모르는 새에 들어갈 수 있는 단 하나의 문을 밀게 되는데, 백년을 찾아다녀도 헛일이었을 그 문이 마침내 열리는 것이다.

여기서 건너는 문턱은 고통의 지옥으로 가는 것이 아니라 깨달음의 기쁨과 소명을 품어 안는 것이다. 마찬가지로 우리는 백년이 아니라 영원히 '헛되이 찾아다녔을' 또 다른 결과도 떠올리게 된다. 여기서 문턱이라는 주제는 교차로 테마의 변형으로 나타나며, 특히 택하지 않은 길은 T. S. 엘리엇Thomas Stearns Eliot•의 〈네 개의 사중주Four Quartets〉••에서 '가지 않은 길' 마지막 부분에 있는 '우리가 끝내 열지 않은 문'과 더 가까운 정신을 보여준다.

• 미국의 시인, 작가. 〈황무지〉라는 시로 우리에게 잘 알려져 있으며, 노벨 문학상 수상 작가이기도 하다.
•• 엘리엇의 장시長詩 제목.

III

성취의 문이 실제로 열리는지 여부는 순전히 우연, 혹은 더 정확히 말해 그 법칙에 순종할 준비가 되어 있는지에 달려 있다. 〈꽃핀 소녀들의 그늘에서〉의 뒷부분에는 이 사실을 깨닫고 순응하기로 하는 부분이 나온다.

> 내 삶이 성취될 수 있음을 느꼈고, 그래서 그 가치가 높아진 것으로 여겨야 했다. 또한 지금껏 품어왔던 근심에서 놓여난 기분이 되었다. 나는 우연의 불확실한 손에 주저 없이 나를 내맡길 준비가 되어 있었다.

기회와 우연은《잃어버린 시간을 찾아서》의 어디에나 있는 요소다. 주로 서사의 작은 변화 또는 화자가 '우연성의 여지'라고 부르는 것들이다. 소설에는 수십 개의 '우연한' 에피소드가 있는데, 대개 인물들이 예상치 못한 상황에서 마주치는 형태를 띠고 있다. 예를 들어 베네치아에서 저녁 식사를 같이하게 된 사즈라 부인 역시 화자가 '우연히 만난' 사람이다. 뒤이어 '우연히' 이들은 빌파리지 부인과 노르푸아 씨가 있는 식당에 가게 된다. 그러나 가장 중요한 의미를 띠는 것은 작가로서의 소명이 밝혀지는 것에 관련된 우연들이다. 이것들은 게르망트 안마당의 포석에 발이 걸려 비틀거리는 것에서부터 시작하여 빠른 속도로 축적되어간다. 비틀거림이 순간적으로 비슷한 일을 겪은 몸의 기억을 촉발한 것이다.

> 예전에 산 마르코 성당의 세례당에서 고르지 않은 포석 두 개로 인해 느꼈던 감각이 […] 그날의 감각과 연결된 온갖 감각들이 한꺼번에, 제자리에서 기다리고 있다가 우연한 기회에 갑자기 긴급한 일이라도 된다는 듯 떠올랐다.

이것은 긴 목록의 첫 번째에 지나지 않는다. 잇따르는 '상시 성체 예배'의 도입 부분이라고 할 수 있는 정도다. 이때부터 화자는 그 자신에게, 프루스트는 우리에게 지금 이 부분이 요점이라는 식으로 계속해서 거듭 강조하기 시작한다. '진짜 기억을 되살리는' '우연한 사건'을 계속해서 다루게 된다는 것인데, 여기서 작동하는 메커니

즘은 '우연히 제공되는' '감각'이다. 그리고 뭔가를 되새겨야 할 때마다 우리가 되새기게 되는 것은 '우리가 얼마나 전적으로 우연에 의존하는지' 하는 것이다.

이런 식으로 계속 이어진다. 확신에 확신을 더하면서 끝을 향해 가고 있는 서사에서 우연성을 매개로 하면서 이처럼 분명하고 확고한 신호를 보내는 일은 흔치 않다. 물론 확고하다고는 하지만 개념적인 불안정성이 없지는 않다. 특히 현재 일어나는 우연에 대해 기다란 명상을 하는 부분에서 겉보기에 반대의 것들이 포함되어 있을 때가 그렇다.

> 그러나 그 감각이 마주치는 방식의 필연성, 바로 그 우연성이 그 순간에 되살려진 과거의 진정성, 즉 거기서부터 떠오른 심상들을 지배했다.

우연성과 필연성이라는 말은 이상하게 짝지어진 한 쌍처럼 누가 봐도 모순되며 서로를 반박한다. 프루스트는 문을 여는 '열쇠'를 획득하는 일이 주체의 통제를 벗어난 사건에 의존하기 때문에 우연적이지만 또한 마치 미리 결정된 것처럼 불가피하다고 이야기한다. 화자 역시 '나는 이미 예술 작품 앞에서 우리에게 자유가 전혀 없다는 결론을 내렸다'고 말한다. 왜 자유가 없을까? 작품이 순전히 우연과 임의성에 달려 있거나 혹은 필연성의 법칙에 지배되기 때문이라는 것일까? ([…] '왜냐하면 필연적이고 숨겨져 있으며, 그런 이유로, 말하자면 자연의 법칙이어서 우리가 발견해내야 한다.')

프루스트가 무엇을 이야기하는지 아주 분명하지는 않다. 어쩌면 필요성과 자연의 구속력 있는 법칙을 들어 고대 텔로스telos●의 관념이나 내재적 목적을 이야기하는 것일 수 있다. 왜냐하면 다른 부분에서 화자가 예술 작품의 기원과 성장에 대해 토론하는 중간에 목적론과 생물학 사이의 관계를 언급하고 있기 때문이다. 19세기의 생기론vitalism과 유기체론organicism이 혼합된 생물학적 은유는 암묵적으로 또 다른 고대 개념인 아리스토텔레스의 엔텔

- 목적인. 변화와 행위의 목적이 그 변화와 행위의 이유가 된다는 아리스토텔레스의 관념.
- ●● 아리스토텔레스 철학에서 잠재성에 대한 현실성. 그것을 이루는 생명력 또는 활력을 가리킨다.

레키[entelechy]**를 소환하며, 잠재력을 실제로 바꾸는 자연 법칙의 합목적성이 힘을 가지게 된다. 말하자면 모든 사물이 그 자체의 완성을 위해 궁극적으로 어떤 목적을 향하고 있으며, 끝내 그것을 실현한다는 것이다. 자연 속에 이미 들어 있는 그대로 텔로스에 의해 씨앗이 나무가 되고, 나무는 도토리가 된다. 〈꽃핀 소녀들의 그늘에서〉에서 갓 피어난 꽃이 바로 '씨앗의 형태' 그 자체로 이미 '무엇이 될지' '고정불변으로 정해져 있는' 전형적인 사례를 제공한다. 거기서부터 우리는 〈되찾은 시간〉에서 똑같은 원리를 '문학 작품'에 적용할 수 있는 도약의 발판을 갖게 된다.

> 문학 작품의 원재료는 실제로는 나의 지난 삶이었다. […] 한 알의 씨앗처럼 식물이 다 자라면 나는 죽을 수 있을 것이다.

그러나 텔로스와 엔텔레키의 철학을 넘어 '필요성'에 대한 철저히 실용적이며 더 설득력 있는 견해도 있다. 미리 정해진 것이 아니라 필요에 따라, 필요한 때에 만들어진다는 관점이다. 필요하기 때문에 일어날 운명이라는 것, 이것은 운명이 아닌 프루스트의 문제였다. '무언가가 일어날 운명인 것은 그 일이 필요해서'라는 것이 프루스트의 관심사였다. 그것은 운명이 아니라, 목적을 달성하기 위해 '필요'한 일이었다. 그의 이런 생각은 앙투안 비베스코Antoine Bibesco●에게 작품의 개념을 설명하기 위해 보낸 편지에서도 드러난다.

> 그 안의 유일한 우연적 요소는 인생에서 우연의 몫을 표현하는 데 필요한 것이네. 결론적으로 책에서 그건 더 이상 우연이 아닌 거지.

이것은 프루스트가 또 한 차례 역설 놀이를 하는 것이다. 그는 문학적 목적에 필요하다는 이유로 작가를 '더 이상 우연이 아닌' 우연한 사건의 엔지니어로 만들어버린다. 그러니 우리로서는 게르망트 가의 안마당에서 벌어진 실족 사건을 예로 들면서 나름대로 평범한 요점을 잡

● 루마니아 귀족 출신의 극작가. 프루스트와 평생지기였다고 전해진다.

아나갈 수밖에 없다. 이 사건은 단순히 신체에 일어난 '사고'이지만 일어나기를 기다리고 있었다고 이야기되는 유명한 사건으로서, 얼마나 오래 기다리든 일어나게 되어 있는 일 중 하나였다. 소설의 계획상 그렇게 되어야 했으며, 그 일이 확실히 발생하도록 서술 계획이 제공되기 때문이다. 이런 관점을 덜 복잡하게 설명할 수 있다.

돌부리에 걸려 비틀거리던 화자가 안마당에서 게르망트 가의 서재로 들어선 후 한바탕 감각적 회상의 물결이 지나간 후 '무심코' 누가 뭐래도 잘 정돈된 서가에서 책 한 권을 뽑아 든다니 말이다.

내내 생각의 끈을 따라가면서 귀중본들을 무작위로 뽑아 들다가 그중 한 권을 무심코 펼쳤다.

그런데 그 책이 하필 〈혼외자 프랑수아〉였다. 콩브레 시절 잠자리에서 마망이 읽어주곤 했던 책이라니, 우연이라기에는 너무 절묘하다. 포석에 걸려 비틀거리는 일은 흔하지는 않지만 확률적으로 터무니없이 불가능한 일은 아니다. 그러나 소설의 마지막 지점에 이르러서 독자를 이런 식으로 시작 지점으로 돌려보내는 건 우연이라고 해도 확률적으로 가능하다고 보기에 좀 무리가 아닐까? 무작위적이며 별생각 없는 사람이 '모든 것을 잃어버린 것 같을 때' 딱 필요한 만큼의 결과를 정확히 산출해내는 모의를 하는 것은 거의 불가능하지 않은가 말이다. 이처럼 순수한 행운을 흔히 말하는 '때때로 우리에게 친절을 베푸는 행운의 순풍'의 사례로 봐야 할까? 아니면 프루스트가 계획상 '필요'해서 일부러 행운의 수레바퀴를 조종하거나 마술사의 모자에서 토끼를 끄집어낸 것일까? 서사 예측이란 것은 꽤 신뢰할만하지만 머그 게임mug's game●과 마찬가지일 때도 많다. 어떤 독자가 책의 첫 권 콩브레의 침실에서 어린 화자에게 어머니가 읽어주었던 〈혼외자 프랑수아〉를 마지막 권 게르망트 대공의 서재에 있는 서가에서 화자가 '무작위'로 뽑은 책으로 다시 만나게 될 거라고 예측할 수 있을까? '그건 예상 못했네'라는 반응이 일반적일 것이다.

여기에는 깊고 불안한 역설이 있다. 소설에서 일어나

● 여기서 머그는 얼간이, 바보라는 의미다.

는 일이 우연적이면서도 필연적이라면, 즉 법칙에 얽매여 있으면서도 순전한 우연의 변동성에 어쩔 수 없이 묶여 있다면, 필연적으로 존재하는 것이 동시에 존재하지 않았을 수도 있는 일이기도 하다는 의미다.

프루스트가 특정 사건과 경험이 제시간에 도착하도록 보장하기 위해 서사적 도구상자를 아무리 많이 사용하더라도, 우연의 범주는 소설의 구조와 의미에서 부동의 중심으로 남아 있다. 또한 우연은 텔로스가 아니다. 우연히 일어나는 일은 심지어 그 일이 일어나도록 설계된 경우에도, 일어나야만 하는 일이 아니라 일어날 수 있는 일로 남는다. 반대로 똑같은 이유로 발생하지 않을 일로도 남게 된다. 또는 프루스트의 계획에 더 밀접한 조건부 완료 시제로 보면 일어나지 않았을 수 있는 일이 되기도 한다. 간단히 말해서 전체 기획이 우발적인 것들과 반사실적인 것들의 취약한 관계에 기대고 있다는 것이다.

IV

이미 우리는 이보다 더 깊고 복잡한 대면으로 가는 길에 프루스트적 반사실들을 많이 수집해왔다. 프루스트의 사후에도 그의 뇌 해마를 이용할 수 있었다면 인지과학을 통해 얻었을 놀라운 이익에 대한 반사실적 생각도 있고, 만약 작가가 되지 않았다면 어떤 직업을 가장 선호했을 거냐는 질문에 대한 프루스트의 즉각적이고도 매혹적인 대답도 반사실적이다(당연히 그를 마들렌과 크루아상의 현실에 더 밀착시키는 직업이었을 것이다). 그리고 《잃어버린 시간을 찾아서》안에 있는 가끔 등장하는 사변적 아이디어들도 있다. 예를 들어 인간이 언어를 습득하지 않았다면 세상이 얼마나 더 나아졌을까 하는 부분 같은 것들이다. 물론 이는 자기모순적인 반사실이다. 상상했던 그 조건이야말로 그것에 대한 찬사를 불가능하게 만드는 바로 그 조건이기 때문이다.

더 흥미로운 사례들은 소설 자체의 구성이나 서사의 반사실적 요소다. 이것들은 작품 자체의 운명을 암시하는 수준으로 전 영역에 걸쳐 있다. 이 영역의 하단부에는

'괜찮았을지도 모르는' 원고들이 자리하고 있는데, 엄청난 양의 문학적 유물로서 생각은 재미있지만 폐기된 원고들이다. 이것들은 때에 따라 충분한 자격이 있는데도 버려진 숱한 소설들을 뭉뚱그리는 의미로 이해되기도 한다. 또 퓌트뷔스 남작의 하녀에게 더 큰 역할을 부여할 것처럼 해놓고 그 이야기를 더 이상 전개하지 않는 것, 코타르 박사의 연인으로서의 오데트에 관한 눈이 휘둥그레질 정도로 표현한 장면들도 여기에 포함된다. 코타르 박사와 오데트에 관해서는 〈꽃핀 소녀들의 그늘에서〉의 시작 부분에 힌트가 있기는 하지만 감질나는 정도여서 크게 도움되지는 않는다. 특별히 흥미를 끄는 것은 '전환점'(반사실적 사례들의 자연스러운 거주지라고 할 만한)의 주제를 다루고 있으면서 폐기된 아이템들의 목록이다. 이것들은 주로 프루스트가 영감의 원천이라고 한 다른 책의 사례에서 영향을 받은 것들인데, 〈생시몽의 회고록Mémoires de Saint-Simon〉을 들 수 있다.[•] 프루스트는 생시몽이 조건부 완료 시제를 자주 사용하니 그걸 모방해보면 어떻겠느냐

[•] 생시몽은 루이 14세와 15세 시대의 귀족이다.

고 우리에게 제안한다. '누가 알베르틴과 생루에게 그들이 나보다 먼저 죽을 거라고 말했을까?', '누가 우리 할머니에게 언젠가는 남자들이 날게 될 거라거나 오데트에게 그 딸이 생루와 결혼하게 될 거라고 말했을까?', '누가 노르푸아 씨에게 피카르가 국방부 장관이 되고, 프랑스는 알자스로렌 지역을 확보하게 되며, 독일의 권력이 붕괴할 거라고 말했을까?' 등. 그중에서도 최고는 전화에 관해 말한 부분이다.

> 만약 콩브레에서 누군가가 내게 발베크에서 파리로 전화할 수 있다고 말했다던 아마 그 사람이 동화에 나오는 얘기를 하는 거라고 여겼을 것이다.

그러나 이런 사례들도 흥미롭지만, 소설 자체에서 프랑수아즈가 원인이 되어 생기는 구성상의 반사실적 성격과 비교할 만한 것은 없다. 프랑수아즈는 페이지가 찢어져 되살릴 수 없는 원고 내용에 대해 언급하면서 나름대로 도와주려는 마음에서 이렇게 덧붙인다.

안타깝네요. 그것들이야말로 도련님의 최고 아이디어
였을 수도 있는데 말이지요.

그야말로 정곡을 찌르는 가정, 진지하게 받아들일 수
밖에 없는 이야기다. 화자는 이것을 그녀가 '문학 작품에
대한 일종의 본능적 이해를 터득한 것'으로 이해하고 있
다. 그런가 하면 샤를뤼스 역시 반사실 그룹의 일원이다.
그는 화자와의 첫 만남에서부터 빈정거림이 가득한 암시
를 풍겼다.

우리가 빌파리지 부인의 집에서 함께 나온 그날, 자네
가 내 제안을 받아들였더라면 그 이후로 일어난 많은
일들이 아예 일어나지 않았을지 누가 알겠나?

그러나 소설에 나오는 '만약'의 대부분은 화자의 것이
며, 주로 반사실적으로 포화 상태에 이른 주제, 즉 사랑의
낙담에 대한 것이다. 〈사라진 알베르틴〉의 마지막 페이
지에서 질베르트와 대화를 나누면서, 화자는 그녀가 젊
은 남자와 함께 샹젤리제를 걸어가는 것을 보았던 날을

떠올린다.

> 내가 그녀를 다시 만나러 갔던 날, 아직 그럴 수 있는
> 시간이 있었을 때 그녀와 화해했더라면, 황혼 속에서
> 그림자처럼 보이는 두 사람이 나란히 내 쪽으로 걸어
> 오는 걸 보지 않았더라면 아마 내 인생은 바뀌었을지
> 도 모른다.

이 생각에서 그나마 유일한 장점은 '아마도'라는 겸손
한 표현으로 에두르는 것이다.

그러나 이것들 모두가 부수적인 생각에 지나지 않을
수도 있다. 적어도 알베르틴 반사실들과 비교해보자. 알
베르틴 반사실의 사례들은 그 자체로 하나의 완전한 컬
렉션이다. 이것들은 자신이 욕망하는 대상을 향할 때는
만약 어쩌고 하는 생각들이 죄다 어리석기 짝이 없다는
것에 대한 교훈이기도 하다. 스완이 발베크 여행을 제안
하고 실행하도록 부추기지 않았다면 '내 부모님은 결코
나를 보낼 생각을 하지 않았을 것'이며, '그랬다면 알베르
틴을 아예 알지 못했을 것'이라고 화자는 생각한다. 이 생

각은 전반적인 결과의 목록으로 확장될 수 있으며, 그렇게 되면 전체 소설의 절반 이상이, 적어도 원래의 형태로는 존재하지 않을 가능성이 크다. 알베르틴에 관해서는 '만약에'와 '~만 했더라도'가 끝이 없다. '알베르틴이 거기 없었더라면 다른 여자를 만났을 텐데', '아, 알베르틴이 살아 있었다면 아케이드 아래의 저녁 시간이 얼마나 아름다웠을까', '그녀를 아는 여자들을 만날 수 있었다면 알 필요가 있는 것들을 죄다 알아냈을 텐데.'(편집증적 반사실)

그리고 어쩌면 그 위대한 연애에서 가장 고통스러운 한 가지는 오늘 저녁을 기억할 때, 상황이 아주 조금만 달랐다면 내 사랑이 다른 방향, 즉 스테르마리아 양을 향했을 거라고 나 자신에게 말하는 것이다. 그러나 곧 내게 사랑을 불어넣은 다른 여인에게로 내 사랑이 향했으며, 결국 내가 그처럼 근심하고 믿을 필요가 있었던 사랑은 절대적으로 꼭 필요하고 운명적인 것이 아니었다.

이 마지막은 누가 뭐래도 알베르틴 컬렉션의 최고봉

이다. 그나마 '아주 조금만 달랐다면'이라는 것은 연애 중인 사람들의 삶에 관한 반사실적 우발성을 절묘하게 조절해 표현한 것이라고 할 수 있다. 하지만 화자가 자신에게 닥칠 일이 아니라고 믿고 싶은 이기적인 '필요'는 다소화하기 힘들 정도로 모순적이다.

그런 이유로(이것과 유사한 다른 사례들도 있으므로), '일어났을 가능성이 있는 사건 중 실제로 일어난 사건이 우리가 아는 유일한 사건'이라고 하는 화자의 관찰은 오류를 상쾌하게 바로잡는다는 의미에서 신선하고 안심되는 측면이 있다. 이 유쾌한 경험론적 주장에서는 목표 대상이 명확하지 않은 반사실은 의미 없는 헛소리에 지나지 않는다고 잘라 말하기 때문이다. 그런데 이런 주장은 우리가 읽고 있는 책과 화자가 앞으로 쓸 책 모두에 문젯거리를 던질 수 있다. 또한 잠재적으로 많은 논쟁거리가 될 수 있는 이런 질문을 던진다. '내 생각에는 이 문제를 일관되게 이해하려면 한 가지 가정을 받아들여야 한다. 바로 이 두 가지가 결국 같은 것'이라는 가정이다. 즉, 화자가 미래에 쓸 책과 우리가 지금 읽고 있는 (또는 읽게 될) 책이 동일하다고 봐야 한다는 것이다. 특히 중요한 근거가 있다. 화자는 '지금 우리가 읽고 있는 책 속 인물들이 자신이 쓸 책의 등장인물이 될 것'이라고 말한다는 것이다. 그런데 똑같은 사람이 똑같은 삶을 살면서 별개의 두 소설에 등장하는 것은 어렵다. 따라서 두 책은 결국 하나여야 한다. 그러나 두 책이 똑같든 그렇지 않든, 똑같은 규칙과 상황이 적용되며, 무엇보다 비자발적 기억과 그것을 유발하는 감각적 사건이 우연에 의해 이루어진다는 부분이 중요한 역할을 하게 될 것도 분명하다. 이것이 우리가 읽고 있는 소설의 모습이며 화자가 쓰겠다고 말하는 소설의 모습이다. 순환 고리가 있다고 할 때 두 개가 하나로 겹쳐서 완전하고 단일한 고리가 되어 똑같은 위험과 불확실성에 맞서는 것과 같다.

불확실성 중에서도 두드러지게 드러나는 것은 생존에 관한 것이다.

> 내가 반드시 죽는 존재인 것처럼, 내 책 역시 의문의 여지 없이 결국은 사멸하게 될 것이다. [...] 영원한 존속에 대한 약속은 사람에게 허락된 만큼만 책에도 허락된다.

그러나 사멸의 전망 대신에 작품이 애초에 태어나지 않을 가능성, 우리가 읽은 것이 결코 쓰인 적이 없어서 읽히지 않았을 가능성은 어떨까? '백 년 동안 찾아다녀도 소용이 없었던' 그 문이 끝내 찾지 못하도록 운명 지어져서 결코 찾을 수 없는 문이라면? 혹은 찾는다고 해도 문 앞에서 외우는 '열려라, 참깨'가 한낱 공허한 동화의 구절에 지나지 않을 뿐 아무런 힘이 없다는 것이 밝혀지면? 한 잔의 차를 거절하는 상황을 예로 들어보자. 앞서도 나왔듯이 화자가 차를 별로 좋아하지 않기 때문에 충분히 이해되는 상황이다('처음에는 사양했다'). 그런데 거절 뒤에 이어진 상황은 어땠을까? 〈생트뵈브에 반대하여〉에서 프루스트는 직설적이다. 여기서 차 한 잔은 대단히 단호한 부정적 반사실의 지위를 지닌다. 그 특별한 경우에 그것이 없었다면 '나는 결코 그것들을 다시 찾지 못했을 것이다'라고 되어 있다('그것들'은 이런 상황이 아니었다면 접근할 수 없었을, 손 닿지 않는 곳에 묻혀 있던 과거의 '죽은 시간들'이다). 그러나 '그것'이 있었고, 그렇다면 다른 추측들이 몰려들기 시작한다. 음료를 곁들이지 않고 마들렌만 먹었어도 이후 이어지는 모든 것들이 다 충족되었을까? 혹은 차가 아니라 다른 음료(가장 확실한 후보는 카페 오레)를 먹었어도 마들렌을 통해 훨씬 더 황홀한 신체적, 정신적 환대를 경험할 수 있었을까?

답은 결코 알 수 없다는 것이다. 다양한 추측들이 '~했을 것이다'의 반사실에 얽힌 문제들에 둘러싸여 있을 뿐이다. 한편으로는 좀 더 신중한 추측인 '~했을지도 모른다'는 여지도 남겨두게 된다. 차 한 잔이 없고, 거기 적셔 먹는 마들렌이 없으며, 그리하여 소설, 즉《잃어버린 시간을 찾아서》의 가장 중요한 구성 요소인 '열려라, 참깨'의 요소가 없는 부정적인 가능성의 공간이라는 여지가 남는 것이다. 이렇게 생각하면 뭔가 감질나는 기분이 들기도 한다. 그 결과 흡사 자석에 이끌리듯이 우리는 또다시 마들렌 에피소드로 회귀한다. 이어서 또 다른 나무로, 거기서 빅토리아 시대 영국의 소네트로도.

V

'마들렌을 먹는 순간'의 경험은 위디메딜에서 나무들을

우연히 마주쳤을 때와 비슷했다. 둘 다 무언가 중요한 메시지를 전하려는 신탁 같은 성격을 띠고 있었다. 하지만 화자는 그 의미를 명확히 파악할 수 없었다. '이건 어디에서 온 걸까? 무슨 뜻일까? 어떻게 하면 이해할 수 있을까?' 동시에 이런 경험은 화자에게 한 가지 의문에 대한 답을 주었다. 그는 늘 '과거의 시간들이 모두 죽어서 되돌릴 수 없는 것은 아닐까' 하고 걱정했는데, 그런 화자의 걱정이 틀렸다는 것이다. 그런데 여기에 문제가 있다. 작가가 계속 '우연'이라는 말을 반복해서 강조하기 때문이다. 이는 결국 모든 게 우연에 달려 있다는 걸 떠올리게 한다. 실제로 마지막 전에서도 이런 식의 표현이 거울에 비치는 상처럼 세 번이나 빠르게 연달아 일어난다.

영원히 죽었다고? 그럴 수 있다고? 이 모든 것에는 많은 우연이 있다. 우리의 죽음에 대한 두 번째 종류의 우연은 종종 첫 번째의 호의를 오래 기다리게 하지 않는다. 과거는 [⋯] 우리가 짐작하지 못할 모종의 물질적 대상(이 물질적 대상이 우리에게 주는 감각 속에서)에 숨겨져 있다. 우리가 죽기 전에 이 대상을 마주칠지 그렇지 않을지는 우연에 달려 있다.

이것은 알리바바 이야기의 '문'을 프루스트 방식으로 바꾼 또 다른 버전이지만 다른 출처에서도 같은 사례를 찾아볼 수 있다. 바로 켈트족의 윤회 사상이다.

나는 켈트족의 신앙이 아주 합리적이라고 여기게 되었다. 우리가 잃어버린 영혼들이 우리보다 하위에 있는 존재들, 동물, 식물, 생명이 없는 것들 속에 갇혀 우리에게서는 상실된 채로 있다가, 여전히 많은 이들에게는 결코 허락되지 않을 그날 우리가 우연히 그 나무에 다가가 영혼들의 감옥인 그 대상물을 발견하게 되면, 그들은 전율에 겨워 우리를 부르고, 우리가 그 존재를 알아채는 순간 곧바로 주문이 풀린다. 그렇게 우리에게 인도된 영혼들은 죽음을 극복하고 우리와 함께 살기 위해 귀환한다.

프루스트가 켈트족 이야기를 하는 것을 난데없다고 생각할 수 있지만, 프레이저James George Frazer●가 쓴 〈황금가지The Golden Bough〉의 영향이 프랑스에 널리 퍼져 있다. 프루스트의 작품 속에도 흔적이 남은 것이며, 철학자 베르그송Henri Bergson과 예술사학자긴 에밀 말Émile Mâle을 통해 프루스트는 직접 영향을 받은 것으로 이해할 수 있다. 그러나 켈트 신앙이 아무리 '합리적'으로 보인다고 해도 이 구절이 프루스트나 소설 속 화자가 윤회전생의 교리에 헌신한다는 의미를 담고 있는 것은 아니다. 그보다는 마법의 주문을 깨트림으로써 감금 및 석방의 한 형태로 표현되는 깊은 망각과 무의식적으로 떠오르는 기억의 경험을 교리에 비유해 표현한 것에 가깝다. 그러나 정말로 미스터리라고 할 것은 출처도 없이 구절 안을 헤매는 '그 나무'다. 이 나무는 단순히 영혼을 가두는 카테고리 세 가지, 즉 동물, 식물, 생명이 없는 것 중 두 번째인 식물의 사례에 지나지 않는 것일까? 그렇다고 해도 문법에 맞지 않는다. 이 세 가지 일반적인 분류는 부정관사나 형용사의 지배를 받는 데 반해 '나무'에는 정관사가 붙어 '그 나무'로 표현되어 있기 때문이다. 그렇다면 나무가 이미 언급된

• 영국의 사회인류학자.

적이 있다(그러나 언급된 적이 없다)는 의미가 되므로 정관사 정도의 사소한 것에 집착한다고만 할 수는 없는 상황이다. 프루스트가 자신의 원고에 나온 것과 아직 나오지 않은 것을 잊어버린 게 아니라면(이 가정도 배제할 수는 없다), 문법적인 오류보다는 신화와 원형에 관한 내용을 강조하기 위한 수사적 장치로 보는 편이 더 합리적이다. '그 나무'가 켈트족과 관련된 북유럽 신화의 이그라드실, 즉 '생명의 나무'를 상징하도록 한 것으로 보는 것이다.

정관사가 지시하는 대상의 불확실성에 더 직접적으로 연결되는 것도 있다. 이것은 구문의 빈 곳에서 어휘가 쇄도해 나오는 듯한 기운을 '그 나무'에 불어넣는데, 마치 마들렌의 맛이 방아쇠가 되어 자신도 모르게 회상의 봇물이 터진 것과 마찬가지다. 실제로 이 부분을 마들렌 에피소드 자체를 미리 압축해놓은 버전으로 읽어도 될 정도다. 이에 따라, 그리고 어느 정도 해석의 재량을 발휘하면 '그 나무'를 '마들렌 나무'로 불러도 되지 않을까 싶다. 또한 단순히 연관성만으로도《잃어버린 시간을 찾아서》속에서 이 나무는 보리수나무가 될 가능성이 높다. 왜냐하면 마들렌 에피소드에서 보리수꽃이 차 한 잔에 곁들여겨 나오면서 중요한 역할을 하기 때문이다.

　이것은 더 나아가 소설의 두 가지 다른 주제와 연결되어 있다. 그 나무는 '우리가 우연히 지나치는 것'으로서, 다시 말하지만, 우연성에 의해 우리가 획득할 수 있게 되는 대상물이다. 소유의 행위를 가능하게 하고, 이것이 다시 갇힌 영혼을 해방시키는 마법의 열쇠가 된다. 두 번째는 나무 옆을 지나가는 것에 '~인 그날'처럼 정해진 시간이 있다는 것이다. 이런 시간적 제한은 대개 일상적인 수준이지만 여기서는 문장 중간에 갑자기 끼어들어, 중요한 변곡점을 지니고 있기는 하지만 소설 속의 날 중 그날의 위치와 경쟁 구도를 만든다. 따라서 이날이야말로 전체 작품의 건축적 구성에서 전환점의 날이 될 수 있다. 그러나 이날은 여전히 '많은 이들에게는 결코 허락되지 않을' 날이 될 수도 있으므로, '어떤 이들에게는 오지만 결코 오지 않을 수도 있는'이라는 조건을 덧붙여야 할 것이다. 결국 화자 역시 예외적인 혜택을 누리지 않을 가능성이 있다는 것이며, 더구나 또 다른 근본적인 가능성 또한 배제할 수 없다는 말이 된다. 다름 아니라 우리의 잃어버린 자아는 '영원한 죽음'을 두려워하며, 그 자아의 지식을 붙들어 두고 있는 감옥은 영원히 잠긴 채 남아 있을 수 있게 된다는 것이다. 그리고 작품이 탄생하기 위한 필수 조건과 함께 이 모든 것이 영원히 잠겨 있을 수 있다는 것이다. 이렇게 생각하다보면 머리가 복잡해진다. 지금 우리가 읽고 있는 이 책 자체가 정말 존재하는 것인지 의심스러워진다.

이러한 프루스트의 생각이 핵심 개념으로 이루어진 명제와 추상으로만 이루어진 것은 물론 아니다. 오히려 시에 어울리는 정서적 색조와 질감을 지니고 있다고 하는 편이 맞을 것이다. 작가는 많은 곳에서 시적 정서를 발견했을 것이며, 특히 단테 가브리엘 로세티의 소네트 〈표제A Superscription〉의 첫 연, 그중에서도 첫 행에서 많은 감흥을 받았을 것이다.

내 얼굴을 봐. 내 이름은 아마 그랬을지도 몰라라고 해
나를 더 이상, 너무 늦은, 안녕이라고도 부르지
그대 인생의 거품 일렁이는 발치에서 떠밀려온
죽은 바다 조개껍데기를 그대 귀에 대어주지
인생, 사랑의 모습이 보이는 유리를 그대의 눈에 대보

지만

이제 내 주문으로 견딜 수 없이 흔들리는 그림자가 되었으니

말로 다할 수 없는 궁극적인 것들의 연약한 장막

이 시는 《인생의 시간The Hour of Life》이라는 모음집에서 가져온 것으로 1887년에 클레망스 쿠브Clémence Couve가 《인생의 집La Maison de vie》이라는 제목으로 프랑스판을 번역했다. 여기서 프루스트는 소네트에 매혹되었다. 이 시의 2연에서는 새로운 희망을 다루고 있지만 프루스트는 집요하게 1연에만 매달린다. 20년에 걸쳐 사람들과 편지를 주고받을 때 계속해서 다루는데, 어떻게 보면 이 시 자체가 그를 괴롭히는 '유령'이 되어 도돌이표처럼 되돌아오는 게 아닌가 여겨질 정도였다. 1902년에 화가인 폴 엘뢰Paul César Helleu에게 쓴 편지에서 그는 시에서 목소리—반사실의 목소리—가 실제로 들리는 것처럼 말한다.

나는 그것이 내게 "내 이름은 아마 그랬을지도 몰라라고 해"라고 말하는 소리를 들을 수밖에 없었어요.

그리고 그 이듬해에 앙투안 비베스코에게 보내는 편지에서는 그 목소리가 얼굴로 변하고 글의 내용은 더 어두워진다.

> 때때로 내 안에서 "아마 그랬을지도 모르고 그렇지 않았을지도 몰라"가 비난의 낯빛을 한 죽은 이의 얼굴로 떠오른다네.

그 이후로는 오랫동안 침묵이 이어졌지만, 17년 후 이 시의 핵심 개념이 폴 수데이Paul Souday•에게 보낸 편지에서 다시 부상한다. 폴의 아내가 세상을 떠나고 폴 자신이 죽기 2년 전이었다.

> 감히 그러고 싶으면 내 얼굴을 들여다보세요. 나는 무엇이 그랬을지를 기억합니다. 무엇이 그랬을지, 어떤 게 그렇지 않았을지를 말입니다.

• 프랑스의 문학평론가, 수필가

프루스트가 왜 그처럼 그 시에서 기괴하다고 할 '너무 늦은'이라는 부분의 의인화에 매혹되었는지 어렵지 않게 이해할 수 있다. 그리고 그가 '죽은 조개껍데기'를 귀에 대는 것에 대해 어떻게 받아들였을지 궁금할 따름이다. 특히 프티 마들렌을 떠올리면서 짐작해볼 뿐이다('조가비 모양의 홈이 팬 틀에 넣어 만든 것 같았다'). 아무튼 이 시의 첫 행은 이름에 천착하는 프루스트에게 또 다른 차원의 매혹을 선사했으며, 적어도 프루스트의 스타일이라고 할, 근본적으로 반사실적이어서 회의적일 수밖에 없는 문체에 길들여진 독자들에게는 그의 소설 제목에 대한 또 다른 대안을 제시해주는 역할을 한다. 게다가 '그럴지도 모른다'라고 하는, 즉 'might have'에서 'might'와 'have' 사이에 'not'을 삽입해 '그렇지 않을지도 모른다'라고 하는 제안도 동시에 받아들일 수 있게 한다. 이렇게 이름으로 무장했으니, 다시 '차 한 잔'의 가정과 그것이 묘사하는 중요한 교차로의 순간으로 돌아가 볼 수 있게 되었다. 실제로 차를 마시지 않겠다고 거절했다고 가정해보자. 이것은 누가 봐도 명백한 반사실일까? 책을 읽느라 바쁜 독자들이 알아차리지 못할 뿐일까? 그리고 우리가 독서를 멈추어가며 그 문제에 파고들게 되면 그때도 이런 의미로 받아들일 수 있을까? 프루스트에게나 우리에게 이미 사실로서 존재하는《잃어버린 시간을 찾아서》가 그럼에도 여전히, 우리에게 기적적으로 온 작품의 바로 그 중심에 새겨진 거대한 '만약' 위에서 위태롭게 균형을 잡고 있다는 의미로 받아들일 수 있을까?

Chapter 11

잃어버리고,
찾고 다시 잃어버리다

Lost, found and lost again

I

1908년에 프루스트의 친구인 마르테 비베스코 공주●(앙투안의 어머니)가 《여덟 개의 파라다이스Les Huit Paradis》라는 책을 출간했다. 중동 여행을 기록한 반허구적 일기 형식의 책이었다. 제목은 시인이자 수피Sufi●● 신비주의자인 아미르 쿠스로Amir Khusro가 쓴 중세 서사시 '여덟 개의 파라다이스The Eight Paradises'를 의도적으로 되살린 것이다. 프루스트는 이 책을 극찬했다.

● 루마니아의 왕족이면서 프랑스에서 활동한 작가.
●● 이슬람교의 신비주의 사상.

공주님, 당신은 빛나는 작가일 뿐 아니라 어휘의 조각가, 음악가, 향기의 조달자이자 시인입니다.

(1902년의 편지에서도 이미 그는 마르테를 '페르시아 시인'으로 불렀다.) 그녀의 책은 《잃어버린 시간을 찾아서》에서 《천일야화》에 대한 또 다른 암시를 제공했을 수도 있다. 화자가 발베크의 산책길에 알베르틴을 처음 보았을 때, 그는 아메드 왕자 이야기•에 나오는 여성형 지니, 페리의 모습을 떠올렸다. 그러나 알베르틴에게는 '페르시아 낙원의 요정보다 훨씬 더 유혹적인 무언가'가 있었다. 여기서 요정의 나라는 소설에서 참조하는 낙원 중 하나일 뿐이지만, 많은 작가들이 낙원을 잃어버린 곳과 되찾은 곳 혹은 둘 모두를 의미하는 상징으로 다루듯 프루스트 역시 마찬가지다. 그중에는 즉흥적인 수사도 있는데, 예를 들어 게르망트 세계다. 이곳은 화자가 간절히 들어가고 싶어 하는 곳이지만 프루스트는 '절대로 들어가지 않을'

• 아버지 왕의 명령에 따라 세상의 보물을 찾으러 나선 세 왕자 중 막내가 요정들이 사는 낙원에서 페리바누를 만나게 되는 이야기.

낙원으로 비꼬듯 묘사한다. 그런가 하면 뱅퇴유 칠중주곡에 의해 소환되는 낙원의 판타지도 있다. 말이 사라지고 음악만 남은 곳으로, 동시에르 에피소드의 '아직 소리가 없던 시절의 에덴'과 같은 맥락이다.

> 폭포가 크리스털 자락을 펼친다. 오직 보는 눈을 위해서. […] 낙원의 폭포만큼 순수한.

낙원 이야기에는 정원이 빠질 수 없다. 아라비안나이트의 낙원에는 반드시 안마당과 함께 정원이 등장하는데, 아마 코란에 나오는 '영원한 정원'의 영향일 것이다. (페르시아어 '파르디pardi'는 낙원과 정원 둘 다를 의미한다.)《잃어버린 시간을 찾아서》에는 개인 정원과 공공 정원, 사전적 의미의 정원과 은유적인 정원 등 다양한 종류의 정원이 등장하며, 그 시작은 콩브레의 정원이다. 스완이 식사 후에 방문하는 곳, 소년인 화자가 여름 폭풍이 지나간 후 할머니와 함께 '라일락 나무 그늘' 또는 '밤나무 아래'에서 책을 읽으며 여름 오후를 보내는 곳이다. 이런 목가적인 장소에서 문제가 되는 것은 정원사뿐이다. 할머니는 이 정원사의 취향에 경악한다. 이 정원사는 프랑수아즈와 전쟁이 어떻고 혁명이 어떻고 하며 성마른 대화를 주고받은 것으로도 기억된다. 그러나 흥미롭게도 〈쾌락과 나날〉에서 프루스트는 이와는 정반대로 매우 모범적인 정원사의 모습을 그려내고 있다.

우리를 행복하게 해주는 사람들에게 감사를. 그들은 우리 영혼을 꽃피우는 매력적인 정원사들이다.

〈게르망트 쪽〉에서 잠과 정원에 관해 쓴 구절을 보면, 이것들은 우리가 기억하는 것들, 우리가 꿈속에서 가꾸는 대상을 가리킨다.

시인들은 우리가 어린 시절에 살았던 집이나 정원을 다시 찾아갈 때 과거에 지녔던 자아를 잠시 회복한다고들 하는데, 그런 순례는 매우 위험하다. 성공하면 기쁘겠지만 그만큼 큰 실망으로 끝맺는 경우도 많다.

이런 '기념품 쇼핑' 같은 방문에는 두 가지 의미(추억과 기념물)가 들어 있는 셈이다. 이와 비슷한 정원 가꾸기의 은유가 동시에르 에피소드에서 묘사된 '잠의 지하 갤러리'에 있는 기억의 세상에도 나온다. 이것들 역시 '위험'과 '실망'으로 판명되기도 하지만 한편으로는 우리를 더 깊은 곳으로 인도한다.

육체를 뒤덮고 있는 흙을 철저하게 헤집고, 그리하여 근육들이 가지를 뻗듯 뻗어나가 새 생명을 불어넣은, 어린 시절의 정원을 재발견하게 해준다.

유년기의 정원은 확실히 '낙원 같은 정원' 테마를 변형한 형태이며, 역시나 시인을 만나게 되는 장소가 된다. 화자는 뱅퇴유 칠중주곡을 듣고 '시인들'이 '상상의 낙원을 지구와 똑같은 풀, 꽃, 강으로 채워 넣는다'라고 한다. 그리고 시인과 음악가에 이어 엘스티르의 수채화가 '우리가 언제나 머무를 수밖에 없는 내면의 정원'으로 등장하면서 화가까지 포함하여 다양한 예술가들이 낙원의 재창조에 관여하는 사슬을 완성한다.

그러나 우리는 또한 그곳을 떠날 수밖에 없다. 콩브레

의 '정원 문'을 통과해 스완이 도착하면 화자에게는 어머니가 잠자리 인사를 해줄 때 느끼는 행복감으로 상징되는 모성의 에덴에서 추방될 것을 암시하는 서곡이 울린다. 또 책의 첫 부분에서 화자가 꾸는 에로틱한 꿈의 창세기 이야기도 같은 맥락이다('때때로 이브가 아담의 갈비뼈에서 태어나듯 내가 자는 동안 한 여인이 내 뻣뻣하게 경직된 넓적다리에서 태어나기도 했다.'). 좀 더 뒤로 가면 스완과 오데트 서사의 유혹 장면에서 스완이 '지상 낙원의 꽃들 사이에서 그것을 맛본 최초의 인간에게 그렇게 보일 법한 것'을 경험하게 되기도 한다. 그러나 이내 이 맛에는 자학적인 질투의 쓴맛이 더해지게 된다. 〈꽃핀 소녀들의 그늘에서〉에서 화자 자신이 질베르트의 고통스러운 기억으로 시작되는 에덴 추방의 서사 속으로 들어가는 노골적인 총연습이 펼쳐지기 때문이다. (잠깐뿐인) 위안이라고는 '경이로운 황금시대, 즉 우리가 다시 뭉치고 화해하는 낙원'에 대한 망상일 뿐, 하지만 당연히 그런 일은 결코 일어나지 않는다. 이곳이 프루스트의 소설이 실낙원을 주제로 한 거대한 인류 도서관의 항목임을 스스로 선언하는 지점이다.

셀레스트의 회고록은 심오한 것들과 평범한 것들이 함께 어울려 행복하게 살아가는 내용으로 되어 있다는 점이 무엇보다 돋보이는 책이다. 낙원에 대해서도 마찬가지다. 셀레스트는 늘 프루스트가 선호하는 식단에 관심을 기울였는데, 그가 특정 음식에 대해 '갑작스러운 끌림'(감자튀김이 그런 사례다)을 보인다고 말했다. 그녀에 따르면 이런 갑작스러운 변화는 주로 '그가 잃어버린 시간들을 찾고 있는 순간'에 일어났다. 여기서 '잃어버렸다'는 것을 실낙원의 의미라고 설명한다. 셀레스트는 이런 튀김에 대한 편애를 언급하면서도, 무작위로 인용하곤 했다. '잃어버린 시간'에서부터 시작해 소설 곳곳의 제목인 내용까지 폭넓게 인용했다. 이런 무작위적인 인용이 가능했던 것은 '실낙원의 의미'라는 복잡한 논점을 교묘하게 회피하는 구절에 대한 그녀의 놀라운 자신감 때문이었다. 실제로 소설 전체에서 '낙원'이라는 단어가 다양한 상황에서 26회 등장한다. 그중에서도 두 번은 '잃다'라는 말과 함께 나와서 특별히 강력한 울림을 준다. 정교하면서도 자주 인용되는 사례는 마지막 권의 '기억' 회상에서 찾을 수 있다.

(회상은) 갑자기 새로운 공기, 정확히는 우리가 이전에 마셨던 공기여서 새롭게 느껴지는 공기를 호흡하게 한다. 이 순수한 공기를 시인들이 낙원에서 널리 퍼뜨리려 했으나 헛수고가 되고 말았으며, 이미 마셔본 적이 없다면 새로움의 깊은 느낌을 전달할 수 없다. 왜냐하면 단 하나의 진정한 낙원은 우리가 잃어버린 낙원이기 때문이다.

이 구절, 특히 경구처럼 들리는 마지막 문장은 우리에게 상당히 익숙해서 창세기에서부터 단테^{Dante Alighieri}•, 밀턴^{John Milton}•• 그리고 그 너머에 이르는 전통을 단순히 계승하는 것 같기도 하다. 그러나 실제로 여기에는 매듭을 풀어야 할 복잡한 생각이 들어 있다. 말하자면 우리를 당혹스럽게 할 일련의 질문들이 포함되어 있다는 것이다. 프루스트가 소설의 다른 부분에서 말하는 것처럼 단순히 우리가 낙원에 대한 '꿈'을 꾸는 것이라면 '진정한 낙원'

• 이탈리아의 시인. 그가 쓴《신곡》에 실낙원이 등장한다.
•• 영국 시인. 대서사시《실락원》을 썼다.

의 '진정'을 이루는 것은 무엇인가? 진정한 낙원이 본질적으로, 결정적으로 상실되었다는 것은 또 무슨 의미인가? 만약 그게 본질적이라면 (즉, 낙원이 상실의 본질을 지니고 있다면) 애초에 우리는 어떻게 낙원을 가질 수 있었으며, 결정적이라고 하면 그걸 어떻게 되찾을 수 있겠느냐는 것이다. 결국 '시인들이 순수한 공기를 회복시키려다 실패'한 것은 인류의 잃어버린 기원에 대한 이상향을 추구하는 낭만주의의 전통에 비유한 것이라고밖에 볼 수 없다. 또한 이상향의 추구라는 것은 '있었을지도 모르는' 낙원에 대한 생각과 함께 놀아나면서 향수에 젖은 환상을 헛되이 좇는 것에 지나지 않는다(예를 들어 태초에는 말이 없고 오직 음악만 있었을 것이라는 식으로).

프루스트는 '새로운'이라는 용어, 특히 '회복의 심오한 느낌'이라는 형태로 새로운 생명을 가져다주는 '새로운 공기'의 호흡과 관련해 더욱 뚜렷하게 자신의 색깔을 드러낸다. 동시에르에서 소환된 낙원이 소리를 듣지 못하는 이들을 위한 것이었다면, 이번에는 천식 환자들을 위한 낙원이다. 그러므로 프루스트가 '순수한 공기'를 흡입함으로써 지나온 과거와 지금 살아가는 현재로 회귀한다

는 생각에서 일종의 황홀경으로 나아가는 것은 전혀 놀
랄 일이 아니다. 그러나 이것은 아주 작은 것에 불과하다.
정말 인상적인 것은 시간의 역전, 즉 '새로운'이 '이전에'
로 동화되는 부분이며, 나아가 접속사 '때문에'를 통해 인
과적으로 연결된다는 것이다('정확히는 우리가 이전에 마셨
던 공기이기 때문에 새롭게 느껴지는 공기를 호흡하게 한다').
이것은 기억과 예술의 관계에서 핵심이라고 할, 위대한
프루스트의 진실 하나를 일러준다. 프루스트가 이따금
다소 느슨하기는 하지만, 만물이 유동적이라면 '같은 강
물에 두 번 발을 담글 수 없다'라고 주장하는 고대 그리
스 철학자 헤라클레이토스[Heraclitus]의 무리에 묶이기도 한
다는 것이다. 그러나 사실상 프루스트의 소설은 상반되
는 주장을 담아내고 있다고 할 수 있다. 두 번 발을 들여
놓을 수는 있지만, 그 두 번째가 사실은 첫 번째라는 식이
다. 낙원은 '상실'되었을지 모르지만 (화자에 따르면 '진정
한' 것들), 전통적인 서사에서처럼 한때 누렸다가 이후에
상실하게 되는 원초적 상태가 아니라 두 번째가 되어서
야 처음으로 진정한 낙원을 경험한다는 뜻이다. 이것은
아마 프루스트의 역설 중에서도 더 강력한 편에 속할 것

이므로, 우리가 그 '의미'를 셀레스트의 '그런 의미에서'와 같은 입장에서 이해하려면 좀 노력할 필요가 있다.

첫 번째로서의 두 번째라는 역설에 대한 힌트가 '콩브레' 장면의 결론 부분에 나온다.

> 창조에 대한 믿음이 내 안에서 그갈되어서인지, 혹은 현실이 오로지 기억 속에서만 형체를 띠기 때문인지, 오늘 처음 본 내 눈에 보인 꽃이 내게는 진짜 꽃처럼 느껴지지 않는다.

처음 경험했다거나 역사적으로 최초라는 것은 중요하지 않다. 그런 건 그냥 망각 속으로 사라지기 마련이다. 프루스트의 화자도 마찬가지다. 그는 결코 처음으로 마들렌을 맛보았을 때 어땠는지에 대해서는 말하지 않는다. 여기서 '첫 번째'라는 개념은 일반적인 의미와 다르다. 조르주 폴레Georges Poulet가 완벽하게 정리한 '최초성 originalités'•의 경험으로 해소된다. 그의 표현에 따르면 '또 다른 현재의, 현재 안에 있는, 현재, 즉 과거'라는 것이다. 만약 이것이 심지어 모순적이고 비일관적으로 보인다면 게르망트 가의 서재에서 새롭게 떠오른 감각 중에서 풀 먹인 냅킨의 사례를 통해 프루스트의 생각을 더 명확히 이해해보자. 하인이 다과와 냅킨을 가져다주었다. 화자의 입에 닿는 냅킨의 감촉은 그 즉시 그를 발베크의 호텔로 데려갔다. 그날 그가 닦은 냅킨과 '정확히 똑같은 빳빳함과 똑같은 풀 먹임의 정도를 지녔다'는 느낌이 되살아났다. 이것은 '현재와 과거가 일치하는 순간' 중 하나였다. 과거의 사건이 처음인 것처럼 다시 경험되는 일이 반복된 것이다.

> 그 인상이 너무 강렬해서 내가 재현하는 그때의 순간이 실제로 현재에 일어나고 있는 것처럼 보였다.

- 시간적 순서상의 '처음'이 아니라 매순간 새롭게 체험되는 의식의 근원적 출발점을 의미한다.

II

마지막 권의 '현재와 과거가 일치하는 순간'이라는 관념은 〈사라진 알베르틴〉에서 화자가 자신의 '내부'에서 알베르틴이 죽었을 때 오히려 '그 어느 때보다 더 살아 있었다'라고 말하면서 '동일한 순간들에 의해 소환되는 과거 순간들의 영원한 재탄생'에 대해서도 언급하는 부분에서 이미 예견된 것이었다. '재탄생'이라는 말은 자연스럽게 프루스트의 또 다른 개념인 '부활'을 떠올리게 한다. 이 소설을 한마디로 표현한다면, 다양한 형태로 나타나는 발작적 부활의 긴 이야기라고 할 수 있다. 거기에는 '우리가 깨어날 때 일어나는 부활'로 잠으로부터의 전환이 있고, 같은 맥락에서 시간의 작업에 의해 수행되는 변화된 형태가 있는데, 이것은 '우리 자아의 죽음, 그 이후의 부활, 그러나 다른 자아의 형태로 일어나는 부활'을 만들어 낸다. 예술 영역에서는 이것이 상징으로 주로 나타나는데, 포르투니 드레스의 장식적인 새 모티프가 '죽음과 부활'을 상징하는 것이 그런 예다. 생루를 방문했을 때 귀가 안 들리는 상태의 끝을 상상한 부분에서도 또 다른 재탄생으로 표현된다.

> 온 누리를 비추는 햇빛 같은 소리가 새롭게, 눈부시게 나타나며, 우주에서 다시 태어난다. […] 우리는 소리의 부활을 천사의 노래인 듯 지켜본다.

그런가 하면 실제로 종교적인 부활을 다룬 부분도 있다. 엘스티르는 발베크 성당의 현관에 있는 조각의 모티프를 설명하면서 "성모 마리아가 성 토마스에게 자신의 부활을 증명하기 위해 건넨 허리띠"에 대해 이야기한다. 물론 이것은 예술가의 입을 통한 설명이다. '부활'이라는 단어의 종교적인 배경을 보여주기는 하지만, 여기서 중요한 점을 다시 확인해야 한다. 프루스트는 종교적인 작가가 아니라는 것이다. 어린 화자를 저녁 식사에 초대하면서 '부활절 아침의 꽃'을 챙겨 가져오라고 졸라대던, 화자에게 큰 영향을 미친 르그랑댕의 사례를 보면 쉽게 이해될 것이다.

실제로 프루스트는 어느 편지에 '내 인생에서 종교적 관심이 없었던 날은 하루도 없다'라고 쓰면서도 앞부분에 '비록 신앙은 없지만'이라는 조심스러운 단서를 달았다. 소설에서 '소멸과 부활의 위대한 신비'라고 표현한 것은 기독교 신학의 재림을 가리키는 것이 아니며, 제2의 아담이라고 하는 밀턴의 그리스도를 지칭하는 것도 역시 아니다. 이 부분에서 프루스트가 관심을 둔 것은 늘 그랬듯이 현세적이며 심리적인 것들이었으며, 기억의 경험에 뿌리를 둔 것이었다. 〈생트뵈브에 반대하여〉의 시작 부분에서 쓴 '부활'이라는 어휘도 '죽은 시간들'의 무의식적인 소환을 묘사하기 위한 것이었고, 《잃어버린 시간을 찾아서》에서는 중심점이 항상 마지막 권의 '기억의 부활'이라는 표현에 있었다. 물론 여기저기 신학적 담론의 흔적(특히 죽은 자로부터의 귀환이라는 유사 종교적 언어에서)이 남아 있기는 하지만 프루스트의 화자는 재빠르게 그 부분을 세속화한다.

아마 죽은 후 영혼의 부활은 기억의 현상일 것이다.

소설에서 '기억의 현상'이라고 부르는 소멸과 부활의 신비에 관해 다룬 사례 중 가장 두드러진 것은 〈소돔과 고모라〉의 저 유명한 '마음의 간헐' 부분에서 화자의 할머니가 사망한 것을 다루는 부분이다. 할머니가 사망하고 1년 후, 부활절 직후에 화자는 어머니와 함께 두 번째로 발베크를 방문한다. 호텔 방에서 화자가 구두끈을 풀려고 몸을 구부리는 순간, 그는 바로 그 방에서 할머니가 구두끈을 풀어주었던 이전의 시간으로 순식간에 되돌아간다. 특별할 것 없는 행동이 순간적으로 육체적 경련을 일으킨 것과도 비슷한데, 이 경련은 동사가 제거된 첫 문장의 구문적 경련에 그대로 반영되어 있다.

내 온 존재의 경련. 바로 첫날밤부터 나는 심장 발작으로 힘들었는데 고통을 이겨내보려고 애쓰면서 천천히, 조심스럽게 몸을 굽혀 구두를 벗으려고 했다. 그러나 구두의 첫 번째 단추에 손이 닿기도 전에 알 수 없는 신성한 존재가 들어온 듯 가슴이 부풀어올랐다. 나는 몸을 떨며 흐느꼈으며, 눈에서는 눈물이 주르륵 흘러내렸다. […] 기억 속에서 피로에 지친 채 다정하고, 염려 가득하며, 낙담 어린 표정을 하고 몸을 구부리고 있던 할머니의 얼굴이 스쳐 지나갔다. 우리가 함께 도착한 첫

날 저녁이었다. 할머니의 얼굴은, 자신이 할머니를 그다지 그리워하지 않는다는 현실에 스스로 놀라고 자책했던 그 얼굴은 그동안 이름으로만 내게 남아 있었다. 그런데 진짜 할머니, 시대착오법이 현실이 당신이 첫 발작을 일으켰던 샹젤리제의 그날 이후 처음으로 완전하고 비자발적인 기억 속에서 되살아났다.

온라인에 '소설 속 할머니들'이라는 제목의 리스트가 몇 가지 올라와 있는데, 그 목록에 프루스트가 포함되어 있지 않다는 것은 세계 문학에 대한 범죄나 마찬가지다. 이것은 소설에서 죽음으로부터의 귀환을 다룬 고전적 에피소드라고 할 수 있으며, 사무엘 베케트가 '아마도 프루스트가 쓴 가장 위대한 구절'이라고 묘사한 데는 다 그럴 만한 이유가 있다. 베케트가 '구절'이라고 한 것은 전체 연속 장면을 의미하며, 위대하다는 것은 심오한 정서적 힘뿐만 아니라 형식의 복잡성, 즉 장면을 이어가는 방식과 더 광범위한 맥락이 소설 구조를 기하학적으로 설계함을 아우른다. 바로 예변법, 생략법, 후술법 그리고 살아 있는 그것이다.[28]

이 중 예변법을 통해서는 다가올 일에 대한 사전 통지가 주어지는데, 앞 권에서 동시에르에서 할머니와 통화할 때 전화상으로 들리는 할머니 목소리가 단서다.

> 그 목소리는 할머니가 돌아가셨을 때 어쩌면 나를 보러 다시 와주었을 것만 같은 형체 없는 유령 같았다.

같은 권의 2부 1장은 죽음 그 자체로 끝맺는다. 그러나 2장의 시작 부분으로 페이지를 넘기면 중요한 생략법이 기다리고 있다.

> 그냥 가을의 어느 일요일이었지만 나는 막 다시 태어났다.

죽음을 목격하는 것에서부터 내면의 재탄생을 경험하는 것으로 훌쩍 건너뛰어 서사에 빈자리가 생기고 화자가 죽음에 대해 어떤 반응을 보였는지 생략된 채 일단 나

---

28 8장 '기하학자와 직조공' 참고.

아가는 것이다. 이 간격은 한참 뒤, 두 번째 발베크 방문 시점이 되어서야 채워지며, 지연된 시간만큼 충격의 효과는 더 크다. 또한 〈사라진 알베르틴〉의 베네치아 에피소드는 그로부터도 훨씬 더 지연된 시점인데, 이때가 되어서야 화자는 죽음 당시에 자신이 느꼈던 것 혹은 오히려 느끼지 못했던 것들을 이야기한다.

할머니가 돌아가셨다는 사실을 알게 되었을 때, 처음에는 슬픔이 느껴지지 않았다.

이런 자기 기술self-description은 마지막 권에서 반복된다.

할머니가 마지막 순간에 고통을 겪으며 내 눈앞에서 죽어갈 때 나는 너무도 냉담하게 그걸 지켜보았다.

회고적 명확성을 제공하는 아날렙시스analepsis●는 프루

● 이야기를 순차적으로 진행하지 않고, 사건의 한가운데에서 이제까지 이야기가 어떻게 진행되어왔는지 설명할 때 사용하는 서술법. 한 사건을 이야기한 뒤, 그 사건보다 먼저 일어난 일을 나중에 이야기한다.

스트가 시대착오anachronism라고 부르는 '지연'의 형태를 반영한다. 그는 이를 다음과 같이 설명한다. "이러한 시대착오는 종종 사건의 연대기와 감정의 연대기가 일치하지 못하도록 만든다." 그러나 시대착오에 관련된 다섯 번째 형태야말로 갑작스럽게, 순간적으로 작동한다는 면에서 다른 것보다 더 폭력적이라고 할 수 있는데, 그것은 바로 '간헐성'이다. '간헐성'이라는 개념은 〈꽃핀 소녀들의 그늘에서〉에서 장 제목의 중요 어휘로서뿐 아니라 심리 '법칙'으로 작동한다. (인간을 구성하는 법칙 중 하나인 간헐성은 예측할 수 없는 다른 기억의 회상에서 더 큰 영향을 받는다.) 이 법칙은 다소 엄숙한 형태로, 〈사라진 알베르틴〉에서 떠나버린 (그리고 그 뒤 사망한) 알베르틴에게 명시적으로 적용된다.

그 슬픔은 불길한 상황을 끌어모아 마음대로 도출해낸 비관적인 결론이 아니라, 우리가 선택했다기보다는 외부에서 유발된 특유의 인상이 간헐적으로, 부지불식간에 되살아난 것이다.

'간헐'이라는 장 자체 역시 경구적인 종류의 분석적인 추상 개념으로 빽빽하게 채워져 있다. 그러나 여기에는 훨씬 더 직접적인 것들이 동반된다. 마치 존재하지 않는 곳, 즉 묻혀 있던 자아로부터 표면으로 떠오르도록 강제하는 비자발적 기억이 가득 충전되어 언제 어떻게 튀어나올지 모르는 상황이다.

갑자기 되살아난 자아는 발베크에 도착한 날 할머니가 내 옷을 벗겨주시던 그 먼 저녁 이후로는 존재하지 않았다.

존재하지 않는 것 같은 어딘가는 육체적으로 느끼지 못하는, '내장 속을 신비롭게 비추는' '유기체의 깊숙한 곳', '신비롭게 빛나는 내장 속'의 '유기적 깊은 곳'에서 '우리 혈관 속으로 주입'되며, '우리 자신의 피로 된 검은 물결'을 따라가야 하는 곳이다. '마치 내면의 레테Lethe•, 그

• 그리스신화에서 저승에 있다는 강. 이 강을 건너면 이승의 모든 것을 잊게 된다고 한다.

여섯 겹으로 굽이치는 센 물살 위에 있는 것처럼'.

이것이 폭발하듯 솟구쳐 나오는 프루스트의 부활이다. 굉장히 맹렬하고 엄청난 충격을 동반하지만 동시에 해방적이다. 죽음에서 돌아오는 이는 그를 사랑하며, 그가 살아야 한다는 이야기를 들려주기 위해 오는 유령이다. 유령은 잃어버렸다가 찾은 것은 다시 잃어버리게 된다는 사실을 알고 있기 때문이다. 그 포기의 과정을 통해 슬픔과 애도가 진행되고 완성된다.

할머니를 다시 만나서 […] 내가 그분을 영원히 잃었다는 것을 깨달았다.

나아가 이 상실은 실낙원 테마에 대한 변형으로도 표현된다. 사람이 드나드는 '출입문'은 호텔 방을 나누는 칸막이로서, 화자가 이 문을 두드릴 때마다 할머니가 위로와 보살핌을 주기 위해 오는 통로였다.

나는 이제 칸막이를 두드려도, 심지어 더 크게 두드려도, 무엇으로도 다시는 할머니를 깨울 수 없다는 것 그리하여 할머니에게서 아무런 응답도 없으리라는 걸 알았다. 할머니는 다시는 오시지 않을 것이었다. 만약 낙원이 있다면 내가 신께 바라는 것은 오직 하나뿐이다. 거기서는 칸막이를 세 번 두드리는 작은 소리를 어디에서건 할머니가 알아들으시는 것이다.

《잃어버린 시간을 찾아서》에서 부활과 귀환의 위대한 드라마는 화자가 깊은 잠에서 깨어나면서 끝이 난다. 일상은 적절하게 복원되고, 호텔 지배인은 여느 때처럼 세심하며, 화자는 알베르틴과 함께한다. 그리고 혼자서 산책하는 것으로 장이 마무리된다.

혼자서 산책하러 나섰다. […] 할머니와 함께 나갔을 때 빌파리지 부인의 마차가 향했던 큰길 쪽으로 나갔다. […] 그러나 큰길에 다다른 순간 너무나 눈이 부셨다. 8월에 할머니와 함께 왔을 때는 잎사귀만 있었고, 사과나무가 자리 잡은 것만 보였는데, 지금은 눈 닿는 데까지 온통 꽃이 만발해 상상을 초월할 정도로 화려했다. […] 고개를 들어 꽃들 사이의 하늘을 올려다보면 파란

하늘이 구름 한 점 없이 거의 폭력적일 정도로 짙어지
고 꽃은 그 낙원의 깊이를 나타내기 위해 옆으로 물러
나는 것 같았다.

여기에는 파란 하늘과 낙원의 연관성이 담겨 있고, 위
디메닐 에피소드의 반향도 포착된다. 그러나 위디메닐의
나무들과 달리 이곳의 사과나무는 신비한 메시지를 받으
라고 호소하지 않는다. 그저 날씨의 변화에 따라 바뀌는
광경일 뿐이다. 1장과 2장의 사이에 있는 생략에 나타난
것처럼 때는 봄('어느 봄날이었다')이었다. 그러나 이것은
〈게르망트 쪽〉에서 겨울철 할머니의 죽음과 화자의 다음
이야기 사이에 갑작스러운 전환이 이루진 것처럼 '활기
를 되찾는 내용'이 아니다. 눈부신 태양과 하늘, 사과꽃이
음울한 비와 얼음같이 차가운 바람이 자리를 내주고, 곧
이어 있을 또 다른 죽음(베르고트)이 예견되며, 이것들은
심지어 훨씬 더 격동적으로 추위와 연관되어 있다.

햇살에 뒤이어 갑자기 빗줄기가 떨어졌다. 비는 수평선
전체에 줄무늬를 그리면서, 늘어선 사과나무 주위에 회

색빛 그물을 두르는 것 같았다. 세차게 내리는 소나기 속에서 바람은 어느덧 얼음처럼 차가워졌지만, 나무들은 아랑곳하지 않고 계속해서 분홍빛 개화의 아름다움을 추켜올렸다. 어느 봄날이었다.

III

문화의 주요한 이분법적 구분들을 일관되게 모호하게 만들어왔는데, 특히 두 영역에서 두드러진다. 하나는 젠더와 섹슈얼리티의 이분법적 구분이고, 다른 하나는 미적 지각 영역에서의 인지적 구별을 흐려놓은 것이다. 예컨대 엘스티르가 발베크 정경을 그릴 때 육지와 바다의 경계를 의도적으로 없앤 것과 마찬가지다. 반면 특정한 이분법적 범주들은 그대로 유지된다. 삶과 죽음이 그 하나이고, 이와 밀접하게 연관되던서 《잃어버린 시간을 찾아서》의 전체적인 구조에서 중요한 부분을 차지하는 또 다른 범주는 뜨거움과 차가움이라는 근본적인 대립이다.

화자는 성당의 첨탑들이 '브리오슈'처럼 구워지는 듯

한 콩브레의 여름날들을 한참 지난 후에 회상한다. 베네치아 산마르코 대성당의 종탑에 있는 '황금 천사'에 아침 햇살이 비치는 것을 보고서 '차오르는 햇볕의 열기에 뜨거운 햇살 아래 자극적인 냄새를 풍기던 장터의 밀짚'을 떠올리게 된 것이다. 이런 따뜻함의 포티프들이 아마 독자들에게도 가장 생생하게 기억하는 것이겠지만, 프루스트가 추위를 다루는 방식도 있다(안팎으로 모두). 만약 출판된 《잃어버린 시간을 찾아서》가 침대의 아늑한 '보금자리'에서 시작한다면, 스케치들은 사실상 추위를 피해 들어오는 장면으로 시작한다(〈생트뵈브에 반대하여〉의 2페이지)—그해 겨울 저녁에 내가 눈 속에서 몸이 얼어 집으로 돌아왔을 때—그리고 '죽은 시간들'의 '부활'을 촉발하는 데 도움이 되는 뜨거운 '음료'가 등장한다. 또한 샹젤리제와 공원의 겨울날도 있다. 늦여름, 볼로뉴 숲의 섬과 호수는 '신성한 유년기'의 에덴동산 같은 무언가를 지니고 있지만, '추운 계절'과 '가을의 끝'이 도래하면 모든 것이 바뀐다. 11월은 〈스완네 집 쪽으로〉의 마지막 페이지에서 화자가 숲길을 거니는 때이다. 가을 나무들에 비치는 햇살의 유희를 보며 처음에는 '들뜬 기분'이었지만,

이내 '버려진 숲의 비인간적인 공허함'이었다. 그것은 '내게 숲의 정령을 떠올리게 했던' '여성들과 함께한 삶'이었고, 무엇보다도 아카시아 가로수길에서 '무의식적이면서도 공모하는 나뭇잎들 사이로 잠시나마 여성적 우아함의 걸작들이 창조되었던 곳'이었다.

이것은 프루스트가 나무어 붙인 찬사 중에서도 가장 너그러운 것으로 꼽힐 만하다. 그러나 11월의 숲 산책은 우리가 낙원에서 추방되는 불가피성에 대한 또 다른 변주이며, 이 경우에는 그 불가피성이 자연의 법칙으로 표현되었다.

> 자연이 다시 볼로뉴 숲을 지배하기 시작했고, 그곳이 여인의 정원이라는 관념은 사라져버렸다.

바람이 불자 태양은 '스스로 자취를 감췄고', 하늘은 '회색빛'이 되었으며, 나무들은 '헐벗은 가지'를 드러냈고, 공기는 '얼음처럼 차가워졌으며', 여자들은 '늙어버려 이제는 과거 자신들의 끔찍한 그림자에 지나지 않게 된 채로 헤매면서 베르길리우스의 숲에서 무엇인지도 모를 것을 필사적으로 찾아다닌다.' 여기서 추위는 다가오는 겨울의 육체적 추위이기도 하지만, 세상과의 정서적 연결을 마비시키는 내면의 추위이기도 하다. 《잃어버린 시간을 찾아서》에서 파리로 가는 기차의 객차에서 바라본 나무들은 '가슴이 차가워지는' 데 따른 상상력이 내면에서 얼어붙은 그에게 아무 말도 걸어오지 않는다. 마찬가지로, 베네치아에서의 체류는 햇빛이 비치는 아침에 호텔 방 셔터를 여는 것으로 시작하지만, 또 다른 내면의 얼어붙음으로 끝난다. '차가운 무감각'에 사로잡힌 화자에게 이 도시의 '이름'과 '성격'이 '거짓투성이 허구'처럼 느껴진 것이다.

그러나 《잃어버린 시간을 찾아서》에서 가장 추운 곳은 베르코트의 죽음과 관련된 부분이다. 1922년, 프루스트 본인의 최후가 임박했을 때, 섬뜩한 인상을 주는 이름의 신문 〈랭트랑시장L'Intransigant〉('비타협'이라는 뜻)은 다음 질문에 대한 여론조사를 실시했다. '세상이 끝난다면 당신을 무엇을 하겠는가?' 프루스트의 대답은 다소 밋밋했다('인생이 갑자기 맛있어 보일 것이다.' 그리고 그는 막이 내리기 전에 하면 좋을 것들의 짧은 목록을 덧붙였다). 그러나 소설 속에 나타나는 궁극의 재앙에 대한 주제는 아주 다른 방식으로 다뤄진다. 정서적 스트레스가 최대치에 도달하는 순간, 건강염려증 환자의 신경증적 자기 몰입에 빠지기 쉬운 화자는 때로 멜로드라마적으로 완전한 파괴에 비견할 만한 주관적 상태에 드달한다. 예를 들어 알베르틴의 또 다른 성적 취향이 드러났을 때 그는 자신의 존재 자체를 말살하는 폭격에 비유한다.

> 나는 집 한 채 남아 있지 않고 벌거벗은 땅이 잔해로만 뒤덮인, 초토화된 도시가 된 것 같은 느낌이었다.

여기서 적절한 반응이 무엇일지(웃는 것 혹은 우는 것?) 또한 프루스트가 의도한 것이 무엇인지도 판단하기는 어렵다. 그러나 《잃어버린 시간을 찾아서》에서 제1차 세계대전 장면을 실제 '하늘에서 벌어지는 묵시록'으로 담아냈다고 해도 묵시록의 종말론은 프루스트의 자연스러운 시선은 아니다. 그가 만물의 불가피한 소멸성을 다루기는 해도 이것이 그를 현대 소설의 노스트라다무스로 만들지는 않는다는 것이다.

그렇기는 해도 소설에는 종말의 시간을 인상적으로 환기시키는 것이 두 가지 있다. 하나는(마지막 권에서) 작은 유기체들의 생물학적 대격변이다.

> 태양보다 백만 배나 큰 덩어리가 되어 동시에 우리가 살아가는 데 필요한 모든 산소와 온갖 물질들을 파괴해버려 […] 지구에 어떤 인간도, 동물도 살아갈 수 없게 될 것이다.

다른 하나는 〈갇힌 여인〉에서의 베르고트의 죽음과 관련되어 있다. 그가 네덜란드 회화 전시를 위해 헤이그에서 대여해온 베르메르의 〈델프트 풍경〉을 보다가 뇌졸중을 일으켜 쓰러진 부분이다. 그는 오랜 병으로 '그를 기다리는 죽음을 향해 천천히 기어가다시피' 했으며, 어느 순간부터는 추위에 극도로 민감해진다.

> 자기 방에서 한 시간 정도 깨어 있을 때도 그는 숄과 담요 등 철도 여행 중 살을 에는 추위에 맞서기 위해 두르는 온갖 것을 몸에 둘둘 말고 있었다.

이 장면에서는 유명한 프루스트의 외투를 암시하는 것이 분명하다. 화자의 아버지가 아들에게 겨울옷을 챙겨 입으라고 하는 장면의 되울림인 것이다. 그러나 베르고트의 병은 여기서 머물지 않고 '추위' 모티프를 우주적 재앙의 완전한 비전으로 확장하기 위한 도약대가 된다.

그리하여 그는 점점 더 차가워졌으며, 처음에는 따뜻하다가 결국 생명이 소멸하는 지구에서처럼, 큰 행성의 최후가 어떻게 될지를 미리 맛보게 해주는 작은 행성이나 마찬가지였다.

이것은 '부활이 끝날 때'다. 하지만 베르고트의 경우 인간의 모든 것을 소멸시킬 '서서히 침투하는 추위'로부터 일시적인 유예를 받았다.

사람들은 그를 땅에 묻었지만, 장례를 치르기 전날 밤 새도록, 불이 켜진 책방 창문에는 그의 책들이 세 권씩 정리되어 날개를 펼친 천사처럼 내내 자리를 지켰다. 그건 더 이상 존재하지 않는 그에게 부활의 상징 같기도 했다.

소멸한 행성에 대한 비전은 프루스트의 우주론은 의심할 여지없이 주로 별과 관련된 것으로 이해할 수 있다. 프루스트의 우주론은 의심할 바 없이 별을 대상으로 한다. 유명한 《별들 사이의 프루스트Proust among the stars》•는 《잃어버린 시간을 찾아서》에 관해 쓰인 여러 훌륭한 책 중 하나의 제목이기도 하다. 그러나 별만 있는 것은 아니고 달의 요소도 있는데, 콩브레의 밤 산책과 죽음의 병마에 사로잡힌 스완의 안색을 대변하는 이미지로서 이지러지는 달이 대표적인 사례다. 또한 겨울의 '소멸시키는 힘'에 대항하는 '태양의 생명력 있는 빛'에서부터 동틀 무렵 태양이 다시 떠오르면서 세상에 빛과 생명의 따뜻함을 가져다주는 순간에 이르기까지, 계절과 하루 주기 모두에 내재된 태양 신화의 요소도 있다. 예를 들어 '콩브레'는 '새벽이 손가락을 들어올려' 잠을 쫓아냄으로써 화자가 깨어나는 것으로 끝나며, 마지막 권은 샤토브리앙을 소설의 미학적 신조에 활용한다. 그가 쓴 《무덤 너머의 회

• 영국의 문학비평가인 맬컴 보위가 쓴 책의 제목으로, 국내에는 출간되지 않았다.

상록》에서 가장 아름다운 구절 중 하나로 꼽히는 '새 새 벽의 향기'를 인용하고 있다. 여기에는 낙원에서 호흡하는 '순수한 공기'의 의미가 들어 있다. 새 새벽을 여는 태양의 순수성이 이전의 날에서 생긴 잔해들을 정화해 우리를 새날로 들어가게 한다는 것이다. 그리고 따뜻함은 색을 동반한다. 유명한 분홍색도 있지만 여기서는 더 강렬하게 빨강이 등장한다. 젊은 화자와 마찬가지로 독자도 발베크로 가는 기차에서 바라본 '자연의 가장 심오한 비밀을 알고 있는' 일출의 '붉은 아침'을 처음으로 만나게 된다.

러스킨이 결코 새벽을 빼뜨으면 안 된다고 권고한 바를 다시 한번 되짚고 싶어지는 지점이다. 이것으로 무장한 19세기 화가들의 무리가 이야기 속으로 들어오는데, 특히 터너와 모네는 모두 엘스티르의 모델이거나 적어도 영감의 원천이기도 하다. 이어서 우리의 생각은 자연스럽게 리하르트 슈트라우스Richard Georg Strauss●의 '아침 노을 Morgenrot'로 향한다. 프루스트는 처음에 슈트라우스를 두

● 독일의 작곡가. 우리가 아는 요한 슈트라우스의 아들이다.

고 다소 주저했지만 (〈게르망트 쪽〉에서 그의 오케스트라적 색채주의가 저속하게 여겨진다는 평판이 있는 것으로 나온다), 결국 그를 '위대한 작곡가' 반열에 올려놓는다. 물론 그는 뱅퇴유의 작품들 속에서도 정체를 드러내지 않은 채 존재감을 발휘한다. 소나타는 '시골의 백합 같은 새벽'으로 시작되며, 온통 '떠다니는 하얀 빛'이다. 한편 '낙원'을 연상시키는 칠중주는 '침묵과 밤에서 길어 올린 붉은 빛'이 되고, […] 이어서 '새벽의 진홍빛 약속을 씻어내는 […] 차갑고 비에 젖은 전기적 분위기'로 바뀌지만 다행히 '무겁고 시골스럽고 전원적인 행복'을 가져다주는 '정오의 […] 타오르는 햇빛의 마법'이 뒤를 잇는다. '시골스럽다'와 '전원적'이라는 표현은 콩브레에 대한 기억 속 인상들을 담고 있다. 더 넓게 보면, 빨강과 분홍, 진홍의 색채들은 호메로스의 '장밋빛 손가락을 한 새벽'을 변주한 방대한 문학적 자료집에 대한 프루스트의 기여라 할 수 있다. 첫 발베크를 방문했을 때처럼 일출의 자애로운 힘이 마치 그만을 위해 특별히 마련된 듯한 순간들에는 19세기적 감정이입 오류의 흔적도 있다. '나는 이 조용하고 부드러운 아침 순간으로부터 애정 어린 관심을 받도록 선택

받았다.'

   이 조용하고 온화한 아침이 애정 어린 관심의 대상으로
   나를 선발했다.

   애정 어린 관심은 감정이입의 오류가 간단히 허물어
지는 순간 역전되어, 여명이 황혼으로, 일출이 일몰로 환
각처럼 인식되는 것으로 대체된다. 배경은 〈소돔과 고모
라〉의 마지막 장에서 펼쳐지는 또 다른, 아주 다른 '부활'
장면에서 볼 수 있다. 장소는 다시 발베크 호텔이고, 중심
인물은 할머니가 아니며, 죽음에서 돌아온 것도 아닌 알
베르틴이다. (그것은 나중에 〈사라진 알베르틴〉에 나온다.) 여
기서 그녀는 화자의 옆에서 육체적으로 대단히 생생하게
살아 있다. 그러나 심리적으로는 뱅퇴유 양의 형상을 한
유령과 손을 잡고 그의 정신으로 스며든다. 알베르틴은
뱅퇴유 양을 그냥 아는 사람이라는 식으로 무심코 언급
하지만 이것이 화자에게는 '열려라 참깨'처럼 몽주뱅의
'그 방'이라고 하는 정신적 풍경으로 들어가는 문을 잠금
해제하는 기능을 하게 된다.

몽주뱅의 그 방에서 알베르틴은 특유의 장난기 어린 코를 하고서 분홍빛의 몸을 커다란 고양이처럼 둥글게 만 모습으로 뱅퇴유 양의 친구 자리를 꿰차고 있다. 그러면서 도발적인 웃음을 터뜨리며 이렇게 말하는 것이다. "아, 글쎄. 누군가의 눈에 띄면 우리야 더 좋지 뭘."

이 에피소드는 알베르틴이 꽃핀 어린 소녀들의 원래 아우라에서 점진적으로 분리되는 또 하나의 결정적인 전환점이다. 흔히 어린 소녀들의 무리에서 나타나는 에로틱한 분위기를 정원 가꾸기로 은유하는 것은 특별할 일이 아니다. 산책길에 그들을 처음 보았을 때는 '펜실베이니아 장미 덤불' 같았다고 했는데, 이것이 뢰크뢰니에 절벽 꼭대기의 소풍 장면에서 직유적으로 되풀이된다.

마치 정원사가 장미 정원에서 이동할 수 있도록 길을 낸 것처럼, 서로 가까이 있는 얼굴들 사이로 공기가 흐르는 공간이 하늘빛 통로 같았다.

한편 알베르틴과의 관계가 빠르고 돌이킬 수 없게 심

리적 고통의 이야기로 바뀌면서 은유는 그에 상응하는 변화, 즉 악몽의 영역으로 들어간다. 그 뒤 갇힌 세상에서 두 사람이 새벽에 깨어났을 때, 화자는 공감각의 꽃밭에 있는 듯 비유를 마음껏 펼쳐 보인다.

그녀는 눈을 뜨고 내게 미소를 지어 보이고는 입술을 내밀었다. 그녀가 어떤 말도 하기 전의 그 순간에 나는 동트기 전 아직 정적이 가시지 않은 정원의 고요한 상쾌함을 맛보곤 했다.

그러나 얼마 지나지 않아 정원사의 공물은 천국과 지옥의 혼합물이 되고 만다.

정원사는 감미로운 꿈같은 꽃들을 키워내지만, 꽃 중에도 악몽 같은 것들이 있다.

놀라운 것은 소설에서 '낙원 같은'이라는 형용사가 딱 두 군데 쓰이는데 그중 하나의 지시 대상이 알베르틴이라는 사실이다. 이것은 우리가 알고 있는 고통스러운 집착과 완전히 들어맞지는 않는다. 아무튼 이 표현은 알베르틴이 잠을 잘 때 숨 쉬는 육체에 대한 두 가지 서정적 고찰 중 두 번째에 나타나는데, 우리가 낙원에서 호흡하는 순수한 공기와 그녀의 숨을 에로틱하게 등치하고 있다. 첫 번째에서는 화자가 '그 신비롭고 속삭이는 듯한 날숨에 귀를 기울였다. 그녀의 잠자는 소리는 바다 위로 불어오는 미풍처럼 부드럽고, 달빛처럼 몽환적이었다'라고 묘사한 데 비해, 두 번째의 알베르틴은 자신의 호흡, 즉 '숨 쉬는 존재'와 완전히 동일시되었으며, '진정으로 낙원 같은 […] 천사의 순수한 노래와 같은' 소리를 발산했다고 되어 있다. 그러나 우리 모두 짐작하듯이 이런 식으로 낙원을 엿보는 것은 오로지 알베르틴이 비교적 다루기 쉬운 상태, 화자가 통제할 수 있는 상태에 있을 때로 한정된다.

그녀가 깨어 있을 때는 결코 하지 못했을 방식으로 그녀를 완전히 소유한다는 느낌이 들었다.

그 순간 그는 '내 눈앞에 누워 있는 매력적인 포로의

'종신' 주인이라는 것인데, 그건 말하자면 깨어 있는 여자의 불편함과 짜증을 배제한 상황에서의 값싼 소유다. 화자는 의식이 없는 알베르틴에게 '식물, 즉 나무의 무의식적인 삶'을 부여하고 자기 경험을 '우리가 자연의 아름다움이라고 부르는 무생물 이전에 있었던 시절처럼 그렇게 순수하고, 영적이며, 신비로운 존재에 대한 사랑'으로 표현한다. 그런데 실은 우리도 때때로 그것들을 그렇게 부르며 대상물이 된 타인의 현실을 희생시키면서 안팎이 뒤집힌 신파적인 허위 속에 머물곤 한다. (알베르틴은 아주 많은 것들로 치환될 수 있지만, 단 하나 될 수 없는 것이 '요정을 닮는' 것이다.)

뱅퇴유 양이 '되살아난' 호텔 방에서는 통제가 전혀 이루어지지 않는다. 갑작스럽게 일이 생기며, 도저히 멈춰지지 않아서 낙원의 밤과는 정반대의 상황이 벌어진다. 그리고 그렇게 지옥의 밤이 지나가면 피와 화염의 풍경 너머로 잔인하리만큼 난폭한 새벽이 밝아온다.

막 떠오르려는 태양 빛이 내 주변의 사물들을 변화시켜놓고, 그러면서 한순간 내 위치까지 옮겨놓은 것처럼 다시 한번 내게 고통을, 심지어 더 잔인하게 일깨웠다. 지금껏 이처럼 아름답고 슬픈 아침을 본 적이 없었다. 이제 곧 빛을 받게 될 온갖 무심한 풍경들을 생각하니, 고작 어제만 해도 찾아가야겠다는 욕망에 가득 찼던 풍경들이었구나 싶어 흐느낌을 억누르기가 힘들었다. 내 모든 기쁨을 바쳐야 하는 피의 희생을 상징하는 것 같이 기계적으로 행하는 봉헌의 몸짓으로 매일 아침, 그리고 내 삶이 끝날 때까지 내 불행과 내 상처에서 흘러나온 피로 동틀 때마다 엄숙하게 거행되는 그 부활이라니! 태양의 금빛 알은 밀도 변화로 응고되는 순간 평형의 파괴에 내몰린 듯, 그림에서나 볼 법한 화염의 가시가 돋친 채, 몇 분 전부터 무대에 나서서 도약할 준비를 하는 것처럼 떨림이 느껴지던 커튼을 뚫고 단번에 터져들어왔으며, 커튼의 신비롭고 응결된 보라색은 빛의 홍수 아래서 간 데가 없어졌다. 내 울음소리가 들렸다.

'그림에서나 볼 법한 화염의 가시가 돋친 채' 화려하고 폭력적으로 분출되는 태양의 폭발력은 자연의 자궁에서 태어나는 끔찍하게 고통스러운 출산, 자리에 없는 신에게 희생양을 바치는 '봉헌'과 닮았다. 또한 '내 상처에서 흘러나온 피'로 덜덜 떨며 피투성이가 된 화자는 희생양이 되어 두 가지 은유가 만나는 지점이 되고 있다. 물론 단순한 표현의 형상화에 지나지 않는 것 같기는 하지만, 두 가지 은유란 날붙이의 절개와 트라우마의 칼바람이다. 이처럼 차가운 세상에서(〈갇힌 여인〉에서 '얼음 같은 아침'과 '칼날'처럼 침실 커튼 뒤에 도사리고 있던 새벽의 되울림이다) 우리는 낙원에서 아주 멀리 떨어진 길을 가고 있다. 이렇게 말하면 화자가 낙원을 '잃어버렸다'라고 하는 또 다른 경우(〈소돔과 고모라〉에서와 같이)와 비슷하다고 할 수 있지만, 정확히 잃어버린 게 무엇이냐고 묻는다면 이야기가 달라진다.

우리는 아주 많은 낙원 혹은 셀 수 없이 이어지는 낙원을 꿈꾸지만, 그것들은 모두 우리가 죽기 오래전에 잃어버렸으며, 우리가 길을 잃었다고 느끼는 낙원이다.

부분적으로는 친숙한 주제와 비유의 반복처럼 느껴지지만, 우리와 낙원의 관계에 대한 프루스트의 설명 중 가장 수수께끼 같다고 할 수 있는 구절이다.《잃어버린 시간을 찾아서》에 있는 더 유명한 정의에서는 '새로운'과 '이전의', '그때'와 '지금'의 관계가 역전되는데, 이 마지막 구절 역시 또 다른 역전을 제안하는 것처럼 보인다. 즉, 낙원을 잃어버렸다는 생각을 완전히 뒤집어 원래부터 없었던 곳이라는 사실을 드러내 보이는 것이다. 설령 낙원이 우리가 기적적으로 접근할 수 있는 곳이라고 해도, 이전의 순수한 공기를 다시 호흡하기는 하겠지만, 그냥 '늘 있던 거기'라고 느끼거나, 아니면 불편하고 낯설어서 '길 잃은 느낌'을 지니게 될 것이라는 이야기다. 이것은 미지의 국가의 시민임을 자처하는 예술가의 영혼이나 그들이 '잃어버린 조국의 기억'을 형상화하는 질료로 이용하는 낙원의 이미지와는 아주 다르다. 낙원 수복은 귀향과는 달라서 그곳을 찾아낸다 해도 우리는 언제까지나 이방인의 느낌을 지닐 수밖에 없다. 외국을 낙원으로 상정하는 이런 생각은 엘스티르의 수채화에서 나타나는 '우리가 언제나 머무를 수밖에 없는 내면의 정원'에 대해 다른 해석의 여지를 준다. '수밖에 없는'이 여기서는 강제와 감금을 의미하게 되며, 장미의 색깔은 치유할 수 없는, 피 흘리는 상처를 대변하게 되며, 화자의 울음('흐느낌을 억누르기가 힘들었다')은 〈게르망트 쪽〉에서 묘사된 눈물의 영원한 메아리로 울린다.

우리 눈에서 방울방울 떨어져내리는 눈물은 예리하게 파고들듯이 살을 에는 빗줄기처럼 언제까지나 그칠 것 같지 않았다.

꽃과 피, 눈물이 뒤엉켜 있으므로, 다소 회의적인 독자들은 이 부분 역시 화자의 심기증적인 경향이 드러난 또 하나의 사례가 아닌가 생각할 수도 있을 것이다. 정신을 황폐하게 만드는 폭격을 맞은 한편의 멜로드라마를 연출한 것으로 생각할 수 있다는 것이다. 만약 그렇다고 해도 그것뿐만은 아니다. 여기에는 돌이킬 수 없음, 부활이나 구원의 전망이 없는 상실의 비극, 낙원으로 가는 문을 다시 여는 열쇠인 '열려라 참깨'가 부재한다는 암시가 동시에 들어 있다. 밤중에 흐느끼는 소리를 들은 화자의 어머니는 그의 방으로 들어와 '떠오르는 해를 보면서 당신의 어머니를 생각하며 슬픈 미소를' 짓는다. 그녀는 화자의

할머니가 하는 방식으로 화자를 위로하기도 하지만 떠나
게 되었다는 종국적인 말도 한다.

> 네 마망이 오늘 떠난다는 걸 기억하렴. 이렇게 우울한
> 상황에 놓인 사랑하는 아들을 두고 떠나려니 몹시 힘들
> 구나.

이것은 콩브레의 헤어지는 장면을 연상하게 한다. 화
자의 어머니는 '체념하는 마음으로 아들 옆에서 밤을 지
내겠다고 마음을 먹었을 때 지었던 그 표정'을 하고 있었
다. 이 모든 것은, 당신 자신의 죽은 어머니처럼 자식을
보호하려는 어머니에게 언젠가는 닥칠, 더 이상 자식을
보호하지 못하는 날이 오리라는 필연성의 환기이며 전조
였다. 결국 죽음과 부활의 '미스터리'는 일어나야 하지만
결코 서술되거나 인정될 수 없는 죽음, 실제든 미래든 감
히 이름을 말할 수 없는 죽음에 초점을 맞춘 서사가 된다.

Chapter 12

죽음과 블랙홀

Death and black holes

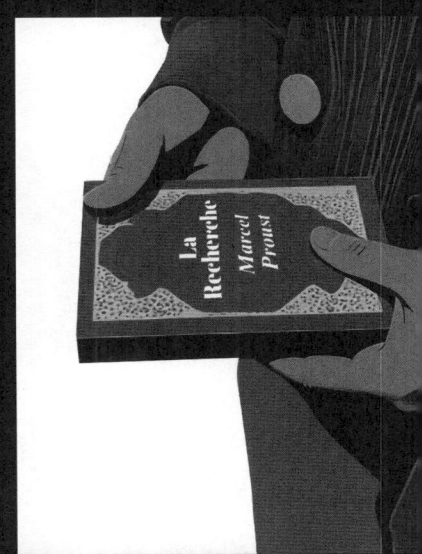

I

아무리 슬퍼도, 소설에서의 죽음은 장르 자체에 도움이 된다. 새로운 줄거리 전개를 설계하는 수단이 되거나 줄 거리의 흐름을 결정적인 결말로 이끌어가기 때문이다. 프루스트 역시 이 점을 최대한 활용하고 있다. 《잃어버린 시간을 찾아서》가 기다랗고 구불구불한 삶을 전개해 나가는 동안 인물들은 죽는 방식으로 간단히 이야기에 공백을 부여한다. '킬드오프killed off'라는 관용구를 사용해 빈자리를 만들고 거기서부터 새로운 이야기로 나아가는 길을 트는 것이다. 이것은 기본 규칙이나 마찬가지이며, 이 규칙을 더 잘 이해하기 위해 필요한 것은 또다시 반사 실적 사고실험을 해보는 것이다. 만약 알베르틴이 마지막 두 권 중 첫 번째 권에서 일찍 죽지 않았다면 이 두 권의 결말은 어떻게 되었을까? 그 경우에도 화자가 알베르틴이라는 심리적 기차에서 내려 문자 그대로 베네치아로 갔다가 되돌아와서 다시 탕송빌에 다녀오고, 파리를 거쳐 마지막 게르망트 모임에 가는 서사로 이어질 수 있었을까? 아마 어떤 식으로든《잃어버린 시간을 찾아서》는 《잃어버린 시간을 찾아서》가 아니게 되었을 것이다.

당연히, 목적을 위해 죽음이 일종의 장치가 되는 이야기 전개 방식에는 한계가 있다. 이를테면 변칙적 침범, 즉 잘못된 죽음이 있을 수 있기 때문이다. 〈갇힌 여인〉에서 독자들은 코타르가 죽었다고 믿어 의심치 않았는데, 그 뒤 그는 베르뒤랭네 모임에 나타남으로써 되살아났고, 비슷한 사례로 〈사라진 알베르틴〉에서는 화자가 라 베르마의 사망 소식을 우연히 접하게 되는('나는 신문을 펼쳤다. 거기 라 베르마의 부고가 있었다') 부분이 있다. 이후 신문의 부고 작성자가 실수한 것이라는 식의 해명이 따로 없기 때문에 우리는 자연스럽게 추가적인 반사실로 나아갈 수밖에 없다. 만약 그녀가 6권에서 사망했다면, 7권에서 불치병을 앓는 여배우 라 베르마가 마지막 연회를 열

수 없었으리라는 것. 그랬다면 이것은 단순히 소설의 피날레를 손상시키는 데서 그치지 않고 파괴의 지경으로 몰고 갈 것이며 프루스트의 '엔딩 감각'에도 의문이 제기될 것이었다. 그러나 이런 질문들이 오래 지속되지는 않을 것이다. 때 이른 죽음은 프루스트가 깜빡한 탓에 서사적 짜임새에서 약간 어긋난 정도로, 코타르와 라 베르마가 마지막 무대에 등장할 때쯤이면 소설의 독자 중에서 가장 꼼꼼한 이들만 정작 프루스트는 잊어버린 것, 즉 관련된 주인공이 이미 죽은 것으로 되어 있다는 것을 기억하고 있을 가능성이 매우 높다. 코타르의 죽음은 여전히 그를 기다리고 있는 (그는 〈되찾은 시간〉의 전쟁 장면 중에 과로로 사망한다) 반면, 르 베르마의 죽음은 그렇지 않았으면 불가능했을 연회에 대한 묘사가 마무리되는 단락에 예견되어 있다.

사람들의 말처럼 그녀의 얼굴 전체에 죽음이라고 쓰여 있었다.

잘못 보고된 죽음으로 인해 독자가 겪는 작은 불편은

실제로 발생한 사망을 발표했을 때 베르뒤랭 부인이 겪은 것과 비교하면 아무것도 아니다. 물론 그녀는 죽음으로 혜택을 입은 수혜자이기도 하다. 죽음이 그녀에게는 '삶이 단순해지는 효과'를 가져다주었을 뿐 아니라 나아가 삶을 개선해준 경우이기 때문이다. 베르뒤랭 씨가 죽음으로써 그녀는 사회적 사다리를 타고 올라가 게르망트 공작 부인의 자리에 이르게 된다. 그러나 지위의 상승을 제외한 다른 모든 측면에서는 베르뒤랭 부인의 인간관계 내에서 누군가가 죽는다는 것은 이로운 역할을 하는 단순화라기보다는 성가심이 증대되는 결과로 나타난다. 노르망디 저택에서 열린 '수요 모임'에 가는 길에 학식 있는 지명地名 연구가인 브리쇼 교수가 엄청난 소식이라면서 베르뒤랭 부인이 한때 '애호했던' 피아니스트 드상브르가 죽었다는 이야기를 꺼낸다. 브리쇼는 이렇게 묻는다.

베르뒤랭 부인이 이 소식을 안다고 생각하시오? 누군가가 얘기했을까요?

이것은 장차 눈치 없는 것으로 여겨질 수 있는 발언인

데, 그 이유는 슬픔에 잠기게 될 모임 안주인을 동요시킬 수 있어서가 아니라, 그녀가 누군가를 '지겨운 사람'으로 규정하고 '무리'에서 축출하는 후보의 조건 중 하나가 사망, 장례, 애도 등을 거론하는 사람이기 때문이다. 기본적으로 죽음 자체가 따분한 일이며, 문제의 떠난 이가 무리의 한 명일 때는 참을 수 없는 분노가 일어나기 때문이다.

사교계 사람들이 거의 다 그렇듯이 베르뒤랭 부인 역시 딱 그런 식으로 사람들의 무리가 필요했고, 그들 중 누가 사망하여 더는 수요 모임 또는 토요 모임에 참석할 수 없거나 몸이 불편해서 실내복 차림으로 식사하는 일이 생기면 그날부터 그 사람을 일절 뇌리에 두지 않았다. 살롱이라는 곳이 그렇듯이 이 작은 무리 역시 산 사람들보다 죽은 사람들로 더 많이 이루어졌다고는 할 수 없었다. 누구라도 죽는 순간 그 사람이 원래부터 아예 존재하지 않았던 것으로 여겨지기 때문이다. 어쩌다 고인에 대해 이야기해야 하거나 심지어 애도의 표시로서 저녁 식사를 미뤄야 한다거나 하는, 모임의 여주인이 도저히 할 것 같지 않은 성가신 일이 생기면, 베르뒤랭 씨가 나서서 충실한 이의 죽음이 자기 아내에게 너무 힘든 일이어서 그녀의 건강을 위해 그 이야기는 하지 말자는 태도를 지어 보이며 상황을 회피하곤 했다.

프루스트의 소설 내에서도 보석 같은 구절이다. 예리하게 비꼬는 풍자성도 그렇지만, '웃음의 종말'이라는 진부한 표현에 새 생명을 부여하듯이 죽음의 '성가심'에 대해 이야기하면서 거기에 전염성 있는 재미까지 곁들여가며 프루스트가 얼마나 즐기고 있는지 빤히 들여다 보인다. 소설 속 화자는 부인의 살롱에서 나무랄 데 없는 행실을 선보이지만, 프루스트 자신은 철저히 지겨운 사람으로 행세할 것이므로 작가 자신이 부인의 살롱에 있었다면 누구보다 빠르게 내쳐질 첫 번째 후보가 될 것이었다. 그건 그가 주체할 수 없는 개그 본능을 지녀서가 아니라 죽음이라는 주제에 대해 긴 수다를 늘어놓을 게 뻔하기 때문이다. 화자는 노화, 질병, 죽음을 자신이 쓸 책의 '주요 주제'로 꼽는다. 그러나 소설은 전반적으로 기계처럼 격언을 뽑아내며, 이것들은 태어나는 순간부터 삶 속에 죽음이 새겨지는 기본 법칙을 정교하게 다듬은 분석적 논평으로 확장된다. 격언은 주로 이런 식이다.

> 산발적으로, 끊임없이 계속되는 죽음에 대항하는 끈질기고 절박한 매일의 저항이, 죽음이 매 순간 우리를 조금씩 벗겨내는데도 살아가는 내내 우리와 함께한다.

그리하여 《잃어버린 시간을 찾아서》의 세계는 처음부터 끝까지 죽음을 따라다닌다. 일찍이 첫 권에서 레오니 아주머니의 죽음에서 시작하여 이후로도 누군가 또는 다른 사람의 죽음에 대한 소식들로 내내 이어진다. 대부분 뉴스는 단순히 사실에 입각한 보도라는 의미에서 형식적으로만 다루어진다. 유전병이 몸을 움켜쥐고 망가뜨리기 시작한 순간부터 스완의 죽음은 오래 끌며 진행되지만 화자는 그의 죽음을 신문에서 알게 된다. 투레인에서 알베르틴이 죽은 사실은 전보로 전달되며, 생루의 소식은 전선에서 급보로 전해진다.

그런가 하면, '거의 사람의 수만큼 죽음이 존재'하는데다 사망 소식을 전달하는 이의 사망자 목록과 어조 또한 각양각색이다 보니 오히려 '개개인의 죽음과 그들이 죽음에 이르게 된 휘장의 색' 둘 다에서 큰 차이가 없어진다. 게르망트 공작의 연회에서는 죽음이 임박한 사람들의 단조로운 대화가 의도치 않게 코믹한 농담의 형태로 옮겨졌다. '아무개가 죽었다 하네요' 같은 말이 '그 사람 훈장을 받았대요'라거나 '그분 아카데미 회원이에요' 같은 말을 하는 것처럼 입에서 술술 흘러나왔다'고 하는 부분이다. 스펙트럼의 반대쪽 끝에는 화자가 게르망트 연회에 가는 길에 마주친 샤를뤼스가 있는데, 그는 일정한 혹은 더 정확하게는 읊조리듯이 말하는 자신만의 독특한 방식을 구사한다.

우뚝 솟은 예전 자신의 그림자를 품은 채 '공원에 세워진 강의 신의 조각상에 눈이 쌓였을 때처럼 흰머리와 흰 턱수염이 제멋대로 우거진 수풀'을 이룬 그의 모습은 이제 '셰익스피어의 리어왕 같은 위엄을 지닌' '늙고 쇠락한 왕족'처럼 보인다. (이전 그의 모습을 셰익스피어에서 찾자면 포부르 생제르맹의 팔스타프Falstaff●에 더 가까웠다.) 게다가

● 셰익스피어 희곡 세 작품에 등장하는 가상의 인물로, 뚱뚱하고 허풍스러운 기사.

그는 실어증에 따른 중얼거림으로 고생하고 있다. 그러나 이것이 그의 특징이라 할 웅변적인 힘을 다시 소환하는 데 장애로 작용하지는 않는다. 그는 마치 중세에 포고를 알리는 관원들이 사회 전체의 죽음에 대한 비감한 애도로서 죽은 이들의 이름을 외쳐 부르듯 말하는데, 그가 그중 가장 오래된 유물이며, 가장 큰 반향을 불러일으키는 것은 죽음이 아니라 죽은 이들의 이름이다.

거의 승리한 자에게서나 볼 법한 엄중한 태도로 그는 단조롭게, 약간 더듬거리면서 반복해 말했는데, 그의 말에는 어딘지 무덤에서 들리는 듯한 울림이 있었다. "아니발 드 브레오테, 사망! 앙투안 드 무시, 사망! 샤를 스완, 사망! 아달베르 드 몽모랑시, 사망! 보종 드 탈레랑, 사망! 소텐 드 두보빌, 사망!"•

샤를뤼스의 주문 같은 말은 죽은 이의 매장을 떠올리게 하는 구석이 있었으며, 이 때문에 암시적이기는 하지

• 나열된 이름들은 모두 소설 속 인물들이다.

만 셰익스피어의 작품 중《햄릿》에 등장하는 또 다른 인물, 무덤 파는 사람을 소환하기에 이른다.

> 그리고 '사망'이라는 단어가 말해질 때마다 죽은 이의 위로 흙을 한 삽 떠서 던지는 것 같았다. 무덤 파는 사람이 죽은 이를 무덤 속에 더 단단히 고정하려고 던져 넣는 것처럼, 매번 흙은 이전 것보다 더 무거워졌다.

이것은 또한 1910년경, 프루스트가 시간의 작용이 완료됐다는 것을 보여주기 위해 소설의 결말을 위한 다양한 계획과 스케치를 실험할 때 고려했던 장 제목인 '가면무도회'의 무덤 파는 사람의 기능에 대한 전주곡으로도 볼 수 있다. 게르망트 연회는 화자가 자신의 책을 '거대한 묘지'로 생각하는 것에 형식과 내용을 모두 제공한다. '조용한 묘지처럼 등불이 비치다가, 쉽사리 잊히며, 다시 꽃으로 덮이는' 어느 '응접실'에서, 다양한 손님들의 잊을 수 없는 묘사를 통해 시들어 빈사 상태에 놓인 인류의 세계 문학에서 가장 위대하다고 손꼽힐 모임의 마지막 연회를 위한 무덤의 이야기를 준비하는 것이다.

초서^{Geoffrey Chaucer}•가 '인생의 수도꼭지'라고 한 것이 잠기면서 똑똑 떨어지는 물방울이 점점 잦아들어 아무것도 남지 않을 때까지 시간이 걸리는 것처럼 준비에도 긴 시간이 필요하다. 그러는 사이에 사람들의 얼굴에는 '죽음을 앞둔 이들에게서 보이는 경직성, 눈꺼풀 닫힘' 현상이 보이고, 처진 적갈색 뺨은 프랑스의 화가 샤르댕^{Jean Baptiste Siméon Chardin}에 대한 에세이••에서 '나이가 붉게 변하고, 녹처럼 침식된 노인들'이라는 표현을 환기시킨다. 이와 관련하여 '가면무도회^{Bal de têtes}'에서 '무도회^{bal}'의 진짜 의미가 얄궂게도 '시간을 외현화하는 인형들'의 몸짓을 따라해 보이는 신체의 움직임에 뿌리를 둔다는 점을 이야기하지 않을 수 없다. '무도회'의 주최자인 게르망트 공작이 '납으로 된 구두를 신어서 몸이 무겁게 눌린 사람처럼 발을 질질 끄는' 식의 불안정한 움직임을 보이는 것에 중점을 둔 것은 그런 이유다. 그 뒤로는 '아직 얼굴이 온전한 사람들'에 대한 이야기가 이어진다.

• 중세 영국 시인. 《캔터베리 이야기》가 기념비적인 작품으로 꼽힌다.
•• 프루스트의 사후에 출간된 〈샤르댕과 렘브란트^{Chardin et Rembrandt}〉를 가리킨다.

그들이 걱정하는 단 한 가지는 걸어야 한다는 것이었다. […] 어떤 이들은 다리를 절며 걸었는데, 사람들은 그것이 차 사고의 결과가 아니라 첫 번째 뇌졸중으로 생긴 것이며, 흔히 말하듯이 사실상 그들이 이미 한 발을 무덤에 들여놓고 있다는 것을 알고 있었다.

이 관용적인 농담은 나중에 겉보기에는 더 활기찬 나소 대공 부인의 경우로 이어진다. 그녀는 다른 더 거창한 약속 때문에 서둘러 연회장을 떠난다.

나는 거의 그녀가 내닫고 있다고 생각했다. 사실 그녀는 자신의 무덤을 향해 달려가는 것이었다.

그러나 이 문장 이전에 우리는 이미 그녀가 그러리라는 것을 어느 정도 짐작하고 있었다.

키가 좀 줄어들어 있었는데, 그것이 그녀를 […] 무덤 속에 한 발을 들여놓은 것처럼 보이게 했다.

그 외의 여자들은 실제로 활기가 덜했으며, 사실상 '반신 마비가 되어 […] 최후의 추락을 기다리며 삶과 죽음 사이에서 하강 곡선을 그리는 현재 자신들의 처지처럼 머리를 숙이고 몸을 구부리고 있었다.' 이것은 소설 자체가 최후의 추락 지점에 가까워졌다는 의미를 내포하고 있다. 게르망트 공작이 다른 인물들을 모두 데리고 은유적인 기둥을 붙들고 있으며, 그것이 곧 무덤으로 쓰러질 것이라는 예고나 마찬가지다. 더구나 조금 있으면 화자 자신도 초연하게 관찰하며 벌어지는 상황에 놀라기만 하는 것이 아니라 스스로 관찰 대상이 된다. 예외가 없는 것이다. 그는 '계단을 내려가는 동안 다리가 극심하게 떨렸던 날'을 '내가 반쯤 죽은 날'이라고 하면서, '내가 이미 죽은 것이나 다름없다는 생각'은 '죽음이 내 안에서 영구히 확립되었다는 생각'의 증거로 뿌리내렸다고도 한다. 여기서 화자는 죽음이 결정적으로 자리 잡는 방식이 사랑과 닮았다는 모순된 말을 덧붙이면서('사랑이 그렇게 하듯'), 조심스럽게 한발 물러선다.

죽음과 사랑에 빠져서가 아니라 나는 죽음을 싫어했다.

이것의 대부분은 음울한 코미디다. 소설에서 화자가 실제 죽음과 대면하는 것은 딱 한 차례로 〈게르망트 쪽〉에서 할머니의 죽음을 지켜보는 장면이다. 할머니의 임종은 죽음을 육체적인 사건으로 다룬 두 군데 중 하나다. 나머지 하나는 베르고트의 죽음이며, 둘 다 뇌졸중이 원인이 되었다(할머니의 경우에는 요독증 발작이 빌미가 되기도 했다. 요독증은 실제 프루스트의 어머니가 사망한 원인인 질병으로, 범상치 않은 '우연의 일치'다). 그러나 둘 사이에는 중요한 차이가 있다. 화자가 베르고트의 죽음을 자세히 설명하기는 하지만 그가 직접 지켜본 것은 아닌 반면, 할머니가 임종을 맞이한 침실에서는 온전히 그 모습을 지켜보았다는 것이다.

또 다른 차이는 베르고트의 죽음이 갑작스럽고 빠르게 진행된 반면에 할머니가 죽음에 이르는 과정은 길고 고통스러워서 그 상세함과 강렬함이 다음 권에서 '죽음으로부터의 귀환'이라는 극적인 상황까지 이어진다는 것이다. '거칠거칠한 돌'로 만든 것처럼 핏줄이 불거진 '쪼그라든' 얼굴에서부터 시작하는 그녀의 죽음에 대한 설명은 고통받는 몸의 진정한 고난에 대한 스케치다. 죽음에 이르는 다양한 단계에는 거친 퇴행('침대에서 반원형으로 몸을 구부린, 내 할머니가 아닌 다른 존재, 일종의 짐승'), 호흡을 중심으로 클라이맥스가 펼쳐지는 드라마 같은 상황이 포함되어 있다. 이후 산소 기계가 투입되어 '할머니의 숨결이 행복한 애가'를 부르는 듯이 바뀌었다가 이윽고 숨이 멈추고 할머니는 '온몸을 관통하는 긴 떨림'을 일으킨다. 이것은 《잃어버린 시간을 찾아서》에서 적나라하고 길게 이어지는 죽음의 과정을 보여주면서, 죽음 자체로 마무리되는 유일한 지점이다. 이 죽음 장면은 확장되었던 서사가 닫히는 곳이기도 한데, 프루스트로서는 희귀한 사례라고 할 수 있는 것은, 병렬로 나열된 세 개의 문장이 한 벌을 이루어 무뚝뚝한 사실적 선언을 하는 것으로 간결하게 절정에 도달한다는 것이다.

쉭쉭거리는 산소 기계음이 멈추었다. 의사가 침대에서 물러났다. 할머니가 돌아가셨다.

이 소설의 문체적 전형성에서 벗어난 이런 식의 짧은 선언적 문장은 죽음의 긴 과정이 갑작스러운 종결로 이어지는 순간을 나타내도록 정확히 설계된 것이다. 그러나 고통의 순간에서 냉정한 사실 전달로 훌쩍 뛰어오르는 것은 그 나름의 반응이기도 하지만 반응을 하지 않는 것이기도 하다. 화자가 다른 이의 죽음에 보이는 반응과는 다르다는 뜻이다. 화자는 스완이 죽었다는 소식을 듣고는 '충격'을 받았으며, 생루의 전사 소식에는 몇 날 며칠을 방에서 나오지 않았고, 무엇보다 알베르틴의 죽음에 따른 감정적인 동요에는 지면을 언제까지나 할애해 그 이야기만 한다. 할머니의 임종을 다르게 다루는 것은 여기서 그치지 않는다. 구문상의 공백을 두는 것만이 아니라 서사적 삽입기법을 교묘하게 배치함으로써 더 일반적인 방식으로 정서적 강도를 줄이는 기법까지 구사하고 있다.

소견을 말하는 의사들은 결코 어찌할 바를 모르지 않는다는 것(코타르는 '망설이는' 모습을 보이지만), 코타르 부인이 '시녀'를 보내주겠다고 제안하러 들르는 것, 프랑수아즈가 뭔가를 고쳐달라고 부른 전기수리공과 얘기를 나누는 것, 게르망트 공작이 예의상 위로 방문을 하는데 자신이 '마침 볼일이 있어 나가려는 참에 찾아온 사람'이나 마찬가지인 줄도 모르고 화자의 아버지와 '악수하겠다'라면서 움직이지 않고 고집스럽게 버티는 것, '뤽상부르 공국의 후계자'에게서 연민 어린 편지가 오는 것, '오스트리아인 수도승' ('할머니의 시동생 중 한 명')이 전보를 쳐서 이튿날 찾아와 손가락 틈 사이로 화자가 할머니의 고통에 반응하는 모습이 기독교적인 연민에서 우러나온 것인지 그렇지 않은지 살펴보는 것, 늘 곁에 있으면서 항상 염려해주는 사촌이 콩브레 소식을 전해주는 것 ('그쪽 사람들'은 날씨가 너무 고약해서 힘들어한다), 마지막으로 베르고트가 매일 방문하는 것 등이다. 베르고트가 매일 찾아오는 것이 계기가 되어 오히려 화자는 그의 작품에 대한 회의적인 생각을 전개해 나가게 되고, 거기서부터 예술과 시간을 주제로 한 에세이 형식의 사색에 잠기며, 아예 옆 길로 빠져 르누아르의 위대함에 대한 긴 생각을 토로한다. 누가 봐도 죽어가는 할머니와는 직접적인 맥락의 관련성이 없는 내용이다.

이런 식으로 의도적으로 공들여 만든 내용들—이 중 대부분은 풍속 희극이며 일부는 제대로 된 보고서의 내용을 지니고 있다—을 이처럼 정서적으로 충만한 에피소드 내에 어디에 배치하는지 정확히 알 수는 없다. 어쩌면 견딜 수 없는 상황을 비껴가는 것이거나 덮어버리는 것일 수도 있고, 프루스트의 계획된 지연 전술일 수도 있다. 나중에 '마음의 간헐' 에피소드에서 억눌렸던 슬픔을 표면으로 떠올려 드러내기 위한 공간을 만들어두는 것이다. 분명한 것은, 이것이 죽음과 황폐함의 이야기에서 마망의 역할을 해줄 또 다른 아픔을 누그러뜨리려는 전조라는 것이다.

할머니의 죽음 이야기는 그녀가 죽은 것으로 끝나지 않는다. 또다시 퇴행이 이루어지는데, 이번 것은 고통에 겨워 '짐승'처럼 울부짖는 것과는 완전히 다르며, 차라리 기적적인 회복이라고 불러야 할 퇴행이다. 말하자면 일종의 덧붙임 같은 것으로, 여기서는 생물학적으로 더 앞선 시간으로 되짚어 오르면서 필멸의 '마지막 시간'이 다른 것으로 대체되어, 할머니의 '쪼그라든' 뺨이 '다시 어린 얼굴'로 변한다.

몇 시간 후, 프랑수아즈는 마지막으로 고통스럽지 않게 할머니의 머리를 빗길 수 있었다. 그동안 할머니의 아름다운 머리카락은 살짝 회색빛이 돌기는 했지만 그 덕분에 실제 연세보다 훨씬 더 젊어 보였다. 그러나 이제는 반대가 되었다. 머리카락만이 나이의 왕관에 어울릴 뿐 얼굴은 다시 어려져 그처럼 오랜 고통이 가져다준 주름지고, 수축되고, 부풀고, 당겨지고, 처진 살에서 자유로워졌다. 아주 먼 옛날 할머니의 부모님들이 딸의 남편감을 골라주었을 때처럼 할머니의 얼굴에는 순수함과 순종의 기색이 어렸고, 뺨에는 세월에 조금씩 좀먹어 들어갔던 순결한 기대, 행복에 대한 꿈, 천진난만한 유쾌함마저 빛을 내고 있었다. 그게 그녀에게서 잦아들면서 삶이 그 환멸을 쓸어갔다. 할머니의 입술에 미소가 떠오르는 것 같았다. 장례용 침상에서, 죽음은 마치 중세의 조각가처럼 할머니를 어린 소녀의 얼굴로 눕혀놓았다.

그것은 또한 할머니의 딸이자 서술자의 어머니의 얼굴이기도 하다. 우리는 이 얼굴을 따라서 반대 방향으로 시간을 거슬러 올라가 소설의 가장 큰 질문과 만나게 된다. 답이 주어지지 않아서가 아니라 한 번도 이 질문이 제기된 적이 없기 때문이다. 적어도 명시적으로는 그렇다. 그것은 실제적이든 결과적이든 마망의 죽음에 관한 것이다. 어머니가 자기 어머니의 죽음에 보이는 반응은 폭풍의 눈에 휩쓸린 사람의 그것이나 마찬가지다.

침대 발치에서 죽어가는 할머니가 숨을 헐떡일 때마다 경련을 일으키며, 울지는 않았지만 매 순간 눈물에 잠겼던 나의 어머니는 빗물이 후려치고 바람에 찢어진 나뭇잎처럼 경황없는 황량함 속에 서 있었다.

그녀의 꺼지지 않는 슬픔은 또한 시간을 역행하는 화살로 된 두 줄기 길을 따라잡는 과정의 시작점이다. 할머니는 죽음으로써 딸의 어린 모습을 갖게 되고, 딸의 오래고 치유할 수 없는 슬픔은 노화 과정을 가속화해 점점 더 어머니를 닮아가는 것이다.

화자가 자기 어머니와 두 번째로 발베크를 찾아갔을 때도 어머니는 여전히 깊은 슬픔에 잠긴 딸의 모습이었으며, 독자에게도 그 통렬함이 고스란히 전달된다. 그녀가 바닷가를 거니는 모습이 화자에게 보인다.

나는 창문을 통해 어머니가 온통 검은 옷차림으로 앞으로 걸어가는 것을 보았다. […] 그 모습은 파도가 되돌려줄 망자의 몸을 찾아다니는 것 같았다.

어머니는 화자가 알베르틴을 잃고 비통해하는 순간에는 이렇게 등장한다.

문이 열렸고, 심장이 두근거렸다. 순간 할머니가 내 앞에 서 계신 줄로 생각했다.

화자가 이렇게 생각하게 된 것은 '나이 든 뺨'과 '흐트러진 머리카락'의 '회색 가닥들' 때문에, 어머니가 '내가 가여운 네 할머니를 닮았다고 생각하는구나'라고 말을 하는데도 '누군지 얼른 알아보지 못해서'였다. 다시 한번, 이제는 역전된 '뺨'의 운명이 프루스트 방식의 삶과 죽음 안에서 중심 역할을 하는 것이다. 고인이 된 할머니의 뺨은 점점 어려지고, 살아 있는 어머니의 뺨은 늙어가면서 어머니는 한 발 한 발, 화자가 결코 입에 담을 수는 없는 죽음을 향해 다가간다.[29] 대신에 우리는 이것을 통해 힌트와 암시를 얻을 수 있다. 확실하게 결정적인 것은 아무 것도 없지만, 우리가 보는 것이 무엇인지 불확실한 상태에서나마 잠깐 엿볼 수 있는 문이 열린다.

II

〈소돔과 고모라〉의 마지막 부분에서부터 〈사라진 알베르틴〉의 뒷부분까지에는 마망이 등장하는 장면이 거의 없다. 그녀는 화자가 알베르틴의 상실과 죽음에 따른 슬픔에서 회복하기 위해 베네치아로 떠날 때 아들과 함께 여행하게 되면서 다시 등장한다. 이 에피소드는 첫 권에서 언급되었던 소원•을 성취했을 뿐 아니라 위로가 되는

---

29 마망의 죽음이라는 문제 전체가 얼마나 복잡하고 고통스러운지를 보여주는 놀라운 대목이, 최근 발견된 원고 《75장의 노트Les Soixante-Quinze Feuillets》에 실려 있다. 이 원고에서 화자는 마망의 임종 자리에 있었던 일을 회상하며, "삶이 그녀에게 안겨준 모든 슬픔이 죽음의 천사 손끝에 의해 지워졌다"고 말한다. 그러나 아처럼 노골적인 감정 표현은 정식 소설에는 허용되지 않았고, 오직 할머니의 임종 장면에 대한 대체적 서술만 남아 있다.
• 어머니를 독점하면서 위로와 평안을 찾는 것.

아름다움으로 충만하지만, 한편으로는 또 다른, 더 괴로운 이야기도 담겨 있다. 우선 시작에서부터 기쁘게 도착하는 것이 출발을 암시한다는 점이 그렇다. 이것은 베네치아에서 파리로 되돌아가는 것이 아니라 궁극적인 귀환 즉 이 세상에서의 출발이다. 아래는 베네치아 건축물의 고딕 창문에 대한 상세한 고찰인데, 여기에는 그들이 머무는 호텔 객실의 '아직도 아라비아에서 비롯됐다는 흔적인 반쯤 남은 원뿔 모양의 천장'도 포함되어 있다.

> 나는 멀리서 이 원뿔 지붕을 얼핏 보았다. […] 그 다채로운 빛깔의 대리석 난간 뒤에서 마망이 나를 기다리고 있었으므로 […] 어머니는 당신의 가슴 깊은 곳에서 우러난 사랑을 내 쪽으로 날려 보냈다. 그건 사랑을 유지시켜줄 대상이 남아 있지 않을 때만 그치는 그런 사랑이었다. […] 그런 이유로, 이 창문은 내 기억 속에 우리 곁에서 제 역할들을 했던 사물의 사랑스러움을 간직한 채 남게 되었다. […] 그때부터 박물관에서 이런 창문의 형태를 보게 되기라도 하면 매번 나는 눈물을 참으려고 애써야 했다. 그것이 나를 가장 크게 움직이는 말이라

는 걸 깨닫고는 아주 간단히 들려주기 때문이다. '나는 네 어머니를 잘 기억하고 있어.'

다음은 프루스트 특유의 엄청난 문장으로 구성된 구절을 편집한 것인데, 이렇게 솎아낸 형태만으로도 정말 매혹적이며, 시간을 복잡하게 구성하는 그의 취향을 잘 드러내는 또 하나의 사례라고 할 수 있다. 시작은 표준적인 과거로 시작하지만 곧 나중의 순간이 덧붙여지며(뒤이어 박물관에서 창문의 형태를 보는 것), 이 추가된 부분은 과거를 흡수해 마망을 단순한 기억이 아니라 기억의 형태로 투영된 회상으로서 다시 미래로 동화시킨다. 이렇게 하는 것의 전반적인 효과는 사건, 기억, 상실 및 애도 사이의 강력한 암시적 연관성이다. 이것을 또 다른 종류의 매장지로 볼 수도 있을 것이고, 수많은 서사적 블랙홀의 첫 번째라고 부를 수도 있을 것이다. 나중에 산마르코 성당을 찾아가는 부분도 마찬가지다. 여기에는 또 다른 확장된 문장이 포함되지만, 프루스트가 지금까지 쓴 가장 감동적인 문장의 후보이기도 하다. 하나는 뚜렷하고, 다른 하나는 암시적인 이중 속성으로 상실감을 불러일으키는 구성 방식이 특히 그렇다.

> 이제 그때가 왔다. 그 세례당을 기억하면서 [...] 이 서
> 늘한 황혼 속에 내 옆에 상복을 입은 한 여인이 있었
> 다는 사실에 무심한 채로 계속 있을 수는 없다. 경건하
> 고도 열렬한 열정이 베네치아에서 본 카르파초(Vittore
> Carpaccio, 1465~1525. 이탈리아의 르네상스 화가)의 그림
> '성 우르술라'•에 있는 나이 든 여인과 닮은, 이 붉은 뺨,
> 슬픈 눈을 한 검은 베일의 여인을, 그 어떤 것도 불빛이
> 은은하게 비치는 산마르코 성당의 성소, 내가 여인을
> 만나리라고 확신하는 그 장소에서 내보낼 수는 없다.
> 내가 그곳에 영원히 한 자리를, 모자이크 옆에, 그 여인,
> 내 어머니를 위해 정해두었기 때문이다.

이 구절에서 명시적으로 가리키는 대상은 마망이다.
프루스트 버전의 '슬픈 눈을 한', 또한 '붉은 뺨'과 '검은
베일을 쓴' 여인('상복을 입은 한 여인')이다. 그리고 암시

• 4~5세기 브르타뉴의 왕녀로, 순교했다.

적 대상은 마망의 다가올 필연적 죽음에 애도하게 될 화자 자신이다. 실제로 문장의 의미에서 핵심은 세례가 이루어지는 순간이 아니라, 미래에 놓이게 될 현재 시제의 관점('무심한 채로 계속 있을 수는 없다')에서 명시적으로 강조된 기억('그 세례당을 기억하면서')이다. 그리고 그것은 세례당을 매장지이자 안식처('영원히')로 삼아 지금은 세상을 떠난 어머니를 기억하는 것으로 읽힌다. 앞으로 거슬러 올라가 〈꽃핀 소녀들의 그늘에서〉에서 언급되었던 '어머니와 떨어진 슬픔'은 그저 여름휴가 때문이었는데, 이제는 이별이 돌이킬 수 없는 것이 되었다. 역시 〈꽃핀 소녀들의 그늘에서〉에서 화자가 할머니에게 한 말은 결국 맞이하게 될 모성의 상실에 대한 두려움을 드러낸 셈이다.

　　한번은 할머니께 이렇게 말했다. "할머니가 없으면, 나는 살 수 없을 거예요."

　베네치아 에피소드는 마망이 일찍 돌아가기로 결정하면서 끝을 맞이한다. 화자에게 이것은 베네치아 모험이 끝났다는 것 그리고 차가운 돌처럼 굳어진 느낌을 준 베네치아가 그 상태로 '얼어붙는' 걸 알리는 신호다. 그는 때 이르게 돌아가는 어머니와 동행하는 것을 망설였지만 또 다른 이별의 예감이 주는 고통에 휩싸여 마지막 순간에 역으로 달려가 파리로 되돌아가는 기차에 올라탄 어머니를 따라잡는다. 마망이 서사에서 차지하는 위치로 볼 때, 이것은 단순한 전환점이 아니라 그녀가 자진하여 서사에서 나가게 되며 끝내 돌아오지 않는다는 의미가 된다. 우리가 서사 속에서 그녀에 대해 듣게 되는(만나게 되는 것이 아니라) 마지막 지점은 마지막 권의 앞부분에서 화자가 게르망트 공작의 저택에 초대를 받게 되는 부분에서다.

마침 일이 그렇게 되느라 마망은 사즈라 부인 댁에 오후 차를 마시러 갈 예정이었다.

소설에서 '마침 일이 그렇게 되느라'라는 진부한 표현이 무언의 암시와 결과로 가득 찬 경우는 거의 없다. 아들이 다른 볼일을 보는 사이 어머니가 콩브레 시절의 오랜 친구가 여는 다과회에 참석하기로 하는 것에 특별한 의미는 없다는 것이다. 더구나 사즈라 부인은 소설에서 차지하는 비중이 크지 않은 '소소한' 인물이다. 그녀가 특별한 지위를 얻게 되는 것은 마망이 어디를 간다거나 무엇을 한다는 것에 관한 마지막 언급에 등장한다는 것이다. 다만 그녀는 마지막 부분에서 가장 뚜렷이 기억되게 되겠지만 전개되는 이야기에서 존재를 찾아볼 수는 없다.

다과회가 열린다는 것을 화자가 우리에게 콕 집어서 얘기했고, 그의 어머니가 손님으로 참석한다는 것, 그리고 이것이 다른 두 사교 행사, 즉 게르망트 및 라 베르마의 연회와 시간상 거의 일치한다는 이유만으로도 다과회는 '사건'의 자격이 있다. 그러나 사즈라 부인의 다과회에 독자들은 초대받지 못했고, 따라서 다과회 광경을 지켜보지 못한 우리는 아무것도 듣지 못했으며, 아무것도 알지 못한다. 그런 면에서 이 부분을 정보의 공백이라고 할 수 있지만, 한편으로는 마망이 그 속으로 들어가 휩쓸리면서 다시는 나오지 않는 진공 상태, 즉 블랙홀이라고도 할 수 있다. 게다가 거기에는 혹은 그 여주인에게는 더 많은 것이 있다. 이때부터 독자인 우리는 화자와 함께 문자 그대로 우리 모두를 탐정으로 만드는 퍼즐과 대면하게 되는데, 우리가 맡은 임무는 화자가 제공하는 다소 조밀하고 불명료한 설명을 해석하는 것이다.

이제 화자는 〈갇힌 여인〉의 편집증적인 형사가 아니다. 유폐되다시피 한 연인이 무심코 내뱉은 말에서 그녀의 성적 취향과 습성을 추측하는 일 같은 건 하지 않는다. 새로운 맥락 속에서 형사가 하는 일은 얼굴에 나타나는 기호를 단서로 하여 얼굴 주인의 '정체성'을 읽어내는 귀납적 인상학자의 그것에 가깝다. 수사는 캉브르메르 후작에서부터 질베르트에 이르기까지, '가면무도회'에서 사람들을 인식하는 장면을 배경으로 전개된다. 사실은 인식이라기보다는 아예 인식하지 못하는 경우와 잘못 인식하는 경우가 섞여 있다고 하는 것이 더 정확하겠지만 말이다. 이렇게 얼굴과 이름을 연결 짓느라 악전고투('내 시선은 내가 알아내지 못한 이름을 그녀의 모습에서 계속해서 찾고 있었다')하면서 형사의 수사는 또 다른 자명한 '법칙'으로 귀결된다.

누군가를 '알아본다'라는 것은 [⋯] 더욱이 누군가를 알아보지 못했다가 나중에 알아보는 것은 […] 거의 죽음 만큼이나 혼란스러운 미스터리, 즉 죽음의 서문과 예고 나 다름없는 것에 대해 생각해야 한다는 것이다.

이러한 유형의 몇 가지 난제와 이를 해결하기 위해 채택된 다양한 해석 절차가 있다. 오데트의 역설적인 사례에 대한 기괴하고 재미있는 수학 실험이 그중 하나다. 이 실험에는 과감한 추론이 동원될 수밖에 없었는데, 그것은 오히려 그녀가 전혀 변하지 않았기 때문이다.

정확히, 그녀가 변하지 않았기 때문에, 그녀는 거의 살아 있는 것처럼 보이지 않았다.

그녀의 모습은, 예전부터 그녀의 나이를 알고 있어서 나이 든 여인의 모습을 예상했던 사람들에게는 라듐의 보존 능력이 자연의 법칙을 거스르는 것보다 훨씬 더 큰, 연대기적 시간의 법칙에 대한 기적적인 도전처럼 보였다. 내가 첫눈에 그녀를 못 알아본 것은 그녀가 변해서가 아니라 변하지 않아서였다. 마지막 한 시간 동안, 나는 시간이 사람들에게 덧붙여놓은 것들이 있으므로 내가 알던 그 사람들을 다시 알아보려면 그만큼을 다시 빼야 한다는 것을 깨달았으며, 이제는 빠르게 셈을 하여 이전의 오데트에게 지난 세월만큼의 햇수를 더했다. 그랬더니 내가 보고 있는 사람이 내가 생각하는 사람일 수 없다는 결론이 나왔다. 정확히는 그녀가 자신의 옛 모습과 너무 닮았기 때문이었다.

빼기로 묘사되는 시간의 추가는 프루스트만의 기발함을 맘껏 뽐내는 것이다. 이것은 오데트의 지속적 아름다움('그녀는 다시 꽃으로 돌아왔다')에 찬사를 보내면서, 동시에 돌아가신 할머니의 어려진 얼굴에 대해 장난스럽게 보충 설명도 하고, 그러면서 소설의 제목을 생각지 않았던 방향에서 새롭게 보는 시각을 제공하기도 한다. (잘못) 인식하는 또 다른 장면 또한 '실험적'이라고 할 수 있는데, 이 경우도 역시 재미있기는 하지만 기막힐 만큼 별나기도 하다. 화자는 또다시 어떤 부인을 처음에는 못 알아보다가 한 가지 '아이디어'를 생각해낸다. 그녀의 얼굴에 사즈라 부인의 얼굴을 덧입혀 보려고 애쓴 끝에 다른 방식으로는 판독해낼 수 없는 '의미'를 복구해내는 데 성공하는 것이다.

> 나는 낯선, 아예 알 수 없는 여인의 얼굴에 그녀가 사즈라 부인이라는 생각을 도입하기 시작했으며, 기어이 한때 친숙했던 그녀의 얼굴이 지닌 의미를 복원해냈다. 그렇지 않았으면 그녀의 얼굴은 끝내 내게서 소원한 채로 남았을 것이며, 완전의 다른 사람의 얼굴이 되었을 것이다.

여기서 화자는 일종의 인지 시행착오 시험을 시도하고 있다. 누군가를 사즈라 부인이라고 가정하는 '생각'을 그 얼굴의 실제 주인을 식별할 수 있는 템플릿 또는 비망록으로 이용하는 것이다. 그렇다면 화자는 많은 사람 중에 왜 하필 다른 장소에서 자기 어머니를 접대하고 있다는 사실을 알고 있는 사즈라 부인을 택한 건지 의문이 생기지 않을 수 없으며, 이 실험에 화자뿐 아니라 독자들의 이런저런 가설이 쏠릴 수밖에 없다.

가설 1은 환각에 가까운 지각 오류다. 화자가 인지적

문제를 일으켜 기억 속에 있는 이미지를 기반으로 기발한 아이디어를 시도한 것이 아니라 실제로는 그곳에 없는 사즈라 부인을 진짜로 '보고' 있다는 것이다. 혹은 정말로 사즈라 부인이 그곳에 있었거나!(플레야드 및 펭귄 판에는 그녀가 실제로 그곳에 있었다고 명확하게 진술하는 '요약'이 첨부되어 있어, 이를 근거로 이렇게 주장하는 사람들이 있다). 그러나 이것은 그녀가 마망이 손님으로 참석하기로 한 다과회를 여는 상황과는 맞지 않는다. 또다시 프루스트가 앞 내용을 잊어버리고 딴소리를 하는 걸까? 혹은 다과회가 끝나고 그녀가 서둘러 게르망트 공작의 연회로 건너온 것일까? 라 베르마의 연회 참석자들 일부가 그랬던 것처럼? 그러나 딱히 중요한 인물이 아닌 그녀가 애초에 게르망트 연회에 초대되었을 확률 자체가 낮다. 결국 우리가 분명하게 사즈라 부인을 본 것은 베네치아에서 마망과 화자를 만났을 때였고, 마망이 마지막으로 모습을 보인 장면이 베네치아에서 돌아오는 여정에서였으므로 사즈라 부인 역시 베네치아에서의 만남이 마지막 지점이었을 것으로 보는 게 합리적인 추론이다. 아무튼 이렇게 생각하든 저렇게 생각하든 혼란스럽기만 한 추측을

멈출 수 있게 해주는 고마운 존재가 등장한다. 바로 질베르트다.

가서 식사나 할까요? 우리 둘이서만, 식당으로 가서요.

결국 결말은 나지 않는다. '사즈라 부인'을 둘러싼 퍼즐 꾸러미는 혼란 속에 미진하게 마무리되었으며, 질문에 대한 답은 없다. 어쩌면 답할 수 없었겠지만. 다른 것은 차치하고라도 이 모든 상황 속에서 마망은 어디에 있는 걸까? 평소처럼 집으로 돌아간 걸까, 아니면 그냥 사라진 걸까? 그야말로 블랙홀의 서사적 은유가 가장 강력한 장악력을 가지고 있는 지점이라고 할 수밖에 없다.

'사즈라 부인'을 (잘못) 인식하는 장면은 사실은 사즈라 부인과는 아무런 관련이 없으며 모든 것은 마망과 관련되어 있다. 사즈라 부인은 기회주의적으로, 심지어 부주의하게, 프루스트가 소설에서 결코 다룰 수 없는 질문을 서둘러 넘어가려는 데 이용되었을 뿐이며, 그건 다름 아닌 한 사람의 죽음에 관한 것이다. 다른 모든 이들처럼 반드시 닥치게 되어 있지만 소설에서는 금지된 죽음이다. 마망을 단순히 이야기에서 빠진 것으로 생각할 수 있지만, 그게 꼭 이 세상을 떠나는 것을 의미하는 것은 아니다. 비록 필멸에 대한 온갖 힌트와 암시가 깔려 있고, 라베르마 또는 오데트의 죽음에 대해 미리 내비치기까지 하지만 끝내 마망에 대해서는 말하지 않으므로.

아니면 화자의 어머니가 당신의 어머니를 잃고 견딜 수 없는 슬픔에 빠졌던 이전 지점, 뚜렷하게 드러나지는 않지만, 그 지점으로 되돌아가 보면 어느 정도는 짐작할 수 있는 것들이 있을 수도 있다.

> 내 어머니의 슬픔만큼 깊은 슬픔에 대해서는 언젠가,
> 이 이야기의 적당한 때에 드러나게 되리라는 걸 나는
> 알고 있었다.

이것은 이야기의 흐름에서 어느 슬픔과 어느 날을 가리키는 것일까? 독자로서는 아마 알베르틴이 떠나고 죽는 것에 대한 암시를 미리 담은 것으로 이해하는 게 가장 타당할 것이다. 프루스트로서는 〈사라진 알베르틴〉에 이 내용을 담을 것이므로 독자가 미리 아는 것을 원하지 않

았을 것이며, 그래서 명시적인 표현도 하지 않았을 것이다. 혹은 이것을 '언젠가' 겪게 될 슬픔에 대한 암시로 볼 수도 있는데, 이 슬픔은 그 자체를 분명히 설명하거나 그 대상이 되는 사람을 확인할 수도 없다. 비록 마지막 권에서 화자의 자기 기술에 배경이 되기는 하지만.

> 나는 죽어가면서도 언제까지나 아들을 돌봐야 한다는 느낌을 내려놓지 못하는 어머니의 아들이 된 것 같은 기분이 들었다.

만약 소설 속에 '단서'가 있다고 하면 이것일 수 있다. 물론 이 해석에 지나치게 몰입하면 우리 스스로 독자가 아니라 병적으로 과잉 수사하는 형사처럼 돼버릴 수도 있다. 아무튼 이것이 힌트라고 하면 수의를 짤 때처럼 한번 들춰보고는 침묵 속에 묻어두는 편이 좋다. 프루스트는 호메로스를 자주 언급하는 편이라서 이 소설뿐 아니라 〈생트뵈브에 반대하여〉에 실은 이런저런 글에도 자주 이 이름이 나오는데, 〈생트뵈브에 반대하여〉에서는 영원한 젊음의 표상인 셰니에^{André Marie Chénier}•가 쓴 호메로스에 대한 시에서부터 렘브란트의 그림인 '시를 구술하는 호메로스'에 이르기까지 다양한 곳에서 호메로스를 언급한다. 또한 소설에서는 사람을 알아보는 인식 장면 네 군데에서 호메로스에 대한 언급이 가장 뚜렷하게 드러난다. 두 군데는 〈소돔과 고모라〉에 있고, 나머지 두 군데는 '가면무도회'에 속해 있으며, 넷 모두 서사문학의 가장 위대한 인식 장면을 포함하고 있는 〈오디세이〉••를 인용하고 있다. 첫 번째는 샤를뤼스와 쥐피앵이 만나는 장면을 화자가 목격하는 지점인데, 여기서는 성적 친밀감에 관한 상호 이해가 커다란 사회적 격차를 순식간에 해소시킨다.

> 그러나 신들은 즉각적으로 다른 신들을 알아보며, 마찬가지로 샤를뤼스 씨도 쥐피앵에게 호감이 이심전심으로 인지되었다.

• 프랑스 낭만주의 시인. 프랑스 혁명기 공포정치에 의해 단두대에서 처형되었다.
•• 트로이전쟁 후 그리스 장군 오디세우스가 귀향하는 긴 여정을 다루고 있는 호메로스의 서사시.

나중에 발베크에서 샤를뤼스는 다시 한번 열악한 곳을 다니며 하류층 사람들과 어울리는 모습으로 나온다. 여기서는 캉브르메르 사촌네 집의 하인과 함께 식당에 나타났는데, 하인은 '사교계 인사'처럼 우아하게 차려입고 있다. 이때 프랑수아즈가 '약해진' 시력에도 굴하지 않고 형사 역할을 자처하며 등장한다.

> 그 순간에 계단 아래를 지나가다가 […] 고개를 들고는 호텔 손님들은 짐작도 하지 못한 상태에서 하인을 알아보았다. 마치 늙은 유모 에우리클레이아(오디세우스의 유모. 20년 만에 거지꼴로 귀환한 오디세우스를 한눈에 알아본다)가 연회의 구혼자들보다 먼저 율리시스(오디세우스의 라틴명)를 알아본 것과도 같았다.

오디세우스의 아내 페넬로페는 남편의 귀환을 충실히 기다리지만 모두가 오디세우스를 죽었다고 믿었기 때문에 구혼자들이 모여든 것이다. 이 장면이 우리를 '가면무도회'의 두 가지 인식 장면으로 데려가게 되는데, 여기서도 〈오디세이〉가 소환된다. 첫 번째는 화자가 예전 친구

를 만나게 되며('나의 가장 오랜 친구 중 한 명'), 그 친구의
음성은 '곧바로 익숙하게 들렸지만' 결국 그를 알아보지
는 못하는 장면이다.

> (그 음성이) 내가 모르는 뚱뚱하고 머리가 허옇게 센 나
> 이 든 남자의 입에서 나왔다. [⋯] 나는 자신의 죽은 어
> 머니를 부둥켜안으려고 하는 〈오디세이〉의 율리시스
> 처럼 간절히 내 친구를 알아보고 싶었다. (호메로스의 이
> 야기에서 율리시스의 어머니는 아들의 오래 돌아오지 않자 슬
> 퍼하다가 세상을 떠났다.)

두 번째는 드물게도 누군가가 화자를 알아보지 못하
는 장면이다. 다름 아닌 오데트가 화자를 인식해내려 애
쓰는 장본인이다.

> 내가 인사를 하자, 그녀는 한참 동안 내 얼굴에서 이름
> 을 생각해내려고 애썼다. 마치 자신의 머릿속에서 더
> 쉽게 찾을 수 있는 답을 찾느라 시험관의 얼굴을 바라
> 보는 학생 같았다. 내 이름을 말해주자 그 즉시 [⋯] 그

녀는 나를 알아보더니 몹시 독특한 그녀 특유의 목소리
로 내게 말하기 시작했다. […] 그러나 그녀의 눈은 먼
바닷가에서 나를 바라보는 것 같았고, 목소리는 〈오디
세이〉에 나오는 죽은 자들처럼 슬프고 거의 애원하는
듯했다.

죽은 어머니의 그림자를 껴안는 마음과 살찌고 머리
가 센 옛 지인들과 다시 연결되는 것이 무슨 상관이 있는
가 싶을 수 있다. 게다가 슬픈 눈을 한 오데트가 〈오디세
이〉에 나오는 죽은 자들의 땅에서 우리를 부르는 이미지
로 나타나면 프루스트와 호메로스에 관한 진지한 연구
는 한순간에 무색해진다. 어떤 면에서 이것 역시 '가면무
도회'의 음울한 유머와 발맞추는 농담일 수도 있다. 그러
나 슬픔은 보이는 그대로 받아들여져야 한다. 그리고 소
설 속의 이 '죽음'의 순간들에서 오디세이적인 암시와 인
용들은 프루스트의 상상력이 펼쳐지는 다양한 통로에서
온갖 것들을 소환한다. 그렇게 이해하면, 인내하면서 묵
묵히 기다리며 베를 짜는 페넬로페의 모습을 오데트를
통해 연상하지 못할 것도 없다. 그 페넬로페에게 남편 율

리시스는 지하 세계에서 돌아가신 어머니의 영혼과 만난 이야기를 들려주는 것이다. 독자로서는 이것을 화자가 돌아가신 할머니의 '영혼'과 교감하는 부분과 연결 지을 수 있겠지만, 단순히 프루스트가 차마 다룰 수 없어서 말하지 못하는 일에 대한 생각을 가리키는 것일 수도 있다. 그렇다면 침묵은 조용히 장례식에 입을 옷을 짜는 것이 아니라, 매듭을 묶는 것으로 보일 수 있다. 《잃어버린 시간을 찾아서》의 매듭은 고르디우스의 매듭Gordian Knot●이다. 페넬로페는 매일 밤 자기가 짠 옷을 풀어버렸지만, 〈꽃핀 소녀들의 그늘에서〉에서 화자가 묘사한 것처럼 소설의 매듭은 결코 풀 수 없고, 잠글 수도, 막을 수도 없다. 그것은 '내 부모님이 언젠가 돌아가실 거라는 생각을 하면서 그렇게나 자주 느꼈던 공포'이기 때문이다.

● 마케도니아의 알렉산더 대왕이 고르디우스 왕의 전차에 매달린 매듭을 아무도 풀지 못하자 한칼에 잘랐다는 전설의 매듭.

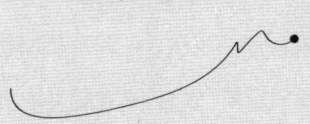

아기와 외교관

이 책은 프루스트를 읽는 독자들의 세 가지 이야기, 불면
과 천식, 중독으로 시작한다. 그리고 프루스트 읽기의 두
가지 측면을 덧붙이면서 끝난다. '살기'와 '죽기'뿐만이
아니라 책 제목에 있는 전치사 '함께with'에 대한 친밀감을
되찾겠다는 목적에서 이야기가 추가된 것인데, 한 가지
는 삶의 시작에 관한 이야기이며, 다른 한 가지는 종말에
가까워지는 삶의 이야기로, 둘 다 마르셀 프루스트 소설
의 동반자들이다.

두 이야기 중 첫 번째는 현대의 프루스트 읽기 작업에
서 가장 주목할 만한 탐구일 어마어마한 프로젝트의 원
천이 되었다. 1993년에 영화제작자인 베로니크 오부이
Véronique Aubouy가 시작한 영화 제작 프로젝트로,《잃어버린

시간을 찾아서》를 독자들이 낭독하는 장면을 찍는 것이다. 프로젝트 제목은 상대를 무장 해제시킬 만큼 단순하고 솔직한 〈프루스트 읽기Proust lu〉이다. 독자들은 각자 대략 두 페이지가량의 발췌본을 읽게 되며, 지금 이 글을 쓰는 시점에서도 프로젝트가 완결되기까지는 갈 길이 멀다. (영화 제작은 현재 〈사라진 알베르틴〉의 어딘가까지 진행된 상태이며, 중국 독자의 비디오로 다음 화가 꾸려질 예정이다.) '라이브' 낭독으로 한 번에 영화 제작과 자료 보관이 이루어지는 〈프루스트 읽기〉는 대단히 광범위한 장소와 배경, 직업을 아우른다.

2014년에, 오부이와 작고한 마티외 리불레Mathieu Riboulet 가 함께 쓴 책 《강연À la lecture》—헌정과 강력한 메시지를 동시에 전달하는—을 통해 오부이의 카메라를 따라가는 사회적, 지리적 여행을 들여다볼 기회가 있었다. 책에 실린 독자들은 〈프루스트 읽기〉의 전체 독자(현재 1,500명이 넘는다) 중 극히 일부에 지나지 않지만, 책 자체가 독자들에게 초점이 맞춰져 있다. 주요 내용은 독자들의 프로필로 이루어지며, 그들의 실제 읽기와 읽기를 수행하는 상황에 대한 설명도 포함되어 있다.

그중 몇몇 실례를 보자. 마르틴은 알사스의 기운이 넘치는 샤르퀴르티[•] 업자로, 가게를 청소하고 아이들에게 밥을 차려주는 사이의 점심시간을 이용해 빠른 책을 읽는다. 배우 케빈 클라인은 파리에서의 영화 촬영을 마치고 공항으로 가는 도중에 맡은 분량을 거의 다 소화해낸다. 시장 상인 롤랑은 소형 기계 피아노 반주에 맞춰 낭독하며, 불법 이민자인 시마오는 발췌문을 손에 쥐는 모습에서 '상 파피에sans papiers'[••]라는 표현에 대해 새로운 느낌을 전해준다. 시간에 대해 어느 정도 알고 있는 베나마르는 샹테 교도소에서 복역 중이며, 규정에 따라 뒤쪽에서 촬영했다.

유대인인 할머니 쪽으로 프루스트의 먼 친척이 되는 아네트는 감동적인 스케치를 선보였다. 그녀는 카를 마르크스와도 친척 관계이며, 전쟁 동안 수용소로 보내졌다가 부모님과는 달리 1945년에 풀려난 생존자다. 노르망디 출신의 청소노동자 아를레트는 여러 번 촬영을 거

• 수제 가공육.
•• 불법 체류자라는 뜻의 프랑스어.

듭하며 녹초가 되다시피 했으나 그 결과 그저 자기만족이 아니라 순수하고 빛나는 기쁨의 순간을 맞이했다. 레바논 예술가인 나즈리 사예그는 팔미라 호텔에서 촬영했는데, 살롱의 벽이 프루스트의 친구인 콕토의 그림으로 뒤덮여 있었다. 루블라냐(슬로베니아공화국의 수도)의 라도브카는 비서로 일하면서 '여가'에《잃어버린 시간을 찾아서》를 슬로베니아어로 번역하며, 모임을 결성하여 자신이 옮긴 원고를 낭독하기도 한다.

이 모임의 한 남성은 퐁피두 센터의 엘리베이터 안에서 〈게르망트 쪽〉의 일부를 큰 소리로 낭독하고는 아주 태연하게 엘리베이터를 빠져나간다. 벨라지오의 섬에 시끌벅적 모인 교수들 무리도 빼놓을 수 없다. 객관성을 유지하기 위해 여기서 나도 두 페이지를 읽었음을 밝혀둔다(노르푸아와 파펜하임 대공 사이의 기억에 남을 협상 장면. 대공은 학사원에 선출되고 싶어 한다).

프랑스 시골 마을 세벤느는 토양이 비옥하여 비강 시장의 치즈 상인, 산꼭대기의 양치기(한 시간 반 정도를 걸어 올라가야 하는 곳에서 양을 친다), 퇴락한 술집에서 은퇴한 성매매 여성, 그리고 마르셀이라는 이름을 가진 사람까지 두루 모여 산다. 그중 한 농부는 자신의 발췌문(《스완의 사랑》중에서)을 먹고, 맛보고, 음미하면서 읽는데, 단어들 특히 사람 이름을 집어삼키듯 한다. 스완은 '슈완느'가 되고 오데트의 성씨인 드 크레시는 '드 클르레에에시'로 길게 늘여지며, 포르슈빌은 입속에서 씹어 '폴르슈빌뢰'로 내놓는다.

이것들은 소설 속 고유한 이름의 로망을 불러일으키면서 다른 낭독자들의 '망가진' 발음 목록을 작성하는 데도 크게 공헌했다('오데트 드 게시', '샤를루', '샬뤼스', '레장드린', '캉브르메', '베르조트', '블로슈', '뱅트뢰유', '생롯', '엘지르', '고다드', '마르퀴스 드 노포앙', '게르망테스'). 마르셀은 농장의 주방이 한쪽 마르셀과 또 다른 '마르셀'의 친교의 공간이기라도 한 것처럼 편안한 모습을 하고 있다. 이름에서 느껴지듯이 〈프루스트 읽기〉 프로젝트의 이상적인 독자이기도 한 그는 이 다른 '마르셀'이 정확히 누구냐는 질문을 제기한다. 작가인 마르셀 프루스트인가 혹은 그의 화자인가 하는 것이다.

"화자의 이름은 소설에서 한 번도 언급되지 않지만 알베르틴이 '달링' 또는 '내 사랑'이라고 부를 때 감질나는 힌트가 있어요. 그 뒤에 내 세례명을 넣으면요. 만약 우리가 화자에게 이 책의 저자와 같은 이름을 준다면 말이죠, '달링 마르셀'이나 '내 사랑 마르셀'이 되는 거죠." 허구의 화자가 허구의 경계를 벗어나 자신을 창조한 작가의 정체를 현실세계에서 알게 되는 과정은 일종의 퍼즐이며, 이것을 가장 잘 이해하려면 서사 게임의 규칙으로 장난을 거는 프루스트의 짓궂은 방식으로 바라봐야 한다.

불행히도, 프루스트 자신의 녹음된 목소리는 남아 있지 않아서 그의 첫소리 나는 음성(불쾌하고 거슬리는 소리였다고 한다)을 견주어볼 곳이 없다. 예를 들어 조이스는 《율리시스》나 〈피네건의 경야〉를 아일랜드 억양으로 읽어 남겨두었는데 말이다. 그러나 콕토의 증언에 따르면 프루스트는 여러 부류의 지인들을 모아놓고 직접 쓴 원고를 큰 소리로 읽어주기를 즐겼다고 한다.

프루스트는 아무 곳이나 짚이는 대로 읽고, 페이지를 빠뜨리고, 몇 번이고 되돌아가 다시 시작했으며, 잠시 멈추더니 첫 장에서 모자를 벗는 행위에 대해서는 마지막 권에서 설명될 거라고 말했다.

그러므로 프루스트 축제의 마지막 놀이는 만약 프루스트 자신이 살아 있다면 읽게 될 부분을 어디로 정할지에 대한 각축전이지 않을까? 물론 자격을 갖춘 발췌문의 후보는 셀 수 없을 정도지만 가장 합리적으로 받아들여지는 것은, 이견이 없을 수야 없겠지만, 발췌가 '콩브레' 부분에서 나와야 한다는 의견이다. 화자가 빗속에 서서 멀리서 들리는 개 짖는 소리에 귀를 기울인다든가, 마치 메제글리즈 길로 다시 옮겨진 듯 오랜 기억 속의 라일락꽃 향기를 맡는 마지막 구절이 될 수 있을 것이다. 또는 여기에서 우리의 주제는 읽기 그 자체이기 때문에, 일찍 잠자리에 든다는 유명한 첫 문장과 화자가 잠이 들어 손에 든 책이 바닥으로 떨어진다는 장면이 포함된 첫 페이지도 유력하다.

잠든다는 것은, 필자에게는 우리의 두 가지 끝맺음 이야기 중에서 첫 번째를 떠올리게 한다. 《강연》에 탄생과 육아의 이야기가 나오는데, 녹음에 대한 설명이 아니라 베로니크 오부아가 프루스트의 독자들을 찾아서 전 세계를 방랑하며 겪는 놀라운 모험 중 하나다. 책의 장 제목이 '인생의 시작Un début dans la vie'인데, 삶의 여정을 시작하는 첫 순간을 암시하면서 발자크의 소설 제목을 연상시킨다. 이 말은 그녀가 쓴 장 제목에서 인간의 성숙을 다루는 교양소설이라는 독특한 장르가 떠오른다는 것이며, 지금껏 우리가 살펴본 《잃어버린 시간을 찾아서》가 떠오른다는 뜻이다.

배경은 평범하다. 커플들이 저녁 식사 자리에 둘러앉아 유쾌한 시간을 보내다가 흔히 그렇듯이 어린아이들의 잠자리 투정에 대한 주제로 대화가 흘러간다. 어머니 중한 명이 이야기를 시작하는데, 내용이 프루스트의 강박적인 주제 두 가지, 즉 수면과 호흡에 관한 것이다. 공교롭게도 그녀의 이름은 프랑수아즈다. 그녀의 친구가 최근 아들을 낳았는데 몇 달이 지나지 않아 의료 합병증으로 입원해야 할 상황이 되었고, 아기 아빠가 엄마를 대신해 모범적으로 부성의 의무를 충실히 수행한다는 것이다. 더구나 새옹지마라고 할까, 상황이 그렇다 보니 이 아빠에게는 일상의 요구로 좌절되었던 오랜 소망을 만족시킬 기회가 주어진다.

프루스트의 소설이 삶의 속도를 늦추고 독서를 위한 시간을 찾으라는 초대장이라면, 더구나 그 소설이 《잃어버린 시간을 찾아서》라면 그 초대를 받아들일 순간이 온 것이다. 게다가 부모의 의무에 걸맞은 가치와 미덕에 일치하는 방식으로! 매일 밤 아버지는 침대 옆에 누워 아기를 품어 안고 프루스트를 소리 내어 읽는다. 아기는 갓난 아기들이 그러듯이 뒤척이다가 잠에서 깨어 울어댄다. 아마 독서가 불편했을 수도 있고 엄마의 부재에서 오는 깊은 욕구의 결핍(실제로 그런 게 있다고 하면 프루스트적인 불안과 똑같다)과 관련되어 있을 수도 있을 것이다. 그러나 오래되지 않아, 문장의 소리와 부피가 일종의 자장가 효과가 있는 고무젖꼭지 역할을 하기 시작한다. 고맙게도 두 사람의 호흡이 리듬을 맞추며 조화롭게 어우러지고, 아기는 편안하게 진정되며 걱정스럽게 지켜보던 아빠도 긴장을 늦추고 깊은 잠에 빠져든다.

여기에 프루스트의 위대한 업적이 있다. 그의 글이 몸이 의식하지 못하는 원초적인 삶과 밀착되어 있다는 점이다. 그것은 또한 동시에르 에피소드에 묘사된 것처럼, 잠의 세계에서 '배'를 타고 밤의 여행을 떠나는 플랫폼이기도 하다. 아기 아빠는 그 배에 올라 소설의 시작 부분에 묘사되어 있으며, 소설에서 프루스트가 시간과의 관계에서 도출한 가장 심오한 공식이라고들 하는 잠의 위대한 작용을 구현해내는 사람이다. 아빠는 '시간의 실, 세월의 연속성, 세상의 질서'를 자신의 주변에 둥글게 묶고, 새근새근 잠든 아들은 자신 역시 아빠와 같은 일을 하게 될 밤이 시작되기를 평화롭게 기다린다.[30]

두 번째 이야기 역시 침실에서 이루어지지만 삶의 시작과는 반대의 극지점이다. 세 인물이 등장하는데, 모두 프루스트의 역사적 세계에서 온 인물들이다. 한 명은 마르테 비베스코 공주로, 우리가 이미 오리엔탈리스트로서의 모습을 접한 인물이다. 또 한 명은 주목할 만한 아르투르 뮈니에 신부다. 자유주의적 견해와 세속적인 습관을 지녔던 그는 자연스럽게 교회 고위층으로부터 의심의 눈길을 받았으며, 특히 친 드레퓌스 성향으로 인해 〈악시옹

---

30 나이가 좀 더 많고 불안한 아이들에게 이것을 시도해보겠다고 열망하는 부모들에게는 이 처방이 완벽하지 않다는 경고를 미리 전해드린다. 우크라이나의 한 피아노 선생이 아이폰으로 러시아어로 번역된 프루스트를 자신의 여섯 살 난 아이에게 읽어주며 잠을 재우려고 시도한 사례가 있다. 그러나 이것은 역효과를 일으켰는데, 어느 순간 몰래 깨어 있던 아이가 레오니 아주머니가 어떻게 되었는지 알고 싶어 했기 때문이다. (결국 레오니 아주머니는 죽음을 맞이하지만, 어둠 속에서 러시아어에 귀를 기울이는 여섯 살 아이가 이를 놓쳤다고 해도 충분히 이해할 만하다.)

프랑세즈Action Française〉•의 반동적인 가톨릭 조직에게서는 극단적인 혐오를 받았다.

그는 또한 지칠 줄 모르는 사교계 명사로서, 포부르의 귀부인들이 주최하는 살롱 세계의 감초였다. 그중에서도 그레필 백작 부인(그의 초상화를 그린 사람이기도 하다)과 마르테 비베스코와 친했다. 마르테와 뮈니에는 광범위하게 편지를 주고받았으며(이 편지들은 나중에 〈시인들의 고해신부Le Confesseur des poètes〉라는 회고록과 함께 《우정의 삶: 뮈니에 신부와의 편지La Vie d'une amitié: ma correspondance avec l'abbé Mugnier》라는 제목의 책으로 출간되었다) 뒤이어 뮈니에도 일기를 출간했다. 책 속에는 전형적인 점심 식사 자리가 등장한다. 하나는 이디스 와튼••의 국제적인 모임(뮈니에와 헨리 제임스가 여기서 만났다) 자리이며, 다른 하나는 콕토 부인의 집에서 마르키 드 사드•••에 대해 편안히 이야기를 주고받을 수 있는 자리다.

•   가톨릭의 종교적 정치 운동의 일환으로 발행됐던 프랑스 우익 언론.
•• 미국의 작가이자 디자이너. 우리에게는 〈순수의 시대〉로 잘 알려져 있다.
••• 사드 후작은 별칭이다. 가학증을 가리키는 사디즘이 그의 이름에서 비롯되었다.

루카스네에서의 점심은 와튼 부인, 루시앙 뮈라 공주, 브리몽 남작 부인, 베렌슨, 생탕드레 그리고 다양한 사람들과 함께하는데, 이름을 다 열거하기는 장황하지만 내 옆에 앙드레 지드가 앉아 있다는 이야기는 해야겠다. 그는 깨끗이 면도한 얼굴에, 뒤쪽으로 머리가 남아 있는 대머리다. 교수직을 맡은 사제처럼 보이는 것이, 여전히 엄격함이 몸에 밴 기독교도 같다.

콕도 부인의 집에서 점심을 함께하는 사람들은 루시앙 뮈라 공주, 셰비네 백작 부인, 장 콕토, 월터 베리•였다. 셰비네 부인은 사드 후작의 종손녀인 로르 드 노브의 증손녀다. 그녀는 후작이 자기 아내를 숭배한다고 말했다. 아내에게 보낸 편지들이 모두 러브레터라는 것이다.

점심 식사에 못지않게 중요한 게 저녁 식사 자리다. 뮈니에는 리츠 호텔에서 베렌슨과 매춘업소에 대해 험담을

• 미국의 변호사, 외교관, 테니스 선수. 프루스트의 지기였다.

늘어놓는 한편 프루스트를 상대로는 산사나무에 관한 이
야기를 나눈다. 그는 자주 그런 모습을 보인다.

어젯밤 수쵸 왕녀의 손님으로 초대받아 리츠 호텔에서
저녁 식사를 했다. 마르셀 프루스트와 산사나무에 관한
이야기를 나누었다. […] 베리가 내게 베렌슨이 여성들
과 더 잘 해나가지 못하는 문제로 상당히 불만스러워한
다고 말했다. 그는 리츠 호텔이 전쟁이 시작되면서 매
춘업소가 되었다고 하면서, 성교를 왜 범죄시하는지 이
해할 수 없다는 말도 덧붙였다. 그건 음식을 먹는 것처
럼 자연스럽다는 것이었다. 나는 프루스트를 아주 좋아
한다.

프루스트는 이 글에 대한 보답으로 그의 '유쾌한 친절'
에 대해 이야기했고, 무슨 이유에서인지 자신의 임종에
와서 기도해달라고 부탁했다. (셀레스트는 이렇게 전한다.
'내가 죽을 때 그에게 와서 침대맡에서 기도해달라고, 그렇게 부
탁해준다고 약속해줘요. 그는 꼭 올 거예요.') 그러나 뮈니에
는 프루스트가 사망한 다음 날 레날도 안이 메모를 써 보

내자 그제야 찾아와서 허둥지둥 즉석 미사를 집전했다. 그는 1년 후, '기일 장례'를 위해 다시 한번 미사를 집전하고서, 이번에는 프루스트의 동생인 로베르와 메제글리즈의 산사나무 이야기를 나누고 갔다. 그는 자신의 일기에 프루스트가 문학의 '착한 사마리아인'임이 판명되었다고 썼고(곧바로 이해되는 주장은 아니다), 마르테 비베스코는 〈시인들의 고해신부〉에서 산사나무를 주제로 믿음에 관한 글을 썼다. 다만 그녀의 주장은 신학적이기보다는 문학적인 데서 그쳤다.

> 나는 구원의 길이 산사나무 길 옆으로 나 있으며, 그 끝에서 아무도 모르게 열리는 쿨을 찾게 될 거라고 믿는다.

뮈니에는 프루스트의 임종 순간을 놓쳤지만 원래는 다른 사람들에 대해서는 상당히 근면 성실했다. 안나 드 노아유Anna de Noailles•의 부탁으로 죽어가는 에드몽 로스탕Edmond Rostand••의 죄를 사하는 의식을 해준 것이 그런 예

• 시인. 루마니아 왕족 출신으로 프랑스 귀족과 결혼했다.

다. 러시아 외교관 알렉산더 페트로비치 이스볼스키 백작이 침상에 누워 생명이 꺼져가는 순간에도 그는 그곳에 있었다. 이 이스볼스키 백작이 바로 이야기 속의 세 번째 인물로《잃어버린 시간을 찾아서》에도 잠깐 스쳐 가듯 등장한다. 〈소돔과 고모라〉의 앞부분에 나오는 게르망트 연회 중 한 곳에서 화자와 게르망트 공작 부인이 대화를 나누는데, 티몰레옹 다몽쿠르 부인이 대화 사이에 끼어든다. 티몰레옹 다몽쿠르 부인은 화자를 이전에 만난 누군가로 착각하며 인사한다. '파름 대공 부인 댁'에서 만났다는데 화자는 '가본 적이 없는 곳'이다. 이 숙녀분은 그러거나 말거나 계속 이야기한다.

> 러시아 황제께서 당신 아버지가 상트페테르부르크로 오기를 바라셔요. 화요일에 오실 수 있으면, 마침 이스볼스키가 오기로 되어 있으니까 당신과 그 문제를 이야기할 수 있을 거예요.

•• 프랑스 희곡 작가.

소설 속에서는 두 사람이 만나거나 대화를 나누는 일이 없다. 그러나 이소볼스키가 비록 이름뿐이지만 실제로 거기 있다면, 그건 부분적으로는 프루스트가 소설에서 그의 이름이 아무렇지도 않게 언급될 만한 사회적 환경에서 그를 알고 있다는 뜻이다.

정치인이며 외교관이었던 이스볼스키의 경력은 파란만장했다. 여러 나라의 대사를 역임하고 몇 년 동안 제국 외무장관으로 재임했으나, 차츰 전제군주정 치하의 전쟁광들과 소원해지고, 차르의 신임을 잃었다. 1910에 파리로 파견되었으나 그의 대사직은 1917년 러시아 2월 혁명의 발발과 함께 끝났고, 그는 프랑스에 남았다. 그는 그야말로 최상류층의 일원으로, 포부르생제르맹에 있는 최고급 집들을 돌며 정기적으로 식사 자리를 가졌으며, 프루스트와 마찬가지로 생을 마감하는 날까지 마르테 비베스토, 뮈니에 신부와 친구로 지냈다. 1919년 7월 14일, 미뤄졌던 제1차 세계대전의 종전 기념 승리의 행진이 이루어지던 프랑스혁명 기념일에 뮈니에는 위독한 상태에 있는 이스볼스키를 찾아갔다. 조르주비제 거리에 있는 그리스정교회 수녀들이 그를 돌봐주고 있었다. 뮈

니에는 마르테 비베스코에게 이스볼스키가 '심각하다'고
알렸다.

나는 그에게 희망이 없다고 생각해요.

마르테는 행진에서 빠져나와 서둘러 이스볼스키를 보
러 갔으며, 출간된 서신집에 각주를 추가해 자신이 느낀
것들을 적었다. 이 각주는 간결하고 명료했다. 소중한 친
구가 곧 이 세상을 떠날 것이라는 확실한 예감 그리고 그
친구가 세상의 출구에서 무엇을 하기로 선택했는지에 대
한 보고였다.

나는 이스볼스키 씨가 죽어가는 사람의 얼굴을 하고 있
다는 것을 알 수 있었다. 그는 프루스트를 읽고 있었다.

죽은 프루스트에 대해서 뮈니에는 기일 장례식에서
산사나무 이야기를 했을 뿐 아니라 슬픔에 잠긴 작가의
조카딸을 위로하기도 했다.

마르셀 프루스트는, 이런, 그 사람만큼 오래 사는 사람
은 없어요.

마르셀 프루스트를 찾아서

《잃어버린 시간을 찾아서》 읽는 법

초판 1쇄 인쇄 2025년 06월 11일
초판 1쇄 발행 2025년 06월 21일

지은이 크리스토퍼 프렌더가스트
옮긴이 박은영
펴낸이 고영성

책임편집 황남상   **디자인** 이화연   **저작권** 주민숙

펴낸곳 주식회사 상상스퀘어
출판등록 2021년 4월 29일 제2021-000079호
주소 경기 성남시 분당구 성남대로 43번길 10, 하나EZ타워 307
팩스 02-6499-3031
이메일 publication@sangsangsquare.com
홈페이지 www.sangsangsquare-books.com

ISBN 979-11-94368-14-4(03840)